香港文學
中華非物質文化叢書　文學類

中國歷代筆記選介 乙集

劉祖農 著

Śūnyatā

書名：中國歷代筆記選介乙集
系列：中華非物質文化叢書　文學類
作者：劉祖農
主編：潘國森
封面設計：方心蕙

出版：心一堂有限公司
通訊地址：香港九龍旺角彌敦道六一〇號荷李活商業中心十八樓
〇五至〇六室
深港讀者服務中心：中國深圳市羅湖區立新路六號羅湖商業大廈
負一層008室
電話號碼：(852) 90277110
網址：publish.sunyata.cc
電郵：sunyatabook@gmail.com
網店寶店地址：https://sunyata.taobao.com
微店地址：https://weidian.com/s/1212826297
臉書：https://www.facebook.com/sunyatabook
讀者論壇：http://bbs.sunyata.cc

版次：二零二四年四月

平裝

定價：港幣二百四十八元
　　　新台幣八百六十元

國際書號　978-988-8583-15-7

香港發行：聯合新零售（香港）有限公司
香港新界荃灣德士古道220-248號荃灣工業中心16樓
電話號碼：(852)2150-2100
電郵：info@suplogistics.com.hk

台灣發行：秀威資訊科技股份有限公司
地址：台灣台北市內湖區瑞光路七十六巷六十五號一樓
電話號碼：+886-2-2796-3638 傳真號碼：+886-2-2796-1377
網絡書店：www.bodbooks.com.tw
台灣國家書店讀者服務中心：
地址：台灣台北市中山區二〇九號一樓
電話號碼：+886-2-2518-0207
傳真號碼：+886-2-2518-0778
網址：www.govbooks.com.tw

心一堂微店二維碼

心一堂淘寶店二維碼

目錄

總序

劉詩人祖農校長的新作選介多種中國歷代筆記，命序予余，欣然遵令。

說到「筆記」，當代中國讀書人可能立刻聯想到在學校課堂上聽課時，隨手書寫老師講課重點的文字紀錄。筆者上大學時，有一位老師從來不肯發文字講義，要學生瞬時「默書」，那時感覺很奇怪。過了一段時日才明白老師的深謀遠慮！離開校園後，日常工作上無可避免要迅速寫「筆記」，皆因上司給的口頭指令通常只講一遍，作為下屬很難開口說未有聽得清楚而請上司再講，若怕記不住語音，就只能「速記」了。

劉詩人今番講論的「筆記」，專指中國傳統文學的一種獨特文體，體裁以隨筆記錄為主、較多由分條的短篇彙集而成。

前賢總結筆記的內容，大抵有三：即雜錄見聞、辨正俗訛，和闡述古義。

劉詩人選介了五十一種筆記。

有些乾脆就以「筆記」兩字命名，如《老學庵筆記》、《蘆浦筆記》；叫「記」的最多，如《搜神記》、《拾遺記》、《教坊記》，還有加上形容怎樣記或記了些甚麼的《西京雜記》、《搜神後記》、《續齊諧記》、《菽園雜記》、《歸田瑣記》等；亦有以「筆」稱，如《容齋隨筆》。

還有用錄、志、編等同義詞的。如《幽明錄》、《劉賓客嘉話錄》、《丁晉公談錄》、《歸田錄》、《侯鯖錄》、《南村輟耕錄》、《古夫于亭雜錄》、《博物志》、《東坡志林》、《龍川略志》、《龍川別志》、《泊宅編》和《雞肋編》。

「筆記」又多以當代「時事」和「見聞」為題材，本作選有《安祿山事迹》、《開元天寶遺事》、《南唐近事》和《曲洧舊聞》。

又因「筆記」多記錄名人講論之事，便有言、語、談、話等名堂。如《北夢瑣言》、《世說新語》、《石林燕語》、《齊東野語》、《山居新語》、《廣東新語》、《夢溪筆談》、《萍洲可談》、《池北偶談》、《玉堂嘉話》和《分甘餘話》。

此中筆記以《世說新語》最為當代中國讀書人和年輕學子所熟知，畢竟中學國文課必有節選書中若干條作為讀本學習之用，讀《世說新語》遂成為生於二十世紀中國小孩的集體記憶。

筆者離開校園之後偶然翻閱前賢筆記，多為碰上要查找文史典故而為之。偶讀他人引蘇軾《東坡志林》，知韓愈蘇軾隔代兩大文豪都曾以五星術算命。韓愈《三星行》有云：「我生之辰，月宿南斗。」東坡讀此而知韓愈身宮在磨蠍宮（Capricorn，又作摩羯、山羊），而他自己則是命宮在磨蠍宮，遂得出二人皆「平生多得謗譽」的結論，有同病相憐之嘆。今人讀歷代筆記，多有由前輩老師宿儒用現代標點重排刊行的註解本可供選讀，學者稱便。劉詩人書齋所藏四百餘種筆記諒來多屬此類。《東坡志林》卷一〈退之平生多得謗譽〉條，註解本引葛立方《韻語陽秋》論蘇軾《謝生日啟》：「月宿值於南斗，更借虛名。」五星以月亮所值宮位為身宮，葛立方以《東坡志林》和《謝生日啟》並讀，遂得出結論曰：「東坡以身命同宮，故謗譽尤重於退之。」韓退之「送窮無術」，有「雪擁藍關」之困；但比起蘇子瞻以宰輔之才（見《甲集．泊宅編》卷一〈東坡下御史獄〉及《乙集．曲洧舊聞》卷一〈慈聖防仁宗飲酒過度〉等），非但不得大用，兼且受「烏臺詩案」（甲乙兩集多有論及）之累而顛沛流離，謗譽確是輕重懸殊。

讀歷代筆記既可以如筆者那樣偷懶，只間歇地、有目的地尋覓檢索合用的吉光片羽；亦可以效法劉詩人那樣腳踏實地、一部一部從頭到尾細讀。劉詩人既博覽群書，當然可以作橫向比較、相互印證。其所選介的故事，經常有同一人、同一事而在多部筆記中有論，且內容偏重不同而相輔相成。讀者細讀劉詩人的選介文字，於「諸書並讀」的讀書心法當有會心，並獲益良多。

清末民初作家李宗吾（一八六九至一九四三）曾經提出「讀書三訣」，依次為「以古為敵」、「以古為友」、「以古為徒」；皆因其「每讀古人之書，無在不疑」。劉詩人讀筆記，亦似李氏必順便挑錯，「逐處尋他縫隙，一有縫隙，即便攻入」；亦常「把古人當如良友，互相切磋」。不過李宗吾是現代「怪論家」的鼻祖，言出驚人，說讀古人書可以「當如評閱學生文字一般」；劉詩人則是謙謙君子，雖然多有指正前賢之疵，亦諒解筆記作者間有「欠缺詳盡的考證，有時不免出錯」（見詩人自序），只是平實道來。

前賢筆記多記錄當代時聞，「時聞」等於今天人們常接收到的新聞資訊，新聞報導最重視人物、時間和地點要準確無誤。今人讀前人之書，依人、時、地三者考察，常可「辨正俗訛」。如劉詩人辨正《拾遺記》寫劉先主甘皇后大談「吳魏未滅」是當事人預見自己身後的未來事，又指出書中記麋竺活到「蜀破後」不符史實等等，即是以當事人的生卒年與前後事互證的基本法。

劉詩人熱愛曲藝，是粵曲唱家。中國傳統地方戲曲的民間作者，常有遷就觀眾而以君主貴人死後才有的謚號相稱，而名人的封爵隨時而改，便難免有談及日後才獲封的名位。如《世說新語》記魏卞太后為救子曹植，對曹丕說道：「汝已殺我任城，不得復殺我東阿。」劉詩人指出稱呼有誤，曹丕（他人在生是未有「魏文帝」的謚號）殺任城王曹彰在先，曹植改封東阿王已是曹丕駕崩以後的事。類似的事，在傳統地方戲曲常有，如晚近以清孝莊文皇后（皇太極之妻、順治帝之母、康熙帝之祖母）為題材的新劇，劇中人竟以「孝莊」自稱，為識者笑矣！不過，若從遷就觀眾的角度來看，亦屬一時難除盡的舊習。近觀中國內地的古裝宮廷劇，宋室宮中妃嬪都會得敬稱皇上為「官家」而不是甚麼宗的亂叫，實是時代的進步。

我們二十世紀下半葉出生的「中國小孩」，遇上學制改革，要學文、理、社、商等繁多科目，自難如舊社會讀書人那樣多讀筆記之類的「閒書」。晚近廣大讀者較多知中國傳統文學有筆記這一文體，應該說是讀過金庸為《卅三劍客圖》寫的一系列短文，這些文字因為附錄在小說《俠客行》之後刊行而吸引更多讀者一讀。

劉詩人選的筆記與「小查詩人」（筆者對金庸的敬稱，海寧查家清初大詩人查慎行是「老查」，查良鏞就只能是「小查」了）不同。小查詩人是為尋覓《卅三劍客圖》故事出處而為之，劉詩人卻是讀完幾百種筆記之後，向讀者推介自己最喜歡和認為最有價值的五十一種。劉詩人選引的段落，有不少屬於「詩話」，蓋亦「詩人本色」也。亦有旁及養生之道和許多「冷門小知識」，細讀劉詩人的選介，對於增進中國文化的修養，當屬「有益而有建設性」。

金庸註《卅三劍客圖》的〈虬髯客第二〉、〈汝州僧第五〉、〈京西店老人第六〉、〈蘭陵老人第七〉和〈盧生第八〉出自《酉陽雜俎》；〈荊十三孃第十〉、〈四明頭陀第十四〉、〈丁秀才第十五〉，出自《北夢瑣言》。此外，〈張忠定第二十三〉談及《老學庵筆記》、《龍川別志》和《夢溪筆談》；〈俠婦人第三十一〉則談及《齊東野語》、《鶴林玉露》和《涑水紀聞》。讀者如果有意進一步認識這些筆記，大可先拜讀劉詩人的選介，然後順藤摸瓜，再去看看原書。有一故事剛好是小查詩人和劉詩人都不約而同的選講，筆者這就不點破，留給讀者自行發掘。

當然，筆者建議還是從《世說新語》入手為佳。此書多錄兩漢魏晉名人的嘉言懿行，三十六門之中，頭四門的德行、言語、政事、文學，正正是「孔門四科」，劉義慶的編纂實是饒有深意。

《卅三劍客圖》的內容主要是唐宋奇人異士的逸聞，金庸勾尋故事的出處，包括唐代李復言《續玄怪錄》、皇甫氏《源化記》、袁郊《甘澤謠》、康駢《劇談錄》、王定保《唐摭言》、薛用弱《集異記》、羅隱《廣陵妖亂志》等；與及宋李昉等編《太平廣記》、王鞏《聞見舊錄》、劉斧《青瑣高議》、釋文瑩《玉壺清話》、吳淑《江淮異人錄》和洪邁《夷堅志》等。這些筆記或許不屬劉詩人認為可以向初學者推介的入門讀物，或許可成為本作《丙集》的題材呢！

是為序。

潘國森
癸卯孟春

別序

寫序當然要看過書稿，《乙集》有較多可以補充做文章的「讀書心得」。

劉詩人在《容齋隨筆．續筆》卷八〈詩詞改字〉提及差不多所有當代中國人都讀過的詩，就是李白的《靜夜思》。《唐詩三百首》作：「床前明月光，疑是地上霜。舉頭望明月，低頭思故鄉。」這個版本才二十字的五言絕句，竟然「明月」兩見，算是「犯重」，未善。舊版多作：「床前看月光，疑是地上霜。舉頭望山月，低頭思故鄉。」這樣就不「犯重」了。一看一望、一近一遠；地上的月光在近，山間明月在遠，修辭水平可高得多。

詩中的「床」字，大有文章。一般都理解為「睡床」。小學教科書或兒童讀本通常加些插圖增添學習趣味，此詩用圖較多畫成李白坐在床邊或臥在床上，望向窗外的月光。先不說李白當晚的睡房有沒有這麼大的窗戶，這「疑是地上霜」就不合情理了！怎麼可能讓睡房的地上有霜？豈不把我們的李詩仙給冷壞了？

晚近有學者認為詩中的「床」不是臥床或坐床或胡床，實是「井床」，即是水井的圍欄。李白另有詩談及井床，可以作為旁證。如《贈別舍人弟臺卿之江南》：「梧桐落金井，一葉飛銀床。」落葉而飛到入屋登床，恐怕當代的「無人機」才可以。飛越井床，落入井中，就合情合理了。

又如《洗腳亭》：「前有昔時井，下有五丈床。」亦是井與床並列，此床就不能放入臥房之內了。

再如《答王十二寒夜獨酌有懷》：「孤月滄浪河漢清，北斗錯落長庚明。懷余對酒夜霜白，玉床金井水崢嶸。」此詩劉詩人在《陶庵夢憶》卷三〈鬥雞社〉也有介紹。由上引這幾句，我們可以「遙想太白當年」，常有在寒夜跑到戶外井旁，一壁飲酒、一壁觀星賞月的「夜生活」。幾番井與床並舉入詩，「地上霜」當在寒夜的井邊，不會在屋內睡床之旁了。

劉詩人在《齊東野語》卷十六〈睡〉提到《黃帝內經》的「早睡早起」和「久臥傷氣」，仍是與「床」有關，在此可以補充一二。

《黃帝內經素問．四氣調神大論篇第二》：「春三月……夜臥早起……。夏三月……夜臥早起……。秋三月……早臥早起。……冬三月……早臥晚起，必待日光……。」換言之，只有秋天才應「早睡早起」，春夏可以晚一點上床。冬天應見到日光才起床，但這可能只在已退休人士才可以照辦。許多時見有長者不分寒暑，都在天未光前出門晨運，遇上冬日低溫，未必相宜。

《黃帝內經素問．宣明五氣篇第二十三》：「久視傷血、久臥傷氣、久坐傷肉、久立傷骨、久行傷筋。是謂五勞所傷。」久臥故然不宜，連久坐、久立（站）、久行都不對，「勞逸結合」才是呢！

劉詩人少年時學數理、長大後教數理，不免「三句不離本行」。

他在《老學庵筆記》卷七〈解杜詩〉言道：「『所用的文字有出處』不是寫出好作品的必要條件，也不是寫出好作品的充分條件。」這可要為沒有學過「數理邏輯」（Mathematical Logic）的讀者諸君解說一二。

晚近不少讀文不讀數的文人侈言「邏輯」，較多只會一點「三段論」（Syllogism）的皮毛！此輩論說，只知「全部都是」（all）和「全部都不是」（none），全不會講「有些是」（there exist some）。

劉詩人講「必要條件」（Necessary condition）和「充分條件」（Sufficient condition）絕對可以「完勝」那「三段論」。

如果「所用的文字有出處」是「寫出好作品」的「必要條件」，那麼「沒有出處」就一定「不是好作品」。但是「有出處」卻不一定是「好作品」。

如果「所用的文字有出處」是「寫出好作品」的「充分條件」，則「有出處」就一定「是好作品」。但是「沒有出處」也有可能是「好作品」。

既不是「必要」，也不是「充分」。就說明：

「所用的文字有出處」，既可以「是好作品」，也可以「不是好作品」，兩者都是「there exist some」。

「所用的文字沒有出處」，也既可以「是好作品」，也可以「不是好作品」，兩者同樣都是「there exist some」。

筆者如此補充，諒必無乖劉詩人的旨趣，希望讀者不會越看越胡塗。

是為序。

潘國森

癸卯孟春

自序

我喜歡藏書，喜歡閱讀。雖然我在求學年代是讀理科的，但我對文科從未忽略。在家中只可容膝的書房中各類藏書共有三萬餘冊，以文、史、哲、棋藝、曲藝等書籍佔了大部分。

在我所藏的書中，中國歷代的筆記有四百多本。這大多是我歷年來在香港逛書局時搜羅到的，有部分則是我在國內旅遊時，在北京、西安、武漢、洛陽、長沙、南京、杭州、廣州等城市的書坊中找到的。這些筆記成書的年代由兩漢起，歷魏晉南北朝、隋、唐、五代十國、兩宋、元、明，至清朝止。

中國歷代筆記的內容不拘一格，或詳或簡，都是多采多姿，包羅萬有的。它們的作者是他們所處的年代的精英。這些作者博學多才，文筆卓越。他們筆下的內容，整體來說，包括文學、歷史、政治、天文、地理、數學、礦物學、地質學、動植物學、醫學、卜算、音律、異事、奇聞、軼事等等。閱讀這些書，使我們好像走進了一個時間的長廊，回到他們的年代，聽他們說故事一樣。藉此，我們可以增加自己各方面的知識。我在閱讀這些書籍時，每每會有思古之幽情呢。

歷來，很多學者稱這些筆記為「筆記小說」。南朝文學批評家劉勰的文藝理論巨著《文心雕龍》中的〈才略篇〉謂：「琳瑀以符檄擅聲；徐幹以賦論標美；劉楨情高以會采；應瑒學優以得文；路粹楊修，頗懷筆記之工；丁儀邯鄲，亦含論述之美。」〈才略〉篇評論東漢獻帝建安時期的作家陳琳、阮瑀、徐幹、劉禎、應瑒、路粹、楊修、丁儀、邯鄲淳等的特點，指出路粹（？至二一四）及楊修（一七五至二一九）兩人擅長筆記。劉勰未將筆記與小說相連。在中國傳統目錄分類中，從來未有將筆記作為一個獨立門類來處理，有時會將筆記歸屬於小說，遂被統稱為「筆記小說」。其實，筆記及小說，嚴格上是兩種獨立的文體。若小說屬筆記體，才可稱為「筆記小說」。

南宋名臣洪邁（一一二三至一二〇二）的《容齋隨筆》卷首自序云：「予老去習懶，讀書不多，意之所之，隨即記錄，因其後先，無復詮次，故目之曰隨筆。」的確，很多筆記都是作者讀書所得或見聞所及，隨筆而錄下的文字，文筆自由，題材廣泛。有些記載因欠缺詳盡的考證，有時不免出錯。但，亦有很多筆記是作者刻意撰寫，希望傳世的。這些筆記內容詳實、考證嚴謹、文字出色。明末清初文學家、戲曲家李漁（一六一一至一六八〇）在他的戲曲理論專著《閒情偶寄》〈卷一·詞曲部·戒諷刺〉謂：「凡作傳世之文者，必先有傳世之心，而後鬼神效靈，予以生花之筆。」但，不論是作者隨意而寫或專心而寫的，筆記的內容對後人都有參考的價值，甚至可補充正史的缺失。

我覺得中國歷代筆記無論是對專科學者或是一般讀者來說，都是很有閱讀價值的。這些筆記有些篇幅甚長，例如南宋洪邁的《容齋隨筆》（包括隨筆、續筆、三筆、四筆、五筆）和清初王士禛的《池北偶談》都長達一千二百多條。有些筆記篇幅則很短，例如南朝吳均的《續齊諧記》只有十七條、晚唐張固的《幽閒鼓吹》只有二十六條、北宋蘇轍的《龍川略志》只有三十九條。

這些筆記不論長短，每本都有其特色及價值。我在數年前已很想寫一部書，選介其中我認為是精采的筆記，談談每一本的作者生平、筆記內容，再從筆記中抽選一些有意義、有用、或有趣的條目來作詳釋或短注。當時因為我讀的未夠多，且有別的寫作興趣，所以未有落實去做。這個計劃我在去年二月中才和潘國森先生談起。在他的支持及鼓勵下，我在去年二月下旬開始動筆，每天或多或少都寫一些，終於在今年一月初告一段落，總共選介了五十一本筆記，寫了四十八萬字，現分兩冊出版，名為《中國歷代筆記選介甲集》和《中國歷代筆記選介乙集》。甲集所選介的筆記由曹魏西晉期間張華的《博物志》起，至北宋末朱彧的《萍洲可談》止，共二十九本。乙集所選介的筆記由北宋末南宋初朱弁的《曲洧舊聞》起，至清末歐陽兆熊及金安清的《水窗春囈》止，共二十二本。

感謝心一堂為我出版這兩冊書。感謝心一堂總編輯潘國森先生賜序。感謝青年畫家方心蕙女士再次為我的書作封面設計。感謝家人及好友的支持。

劉祖農

二〇二三年一月

曲洧舊聞

《曲洧舊聞》十卷，宋朝朱弁（約一〇八五至一一四四）撰。朱弁，字少章，號觀如居士，徽州婺源（今屬江西）人。他是南宋理學家朱熹（一一三〇至一二〇〇）的叔祖。據朱熹《奉使直秘閣朱公行狀》所載，弁既冠，「遊京師，入太學，補內舍人。」朱弁約在宋徽宗崇寧初（一一〇二至一一〇三之間）已從晁說之（一〇五九至一一二九）遊。晁說之博覽群書，精通經史，工詩善畫，且著述豐富，今傳有《嵩山文集》、《晁氏客語》等。朱弁後來和晁說之一起到新鄭。新鄭介於開封與洛陽之間，距京師二百餘里，自宋開國以來，文化名人和官宦世家很多。朱弁和當時的文人學士時有來往。後來，朱弁成為說之的姪女婿。新鄭境內有溱水和洧水。朱弁在溱水、洧水之間建園，種植椒萼梅、綠萼梅，建綠萼亭。他在園西起了堂屋，名之曰風月堂。

靖康變起，朱弁妻、兒死於兵。他南歸至揚州。南宋高宗建炎元年（一一二七），以諸生補修武郎，充當河東大金軍前通問副使，隨正使王倫（一〇八四至一一四四）赴金國探問二帝。金迫其仕偽齊，他持節不屈，被扣十六年，至高宗紹興十三年（一一四三）「紹興和議」達成才南歸，回到臨安，為高宗說及金國形勢。時秦檜（一〇九一至一一五五）當政，朱弁未被任用。次年，朱弁去世。

據朱熹所撰的《行狀》，朱弁著有《風月堂詩話》三卷，今傳本為二卷。此外，還著《聘游集》、《奏議》、《新鄭舊詩》、《雜書》、《南歸詩文》、《續骫骳說》，已散佚。

《曲洧舊聞》是作者被羈金國時定稿的作品。此書無一語說及金，故名書曰「舊聞」。清高宗（乾隆）曾有四首七絕題《曲洧舊聞》，其中第一首說：「留金弗紀金閒事，曲洧依然紀舊聞。二帝播遷雖自取，禍緣新法變更紛。」

茲錄朱弁五律及七律各一首給大家欣賞。詩的內容可反映詩人的肝膽。「病骨怯風露，愁懷厭甲兵。人居絕域久，月向此宵明。輪仄初經漢，光分半隱城。遲遲不肯下，應識異鄉情。」「絕域山川飽所經，客蓬歲晚任飄零。詞源未得窺三峽，使節何容比二星。蘿鳥施松慚弱質，蒹葭倚玉怪殊形。齊名李杜吾安敢，千載公言有汗青。」

本書內容主要由兩部分組成，一是追述北宋軼事，談及祖宗盛德、大臣言行；再是對前代及當朝文壇軼聞的記敘及評論。此外，有幾條涉及怪事、異聞。書中提到的士大夫有百多人，其中記蘇軾的有廿多則。卷五《東坡儋耳試筆》、《東坡論松》、《東坡論秦少游張文潛》所引用蘇軾文字，不見於他書。所引用蘇軾其他文字，頗有校勘價值。所述蘇軾事迹，大部分不見於他書。本書也記錄了某些地區的物產。作者也考察了很多名勝，這些可歸入地理或地方志範疇。卷四《石炭》條提出石炭，謂「今西北處處有之，其為利甚博」。石炭即是煤，本條所說的西北就是今日的山西及內蒙古自治區南部。九百年前，朱弁已經留到這點，可見他的識見不凡。卷八〈蘇子容銅渾儀〉條，記錄哲宗元祐四年（一〇八九）蘇頌造成渾天儀，使人知道我國在北宋年間，在科技方面已有很高的成就。

乾嘉時期，江蘇著名的藏書家張海鵬（一七五五至一八一六）在自己編寫的《學津討原》中說：「漢蘇子卿嚙雪龍荒，圖顯麟閣，奇節卓千古，得宋朱少章先生而接武矣。……在北著《曲洧舊聞》一書，述列聖之前猷，溯名卿之往行，即一二遺聞軼事，亦供採錄，而曾無一言及北國事。嗚呼，每飯不忘之意，于斯見矣，寧徒援據精博、足誇淹雅乎哉！」

現錄本書十餘條給大家賞讀。

建隆間，竹木務監官患所積材植長短不齊，奏乞剪截俾齊整。太祖批其狀曰：「汝手足指寧無長短乎？胡不截之使齊？長者任其自長，短者任其自短。」御批，宣和中，予親戚猶有見者。

宋太祖是開國之君，識見超群。此條太祖批竹木務監官之狀，批語十分有趣。宋太祖趙匡胤（九二七至九七六），小名香孩兒，祖籍涿郡保塞縣（今河北省保定市清苑區），父親趙弘殷，母親杜氏。後唐明宗天成年間生於後唐洛陽夾馬營（今河南省洛陽市瀍河回族區東關）。後漢時，趙匡胤投奔郭威（九〇四至九五四）。郭威篡漢建立後周，是為周太祖。九五九年，後周世宗（郭威的養子）柴榮（九二一至九五九）於北征回京後不久駕崩，逝世前任命趙匡胤為殿前都點檢。次年（九六〇）元月初一，北漢及契丹聯兵犯邊，趙匡胤受命防禦。初三夜晚，大軍於京城開封府（今河南省開封市）東北二十公里的陳橋驛（今河南省封丘縣陳橋鎮）發生政變，將士擁立趙匡胤為帝，史稱「陳橋兵變」。大軍回京後，後周恭帝柴宗訓（九五三至九七三）禪位，趙匡胤登基，建國號「宋」，是為「宋太祖」，起初年號為建隆。

太祖在位期間，依據宰相趙普（九二二至九九二）「先南後北」策略，先後滅荊南、湖南、後蜀、南漢及南唐等南方割據政權。至宋太宗（九三九至九九七）在位期間，吳越、清源軍納土歸降，北漢被滅，完成一統。太祖於九六一年及九六九年先後兩次「杯酒釋兵權」，解除禁軍將領及地方藩鎮的兵權，解決自唐朝中葉以來藩鎮割據的局面。元朝脫脫（一三一四至一三五五）監修的《宋史》對宋太祖有極高的評價：「昔者堯、舜以禪代，湯、武以征伐，皆南面而有天下。四聖人者往，世道升降，否泰推移。當斯民塗炭之秋，皇天眷求民主，亦惟責其濟斯世而已。使其必得四聖人之才，而後以其行事畀之，則生民平治之期，殆無日也。五季亂極，宋太祖起介冑之中，踐九五之位，原其得國，視晉、漢、周亦豈甚相絕哉？及其發號施令，名藩大將，俯首聽命，四方列國，次第削平，此非人力所易致也。建隆以來，釋藩鎮兵權，繩贓吏重法，以塞濁亂之源。州郡司牧，下至令錄、幕職，躬自引對；務農興學，慎罰薄斂，與世休息，迄於丕平；治定功成，制禮作樂。在位十有七年之間，而三百餘載之基，傳之子孫，世有典則。遂使三代而降，考論聲明文物之治，道德仁義之風，宋於漢、唐，蓋無讓焉。嗚呼，創業垂統之君，規模若是，亦可謂遠也已矣！」

傳說趙匡胤與弟弟趙光義幼時隨母親杜氏躲避戰亂，杜氏將兄弟二人放至籮筐擔挑而走，為道士陳摶（八七一至九八九）撞見，便嘆道：「別說當今世上沒有天子，都將天子用擔挑著走。」多年後趙匡胤稱帝，陳摶聞之大笑，說：「天下從此安定了。」

卷一〈仁宗好服浣濯之衣〉：

仁宗儉德，殆本於天性，尤好服浣濯之衣。當未明求衣之時，嬪御私易新衣以進，聞其聲輒推去之。遇浣濯，隨破隨補，將遍猶不肯易。左右指以相告，或以為笑，不恤也。當時不唯化行六宮，凡命婦入見，皆以盛飾為恥，風動四方，民日以富。比之崇儉之詔屢掛牆壁，而汰侈不少衰，蓋有間也。

宋仁宗趙禎（一〇一〇至一〇六三）是北宋第四代皇帝，初名受益，宋真宗的第六子，生母李宸妃。真宗天禧二年（一〇一八），進封昇王，同年九月立為皇太子，賜名趙禎。真宗乾興元年（一〇二二）二月，真宗崩。真宗其他兒子早夭，仁宗即帝位，時年十三歲，由嫡母劉太后攝政。一〇二三年改年號為天聖。十年後，在一〇三三年，劉太后歸政，仁宗親政。仁宗在位四一年，為宋朝在位時間最長的皇帝。民間流傳「狸貓換太子」中的太子就是他。他的廟號是「仁宗」，為中國歷史上第一位獲得此廟號的皇帝。

元朝脫脫《宋史．仁宗本紀》總結謂仁宗個性仁愛、勤儉，一時朝野上下充滿惻隱善心、行忠義仁厚之政，要不是後代子孫的作為，仁宗之政可為宋朝三百年的未來奠基。對仁宗有負面評價的較少，但明末清初大儒王夫之（一六一九至一六九二）評論宋仁宗「無定志」，指出仁宗親政至去世的三十年間，兩府大臣更迭頻繁，因此官員們的政策都因在位時間不長而無法貫徹實行。

卷一〈慈聖防仁宗飲酒過度〉：

慈聖識慮過人遠甚。仁宗一夕飲酒溫成閤中，極歡而酒告竭，夜漏向晨矣，求酒不已。慈聖云：「此間亦無有。」左右曰：「酒尚有而云無，何也？」答曰：「上飲歡，必過度，萬一以過度而致疾，歸咎於我，我何以自明。」翌日，果服藥，言者乃歎服。

此條說仁宗喜歡飲酒，但他的皇后慈聖「識慮過人遠甚」，總是設法防止他飲酒過度。慈聖光獻皇后曹氏（一〇一六至一〇七九），是北宋初名將曹彬（九三一至九九九）的孫女。曹彬歷太祖、太宗、真宗三朝要職。曹后父曹玘官至尚書虞部員外郎。弟曹佾（一〇一八至一〇八九），相傳是八仙中之曹國舅。仁宗明道二年（一〇三三），劉太后死後，宋仁宗第一任皇后郭氏便被仁宗以無子為藉口廢掉，幽居長寧宮，宋仁宗原本想冊封楊太妃支持的商賈之女陳氏為皇后，卻遭到反對。後來，十八歲的曹氏奉詔入宮，次年立為皇后。曹皇后入宮前，還有過一段短暫的婚姻。她性情賢良淑德，但姿色平常，並不見寵於仁宗。她對仁宗寵愛的張貴妃、苗昭容和俞婕妤等妃嬪，並不妒忌。

曹皇后出身將門，善於自處，熟讀經史，善「飛白書」，親自帶領宮嬪們在苑內種植穀物，養蠶採桑。坤寧宮事變中臨危不懼，應變有方。治理後宮謹慎嚴明。曹皇后正位中宮達二十八年，但沒有子女，仁宗雖曾有三子，但都是很早就夭折。其後因急於生子，以致縱慾過度，身體虛弱。曹后將濮安懿王趙允讓子趙宗實接進宮中撫養，即宋英宗。英宗即位，尊她為皇太后，曾在英宗病中垂簾聽政。神宗即位後，尊她為太皇太后。曹太皇太后反對王安石變法。蘇軾曾因「烏臺詩案」被逮捕到御史台的監獄裏。曹太皇太后對神宗說：「我曾記得仁宗皇帝策試製舉人後回來高興地說：『我今天又為子孫謀得兩位太平宰相了。』正是蘇軾和蘇轍。你怎麼可以殺了他們呢？」曹氏於詩案期間逝世，而月餘後神宗僅將蘇軾貶往黃州。

卷二〈邵堯夫昭陵末年言後二十年時事〉：

邵先生名雍，字堯夫。傳易學，尤精於數。居洛中。昭陵末年，聞鳥聲，驚曰：「此越鳥也，孰為而來哉？」因以《易》占之，謂人曰：「後二十年有一南方人作宰相，自此蒼生無寧歲，君等誌之。」朝廷屢詔不起，後即其家授以官，堯夫力辭之，乃申河南府，以病未任拜起，乞留告身在本府，俟痊安日祗受。朝廷益高之。元豐末卒，諡曰康節。

邵雍（一〇一一至一〇七七），字堯夫，自號安樂先生、伊川翁等，諡康節。北宋理學家、數學家、詩人，生於林縣上杆莊（今河南林州市劉家街村邵康村），一說生於范陽（今河北涿州大邵村），與周敦頤、張載、程顥、程頤並稱「北宋五子」。隨父徙衞州共城（今河南輝縣），居城西北蘇門山，刻苦為學。少有志，喜刻苦讀書並遊歷天下。後師從李之才學《河圖》、《洛書》與伏羲八卦，著有《皇極經世》、《觀物內外篇》、《先天圖》、《漁樵問對》、《伊川擊壤集》、《梅花詩》等。宋仁宗嘉祐與宋神宗熙寧初，兩度被舉，均稱疾不赴。此條所說的「昭陵末年」大概是宋仁宗至和（一〇五四至一〇五六）、嘉祐（一〇五六至一〇六三）年間。（仁宗葬於永昭陵。）

「後二十年，有一南方人作宰相，自此蒼生無寧歲。」這是指後來在神宗熙寧年間（一〇六八至一〇七七）拜相，推行新法的王安石（一〇二一至一〇八六）。王安石，字介甫，號半山，臨川鹽阜嶺（今江西省撫州市臨川縣）人，北宋著名政治家、文學家、思想家，實官至司空、尚書左僕射、觀文殿大學士、鎮南軍節度使，封荊國公。身後追贈為太傅，謚曰文。世人稱之為「王荊公」、「王文公」。南宋以後，王安石變法總體上是被否定的，但對王安石的部分新法措施則有不同程度的肯定看法。在各種新法中，尤以科舉改革、免役法、保甲法、保馬法得到較多的肯定。南宋高宗為開脫父兄的歷史罪責，以靖康元年以來士大夫們的議論，把「國事失圖」由蔡京（一〇四七至一一二六）上溯至王安石。南宋理宗時期蓋棺論定王安石為「萬世罪人」。南宋話本小說《拗相公》稱「我宋元氣皆為熙寧變法所壞，所以有靖康之禍」。王安石作為北宋亡國元兇的論調，經元人修《宋史》所承襲，成為宋朝之後官方定論。但對王安石持肯定態度者也大不乏人。南宋陸九淵（一一三九至一一九三）稱王安石「潔白之操，寒於冰霜」充分肯定了其私德，把變法失敗歸於用人不當。清朝學者蔡上翔謂「荊公之時，國家全盛，熙河之捷，擴地數千里，開國百年以來所未有者。南渡以後，元佑諸賢之子孫，及蘇程之門人故吏，發憤於黨禁之禍，以攻蔡京為未足，乃以敗亂之由，推原於荊公，皆妄說也。其實徽欽之禍，由於蔡京。蔡京之用，由於溫公。而龜山之用，又由於蔡京，波瀾相推，全與荊公無涉。」《曲洧舊聞》此條謂邵雍「元豐末卒」是不對的，他是在神宗熙寧十年（一〇七七）去世的。

卷三〈語兒梨〉：

語兒梨初號斤梨，其大者重至一斤，不知「語兒」何義。鄭州郭祖高陵旁，產此甚多。其父老云：有田家兒數歲不能言，一日食此梨，輒謂人曰：「大好」，衆驚異，以是得名。洛中士大夫陳振著《小說》云，「語兒」當為「御兒」，蓋地名梨所從出也。按御兒，非產梨之地，不知陳何所據也。

此條記載「語兒梨」之命名，甚為有趣。北宋學者、官員趙令畤（一〇六四至一一三四）《侯鯖錄．卷三》謂：「語兒梨，果實之珍，因其地名耳。」明朝醫學家、藥學家、博物學家李時珍（一五一八至一五九三）《本草綱目．果之二．梨》曰：「梨，處處皆有，而種類殊別。醫方相承，用乳梨、鵝梨。乳梨，出宣城，皮濃而肉實，其味極長；鵝梨，河之南北州郡皆有之，皮薄而漿多，味差短，其香則過之。其餘水梨、消梨、紫糜梨、赤梨、青梨、茅梨、甘棠梨、御兒梨之類甚多，俱不入藥也。」文字有提及「御兒梨」。又曰：「梨樹高二、三丈，尖葉光膩有細齒，二月開白花如雪六出。上巳無風則結實必佳。故古語云：上巳有風梨有蠹，中秋無月蚌無胎。賈思勰言：梨核每顆有十餘子，種之惟一、二子生梨，餘皆生杜，此亦一異也。杜，即棠梨也。梨品甚多，必須棠梨、桑樹接過者，則結子早而佳。梨有青、黃、紅、紫四色。乳梨，即雪梨；鵝梨，即綿梨；消梨，即香水梨也。俱為上品，可以治病。御兒梨，即玉乳梨之訛。或云御兒一作語兒，地名也，在蘇州嘉興縣，見《漢書注》。」

卷四〈石炭〉：

石炭不知始何時。熙寧間初到京師，東坡作《石炭行》一首，言以冶鐵作兵器，甚精，亦不云始於何時也。予觀《前漢・地理志》，豫章郡出石，可燃。隋王邵論火事，其中有石炭二字，則知石炭用於世久矣。然今西北處處有之，其為利甚博，而豫章郡不復說也。

「石炭」就是煤，本則所說的「西北」就是山西到內蒙南部的地區。朱弁在當年已經注意到煤的存在及其價值，是很有眼光的。

卷五〈東坡過金陵晤荊公〉：

東坡自黃徙汝，過金陵，荊公野服乘驢謁於舟次。東坡不冠而迎，揖曰：「軾今日敢以野服見大丞相。」荊公笑曰：「禮豈為我輩設哉？」東坡曰：「軾亦自知相公門下用軾不著。」荊公無語，乃相招遊蔣山。在方丈飲茶次，公指案上大硯曰：「可集古人詩聯句賦此硯。」東坡應聲曰：「軾請先道一句。」因大唱曰：「巧匠斫山骨。」荊公沉思良久，無以續之，乃起曰：「且趁此好天色，窮覽蔣山之勝，此非所急也。」田晝承君是日與一二客從後觀之，承君曰：「荊公尋常好以此困人，而門下士往往多辭以不能，不料東坡不可以此懾伏也。」承君，建中靖國間為大宗正丞，曾布欲用為提舉

常平，以非其所素學，辭不受，士論美之。

此條記載蘇軾（一〇三七至一一〇一）在神宗元豐七年（一〇八四）離開黃州，赴任汝州團練，路過金陵（今南京）時，拜訪已罷官的王安石（一〇二一至一〇八六）。權臣蔡京（一〇四七至一一二六）的幼兒蔡絛（一〇九七至？）《西清詩話·上卷》有記載謂：「元豐中，王文公在金陵，東坡自黃北遷，日與公遊，盡論古昔文字，閑即俱味禪悅。」

神宗（一〇四八至一〇八五）崩後，哲宗繼位。原反對派首領司馬光（一〇一九至一〇八六）在高太皇太后（一〇三二至一〇九三）的支持下任宰相，推動「元祐更化」，幾乎廢除了所有新法。司馬光的行動對王安石的打擊很大。哲宗元祐元年（一〇八六）四月初六，王安石在江寧府秦淮河畔半山園內逝世，享年六十六歲。當時司馬光致書呂公（一〇一八至一〇八九），請求呂公著說服哲宗可以「特宜優加厚禮以振起浮薄之風」，最終哲宗追贈王安石為太傅，並命中書舍人蘇軾撰寫《王安石贈太傅》的制詞。

卷五〈東坡和章質夫詞聲韻諧婉〉：

章楶質夫作《水龍吟》詠楊花，其命意用事清麗可喜。東坡和之，若豪放不入律呂。徐而視之，聲韻諧婉，便覺質夫詞有織繡工夫。晁叔用云：「東坡如毛嬙、西施，淨洗卻面與天下婦人鬥好，質夫豈可比耶？」

章楶（一〇二七至一一〇二），字質夫，建州浦城（今福建省南平市浦城縣）人。北宋時的名將、詞人。著有《寄亭詩遺》及《成都古今詩集》六卷等。他原作之《水龍吟·楊花》為「燕忙鶯懶芳殘，正堤上楊花飄墜。輕飛亂舞，點畫青林，全無才思。閒趁游絲，靜臨深院，日長門閉。傍珠簾散漫，垂垂欲下，依前被、風扶起。蘭帳玉人睡覺，怪春衣、雪沾瓊綴。繡床漸滿，香球無數，才圓卻碎。時見蜂兒，仰黏輕粉，魚吞池水。望章台路杳，金鞍遊蕩，有盈盈淚。」蘇軾的和詞《水龍吟·次韻章質夫楊花詞》為「似花還似非花，也無人惜從教墜。拋家傍路，思量卻是，無情有思。縈損柔腸，困酣嬌眼，欲開還閉。夢隨風萬里，尋郎去處，又還被、鶯呼起。不恨此花飛盡，恨西園、落紅難綴。曉來雨過，遺蹤何在？一池萍碎。春色三分，二分塵土，一分流水。細看來，不是楊花，點點是離人淚。」

本條謂晁叔用認為質夫的原作不及東坡之和作。晁沖之（生卒年不詳），字叔用，鉅野（今山東鉅野）人，是蘇門四學士之一晁補之（一〇五三至一一一〇）從弟。其子晁公武（一一〇一至一一八〇）是南宋著名目錄學家及藏書家。晁沖之科舉不第。早年曾受業於後山居士陳師道（一〇五三至一一〇一），後隱居於陽翟（今河南禹縣）具茨山，人稱具茨先生。他以詩擅名，專學杜甫。有詩集《具茨集》十卷傳世。又有《晁叔用詞》一卷，今不傳。歷來對蘇東坡的這首「和詞」與章質夫的「原唱」孰優孰劣，意見紛歧。一說「原唱」優於「和詞」，二說「和詞」優於「原唱」，三說「原唱」與「和詞」均為絕唱，「不容妄為軒輊」。

卷六〈東坡與劉貢父諧謔〉：

東坡嘗與劉貢父言：「軾與舍弟習制科時，日享三白，食之甚美，不復信世間有八珍也。」貢父問三白何物？答曰：「一撮鹽，一碟生蘿蔔，一碗飯，乃三白也。」貢父大笑。久之，以簡招坡過其家吃皛飯。坡不省，憶嘗對貢父三白之說也。謂人云：「貢父讀書多，必有出處。」比至赴食，見案上所設，唯鹽、蘿蔔、飯而已。乃始悟貢父以三白相戲，笑投匕箸，食之幾盡。將上馬，云：「明日可見過，當具毳飯奉待。」貢父雖恐其為戲，但不知毳飯所設何物。如期而往，談論過食時，貢父饑甚，索食。東坡云：「少待。」如此者再三，東坡答如初。貢父曰：「饑不可忍矣。」東坡徐曰：「鹽也毛，蘿蔔也毛，飯也毛，非毳而何？」貢父捧腹曰：「固知君必報東門之役，然慮不及此也。」東坡乃命進食，抵暮而去。世俗呼「無」為「模」，又語訛「模」為「毛」，嘗同音，故東坡以此報之，宜乎貢父思慮不到也。

蘇東坡個性詼諧，喜歡和朋友開玩笑。此條記載他和劉攽（一〇二二至一〇八八）互相戲弄的軼事。劉攽，字貢父，號公非。樟樹市黃土崗鎮荻斜劉家人。北宋史學家，著有《彭城集》。《資治通鑑》副主編之一。劉攽精於詩學，近代學者錢鍾書（一九一〇至一九九八）稱許劉攽「也許在史學考古方面算得北宋最精博的人」，又認為劉攽的詩比他哥哥劉敞（字原父）（一〇一九至一〇六八）好。

兩宋之間道教學者、詩人曾慥（生卒年不詳）《高齋漫錄》有一條類似的記載，但主角卻由劉貢父變為錢穆父。記載如下：「東坡嘗謂錢穆父曰：『尋常往來，須稱家有無；草草相聚，不必過為具。』一日，穆父折簡召坡食『皛飯』。及至，乃設飯一盂、蘿蔔一碟、白湯一盞而已，蓋以三白為『皛』也。後數日，坡復召穆父食『毳飯』，穆父意坡必有毛物相報。比至日晏，並不設食。穆父餒甚。坡曰：『蘿蔔湯飯俱毛也。』穆父嘆曰：『子瞻可謂善戲謔者也。』」穆父是錢勰（生卒年不詳）的字，臨安人（今浙江杭州臨安），書法家，擅長楷書和行草，其楷書學習歐陽詢，行草學習王獻之。他是五代十國時期吳越國的創立人錢鏐（八五二至九三二）的後人。

卷七〈定陵納諫〉：

定陵東封回日，獻歌頌者不可勝數。而布衣孫籍上書，獨言：「升中告成，帝王盛美，臣願陛下以持盈守成為念，不可便自驕滿。」定陵大嘉納之，召試中書，賜同進士出身。定陵將西祀，孫宣公累上疏切諫，以為必欲西幸，有十不可，至曰：「陛下不過欲慕秦皇、漢武，刻石垂名以誇後代耳。」其言痛切者，則有曰：「秦多徭役，而劉、項起於徒中；唐不恤民，而黃巢起於饑歲。陛下好行幸，頻賦斂，豈知今無劉、項、黃巢乎？」帝覽之，亦不怒，乃作《辨疑論》以解諭之，且遣中使慰勉，其納諫如此。

宋真宗趙恆（九六八至一〇二二）是北宋的第三位皇帝。他葬於「永定陵」，所以本條稱他為「定陵」。他是宋太宗的第三個兒子，二十九歲登基，在位二十五年。他年幼時，很得伯父宋太祖喜愛。真宗好文學，也是一名詩人，他比較著名的詩有《勵學篇》、《勸學詩》等。名句「書中自有黃金屋、書中有女顏如玉」就是出自《勸學詩》。元朝官修正史《宋史》脫脫等對他的評價是：「真宗英悟之主。」

景德元年（一〇〇四）遼國侵宋，宋朝大多數大臣建議不抵抗，以宰相寇準（九六一至一〇二三）為首的少數人極力主張抵抗，最後宋真宗御駕親征，雙方在澶州（今河南濮陽附近）對峙，後雙方談和罷兵，以每年向遼納白銀十萬両、絹二十萬匹來換取與遼之間的和平，史稱「澶淵之盟」。這是宋朝以歲幣換取和平的開始，也開始了遼宋之間的貿易。

本條記載上疏諫真宗往封禪的孫宣公孫奭（九六二至一〇三三），字宗古，博州博平（今山東茌平區博平鎮）人，是北宋時期大臣、經學家、教育家。他幼讀經書，篤學成才。宋太宗時，入國子監為直講。真宗時，為諸王侍讀，累官至龍圖閣待制。著有《經典徽言》及《五經節解》、《樂記圖》、《五服制度》等。南宋洪邁（一一二三至一二〇二）《容齋三筆》卷七有「孫宣公諫封禪」條。「宣」是他的諡號。

卷八〈蘇子容銅渾儀〉：

元祐四年三月己卯，銅渾儀新成，蓋蘇子容所造也。古謂之渾天儀。歷代相傳以為羲和之舊器。漢洛下閎、東京張平子、蔡邕、吳王蕃、劉耀光初中孔定、後魏太史令晁崇，皆璣衡遺法，而所得有精粗。孔定、王蕃最號精密，所造既淪沒於西戎，而蕃不著其器。獨子容因其家所藏小樣而悟於心，常恨未究算法，欲造其器而不果。晚年為大宗伯，於令史中得一人（忘其姓名），深通算法，乃授其數令布算，參考古人，尤得其妙，凡數年而器成焉。大如人體，人居其中，有如籌象，因星鑿竅，依竅加星，以備激輪旋轉之勢。中星昏曉應時，皆見於竅中。星官、曆翁聚觀駭歎，蓋古未嘗有也。子容又圖其形制，著為成書上之，詔藏於秘閣。至紹聖初，蔡卞以其出於元祐，議欲毀之。時晁美叔為秘書少監，惜其精密，力爭之，不聽，乃求林子中為助，子中為言於章惇，得不廢。及蔡京兄弟用事，無一人敢與此器為地矣。吁，可惜哉！

蘇頌（一〇二〇至一一〇一），字子容，福建路泉州同安葫蘆山（今廈門市同安區）人。北宋傑出博學家、科學家、政治家、天文學家、地圖學家、藥理學家、礦物學家、動物學家、植物學家、詩人、外交大使等多重身份。蘇頌是中世紀開封水運儀象台的設計工程師，為世界上早期採用擒縱器的機械設計。擒縱器是由佛教和尚一行與梁令瓚於公元七二五年所發明的，但被應用於環形球儀機械上，蘇頌是第一人。

宋仁宗慶曆二年（一〇四二），蘇頌與王安石同榜中了進士，做了江蘇江寧縣令，後調任穎州（現安徽阜陽）知州。仁宗皇祐五年（一〇五三），蘇頌調升國史館集賢院校理九年，便利用接觸皇室藏書的機會，每天堅持背誦二千字，回家後默寫保留，故熟悉了許多宮廷秘本，極大地豐富了自己的學識。著名的藥物學著作《本草圖經》二十一卷，就是在此期間完稿。在神宗年間，蘇頌先後出任知制誥、婺州（現浙江金華）知州、應天府知府兼南京（現河南寧陵以東除永城外地區）留守司、左諫議大夫、開封府知府等職。宋神宗元豐二年（一〇七九），蘇頌因陳世儒案下獄。與「烏臺詩案」蘇東坡關在一牆之隔，作詩云：「遙憐北戶吳興守，詬辱通宵不忍聞。」宋哲宗元祐元年（一〇八六），蘇頌任刑部尚書。元祐三年（一〇八八），蘇頌主持複製先進的水運儀象台。元祐七年（一〇九二），蘇頌被任為尚書右僕射兼中書侍郎，兩年後辭相出任揚州知州。哲宗紹聖四年（一〇九七）告老還鄉，哲宗賜贈蘇頌「太子少師」銜，並賜江蘇丹陽良田四百畝。徽宗建中靖國元年（一一〇一），蘇頌病逝，享年八十二歲，謚號正簡，封贈「太師、魏國公」。

蘇頌著作豐富，著有《蘇魏公文集》七十二卷、《華戎魯衛信錄》二百二十九卷、《本草圖經》二十一卷、《新儀象法要》、《蘇侍郎集》等。

歷代學者對蘇頌均有很高的評價。歐陽修謂：「才可適時，識能慮遠。珪璋粹美，是為邦國之珍；文學純深，當備朝廷之用。」富弼謂：「若吾子出處，可謂真古之君子矣。」蘇軾謂：「溫文而毅，直亮不回。」曾肇《蘇丞相頌墓誌銘》云：「是生僕射，為宋世臣。德以承家，學維發身。其學伊何，海涵山蓄。問無不酬，鍾叩龜卜。其德維何，玉質金相。見於言行，規圓矩方。不競不絿，則維其常。當義必爭，君子之剛。身有詘信，色無欣戚。吾維黨讎，人孰惡斁。晚躋鼎軸，師保東宮。五朝元老，勇退齊終。樂安之亭，棲魄於此。尚對前休，公多才子。」蘇象先謂：「祖父生平節儉，尤愛惜楮墨，未嘗妄費寸紙。每剪碎紙為籤頭，稍大者抄故事，令子孫輩寫錄。常雲此陶侃竹頭、木屑之意。」朱熹謂：「趙郡蘇公，道德博聞，號稱賢相，立朝第一，始終不虧。道德淵深，履行純固。」《四庫全書總目提要》云：「史稱頌天性仁厚，宇量恢廓，在哲宗時稱為賢相。平生嗜學，自書契以來，經史九流百家之說，至於圖緯陰陽五行律呂星宮等法，山經本草，無所不通。……是其學本博洽，故發之於文，亦多清麗雄贍，卓然可為典則。……而頌文翰之美，單詞只句，膾炙人口，即此亦可見其概矣。」

渾儀，是中國古代的一種天文觀測儀器，是以渾天說為理論基礎製造的、由相應天球坐標系各基本圈的環規及瞄準器構成的古代天文測量天體的儀器。渾儀的製造始於漢朝的落下閎（落下、一曰洛下，是複姓）（前一五六至前八七）。到了唐代，由天文學家李淳風（六〇二至六七〇）設計了一架比較精密完善的渾天黃道儀。元代的天文學家郭守敬（一二三一至一三一六）將其簡化，創製了簡儀。中國現存最早的渾天儀製造於明朝，陳列在南京紫金山天文台。蘇頌所研製的水運儀象台是一座高十二米，寬七米的巨型天文儀器。蘇頌在說明中說：「兼採諸家之說，備存儀象之器，共置一台中。台有二隔，置渾儀於上，而渾象置於下，樞機輪軸隱於中，鐘鼓時刻司辰運於輪上，……以水激輪，輪轉而儀象皆動。」水運儀象台的上層是觀測天體的渾儀，中層是演示天象的渾象，下層是使渾儀、渾象隨天體運動而報時的機械裝置。它兼有觀測天體運行，演示天象變化，以及隨天象推移而有木人自動敲鐘、擊鼓、搖鈴，準確報時的三種功用。它在國內取得了前無古人的成就，中外科技史專家也為之嘆服。可惜這個儀器在靖康戰火中已被毀。

卷九〈歐陽公《歸田錄》舊本未出於世〉：

歐陽公《歸田錄》初成，未出而序先傳，神宗見之，遽命中使宣取。時公已致仕在潁川，以其間紀述有未欲廣者，因盡刪去之。又惡其太少，則雜記戲笑不急之事以充滿其卷帙。既繕寫進入，而舊本亦不敢存。今世之所有，皆進本，而元書蓋未嘗出之於世，至今其子孫猶謹守之。

《歸田錄》記載了朝廷軼事、職官制度和人物事跡，多為歐陽修耳聞目睹，隨手記敘，有重要史料價值。《四庫全書總目》稱其「大致可資考據」。

歐陽修（一〇〇七至一〇七二），字永叔，號醉翁、六一居士，諡號文忠。籍貫吉州廬陵（今江西省吉安市），生於綿州（今四川綿陽）。他是北宋文學家、史學家、政治家，歷仕仁宗、英宗、神宗三朝，官至翰林學士、樞密副使、參知政事。有關他的生平及《歸田錄》一書，可參看本書評介《歸田錄》篇。

卷十〈王荊公性簡率〉：

王荊公性簡率，不事修飾奉養。衣服垢污，飲食粗惡，一無所擇，自少時則然。蘇明允著《辨奸》，其言「衣臣虜之衣，食犬彘之食，囚首垢面而談《詩》、《書》」，以為不近人情者，蓋謂是也。然少喜與呂惠穆、韓獻肅兄弟遊。為館職時，玉汝嘗率與同浴於僧寺，潛備新衣一襲，易其敝衣。俟其浴出，俾其從者舉以衣之，而不以告。荊公服之如固有，初不以為異也。及為執政，或言其喜食獐脯者。其夫人聞而疑之，曰：「公平日未嘗有擇於飲食，何忽獨嗜此？」因令問左右執事者，曰：「何以知公之嗜獐脯耶？」曰：「每食不顧他物，而獐脯獨盡，是以知之。」復問：「食時置獐脯何所？」曰：「在近匕箸處。」夫人曰：「明日姑易他物近匕箸。」既而果食他物盡而獐脯固在。然後人知其特以其近故食之，而初非有所嗜也。人見其太甚，或者多疑其偽云。

有關王安石（一〇二一至一〇八六）的軼事，很多筆記均有所載。本條所記之事頗為有趣。

容齋隨筆

《容齋隨筆》，宋洪邁（一一二三至一二〇二）撰。

洪邁，字景盧，號容齋，又號野處，饒州鄱陽人（今江西省上饒市鄱陽縣），南宋名臣洪皓（一〇八八至一一五五）第三子，官至翰林學士、龍圖閣學士、端明殿學士。洪邁出生於一個士大夫家庭。他的父親洪皓、哥哥洪适、洪遵都是著名的學者、官員。洪适官至宰相。洪遵官至宰執（副相）贈右丞相。所謂「鄱陽英氣鍾三秀」。他們父子四人「一門四學士」，為世所稱。洪皓使金，遭金人扣留，洪邁年僅七歲，隨兄洪适、洪遵攻讀。《宋史．洪邁傳》稱他「幼讀書日數千言，一過目輒不忘，博極載籍，雖稗官虞初，釋老傍行，靡不涉獵」。高宗紹興十五年（一一四五），洪邁登進士第，授兩浙轉運司。因受秦檜（一〇九一至一一五五）排擠，出京為福州教授。累遷吏部郎兼禮部。紹興三十一年（一一六一），遷左司員外郎。紹興三十二年（一一六二）春，金世宗完顏雍（一一二三至一一八九）遣左監軍高忠建來告登位且議和，洪邁為接伴使，充賀登位使，出使金國，「自旦及暮，不給飲食，三日乃得見」，洪邁熬不過，屈節稱「陪臣」。金大都督懷中提議將洪邁扣留，左丞相張浩以為不可，乃遣還。殿中御史張震彈劾邁「使金辱命」，罷歸家居。平情而論，洪邁在惡劣的環境中，大節是無虧的。

孝宗隆興元年（一一六三），知泉州。孝宗乾道二年（一一六六），知吉州（今江西吉安），入京為起居舍人。乾道三年（一一六七），遷起居郎，拜中書舍人兼侍讀、直學士院。乾道六年（一一七〇），知贛州（今江西贛州）。孝宗淳熙二年（一一七五），知婺州，興修水利。特遷敷文閣待制。淳熙三年（一一七六）以提舉佑神觀兼侍講、同修國史。淳熙四年（一一七七）九月，拜翰林學士。光宗紹熙元年

（一一九〇），進煥章閣學士，知紹興府。紹熙二年，上章告老，進龍圖閣學士。不久以端明殿學士致仕。寧宗嘉泰二年（一二〇二）卒，年八十。贈光祿大夫，謚文敏。洪邁二十歲即潛心於《夷堅志》之編撰。其他著作包括《容齋隨筆》五集、《四朝國史記》、《欽宗紀》、《經義考》、《野處類稿》等。洪邁之書影響較大者，尚有《萬首唐人絕句》一百卷，光宗紹熙間成書。

作為一個勤奮博學的士大夫，洪邁一生涉獵了大量的書籍，並養成了作筆記的習慣。讀書之際，每有心得，便隨手記下來，寫成了《容齋隨筆》。《容齋隨筆》是全書的總名，共有七四卷，一二二〇則。其中，《隨筆》十六卷，三二九則；《續筆》十六卷，二四九則；《三筆》十六卷，二四八則；《四筆》十六卷，二五九則；《五筆》十卷，一三五則。作者在《四筆》的序中說：「始予作《容齋隨筆》，首尾十八年，《二筆》十三年，《三筆》五年，而《四筆》之成，不費一歲。身益老而著書益速，蓋有其說。曩自越府歸，謝絕外事，獨弄筆紀述之習，不可掃除。」洪邁沒有說《五筆》寫了多少年，因為還沒有按原計劃寫完十六卷，可能在寫到十卷時便去世了。他為《四筆》寫序時，是宋寧宗慶元三年（一一九七）九月，那麼，自此以後至其在寧宗嘉泰二年（一二〇二）去世中的五年左右時間，應當就是他寫作《五筆》的時間。全書前後共寫了四十多年。積四十多年的時間寫出一部鉅著，應該說是不多見的。之所以歷時這麼久，主要是筆記體這一性質所決定的。顯然，必須要長時間讀書，才能寫下心得。

本書以「隨筆」為書名，內容當然廣泛，包括評論歷史、史實考察、古今地理考察、經學研究、文字考源、詞義辨正、醫藥研究、動植物考察等。全書以考證、議論、記事為中心內容。既有宋代的典章制度，更有三代以來的一些歷史事實、政治風雲和文壇軼事。本書中有二百多條詩話、文話、詞話，前人曾以《容齋詩話》之名結集行世。因本書資料豐富、考據精到、議論高簡，超越眾多的同類著作之上，被

《四庫全書總目提要》推為南宋說部（筆記）之冠。北宋說部，大多人以沈括《夢溪筆談》為首，其科學技術內容，本書不及。但以史事評論而言，沈不及洪。明代河南巡撫、監察御史姚瀚在明孝宗弘治十一年（一四九八）對此書評論曰：「此書可以勸人為善，可以戒人為惡；可使人欣喜，可使人驚愕；可以增廣見聞，可以澄清謬誤；可以消除懷疑，明確事理；對於世俗教化頗有裨益。」

現選錄二十條給大家賞讀。

《隨筆》卷一〈詩讖不然〉：

今人富貴中作不如意語，少壯時作衰病語，詩家往往以為讖。白公十八歲，病中作絕句云：「久為勞生事，不學攝生道。少年已多病，此身豈堪老？」然白公壽七十五。

白居易（七七二至八四六）是中唐最有代表性的詩人之一，也是唐代存世詩歌最多的作家，作品有三千餘首。能活到七十五歲，在那個年代是不容易的。十八歲的少年，不迷信「詩讖」之說，很有志氣。關於他的詳細生平，可參看本書評介《幽閒鼓吹》篇。

《隨筆》卷二〈曹參趙括〉：

漢高祖疾甚，呂后問曰：「蕭相國既死，誰令代之？」上曰：「曹參可。」蕭何事惠帝，病，上問曰：「君即百歲後，誰可代君？」對曰：「知臣莫若主。」帝曰：「曹參何如？」曰：「帝得之矣。」曹參相齊，聞何薨，告舍人趣治行，吾且入相。居無何，使者果召參。趙括自少時學兵法，

其父奢不能難，然不謂善，謂其母曰：「趙若必將之，破趙軍者必括也。」後廉頗與秦相持，秦應侯行千金為反間於趙，曰：「秦之所畏，獨趙括耳。」趙王以括代頗將。藺相如諫，王不聽。括母上書言括不可使，王又不聽。秦王聞括已為趙將，乃陰使白起代王齕，遂勝趙。曹參之宜為相，高祖以為可，惠帝以為可，蕭何以為可，參自以為可，故漢用之而興。趙括之不宜為將，其父以為不可，母以為不可，大臣以為不可，秦王知之，相應侯知之，將白起知之，獨趙王以為可，故用之而敗。嗚呼！將相安危所系，可不監哉！且秦以白起易王齕，而趙乃以括代廉頗，不待於戰，而勝負之形見矣。

從此條中可見朝廷無論是選相或選將，均要十分謹慎。曹參（？至前一九〇），字敬伯，泗水郡沛縣（今江蘇沛縣）人，是西漢知名的將領，也是繼蕭何後漢朝第二位相國。在反秦戰爭、楚漢戰爭和消滅異姓王風潮中，曾參參與多次戰役，立功最多，成為漢軍中的主要人物，曾經負傷七十處，攻下兩國，一百二十二個縣，俘虜諸侯王兩名、高官十數人，封平陽侯。曹參戰功雖高，論功時仍不及蕭何（？至前一九三），後因蕭何推薦，繼任相國。曹參與蕭何關係不睦，但仍然依循蕭的制度。曹參就任相國期間，整天飲酒食肉，政治上無為而治。惠帝問曹參為何如此，曹參反問：「皇上跟高祖相比，誰較聖明？」惠帝說：「我怎敢跟先帝比。」曹參又問：「我跟蕭何相比，誰較賢能？」惠帝說：「你似乎不及蕭何。」曹參接著說：「陛下說得對。高祖與蕭何安定了天下，法令已經明白、具備了，只要陛下垂拱而治，讓臣等堅守崗位，遵守他們的法度而不違背，不是很對麼？」揚雄《法言．淵騫》謂：「蕭也規，曹也隨。」時人歌頌：「蕭何為法，顜若劃一；曹參代之，守而勿失。載其清淨，民以寧一。」史稱此為「蕭規曹隨」。

趙括（前二九〇至前二六〇），戰國時期趙國的將領。其父為賈誼《過秦論》文中所述東方六國八大名將之一的趙國名將馬服君趙奢，故稱馬服子。趙括年幼時在其父的影響下熟讀兵書，但卻無實戰經驗。趙孝成王六年（前二六〇），趙國中秦國的反間計，用趙括代替廉頗（前三二七至前二四三）為將領。他改守為攻，在長平（今山西高平西北）主動引兵出擊，被秦軍包圍。期間他曾多次突圍，但均不成功。在被圍四十六天後，趙括在突圍時被秦軍伏弩射殺。此役為著名的長平之戰。趙括因戰敗而斷送四十餘萬將士性命和趙國前途，其事蹟成為成語「紙上談兵」。據《史記．廉頗藺相如列傳》等記載，長平之戰前，趙括之母上書趙王，說趙括不能為將，指出趙括在人品方面有問題，並說：「王以為若其父乎？父子不同，執心各異。願王勿遣。」然而趙王不聽，於是趙母謂若趙括戰敗，自己是否可以不受株連，趙王同意。趙括戰敗後趙母確實未受株連。

《隨筆》卷八〈諸葛公〉：

諸葛孔明千載人，其用兵行師，皆本於仁義節制，自三代以降，未之有也。蓋其操心制行，一出於誠，生於亂世，躬耕壟畝，使無徐庶之一言，玄德之三顧，則苟全性命，不求聞達必矣。其始見玄德，論曹操不可與爭鋒，孫氏可與為援而不可圖，唯荊、益可以取，言如蓍龜，終身不易。二十餘年之間，君信之，士大夫仰之，夷夏服之，敵人畏之。上有以取信於主，故玄德臨終，至云「嗣子不才，君可自取。」後主雖庸懦無立，亦舉國聽之而不疑。下有以見信於人，故廢廖立而立垂泣，廢李嚴而嚴致死。後主左右奸辟側佞，充塞於中，而無一人有心害疾者。魏盡據中州，乘操、丕積威之後，猛士如林，不敢西向發一矢以臨蜀，而公六出征之，使魏畏蜀如虎。司馬懿案行其營壘處所，嘆為天下奇才。鍾會伐蜀，使人至漢川祭其廟，禁軍士不得近墓樵采，是豈智力策慮所能致哉？魏延每隨公出，輒欲請兵萬人，與公異道會於潼關，公制而不許，又欲請兵五千，循秦嶺而東直取長安，以為一舉而咸陽以西可定。史臣謂公以為危計不用，是不然。公真所謂義兵不用詐謀奇計，方以數十萬之衆，據正道而臨有罪，建旗鳴鼓，直指魏都，固將飛書告之，擇日合戰，豈復翳行竊步，事一旦之譎以規咸陽哉！司馬懿年長於公四歲，懿存而公死，才五十四耳，天不祚漢，非人力也。「霸氣西南歇，雄圖歷數屯。」杜詩盡之矣。

諸葛亮（一八一至二三四），字孔明，東漢末年徐州琅琊陽都（今山東省臨沂市沂南縣）人。三國蜀漢丞相。諸葛亮是政治家、軍事家、文學家、發明家，也是三國時代乃至中國歷史上最著名的謀士之一。諸葛亮年輕時隱居隆中（今湖北襄陽市西郊），自比管仲、樂毅，人稱「臥龍」，與「鳳雛」龐統齊名。諸葛亮的《出師表》謂劉備（一六一至二二三）「三顧臣於草廬之中，諮臣以當世之事。」「三顧草廬」是漢獻帝建安十二年（二〇七）的事。不過，根據《魏略》和《九州春秋》的說法，是諸葛亮主動求見劉備的。諸葛亮為劉備定「據荊益、聯孫權、拒曹操之策」，佐備取荊州，定益州，與魏、吳成鼎足之勢。不久諸葛亮使吳，與魯肅（一七二至二一七）說服孫權（一八二至二五二），於赤壁之戰（二〇八）中大敗曹操（一五五至二二〇）。

關羽北伐中原，威震華夏。後曹操與孫權勾結，孫權偷襲荊州，俘虜關羽並將他斬首。孫劉聯盟破裂後，諸葛亮調整國策。曹丕（一八七至二二六）於建安二十五年（二二〇）篡漢，劉備於次年在成都稱帝，以諸葛亮為丞相。劉備伐吳戰敗，命諸葛亮留守成都。劉備死後，諸葛亮輔助後主劉禪（二〇七至二七一），以丞相封武鄉侯，兼領益州牧。孫權於魏明帝太和三年，即蜀漢後主建興七年（二二九）稱帝。諸葛亮休養生息，調整官制，修訂法度，志在恢復中原。又打壓益州豪族，平定南中叛亂，控制南中。曾五次北伐，與魏國攻戰。《三國演義》謂諸葛亮曾「六出祁山」（祁山在甘肅禮縣東），但正史記載諸葛亮從祁山出兵伐魏僅有兩次。由於《演義》在民間的影響力較大，因此「六出祁山」也漸漸成為諸葛亮北伐的代名詞。

在後主劉禪建興十二年（二三四）第五次北伐中，諸葛亮因積勞成疾，卒於五丈原（今陝西寶雞市岐山縣南），年五十四，謚為忠武。諸葛亮是中國歷史上傑出的政治家、軍事家與發明家，集忠、義、智、勇於一身，備受後世推崇。在劉備託孤後，諸葛亮對後主劉禪盡心盡力，凡事親力親為，憂國忘家，於《出師表》中表明心跡，直至最後自己食少事煩，病死軍中。諸葛亮總攬朝政十餘年，不斂財，不謀私，以興復漢室為任。諸葛亮曾上表指出自己沒有多餘財產，只有八百株桑樹和十五頃土地。諸葛亮死後三十年，他的長子諸葛瞻和長孫諸葛尚一起在蜀漢保衛戰中戰死沙場。

《三國志》作者陳壽（二三三至二九七）的父親因為馬謖（一九〇至二二八）兵敗，連坐，被髡（剃髮），但是他對諸葛亮的評價卻是「盡忠益時者雖仇必賞，犯法怠慢者雖親必罰」。諸葛亮極為注重基礎設施建設，裴松之注引袁準「亮好治官府、次舍、橋樑、道路」，這是蜀漢之所以長期對魏作戰仍能保持經濟發展的原因之一。同時代乃至後時代的人對諸葛亮的治國能力有着極高的評價。司馬懿（一七九至二五一）在與蜀漢的戰爭中逐步掌握實權，最終發動「高平陵之變」。同時代東吳張儼評論為：「若此人不亡，終其志意，連年運思，刻日興謀，則涼、雍不解甲，中國不釋鞍，勝負之勢，亦已決矣。」認為如果諸葛亮不是因病去世，將會達成其北伐目標。就軍事理論而言，諸葛亮改善了八陣，推演兵法，對軍事理論有一定的貢獻。司馬懿在諸葛亮去世後觀察蜀漢營寨稱讚其為天下奇才，司馬昭（二一一至二六五）滅蜀後，就立即令其近侍陳勰學習其「圍陣用兵倚伏之法，又甲乙校標幟之制」，直至唐代將領李靖仍然十分推崇。晉書與南北朝諸史有多處關於八陣的記載，充分說明了八陣對後世將領的影響。

諸葛亮也是發明家。他改良連弩及製造木牛流馬。陳壽稱讚為「亮性長於巧思，損益連弩，木牛流馬，皆出其意」。諸葛亮在文學方面也有表現。《出師表》是千古名篇，被《文心雕龍》稱讚為「孔明之辭後主，志盡文暢」。陸游也有「出師一表真名世，千載誰堪伯仲間」之句，蘇軾評價為「簡而盡，直而不肆」。諸葛亮亦擅長書法繪畫，宋徽宗時編宣和書譜時說：「自漢晉宋以還，以草書得名者為多，流傳於今者，蜀得諸葛亮。現今御府所藏草書《遠涉帖》。」現今傳世之《遠涉帖》，傳為王羲之臨摹諸葛亮原帖而得。唐朝張彥遠在《歷代名畫記》中說：「諸葛武侯父子皆長於畫。」

《隨筆》卷八〈人君壽考〉：

三代以前，人君壽考有過百年者。自漢、晉、唐、三國、南北下及五季，凡百三十六君，唯漢武帝、吳大帝、唐高祖至七十一，玄宗七十八，梁武帝八十三，自餘至五六十者亦鮮。即此五君而論之，梁武召侯景之禍，幽辱告終，旋以亡國。玄宗身致大亂，播遷失意，飲恨而沒。享祚久長，翻以為害，固已不足言。漢武末年，巫蠱事起，自皇太子、公主、皇孫皆不得其死，悲傷愁沮，群臣上壽，拒不舉觴，以天下付之八歲兒。吳大帝廢太子和，殺愛子魯王霸。唐高祖以秦王之故，兩子十孫同日並命，不得已而禪位，其方寸為如何？然則五君者雖有崇高之位，享耆耋之壽，竟何益哉！若光堯太上皇帝之福，真可於天人中求之。

在中國歷史上有記載並受到廣泛承認的王朝，皇帝共三百多人。歷代中國的皇帝中，由於早夭、政變、累於政事、躭於淫樂等原因，平均的壽命很短。洪邁指出長壽的有漢武帝劉徹（前一五六至前八七）、吳大帝孫權（一八二至二五二）、唐高祖李淵（五六六至六三五），三人壽命都在七十歲左右。此外梁武帝蕭衍（四六四至五四九）活到八十五歲，唐玄宗李隆基（六八五至七六二）活到七十七歲。但這五位皇帝晚年因各種原因，並不快樂。洪邁未有提及武曌（武則天，又作武曌）（六二四至七〇五）這位武周女皇帝。她活到八十一歲。洪邁寫這一條筆記應在宋孝宗淳熙庚子（一一八〇）前，當時高宗趙構（一一〇七至一一八七）為太上皇。高宗後來活到八十歲。在往後的朝代中，元世祖忽必烈（一二一五至一二九四）活到七十九歲、明太祖朱元璋（一三二八至一四九八）活到七十歲。中國最長壽的皇帝是清高宗弘曆（乾隆帝）（一七一一至一七九九），有八十八歲的壽命。

《隨筆》卷十〈司空表聖詩〉：

東坡稱司空表聖詩文高雅，有承平之遺風，蓋嘗自列其詩之有得於文字之表者二十四韻，恨當時不識其妙。又云：「表聖論其詩，以為得味外味，如『綠樹連村暗，黃花入麥稀』，此句最善。又『棋聲花院閉，幡影石壇高』，吾嘗獨入白鶴觀，松陰滿地，不見一人，惟聞棋聲，然後知此句之工，但恨其寒儉有僧態。」予讀表聖《一鳴集》，有《與李生論詩》一書，乃正坡公所言者，其餘五言句云：「人家寒食月，花影午時天」，「雨微吟足思，花落夢無憀」，「坡暖冬生筍，松涼夏健人」，「川明虹照雨，樹密鳥沖人」，「夜短猿悲減，風和鵲喜靈」，「馬色經寒慘，鵰聲帶晚饑」，「客來當意愜，花發遇歌成」。七言句云：「孤嶼池痕春漲滿，小欄花韻午晴初」，「五更惆

悵回孤枕，由自殘燈照落花。」皆可稱也。

司空圖（八三七至九〇八），字表聖，自號知非子，又號耐辱居士。晚唐詩人、文學評論家，河中府虞鄉（今山西省永濟縣）人。早年為王凝（八二一至八七八）賞識，在其推薦下於唐懿宗咸通十年（八六九）中進士。為了報恩，他放棄在朝中為官的機會，長期居於王凝幕府中。後，他被任命為光祿寺主簿，分司洛陽。在洛陽期間得到盧攜（？至八八〇）的賞識。盧攜後來回朝復相，司空圖被任命為禮部員外郎，不久升為郎中。僖宗廣明元年（八八〇），黃巢（八三五至八八四）入長安，司空圖拒絕其招攬，往鳳翔投奔僖宗，被任命為知制誥、中書舍人。次年，僖宗遷往寶雞，司空圖與其失散，回鄉隱居中條山王官谷。昭宗及宰相朱溫屢次徵召他為侍郎、尚書等職，他堅辭不受，最後接受了宰相柳璨（？至九〇六）的要求為官，卻故意裝作衰老的樣子，在朝堂上失手墜落笏板，得以放還本鄉中條山。唐哀帝天祐四年（九〇七），朱溫廢去唐哀帝，建立後梁，次年又將哀帝刺殺。司空圖聞訊後，絕食而死。

司空圖沒有兒子，有女兒嫁給姚顗。司空圖的作品今存《司空表聖文集》（《一鳴集》）十卷，和後人輯錄的《司空表聖詩集》。《全唐詩》收其詩三卷。傳世之文學批評著作《二十四詩品》歷來皆署為司空圖撰。《二十四詩品》是一本論詩的專著，簡稱《詩品》。此書把詩歌的藝術風格和意境分為雄渾、沖淡、纖穠、沉着、高古、典雅、洗煉、勁健、綺麗、自然、含蓄、豪放、精神、縝密、疏野、清奇、委曲、實境、悲慨、形容、超詣、飄逸、曠達、流動等二十四品類，每品用十二句四言韻語來加以描述，也涉及作者的思想修養和寫作手法。與鍾嶸《詩品》以品評作家作品源流等第為內容是不同的。從總的傾向來看，作者最為強調的還是「沖淡」和「自然」的風格。（近世有學者懷疑這不是司空圖的作品。）

司空圖家有藏書七千四百餘卷，其中有不少是道家、佛家經文。根據其詩歌稱：「儂家自有麒麟閣，第一功名只賞詩」。「麒麟閣」當為其藏書之所。司空圖的詩，大多抒發隱於山水間的閒情逸致，內容淡泊。他還寫詩表白：「詩中有慮猶須戒，莫向詩中着不平。」《新唐書》謂其「天下士知大分所在，故傾朝復支。不有君子，果能國乎？德秀以德，城以鯁峭，圖知命，其志凜凜與秋霜爭嚴，真丈夫哉！」北宋文學家蘇軾謂：「唐末司空圖崎嶇兵亂之間，而詩文高雅，猶有承平之遺風。其論詩曰：梅止於酸，鹽止於鹹，飲食不可無鹽梅，而其美常在鹹酸之外。蓋自列其詩之有得於文字之表者二十四韻，恨當時不識其妙，予三複其言而悲之。」（《書黃子思詩集後》）清初文學家王士禛謂表聖論詩有二十四品，他最喜「不著一字，盡得風流」八字。（《香祖筆記》）中國近現代學者俞陛雲《唐五代詞境淺說》謂：「表聖為唐末完人。」我最喜歡司空圖的《河湟有感》：「一自蕭關起戰塵，河湟隔斷異鄉春。漢兒盡作胡兒語，卻向城頭罵漢人。」

《續筆》卷三〈太史慈〉：

三國當漢、魏之際，英雄虎爭，一時豪傑志義之士，磊磊落落，皆非後人所能冀，然太史慈者尤為可稱。慈少仕東萊本郡，為奏曹史，郡與州有隙，州章劾之，慈以計敗其章，而郡得直。孔融在北海為賊所圍，慈為求救於平原，突圍直出，竟得兵解融之難。後劉繇為揚州刺史，慈往見之，會孫策至，或勸繇以慈為大將軍。繇曰：「我若用子義，許子將不當笑我邪？」但使慈偵視輕重，獨與一騎卒遇策，便前鬥，正與策對，得其兜鍪。及繇奔豫章，慈為策所執，捉其手曰：「寧識神亭時邪？」又稱其烈義，為天下智士，釋縛用之，命撫安繇之子，經理其家。孫權代策，使為建昌都尉，遂委以南方之事，督治海昏。至卒時，才年四十一，葬於新吳，今洪府奉新縣也，邑人立廟敬事。乾道中封靈惠侯，予在西掖當制，其詞云：「神早赴孔融，雅謂青州之烈士。晚從孫策，遂為吳國之信臣。立廟至今，作民司命。攬一同之言狀，擇二美以建侯，庶幾江表之間，尚憶神亭之事。」蓋為是也。

太史慈（一六六至二〇六），字子義，青州東萊黃縣（今山東龍口）人，年少時已好學。他是史上有名的神射手，箭無虛發。曾為孔融（一五三至二〇八）的客將，為救孔融而在黃巾軍包圍下單騎突圍向劉備求援。他也曾是揚州牧劉繇（一五六至一九七）同鄉兼部下將領，後投靠孫策（一七五至二〇〇），助其掃蕩江東一帶。數次作亂於艾縣、西安縣、攸縣一帶的劉表從子劉磐與麾下黃忠共守長沙郡攸縣。孫策分海昏、建昌設左右六縣，委任太史慈為建昌都尉，主治海昏。太史慈成功鎮服守地，令劉磐與黃忠絕跡江東，不再為禍作亂。曹操曾因聞其名而與他通信，並於信件中夾著當歸，意欲招攬太史慈，但太史慈都沒有理會。孫策英年早逝後，孫權（一八二至二五二）統事。因太史慈能制劉磐，便將管理南方的要務委託給他。建安十一年（二〇六年），太史慈逝世，享年才四十一歲。《吳書》曰：太史慈臨亡嘆息曰：「丈夫生世，當帶七尺之劍，以升天子之階。今所志未從，奈何而死乎！」權甚惜之。他死後，職務由程普接替。

史載太史慈身長七尺七寸。吳一尺應為二四厘米，漢一尺為二三點一厘米，故太史慈身長應為一八四點八厘米。有美鬚髯。小說《三國演義》第十五回〈太史慈酣鬥小霸王〉描述了他的英勇善戰。《三國志》中〈太史慈傳〉對他作了詳盡的記述。在《三國演義》中，他初登場為第十一回〈劉皇叔北海救孔融，呂溫侯濮陽破曹操〉，後來表現與《三國志》中沒有太大分別，但其死亡時間卻往後調了數年。於羣英會、赤壁之戰中，太史慈也有登場，先在羣英會上為周瑜擔任監酒官，於赤壁戰中則負責繞到曹軍背後，斷絕來自合肥的曹軍援兵。後來太史慈更於合肥之戰一役中大戰魏將張遼，可惜其所獻的「裏應外合」之計被張遼悉破，張遼更將計就計，安排伏兵，襲擊進入合肥城的太史慈，令太史慈身中數箭，回營後傷重身亡。在正史中，赤壁之戰是建安十三年（二〇八）的事，太史慈在此戰役兩年前已去世。

《續筆》卷八〈詩詞改字〉：

王荊公絕句云：「京口瓜洲一水間，鍾山只隔數重山。春風又綠江南岸，明月何時照我還？」吳中士人家藏其草，初云「又到江南岸」，圈去「到」字，注曰「不好」，改為「過」，復圈去而改為「入」，旋改為「滿」，凡如是十許字，始定為「綠」。黃魯直詩：「歸燕略無三月事，高蟬正用一枝鳴。」用字初曰「抱」，又改曰「占」、曰「在」、曰「帶」、曰「要」，至「用」字始定。予聞於錢伸仲大夫如此。今豫章所刻本，乃作「殘蟬猶占一枝鳴」。向巨原云：「元不伐家有魯直所書東坡《念奴嬌》，與今人歌不同者數處，如『浪淘盡』為『浪聲沉』，『周郎赤壁』為『孫吳赤壁』，『亂石穿空』為『崩雲』，『驚濤拍岸』為『掠岸』，『多情應笑我早生華髮』為『多情應是笑我生華髮』，『人生如夢』為『如寄』。」不知此本今何在也？

詩人詞客在寫詩詞時，不單只求合韻合律便滿足，還會在用詞遣句及尋求適合的對仗上下功夫。傳說唐朝苦吟派詩人賈島（七七九至八四三）在驢背上苦思「鳥宿池邊樹，僧推月下門」兩句，反覆斟酌用「推」還是用「敲」字，以至錯入了韓愈的儀仗隊。後來人們將斟酌鍊字稱作「推敲」。賈島還曾為自己的《送無可上人》頷聯「獨行潭底影，數息樹邊身」寫了注釋，其中的「二句三年得，一吟雙淚流」，道出作者吟詩的艱辛。

李白（七〇一至七六二）最著名的一首五言樂府《靜夜思》，自八世紀問世以來，幾乎每一本唐詩詩集都會收錄。《靜夜思》在不同朝代、不同編者之手，版本都會有些不同。早期及歷代各《李太白全集》版本皆作：「牀前看月光，疑是地上霜。舉頭望山月，低頭思故鄉。」在北宋郭茂倩（一〇四一至一〇九九）《樂府詩集》中，本詩作：「床前看月光，疑是地上霜。舉頭望山月，低頭思故鄉。」後《全唐詩》也沿用此本。《木天禁語》由元朝元詩四大家之一的范梈（一二七二至一三三〇）編成，書中亦有引用《靜夜思》，全詩如下：「忽見明月光，疑是地上霜。起頭望明月，低頭思故鄉。」《唐詩別裁集》由清朝沈德潛（一六七三至一七六九）在康熙年間編成，雖然與《全唐詩》都在康熙年間成書，但《靜夜思》的內容亦有不同：「床前明月光，疑是地上霜，舉頭望山月，低頭思故鄉。」現今最流行的版本源於清朝文人蘅塘退士孫洙（一七一一至一七七八）及其夫人徐蘭英在乾隆二八年（一七六三）編成的《唐詩三百首》：「床前明月光，疑是地上霜。舉頭望明月，低頭思故鄉。」不知為何此詩會有這麼多的版本。會不會是李白寫此詩時，也曾作過多次改動呢？

《續筆》卷十四〈詩要點檢〉：

作詩至百韻，詞意既多，故有失於點撿者。如杜老《夔府詠懷》，前云，「滿坐涕潺湲」，後又云，「伏臘涕漣漣」。白公《寄元微之》，既云，「無杯不共持」，又云「笑勸迂辛酒」、「華樽逐勝移」、「觥飛白玉卮」、「飲訝卷波遲」、「歸鞍酩酊馳」、「酡顏烏帽側」、「醉袖玉鞭垂」、

「白醪充夜酌」、「嫌醒自啜醨」、「不飲長如醉」，一篇之中，說酒者十一句。東坡《賦中隱堂五詩》各四韻，亦有「坡垂似伏鼇」、「崩崖露伏龜」之語，近於意重。

不單作一首長詩要「點檢」，就算是八句的律詩或短至四句的絕詩也不能疏忽，要細心看有沒有重字，有沒有犯韻、孤平這一類「詩病」。至於選韻、用詞、對仗等，當然要思量，務求精益求精。

《三筆》卷六〈白公夜聞歌者〉：

白樂天《琵琶行》，蓋在潯陽江上為商人婦所作。而商乃買茶於浮梁，婦對客奏曲，樂天移船，夜登其舟與飲，了無所忌，豈非以其長安故倡女，不以為嫌邪？集中又有一篇題云《夜聞歌》者，時自京城謫潯陽，宿於鄂州，又在《琵琶》之前。其詞曰：「夜泊鸚鵡洲，秋江月澄澈。鄰船有歌者，發調堪愁絕。歌罷繼以泣，泣聲通復咽。尋聲見其人，有婦顏如雪。獨倚帆檣立，娉婷十七八。夜淚似真珠，雙雙墮明月。借問誰家婦，歌泣何淒切？一問一沾襟，低眉終不說。」陳鴻《長恨傳序》云：「樂天深於詩，多於情者也，故所遇必寄之吟詠，非有意於漁色。」然鄂州所見，亦一女子獨處，夫不在焉，瓜田李下之疑，唐人不譏也。今詩人罕談此章，聊復表出。

此條洪邁說「樂天移船，夜登其舟與飲」，應是不實。讀《琵琶行》詩，我們知道其實是琵琶女受白居易邀請，過去他和他的朋友的船才對。憲宗元和十年（八一五）六月，白居易（七七二至八四六）四十四歲時，被貶為江州（今江西九江市）司馬。之後他出長安城，坐船從漢水而下，遠赴九江上任。當舟泊武昌鸚鵡洲時，忽有歌聲傳來，如泣如訴，使他不禁尋聲而去，從而寫下了一首題為《夜聞歌者·宿鄂州》的短篇敍事詩。此詩通過描寫歌女的悲慘境況，表達了作者對她們的深切同情，亦藉此抒發了自己仕途不順、被貶到偏僻之地的的心情。此詩用語簡練含蓄，但感情真摯。

一年多後，白居易寫下了長篇樂府敘事名篇《琵琶行》。和《夜聞歌者》比較，兩篇描寫的對象都是歌女，都作於作者被貶官之後，都通過秋江月夜的環境寫出悲涼的情感。不同點是《夜聞歌者》篇幅短，描寫不及《琵琶行》細緻，形象不及琵琶女完整豐滿。寫《夜聞歌者》時，作者是初貶的官員，剛離京城，可能尚有優越感。「夜聞歌者」，有些冷眼旁觀，沒有很深入的感受，所以也沒有作長篇的描寫。作《琵琶行》時，時間已過了兩年，「謫居臥病潯陽城」，已嘗到了世事的苦澀，由是對琵琶女產生「同是天涯淪落人，相逢何必曾相識」的歎喟。此時的白居易不再是高高在上，而是和琵琶女同氣相求了。所以他便作了此首長詩，贈給琵琶女。他在此詩的序言中說：「元和十年，予左遷九江郡司馬。明年秋，送客湓浦口，聞舟中夜彈琵琶者，聽其音，錚錚然有京都聲。問其人，本長安倡女，嘗學琵琶於穆、曹二善才，年長色衰，委身為賈人婦。遂命酒，使快彈數曲。曲罷憫然，自敘少小時歡樂事，今漂淪憔悴，轉徙於江湖間。予出官二年，恬然自安，感斯人言，是夕始覺有遷謫意。因為長句，歌以贈之，凡六百一十六言，命曰《琵琶行》。」

《三筆》卷十一〈漢文帝不用兵〉：

《史記·律書》云：「高祖厭苦軍事，偃武休息。孝文即位，將軍陳武等議曰：『南越、朝鮮，擁兵阻阸，選蠕觀望。宜及士民樂用，征討逆黨，以一封疆。』孝文曰：『朕能任衣冠，念不到此。

會呂氏之亂，誤居正位，常戰戰慄慄，恐事之不終。且兵凶器，雖克所願，動亦耗病，謂百姓遠方何？今匈奴內侵，邊吏無功，邊民父子荷兵日久，朕常為動心傷痛，無日忘之。願且堅邊設候，結和通使，休寧北陲，為功多矣。且無議軍。』故百姓無內外之繇，得息肩於田畝，天下富盛，粟至十餘錢。」予謂孝文之仁德如此，與武帝黷武窮兵，為霄壤不侔矣。然《班史》略不及此事，《資治通鑑》亦不編入，使其事不甚暴白，惜哉！

漢文帝劉恆（前二〇三至前一五七），劉邦第四子，母薄姬（？至前一五五）。他是西漢第五位皇帝，在位接近二十三年，享年四十六歲。其廟號太宗，正式謚號為「孝文皇帝」，後世省略「孝」字稱「漢文帝」。漢文帝是中國歷史上第一位經由推選出來的皇帝。漢王四年（前二〇三），漢王劉邦於成皋召幸薄夫人。後薄夫人有身孕，當年就生下劉恆。高祖十一年春（前一九六），八歲，劉恆被封為代王。他為人寬容，在政治上保持低調。呂后在殺害劉邦愛姬戚夫人和其子趙王劉如意後，提議代王劉恆改封趙王，劉恆巧妙地謙讓，故而得以保命。

呂后（？至前一八〇）在政時期大封呂姓子弟為異姓王，培植起一個呂氏外戚集團。她死後，馬上就釀成了漢初功臣集團、劉氏皇族集團、呂氏外戚集團之間的鬥爭。高祖長孫齊王劉襄發難於外，周勃、陳平響應於內，劉氏諸王遂群起而夷滅諸呂。周勃、陳平等漢初功臣剷除諸呂後，昭告天下，以後少帝劉弘及梁王劉泰、淮陽王劉武、恆山王劉朝等，並非漢惠帝親生兒子，皆廢黜之，並在劉姓皇族選擇皇位繼承人，選定高祖與薄姬所生的兒子代王劉恆為皇帝。劉恆二十三歲登基，是為文帝。文帝與其妻子竇皇后，其子景帝都愛好黃老之術，假託黃帝老子思想，以道家的清靜無為為治世方法。文景兩世與民休息，輕刑罰減賦帑，勵精圖治，興修水利，廢除肉刑，使漢朝進入安定的時期。當時百姓富裕，天下小康。漢文帝與其子漢景帝統治時期被合稱為「文景之治」。文帝本身亦恭行仁孝，生活質樸簡約，是中國歷史上少有的賢君之一。他曾經親自為母親薄氏嘗藥，在《二十四孝》裏被排在第二位。

《三筆》卷十二〈盼泰秋娘三女〉：

白樂天《燕子樓詩序》云：「徐州故張尚書，有愛妓曰盼盼，善歌舞，雅多風態。尚書既歿，彭城有舊第，第中有小樓名燕子。盼盼念舊愛而不嫁，居是樓十餘年，幽獨塊然。」白公嘗識之，感舊遊，作三絕句，首章云：「滿窗明月滿簾霜，被冷燈殘拂臥床。燕子樓中霜月苦，秋來只為一人長。」末章云：「今春有客洛陽回，曾到尚書家上來。見說白楊堪作柱，爭教紅粉不成灰。」讀者傷惻。劉夢得《泰娘歌》云：「泰娘本韋尚書家主謳者，尚書為吳郡，得之，誨以琵琶，使之歌且舞，攜歸京師。尚書薨，出居民間，為蘄州刺史張遜所得。遜謫居武陵而卒，泰娘無所歸。地荒且遠，無有能知其容與藝者，故日抱樂器而哭。」劉公為歌其事云：「繁華一旦有消歇，題劍無光履聲絕。蘄州刺史張公子，白馬新到銅駝里。自言買笑擲黃金，月墮雲中從此始。山城少人江水碧，斷鴈哀弦風雨夕。朱弦已絕為知音，雲鬢未秋私自惜。舉目風煙非舊時，夢尋歸路多參差。如何將此千行淚，更灑湘江斑竹枝。」杜牧之《張好好詩》云：「牧佐故吏部沈公在江西幕，好好年十三，以善歌來樂籍中，隨公移置宣城，後為沈著作所納。見之於洛陽東城，感舊傷懷，題詩以贈曰：君為豫章姝，十三才有餘。主公再三嘆，謂言天下無。自此每相見，三日已為疏。身外任塵上，尊前極歡娛。飄然集仙客，載以紫雲車。爾來未幾歲，散盡高陽徒。洛城重相見，綽綽為當壚。朋遊今在否，落拓更能無？

門館慟哭後，水雲秋景初。灑盡滿襟淚，短歌聊一書。」予謂婦人女子，華落色衰，至於失主無依，如此多矣。是三人者，特見紀於英辭鴻筆，故名傳到今。況於士君子終身不遇而與草木俱腐者，可勝嘆哉！然盼盼節義，非泰娘、好好可及也。

盼盼、泰娘及好好都是唐朝的歌伎。三人「特見紀於英辭鴻筆（指白居易、劉禹錫及杜牧），故名傳到今。」關盼盼（七八五?至八二〇），唐朝女詩人，善歌舞。武寧節度使、徐州守將張愔之妾。同代詩人白居易贊伊「醉嬌勝不得，風嫋牡丹花」。後來，張愔病逝於徐州，張家妻妾均作猢猻散，唯關盼盼為其矢志守節。張府易主後，移居徐州燕子樓。白居易作了《燕子樓三首》給她。相傳憲宗元和十四年（八一九），白居易再為其所作了另一首詩：「黃金不惜買娥眉，揀得如花四五枚。歌舞教成心力盡，一朝身去不相隨。」曾在張愔手下任職的司勛員外郎張仲素將此詩轉給了關盼盼，關盼盼看後，認為此詩是勸自己為夫殉情，於是絕食而死，並留下：「兒童不識沖天物，漫把青泥污雪毫」之句。白居易聞訊後，十分內疚，託人將關盼盼遺體安葬在張愔墓之側，以做補償。亦有人認為這詩乃是後人偽託之作。

關於關盼盼和燕子樓，後人留下了很多詩詞，以歌詠此事，比如宋代大文豪蘇軾的《永遇樂．夜宿燕子樓》「明月如霜，好風如水，清景無限。曲港跳魚，圓荷瀉露，寂寞無人見。紞如三鼓，鏗然一葉，黯黯夢雲驚斷。夜茫茫，重尋無處，覺來小園行遍。天涯倦客，山中歸路，望斷故園心眼。燕子樓空，佳人何在，空鎖樓中燕。古今如夢，何曾夢覺，但有舊歡新怨。異時對，黃樓夜景，為余浩嘆。」

《三筆》卷十五〈六言詩難工〉：

唐張繼詩，今人所傳者唯《楓橋夜泊》一篇，荊公《詩選》亦但別詩兩首，樂府有《塞孤》一篇。而《皇甫冉集》中，載其所寄六言曰：「京口情人別久，揚州估客來疏。潮至潯陽回去，相思無處通書。」冉酬之，而序言：「懿孫，予之舊好，只役武昌，有六言詩見憶，今以七言裁答，蓋拙於事者繁而費。」冉之意，以六言為難工，放衍六為七，然自有三章曰，「江上年年春早，津頭日日人行，借問山陰遠近，猶聞薄暮鐘聲。」「水流絕澗終日，草長深山暮雲，犬吠雞鳴幾處，條桑種杏何人？」「門外水流何處，天邊樹繞誰家。山絕東西多少，朝朝幾度雲遮。」皆清絕可畫，非拙而不能也。予編唐人絕句，得七言七千五百首，五言二千五百首，合為萬首。而六言不滿四十，信乎其難也。

六言詩在《詩經》中已萌芽。在兩漢魏晉時期已頗多人寫。從唐詩看，有四絕、六絕。六言古詩也有。這些體裁，只是較少人用，但若說「六言詩難工」，恐也未必。現舉些六言詩的名篇給大家欣賞。劉長卿的《謫仙怨》：「晴川落日初低，惆悵孤舟解攜。鳥向平蕪遠近，人隨流水東西。白雲千里萬里，明月前溪後溪。獨恨長沙謫去，江潭春草萋萋。」王維的《田園樂》其六：「桃紅復含宿雨，柳綠更帶朝煙。花落家童未掃，鶯啼山客猶眠。」王維的《田園樂》其三：「采菱渡頭風急，策杖林西日斜。杏樹壇邊漁父，桃花源里人家。」杜牧的《山行》：「家住白雲山北，路迷碧水橋東。短髮瀟瀟暮雨，長襟落落秋風。」魚玄機的《隔漢江寄子安》：「江南江北愁望，相思相憶空吟。鴛鴦暖臥沙浦，鸂鶒閒飛橘林。煙里歌聲隱隱，渡頭月色沉沉。含情咫尺千里，況聽家家遠砧。」

宋徽宗建中靖國元年（一一〇一）五月，被貶往海南儋州的蘇軾遇朝廷大赦，在北歸的途中路過鎮江金山寺。當時金山寺的方丈藏有蘇東坡的一張畫像，這是十年前畫家李公麟（一〇四九至一一〇六）的作品。蘇東坡站在畫像前，心中感慨萬千，他已經六十六歲了，居然可以從海南死裏逃生，活著返回中原。蘇軾用六言句揮筆寫下了他人生最後一首詩作《自題金山畫像》：「心似已灰之木，身如不繫之舟。問汝平生功業，黃州惠州儋州。」「已灰之木」及「不繫之舟」，都用了《莊子》的典故。七月二十八日，蘇軾於常州病逝。

南宋中興四大家之一的范成大（一一二六至一一九三）很愛寫六言詩，作品甚多。我很喜歡他的《題請息齋六言》：「冷暖舊雨今雨，是非一波萬波。壁下禪枯達磨，室中病著維摩。」

《三筆》卷十六〈紀年用先代名〉：

唐德宗以建中、興元之亂，思太宗貞觀、明皇開元為不可跂及，故改年為貞元，各取一字以法象之。高宗建炎之元，欲法建隆而下字無所本。孝宗以來，始一切用貞元故事。隆興以建隆、紹興，乾道以乾德、至道，淳熙以淳化、雍熙，紹熙以紹興、淳熙，慶元以慶曆、元祐也。

在中國歷史上，第一個年號出現在西漢漢武帝時期，年號為建元（前一四〇至前一三五）。此前的帝王只有年數，沒有年號。據清朝中期文史學家趙翼（一七二七至一八一四）的《二十二史劄記》考證，年號紀年是在漢武帝十九年首創的，年號為「元狩」。《漢書》上記載，前一二二年十月，漢武帝狩獵，捉到一隻獨角獸白麟，群臣認為這是吉祥的神物，值得紀念，建議用來記年，於是立年號為「元狩」，稱該年為元狩元年，並追認元狩前的年號建元、元光和元朔。六年後，在山西汾陽地方獲得一隻三腳寶鼎，群臣又認為這是吉祥的神物，建議用來紀年，於是改年號為「元鼎」。後來，人們把這記錄年代的開始之年稱為「紀元」，改換年號叫做「改元」。一個皇帝在位時，可以多次改元。明朝以前的皇帝有的只有一個年號，有的會頻頻改元，因此一個皇帝的年號可以有一個或數個。漢武帝有十一個年號，武則天在位二十一年有十八個年號。也有皇帝在即位時使用前一代皇帝的年號，例如五代時期後梁的「乾化」年號、後晉的「天福」年號、後周的「顯德」年號。明朝以來一世一元制成為慣例，扣除復辟政變者與變更國號者（如明英宗、皇太極），大致上都是一個皇帝只用一個年號，因此也常常用年號來稱呼明清皇帝。

歷代帝皇所用的年號，都有其意義，大多選用代表吉祥的文字。這條說唐德宗的第三個年號「貞元」是將唐太宗的「貞觀」及唐玄宗的「開元」兩個年號各採一字而合成的，頗有趣。南宋孝宗的第一個年號「隆興」是由太祖的「建隆」及高宗的「紹興」合成的。孝宗第二個年號「乾道」是由太祖的「乾德」及太宗的「至道」合成的。孝宗第三個年號「淳熙」是由太宗的「淳化」及太宗的「雍熙」合成的。光宗的年號「紹熙」是由高宗的「紹興」及孝宗的「淳熙」合成的。寧宗的第一個年號「慶元」是由仁宗的「慶曆」及哲宗的「元祐」合成的。寧宗第三個年號「開禧」是由太祖的「開寶」及真宗的「天禧」合成的。

《四筆》卷八〈得意失意詩〉：

舊傳有詩四句誇世人得意者云：「久旱逢甘雨，他鄉見故知。洞房花燭夜，金榜掛名時。」好事者續以失意四句曰：「寡婦攜兒泣，將軍被敵擒。失恩宮女面，下第舉人心。」此二詩，可喜可悲之狀極矣。

據說《四得意》詩是北宋人汪洙所作。汪洙幼時是個神童，有很多詩作。他在哲宗元符三年（一一○○）中進士。最後做到了觀文殿大學士。有人把他小時候寫的三十多首絕句，編成一本小冊子，題名為《汪神童詩》，作為學齡兒童的啟蒙教材，和《三字經》地位等同。其中有不少名句，多為勸勉兒童勤學上進，流傳至今並被經常引用，例如「天子重英豪，文章教爾曹。萬般皆下品，唯有讀書高。」「朝為田舍郎，暮登天子堂。將相本無種，男兒當自強。」

後，有很多好事者將《四得意》左改右改，添油加醋。明代內閣首輔朱國禎（一五五七至一六三二）寫了一本書，名叫《涌幢小品》。這本書記載說，明朝有個叫王樹南的秀才在「四得意」的每句前面加了兩個字：「十年久旱逢甘雨，萬里他鄉遇故知。和尚洞房花燭夜，教官金榜掛名時。」當時，王樹南有個朋友是學官，眼看自己的學生一批批從自己手裏走向官場，自己卻總是原地踏步。終於在某次科舉考試中，自己也榜上有名，其中的喜悅自不待言。作為朋友，用加了料的「四得意」，善意地調侃他。這個「加字法」頗有意思。用特定的數量、特定的人物突出了喜上加喜，把喜的程度推高，很有幽默感。又看另外一條的「加字法」。據說，有個落第秀才，在淒風苦雨中投宿客店，又看見有人娶親。到了晚上，秀才輾轉反側，夜不能寐，想起《四得意》詩，再聯想到自己的處境，就在每句詩後面又加了兩個字：「久旱逢甘露，一滴，他鄉遇故知，債主。洞房花燭夜，夢中，金榜掛名時，重名。」人生四大歡喜就變成了一場空歡喜，真可悲！明朝文學家、戲曲家馮夢龍（一五七四至一六四六）在《醒世恆言》中，將此詩改為「分明久旱逢甘雨，賽過他鄉遇故知。莫問洞房花燭夜，且看金榜掛名時。」至於失意的四句詩，後人少有改動。人生失意事多，再編十個八個很容易。《晉書．羊祜傳》說：「天下不如意，恆據七八。」南宋詩人方岳（一一九九至一二六二）有一首《別子才司令》：「不如意事常八九，可與語人無二三。自識荊門子才甫，夢馳鐵馬戰城南。」詩仙李白則謂：「人生在世不稱意，明朝散髮弄扁舟。」又云：「人生得意須盡歡，莫使金樽空對月。」

《四筆》卷八〈雙陸不勝〉：

《新唐書・狄仁傑傳》，武后召問：「夢雙陸不勝，何也？」仁傑與王方慶俱在，二人同辭對曰：「雙陸不勝，無子也。天其意者以儆陛下乎？」於是召還廬陵王。《舊史》不載，《資治通鑑》但書鸚鵡折翼一事。而《考異》云：「雙陸之說，世傳《狄梁公傳》有之，以為李邕所作，而其詞多鄙誕，疑非本書，故黜不取。」《藝文志》有李繁《大唐說纂》四卷，今罕得其書，予家有之，凡所紀事，率不過數十字，極為簡要，《新史》大抵采用之。其《忠節》一門曰：「武后問石泉公王方慶曰：『朕夜夢雙陸不勝，何也？』曰：『蓋謂宮中無子，意者恐有神靈儆夫陛下。』因陳人心在唐之意，後大悟，召廬陵王，復其儲位，俾石泉公為宮相以輔翊之。」然則《新史》兼采二李之說，而為狄為王莫能辯也。《通鑑》去之，似為可惜。

武則天（六二四至七〇五）這位武周女皇很喜歡玩「雙陸」。中國古代的雙陸是一種棋戲，有握槊、長行、波羅塞戲、雙六等名稱，是由印度傳入的波羅塞戲改造過來的一種棋戲。雙陸棋子為馬形，黑白各十五或十二枚，兩人相博，擲骰子按點行棋。雙陸在唐、五代、遼、金、元時，曾風靡一時，連武則天、唐玄宗、後唐明宗等也喜歡玩。

李肇的《唐國史補》記載武則天夢見與大羅天女打雙陸。局中只要有子，旋即被打將，不得其位，頻頻輸給天女。武周時的名相狄仁傑（六三〇至七〇四）告訴她說是「雙陸不勝，無子也。」勸說是上天用棋子來警示武則天。李邕（六七四至七四六）的《狄梁公傳》有記載此事。李繁（生卒年不詳）的《大唐說纂》有類似的記載，但為武則天解說謂「宮中無子，意者恐有神靈儆夫陛下」是石泉公王方慶（？至七〇二）。洪邁指出《新唐書．狄仁傑傳》記載此事，兼采李邕及李繁之說，說狄仁傑及王方慶同時為武則天解這個夢。這事很重要。後來武則天召還被貶為廬陵王的唐中宗李顯（六五六至七一〇），復其儲位。宋元話本小說《梁公九諫》中〈第六諫〉、《狄仁傑傳》、《天中記》、《淵鑑類函》也有類似的故事。洪邁認為《資治通鑑》不記此事，「似為可惜」。

《四筆》卷八〈歷代史本末〉：

古者世有史官，其著見於今，則自《堯》、《舜》二典始。周之諸侯各有國史，孔子因魯史記而作《春秋》，左氏為之傳，《鄭志》、《宋志》、晉齊太史、南史氏之事皆見焉，更纂異同以為《國語》。漢司馬談自以其先周室之太史，有述作之意，傳其子遷，紬金匱石室之書，罔羅天下放失舊聞，述黃帝以來至於元狩，馳騁古今，上下數千載間，變編年之體為十二本紀、十表、八書、三十世家、七十列傳，凡百三十篇。而十篇有錄無書，元、成之間，褚先生補缺，作《武帝紀》、《三王世家》、《龜策》、《日者列傳》，張晏以為言辭鄙陋，今雜於書中。而《藝文志》有馮商《續太史公》七篇，則泯沒不見。司馬之書既出，後世雖有作者，不能少紊其規制。班彪、固父子，以為漢紹堯運建帝業，而六世史臣，追述功德，私作本紀，編於百王之末，廁於秦、項之列。故采纂前紀，綴輯舊聞，以述《漢書》，起於高祖，終於王莽之誅，大抵仍司馬氏，第更八書為十志，而無世家，凡百卷。固死，其書未能全，女弟昭續成之，是為《前漢書》。荀悅《漢紀》則續所論著者也。後漢之事，初命儒臣著述於東觀，謂之《漢紀》。其後有袁宏《紀》，張璠、薛瑩、謝承、華嶠、袁山松、劉義慶、謝沈皆有《書》。宋范曄刪采為十紀、八十列傳，是為《後漢書》，而張璠以下諸家盡廢，其志則劉昭所補也。三國雜史至多，有王沈《魏書》、元行沖《魏典》、魚豢《典略》、張勃《吳録》、韋昭《吳書》、孫盛《魏春秋》、司馬彪《九州春秋》、丘悅《三國典略》、員半千《三國春秋》、虞溥《江表傳》，今唯以陳壽書為定，是為《三國志》。《晉書》則有王隱、虞預、謝靈運、臧榮緒、孫綽、干寶諸家，唐太宗詔房喬、褚遂良等修定為百三十卷，以四論太宗所作，故總名之曰「御撰」，是為《晉書》，至今用之。南北兩朝各四代，而僭偽之國十數，其書尤多，如徐愛、孫嚴、王智深、顧野王、魏澹、張大素、李德林之正史，皆不傳。今之存者，沈約《宋書》、蕭子顯《齊書》、姚思廉《梁陳書》、魏收《魏書》、李百藥《北齊書》、令狐德棻《周書》、魏鄭公《隋書》。其它國則有和包《漢趙紀》、田融《趙石記》、范亨《燕書》、王景暉《南燕録》、高閭《燕志》、劉昞《涼書》、裴景仁《秦記》、崔鴻《十六國春秋》、蕭方．武敏之《三十國春秋》。李大師、延壽父子悉取為《南史》八十卷，《北史》百卷。今沈約以下八史雖存，而李氏之書獨行，是為《南北史》。唐自高祖至於武宗，有《實録》，後唐修為書，劉昫所上者是已，而猥雜無統。國朝慶曆中，復詔刊修，歷十七年而成，歐陽文忠公主紀、表、志，宋景文公主傳，今行於世。梁、唐、晉、漢、周謂之《五代》，國初監修國史薛居正提舉上之。其後歐陽芟為《新書》，故唐、五代史各有舊新之目。凡十七代，本末如此，稚兒數以為問，故詳記之。

洪邁在這一條中，簡述了在他那個年代所能見到的史書及其由來。今天我們有的「二十四史」，在洪邁寫這一條時，只有十九史，分別為《史記》、《漢書》、《後漢書》、《三國志》、《晉書》、《宋書》、《南齊書》、《梁書》、《陳書》、《魏書》、《北齊書》、《周書》、《南史》、《北史》、《隋書》、《舊唐書》、《新唐書》、《舊五代史》和《新五代史》。之後，有《宋史》、《遼史》、《金史》、《元史》和《明史》。二十四史是中國各朝撰寫的二十四部史書的總稱，是獲歷朝納為正統的史書，故又稱「正史」，記載逾四千年的中國歷史，上起傳說的黃帝，止於明朝崇禎十七年（一六四四），計三二一三卷，約四千萬字，且統一用紀傳體編寫。「正史」之稱，始見於《隋書・經籍志》：「世有著述，皆擬班、馬，以為正史。」乾隆帝欽定「二十四史」以後，「正史」一稱就由「二十四史」專有。一九二一年，中華民國大總統徐世昌下令將《新元史》列入正史，與「二十四史」合稱為「二十五史」，但學術界則一般奉《清史稿》為「二十五史」之一而摒除《新元史》，如果將兩書都列入正史，則成「二十六史」。

《四筆》卷十〈青蓮居士〉：

李太白《贈玉泉仙人掌茶詩序》云：「荊州玉泉寺近清溪諸山，往往有乳窟。其水邊處處有茗草羅生，枝葉如碧玉，唯玉泉真公常采而飲之。余遊金陵，見宗僧中孚，示予茶數十片，其狀如手，名為『仙人掌茶』，蓋新出乎玉泉之山，曠古未覿，因持以見遺，兼贈詩，要予答之，遂有此作。後之高僧大隱，知仙人掌茶發乎中孚禪子及青蓮居士李白也。」太白之稱，但有「謫仙人」爾，「青蓮居士」，獨於此見之，文人未嘗引用，而仙人掌茶，今池州九華山中亦頗有之，其狀略如蕨拳也。

詩仙李白（七〇一至七六二）自號「青蓮居士」。他這個自號從何而來？「青蓮居士」，也不是如洪邁所說的「獨於」《贈玉泉仙人掌茶詩序》中出現。李白的詩《答湖州迦葉司馬問白是何人》就有「青蓮居士」之語，全詩是：「青蓮居士謫仙人，酒肆藏名三十春。湖州司馬何須問，金粟如來是後身。」「青蓮」意思是青色的蓮花，是佛教的聖物，居於青、黃、赤、白四色蓮花之首。

在南北朝時期，有很多關於青蓮的詩賦，例如南朝（梁）江淹《蓮花賦》：「發青蓮於王宮，驗奇花於陸地。」梁元帝《玄覽賦》：「紫紺之堂臨水，青蓮之台帶風。」北周庾信《秦州天水郡麥積崖佛龕銘序》：「從容滿月，照耀青蓮。」《維摩經》曰：「目淨修廣如青蓮」等。李白一生非常喜歡青蓮花，他在許多詩中也有吟詠蓮花。「清水出芙蓉，天然去雕飾」，這是李白的名句。這句詩是他的自我寫照。

《五筆》卷一〈問故居〉：

陶淵明《問來使》詩云：「爾從山中來，早晚發天目。我屋南窗下，今生幾叢菊？薔薇葉已抽，秋蘭氣當馥。歸去來山中，山中酒應熟。」諸集中皆不載，惟晁文元家本有之，蓋天目疑非陶居處。然李太白云：「陶令歸去來，田家酒應熟。」乃用此爾。王摩詰詩曰：「君自故鄉來，應知故鄉事。來日綺窗前，寒梅著花未？」杜公《送韋郎歸成都》云：「為問南溪竹，抽梢合過牆。」《憶弟》云：「故園花自發，春日鳥還飛。」王介甫云：「道人北山來，問松我東岡。舉手指屋脊，云今如許長。」古今詩人懷想故居，形之篇詠，必以松竹梅菊為比、興，諸子句皆是也。至於杜公《將別巫峽贈南卿兄瀼西果園》詩云：「苔竹素所好，萍蓬無定居。遠遊長兒子，幾地別林廬。雜蕊紅相對，他時錦不如。具舟將出峽，巡圃念攜鋤。」每讀至此，未嘗不為之淒然。《寄題草堂》云：「尚念四

小松，蔓草易拘纏。霜骨不甚長，永為鄰里憐。」又一篇云：「四松初移時，大抵三尺強。別來忽三載，離立如人長。」尤可見一時之懷抱也。

為了生活而要離鄉別井，因而有鄉愁，是古往今來文學作品的題材。詩人詞客，對家鄉的草木、風景、人物都會有所懷想。偶然見到來至故鄉的親朋都會問長問短。能夠致仕告老回鄉的，例如唐朝賀知章（六五九至七四四），雖不免有「少小離鄉老大回，鄉音難改鬢毛衰。兒童相見不相識，笑問客從何處來」的歎喟，已是萬幸。反而，老死他鄉的為大多數。

現再舉幾首以「思鄉」為題材的詩詞給大家欣賞。唐朝王維（六九二？至七六一）《九月九日憶山東兄弟》：「獨在異鄉為異客，每逢佳節倍思親。遙知兄弟登高處，遍插茱萸少一人。」唐朝白居易（七七二至八四六）《邯鄲冬至夜思家》：「邯鄲驛里逢冬至，抱膝燈前影伴身。想得家中夜深坐，還應說著遠行人。」唐朝溫庭筠（八〇一？至八六六）《商山早行》：「晨起動征鐸，客行悲故鄉。雞聲茅店月，人跡板橋霜。槲葉落山路，枳花明驛牆。因思杜陵夢，鳧雁滿回塘。」清朝納蘭性德（一六五五至一六八五）《長相思》：「山一程。水一程。身向榆關那畔行。夜深千帳燈。風一更。雪一更。聒碎鄉心夢不成。故園無此聲。」豁達如蘇軾（一〇三七至一一〇一），在《定風波・南海歸贈王定國侍人寓娘》詞中說：「此心安處是吾鄉」，但難免也會思鄉，在《江城子・乙卯正月二十日夜記夢》中說：「夜來幽夢忽還鄉」。

《五筆》卷五〈萬事不可過〉：

天下萬事不可過，豈特此也？雖造化陰陽亦然。雨澤所以膏潤四海，然過則為霖淫；陽舒所以發育萬物，然過則為燠亢。賞以勸善，過則為僭；刑以懲惡，過則為濫。仁之過，則為兼愛無父；義之過，則為為我無君。執禮之過，反鄰於諂；尚信之過，至於證父。是皆偏而不舉之弊，所謂過猶不及者。揚子《法言》云：「周公以來，未有漢公之懿也，勤勞則過於阿衡。」蓋諂王莽也。後之議者，謂阿衡之事不可過也，過則反，乃誚莽耳。其旨意固然。

在此條中，洪邁舉了八個「過猶不及」的例，之後再說到西漢末哲學家、文學家揚雄（前五三至一八）在《法言》中諂媚王莽（前四五至二三）的話：「周公以來，未有漢公之懿也，勤勞則過於阿衡。」這裏，「阿衡」是幫助商湯建立商朝的伊尹。伊尹（前一六四九至前一五四九），姒姓，伊氏，名摯，建立商朝的重要名臣、政治家。他出生於有莘國空桑澗，因為其母親為侁民，在伊水住居，以伊為氏，「尹」在甲骨文象徵權力者為官名。他本是有莘氏的陪嫁奴隸，到商湯那裏當廚師。伊尹有抱負，不甘作奴隸，利用向商湯進食品的機會，向商湯分析天下形勢。商湯很欣賞他，便取消了伊尹奴隸身份，並提拔為「阿衡」，亦稱「保衡」，相當於宰相，後人習用「阿衡」一詞代指伊尹。他輔助商湯滅夏朝，建立商朝。任職期間，政治清明。商朝第四代的太甲即位時昏庸無能，伊尹把他流放到桐地（今河北臨漳）達三年之久。期間，伊尹攝政。後來太甲悔過自新，伊尹才迎回太甲復辟，太甲變成了一位聖君。伊尹歷事商朝商湯、外丙、仲壬、太甲、沃丁五代五十餘年，為商朝立下汗馬功勞。沃丁八年（前一五四九），伊尹病逝，終年一百歲。沃丁以天子之禮把伊尹安葬在商湯陵寢旁。史書《竹書紀年》記載，伊尹放逐太甲後，自立為王，七年後，太甲潛回殺掉篡位的伊尹，並改立伊尹的兒子伊陟和伊奮繼承伊家。但根據出土的甲骨文顯示，直至商朝末年，商朝仍然堅持對伊尹的祭祀，用的犧牲數目及品種為商朝先王同級的牛，因此《竹書紀年》的記載可能不確。

雖然伊尹對商朝貢獻良多，但他流放太甲的行為，卻成為了後世權臣效尤的憑據。西漢時期，權臣霍光（？至前六八）就以伊尹為先例，操縱皇帝的廢立。故後世把「廢黜皇帝」，稱為「伊霍之事」。

《五筆》卷九〈不能忘情吟〉：

予既書白公鐘情蠻、素於前卷，今復見其《不能忘情吟》一篇，尤為之感嘆，輒載其文，因以自警。其《序》云：「樂天既老，又病風。乃錄家事，會經費，去長物。妓有樊素者，年二十餘，綽綽有歌舞態，善唱《楊柳枝》，人多以曲名名之，由是名聞洛下，籍在經費中，將放之。馬有駱者，籍在長物中，將鬻之。馬出門，驤首反顧。素聞馬嘶，慘然立見拜，婉孌有辭，辭畢涕下。予亦憨然不能對，且命反袂，飲之酒，自飲一杯，快吟數十聲，聲成文，文無定句。予非聖達，不能忘情，又不至於不及情者，事來攪情，情動不可柅，因自哂，題其篇曰《不能忘情吟》。」《吟》曰：「鬻駱馬兮，放楊柳枝。掩翠黛兮，頓金羈。馬不能言兮，長鳴而卻顧。楊柳枝再拜長跪而致辭。辭曰：『素事主十年，凡三千有六百日。巾櫛之間，無違無失。今素貌雖陋，未至衰摧。駱力猶壯，又無虺隤。即駱之力，尚可以代主一步，素之歌，亦可以送主一杯。一旦雙去，有去無回。故素將去，其辭也苦，駱將去，其鳴也哀。此人之情也，馬之情也。豈主君獨無情哉？』予俯而嘆，仰而咍，且曰駱駱爾勿嘶，素素爾勿啼，駱反廄，素反閨。吾疾雖作年雖頹，幸未及項籍之將死，亦何必一日之內棄騅兮而別虞兮。乃目素兮，素兮為我歌《楊柳枝》，我姑酌彼金罍，我與爾歸醉鄉去來。」觀公之文，固以遣情釋意耳，素竟去也。此文在一集最後卷，故讀之者未必記憶。東坡猶以為柳枝不忍去，因劉夢得「春盡絮飛」之句方知之。於是美朝雲之獨留，為之作詩，有「不似楊枝別樂天，恰如通德伴伶玄」之語。然不及三年而病亡，為可嘆也。

白居易大約五十四歲，任蘇州刺史時，開始在家中蓄養歌妓。其中他最寵愛樊素及小蠻。樊素善歌，小蠻善舞。「櫻桃樊素口，楊柳小蠻腰」這兩句，出自唐代孟棨的《本事詩·事感》。《舊唐書·白居易傳》有記載此事。在白居易六十多歲後，他「既老，又病風。」加上他的經濟環境走下坡，他表示要賣去駱馬及放出樊素及小蠻。他將此事寫成了一首古詩《不能忘情吟》。《全唐詩》卷四六一及《白氏長慶集》卷七十一收有此詩。看見此詩的人，以為樊素最後未有被放出。但後來小蠻與樊素同時被放出去。《白居易集》卷三十五《別柳枝》云：「兩枝楊柳小樓中，嬝娜多年伴醉翁。明日放歸歸去後，世間應不要春風。」小蠻臨走時有什么表示，白詩未記，只記了樊素和那匹馬眷戀不忍去。《不能忘情吟》所說的最後決意留下樊素，也不過是一時的激動吧了。白集卷三十五《對酒有懷寄李十九郎中》云：「去歲樓中別柳枝。」自注云：「樊、蠻也。」同卷《春盡日宴罷感事獨吟》云：「病共樂天相伴住，春隨樊子一時歸。」都明確說到樊素和小蠻，特別還單獨提了樊素，終於還是放出去了。卷三十七《閑居》云：「風雨蕭條秋少客，門庭冷靜晝多關。金羈駱馬近賣卻，羅袖柳枝尋放還。書卷略尋聊取睡，酒杯淺把粗開顏。眼昏入夜休看月，腳重經春不上山。心靜無妨喧處寂，機忘兼覺夢中閒。是非愛惡銷停盡，唯寄空身在世間。」這詩道盡了詩人晚年的境況。

蘇軾《戲贈朝雲詩》的引子說：「世謂樂天有鬻駱馬放楊柳枝詞，嘉其主老病不忍去也。然夢得有詩云『春盡絮飛留不得，隨風好去落誰家』，樂天亦云『病與樂天相伴住，春隨樊子一時歸』，則是樊素竟去也。予家有數妾，四五年相繼辭去，獨朝雲者隨予南遷。因讀樂天集，戲作此詩。朝雲姓王氏，錢唐人，嘗有子曰幹兒，未期而夭。詩云：『不似楊枝別樂天，恰如通德伴伶玄。阿奴絡秀不同老，天女維摩總解禪。經卷藥爐新活計，舞衫歌扇舊因緣。丹成逐我三山去，不作巫陽雲雨仙。』」其中的伶玄即劉伶元，曾任淮南丞相、江東都尉，是著名的《趙飛燕外傳》一書的作者。伶元之妾名叫樊通德，「能言飛燕子弟故事」，伶元所著的《趙飛燕外傳》，即根據她所講的故事寫成的。伶元和通德兩人感情很好，經常一起研究文學。後來有人用「劉樊雙修」來形容美滿姻緣。此詩是蘇軾在哲宗紹聖元年（一〇九四）在惠州寫給其妾侍王朝雲（一〇六三至一〇九六）的。朝雲曾在神宗元豐六年（一〇八三）在黃州為蘇軾誕下幼子蘇遯（小名幹兒），可惜蘇遯於元豐七年便夭折了。在蘇軾被貶往惠州的道路上，因他第二位夫人王閏之（一〇四八至一〇九三）已逝世，只有朝雲追隨他。可惜朝雲兩年後也病逝，只有三十四歲。

老學庵筆記

《老學庵筆記》是南宋愛國詩人陸游（一一二五至一二一〇）晚年的作品。陸游，字務觀，號放翁，越州山陰（今浙江紹興）人。他生於北宋徽宗宣和七年，卒於南宋寧宗嘉定二年，享壽八十四歲。

陸游平生見識廣博，文辭超邁，喜為詩，著述繁豐。他自言「六十年間萬首詩」。現存作品有《劍南詩稿》八十五卷，收錄了他的詩詞九三四四首，《渭南文集》五十卷，分為文集四十二卷、《入蜀記》六卷及詞二卷，《南唐書》十八卷，《老學庵筆記》十卷等。

「老學衡茅底，秋毫敢自欺。開編常默識，閉戶有餘師。大節艱危見，真心夢寐知。唐虞元在眼，生世未為遲。」這是作者自題其讀書室「老學庵」的一首詩（見《劍南詩稿》卷五十）。「老學庵」的命名，約在宋孝宗淳熙之末（一一九〇），陸游退居故鄉山陰鏡湖以後。庵在鏡湖邊上，有茅屋兩間，背山面水，是個讀書寫作的好地方。「老學庵」命名之義，是取春秋時期晉國盲人樂師師曠「老而學如秉燭夜行」之語（見《劍南詩稿》卷三十三《老學庵》詩自注。）《老學庵筆記》是這一時期的作品，但不排除有些條目可能寫於在這之前。陸游的幼子陸子遹（一一七八至一二五〇）是南宋著名的藏書家及刻書家。他說：「《老學庵筆記》，先太史淳熙、紹熙間所著也。」

《老學庵筆記》內容豐富，所記多為作者耳聞目睹之事。其中有大量的史料及掌故，有關抗金活動的記載尤多。卷一記載秦檜（一〇九一至一一五五）殺岳飛（一一〇三至一一四二）於臨安獄中。卷二、三，五分別記載秦檜的兒子秦熺及孫女仗勢欺人。卷八記載秦檜專權忮刻。對於農民起義，如卷三記童貫（一〇五四至一一二六）鎮壓方臘（？至一一二一）起義時買賣官爵等，有助於農民起義的研究。筆記中有大量關於名物典章及逸聞趣事，有助於對文化史的研究。作者的《山陰詩話》沒有傳下來，但筆記中有大量的詩詞論說材料，其中可見他的作詩主張。作者有詩人之才及史家之識，因此所記內容有重要的史料價值及文學價值。書中每條記載，少則二三十字，多則三四百字，文筆練達，文辭雋永。

對於《老學庵筆記》，前人的評價很高。南宋目錄學家、藏書家陳振孫（一一七九至一二六二）《直齋書錄解題》說陸游「生識前輩，年及耄期，所記所聞，殊可觀也」。《四庫總目提要》說《筆記》「軼聞舊典，往往足備考證」。清末詩人李慈銘（一八三〇至一八九五）《越縵堂讀書記》說《筆記》「雜述掌故，間考舊文，俱為謹嚴，所論時事人物，亦多平允」。據《四庫全書總目》著錄，《老學庵筆記》有《續筆記》二卷，今已不見。

茲引錄十餘條給大家賞讀。

卷一〈是非〉：

張德遠誅范瓊于建康獄中，都人皆鼓舞；秦會之殺岳飛于臨安獄中，都人皆涕泣：是非之公如此！

張浚（一〇九七至一一六四），字德遠，號紫巖居士，漢州綿竹（今四川綿竹市）人。南宋抗金將領，唐朝名相，嶺南書生張九齡（六七八至七四〇）弟張九皋（？至七五五）之後。父張咸。長子張栻（一一三三至一一八〇），是南宋著名理學家。宋理宗時，將張浚列入「昭勳閣二十四功臣」之中。明朝成祖洪武二十一年（一三八八年），取古今功臣三十七人配享歷代帝王廟，其中便有張浚。明成祖還將他的事跡載入《永樂大典》國朝忠傳。明英宗時，下旨免張浚後裔差役。明世宗嘉靖三年（一五二四），世宗下詔修復張浚父子墳墓，敕建「張浚祠」，並下旨建「南軒書院」，御書匾額，命其墓地為「官山」，將寧鄉張浚、張栻父子祠墓及綿竹大柏林張浚父張咸墓兩處納入國家祀典。范瓊（？至一一二九），字寶臣，北宋開封（今屬河南）人，宋朝將領。在北宋徽宗宣和間，參與鎮壓河北京東農民起義。欽宗靖康間為京城四壁都巡檢使，持劍為金軍驅逼徽宗及后妃出城。南宋高宗建炎初，為御營司都統制，後為平寇前將軍。金軍迫揚州，他避至壽春（今安徽壽縣），壽春民譏其不戰而走。苗傅、劉正彥發動兵變，因與苗傅交通，不肯進兵討伐。張浚上表，抗疏范瓊「大逆不道」，「靖康城破，金人逼脅君、后、太子、宗室北行，多瓊之謀。又乘勢剽掠，左右張邦昌，為之從衛。」張浚疏上，高宗將范瓊捕殺。

在元朝編的《宋史》，秦檜（字會之）（一〇九一至一一五五）被列入《奸臣傳》。高宗紹興十一年（一一四一）十月，他興岳飛（一一〇三至一一四二）冤獄。秦檜讓諫官万俟　（一〇八三至一一五七）彈劾岳飛，張俊（一〇八六至一一五四）又誣告岳飛部將張憲（？至一一四二）謀反，岳飛及其長子岳雲（一一一九至一一四二）都被送到大理寺，命御史中丞何鑄、大理卿周三畏審問。十一月，宋金達成「紹興和議」。紹興十一年農曆十二月廿九（一一四二年一月二十七日）除夕之夜，高宗下詔「特賜死」，在杭州大理寺風波亭命自鴆，並把岳飛梟首。目前史界以鴆死為通說，其餘說法，尚有「拉脅而殂」、或賜自縊而死、或傍晚被獄卒持白布勒斃於杭州郊外風波亭之說。岳雲及張憲則在賜死岳飛的一個月前，即紹興十一年冬十一月二十七日遭到斬首。韓世忠（一〇八九至一一五一）認為岳雲、張憲二人罪不致死，當面質問秦檜，秦檜表示「飛子雲與張憲書，雖不明，其事體，莫須有。」「莫須有」是南宋時期的口語，意思是「或許有」。

卷二〈張廷老〉：

張廷老名珙，唐安江原人。年七十餘，步趨拜起健甚。自言夙興必拜數十，老人血氣多滯，拜則支體屈伸，氣血流暢，可終身無手足之疾。

此條所述的老人張珙事跡，歷史並無記載。但他「夙興必拜數十」這種輕量的運動，我相信很適合老人家。

卷三〈路八千〉：

韓退之詩云：「夕貶潮陽路八千。」歐公云：「夷陵此去更三千。」謂八千里、三千里也。或以為歇後，非也。《書》：「弼成五服，至於五千。」注云：「五千里。」《論語》冉有曰：「方六七十，如五六十。」注亦云：六七十里，五六十里也。」

我們看文章，要理解其上文下理。「路八千」當然是指八千里路，「里」字不言而喻。從唐朝到清朝，古中國童子描紅習字，常寫一種只有二十四個字的字帖，名為《上大人》，文句為：「上大人，孔乙己。化三千，七十士。爾小生，八九子。佳作仁，可知禮。」主因為筆畫簡單，蘊涵基本筆劃。清初學者褚人獲在《堅瓠集》中說小兒習字，必令書「上大人，丘乙已，化三千，七十士，爾小生，八九子，佳作仁，可知禮」，原因大概取其筆畫少，易認易寫。這帖內「化三千」，單位不言而喻是指人數。

卷四〈李後主詩〉：

李後主《落花》詩云：「鶯狂應有恨，蝶舞已無多。」未幾亡國。宋子京亦有《落花》詩云：「香隨蜂蜜盡，紅入燕泥乾。」亦不久下世。詩讖蓋有之矣。

南唐後主李煜（九三七至九七八）是「千古詞帝」，但詩作卻不多，文獻上記載的只有一些殘句，例如「迢迢牽牛星，杳在河之陽。粲粲黃姑女，耿耿遙相望。」「鶯狂應有恨，蝶舞已無多。」「揖讓月在手，動搖風滿懷。」「病態如衰弱，厭厭向五年。」「衰顏一病難牽復，曉殿君臨頗自羞。」「冷笑秦皇經遠略，靜憐姬滿苦時巡。」「鬢從今日添新白，菊是去年依舊黃。」「萬古到頭歸一死，醉鄉葬地有高原。」「日映仙雲薄，秋高天碧深。」「九重開扇鵠，四牖炳燈魚。」「傾盌更為壽，深卮遞酬賓。」

宋祁（九九八至一〇六一），字子京，為北宋著名文史學家。宋仁宗天聖二年（一〇二四）與其兄宋郊（後改名宋庠）（九九六至一〇六六）同舉進士，宋祁原為殿試第一。當時輔政的章獻太后覺得弟弟比哥哥名次高不合禮法，所以改判宋郊為第一，宋祁第十。兩人被時人稱為「二宋」。宋祁所作的《玉樓春》詞有名句「紅杏枝頭春意鬧」，被人稱為「紅杏尚書」。初任復州軍事推官，後授直史館。歷官國子監直講、太常博士、龍圖閣學士、史館修撰、知制誥、工部尚書、翰林學士承旨。他的詩作被宋元時期的官員、文人方回（一二二七至一三〇五）歸入「西崑派」。此條所述的五言《落花詩》全詩是「林下感餘歡，流芳逐雨殘。香歸蜂蜜盡，紅入燕泥乾。夢短休成蝶，腸回却掩鸞。故應成異果，持去擲潘安。」他有另一首七言《落花詩》，全詩是「墜素翻紅各自傷，青樓煙雨忍相忘。將飛更作迴風舞，已落猶成半面妝。滄海客歸珠有淚，章台人去骨遺香。可能無意傳雙蝶，盡付芳心與蜜房。」

其實「傷時感世」、「傷春悲秋」都是詩人常用的題材，「詩讖」之說未必成立。但假如詩人過於沉湎於悲傷的情緒，對自己的健康一定不利。

卷五〈州官放火〉：

田登作郡，自諱其名，觸者必怒，吏卒多被榜笞。於是舉州皆謂燈為火。上元放燈，許人入州治遊觀。吏人遂書榜揭於市曰：「本州依例放火三日。」

這位州官田登能在歷史上留名，多得《老學庵筆記》的記載。這條是「只許州官放火，不許百姓點燈」的典故。

卷五〈東坡能歌〉：

世言東坡不能歌，故所作樂府詞多不協。晁以道云：「紹聖初，與東坡別於汴上。東坡酒酣，自歌《古陽關》。」則公非不能歌，但豪放不喜裁剪以就聲律耳。

在歷史上，對蘇軾是否懂音樂有一些爭論。宋代女詞人李清照（一〇八四至一一五五）有《論詞》一文。她主張要嚴格區分詞與詩的界限。她批評蘇軾的詞是「句讀不葺之詩」，言下之意，這類不符合音律的詞，算不上詞的正宗和上品。進入南宋後，社會上就有蘇軾不懂音樂、不會唱歌的普遍說法。但陸游此一條引晁說之（一〇五九至一一二九）的話謂蘇軾能歌。

晁說之，字以道，是宋朝著名的制墨家及經學家。他博通《五經》，尤精於《易》學，同時又是一位作家、畫家。他與蘇軾（一〇三七至一一〇一）、黃庭堅（一〇四五至一一〇五）等蘇門文人、江西詩派作家都有廣泛的師友關係。蘇東坡唱得好不好很難考證，但他是懂音樂的。蘇軾的父親蘇洵（一〇〇九至一〇六六）酷愛古琴藝術，是當時一位音樂鑑賞家。《歷代琴人傳》引張右袞《琴經．大雅嗣音》：「古人多以琴世其家，最著名眉山三蘇。」蘇洵、蘇軾及蘇轍都是彈琴的能手，父親蘇洵琴技最高，家中還珍藏了著名的唐代「雷琴」。聽說為了研究古琴的發聲原理及特點，蘇軾曾把「雷琴」拆開來研究。他著有《雜書琴事十首》。另外，他還欣賞進士李委的吹笛藝術。蘇軾對他所吹的《鶴南飛》曲頗為知音，竟連曲中帶有西北少數民族風情的音調也聽得很清楚。他贈李委詩一首，題為《李委吹笛》：「山頭孤鶴向南飛，載我南遊到九嶷。下界何人也吹笛，可憐時復犯龜茲。」仁宗嘉祐四年（一〇五九），父子三人上京。蘇軾在船上聆聽父親彈琴，產生了許多感受，寫了《舟中聽大人彈琴》一詩：「彈琴江浦夜漏水，斂衽竊聽獨激昂。風松瀑布已清絕，更愛玉佩聲琅璫。自從鄭衛亂雅樂，古器殘缺世已忘。千家寥落獨琴在，有如老仙不死閱興亡。世人不容獨反古，強以新曲求鏗鏘。微音淡弄忽變轉，數聲浮脆如笙簧。無情枯木今尚爾，何況古意墮渺茫。江空月出人響絕，夜闌更請彈文王。」

卷六〈王性之〉：

王性之記問該洽，尤長於國朝故事，莫不能記。對客指畫誦說，動數百千言，退而質之，無一語謬。予自少至老，惟見一人。方大駕南渡，典章一切掃蕩無遺，甚至祖宗謚號亦皆忘失，祠祭但稱廟號而已。又因討論御名，禮部申省言：「未尋得《廣韻》。」方是時，性之近在二百里內，非獨博記可詢，其藏書數百篋，無所不備，盡護致剡山，當路藐然不問也。

王銍（?至一一四四），字性之，自號汝陰老民。汝陰（今安徽阜陽）人，幼而博學。《老學庵筆記》卷二謂「王性之讀書，真能五行俱下，往往他人才三四行，性之已盡一紙。」宋室南渡後寓居贍縣。高宗紹興初年，官迪功郎。高宗建炎四年（一一三〇），權樞密院編修官。紹興四年（一一三四）撰成《樞庭備檢》，為右承事郎。紹興五年（一一三五），以右承事郎主管江州廬山太平觀。後遭秦檜排擠，避居剡溪山，以詩詞自娛。世稱雪溪先生，紹興九年（一一三九）正月，獻《元祐八年補錄》及《七朝史》，由右承郎遷右宣義郎。紹興十三年（一一四三），獻《太玄經解義》。著有《默記》一卷、《雜纂續》一卷、《侍兒小名錄》一卷、《國老談苑》二卷等書。

王銍喜聚書，其次子王明清《揮麈錄．後錄》卷七：「先祖早歲登科，遊宦四方，留心典籍，經營收拾，所藏書逮數萬卷，皆手自校讎，貯之於鄉里。汝陰士大夫多從而借傳。……先人南渡後，所至窮力抄錄，亦有書幾萬卷。」李之儀《姑溪居士後集》卷十五《歐陽文忠公別集後序》：「汝陰王樂道與其子性之，皆博極羣書，手未嘗釋卷。」建炎初，所藏書為陳規（字元則）以避兵火為由，豪奪而去。王銍去世後，秦檜子秦熺依仗父威，欲取所藏之書，且許以官職，其長子王廉清，字仲信，苦守舊藏，號泣拒之曰：「願守此書以死，不願官也。」郡將又以禍福誘脅之，皆不聽，秦熺亦不能奪而罷休。

卷七〈解杜詩〉：

今人解杜詩，但尋出處，不知少陵之意，初不如是。且如《岳陽樓》詩：「昔聞洞庭水，今上岳陽樓。吳楚東南坼，乾坤日夜浮。親朋無一字，老病有孤舟。戎馬關山北，憑軒涕泗流。」此豈可以出處求哉？縱使字字尋得出處，去少陵之意益遠矣。蓋後人元不知杜詩所以妙絕古今者在何處，但以

一字亦有出處為工。如《西崑酬唱集》中詩，何曾有一字無出處者，便以為追配少陵，可乎？且今人作詩，亦未嘗無出處，渠自不知，若為之箋注，亦字字有出處，但不妨其為惡詩耳。

從此則詩話中，我們可以見到陸游對作詩的一些主張。有些文人作詩，為了顯示自己學問淵博，喜歡引經據典。但太刻意這樣做，寫出來的詩未必一定好。「所用的文字有出處」不是寫出好作品的必要條件，也不是寫出好作品的充分條件。

卷八〈賀方回〉：

賀方回狀貌奇醜，色青黑而有英氣，俗謂之賀鬼頭。喜校書，朱黃未嘗去手。詩文皆高，不獨攻長短句也。潘邠老《贈方回》詩云：「詩束牛腰藏舊稿，書訛馬尾辨新讎。」有二子，曰房、曰稟。於文，「房」從方，「稟」從回，蓋寓父字於二子名也。

賀鑄（一〇五二至一一二五），字方回，越州山陰（今浙江紹興）人，北宋詞人。他是宋太祖賀皇后之族孫，父賀安世。他自稱是唐朝詩人賀知章後代。賀知章曾居慶湖（即鏡湖），他便自號「慶湖遺老」。因貌醜，人稱「賀鬼頭」。十七歲以恩蔭入仕，授右班殿值、監軍器庫門。與黃庭堅、秦觀等交好。徽宗大觀三年（一一〇九），以承議郎退休。晚年隱居蘇州，以填詞自娛，常以舊譜填新詞而改易調名，謂之「寓聲」。著有《東山詞》二卷，《東山詞補》一卷，今存詞二百餘首。作品多寫閨情離思，也寫世間滄桑。他的詞風格多變，兼有豪放及婉約二派之長，有「一川煙草，滿城風絮，梅子黃時雨」之句，人稱「賀梅子」。但亦有對賀鑄詞貶抑者。清初詩人劉體仁（一六一七至一六七六）就表示：「若賀方回，非不楚楚，總拾人牙慧，何足比數！」清末民初國學大師王國維（一八七七至一九二七）《人間詞話》亦謂「北宋名家方回為最次。」現錄他的名作《青玉案》給大家欣賞：「凌波不過橫塘路。但目送、芳塵去。錦瑟華年誰與度。月橋花院，瑣窗朱戶。只有春知處。飛雲冉冉蘅皋暮。彩筆新題斷腸句。若問閒情都幾許。一川煙草，滿城風絮。梅子黃時雨。」

卷九〈范履霜〉：

范文正公喜彈琴，然平日止彈《履霜》一操，時人謂之范履霜。

關於范仲淹（九八九至一〇五二）生平，可參看本書評介《石林燕語》篇。《履霜操》為古樂府琴曲名。東漢末年博學的蔡邕（一三二或一三三至一九二）《琴操．履霜操》云：「《履霜操》者，尹吉甫之子伯奇所作也。」《樂府詩集．琴曲歌辭履霜操題解》：「伯奇無罪，為後母譖而見逐，乃集芰荷以為衣，采楟花以為食，晨朝履霜，自傷見放，於是援琴鼓之而作此操。曲終，投河而死。」《履霜操》在陸游《劍南集》中亦有詠及：「酒僅三蕉葉，琴才一履霜。」北宋名臣梅堯臣（一〇〇二至一〇六〇）《依韻和宋中道見寄》：「我懷炳炳何日忘，半夜攬琴彈履霜。」可見《履霜操》此琴曲在當時很流行。這條使我們認識范仲淹生活閑適的一面。

卷九〈南遷二友〉：

東坡在嶺海間，最喜讀陶淵明、柳子厚二集，謂之南遷二友。予讀宋白尚書《玉津雜詩》有云：「坐臥將何物？陶詩與柳文。」則前人蓋有與公暗合者矣。

宋白（九三六至一〇一二），字太素，一作素臣，大名（今屬河北）人，也有記載為開封人。宋太祖建隆二年（九六一）進士。太祖乾德元年（九六三），擔任著作佐郎。乾德三年（九六五），擔任玉津縣令。之後又擔任左拾遺、中書舍人。曾三次主持貢舉。蘇易簡（九五八至九九六）、胡宿（九九五至一〇六七）、李宗諤（九六四至一〇一二）等名臣皆出其門。他學問宏博，參與編修《太祖實錄》。又與李昉（九二五至九九六）同編《文苑英華》，為宋朝四大類書之一。他喜歡聚書，廣藏書畫達數萬卷。太宗至道元年（九九五），擔任翰林學士承旨。次年，擔任刑部尚書、集賢院學士判院事。至道四年（九九八）退休。真宗咸平三年（一〇〇〇），撰寫《續通典》，次年編成，共二〇〇卷。真宗大中祥符五年（一〇一二）去世，享年七十七。謚號為文安。有《宋白集》一百卷，又名《廣平集》，已佚。其實，五柳先生的詩及柳柳州的文歷來均受人稱讚，宋白喜歡，蘇軾喜歡，我也喜歡。

卷十〈一意三用〉：

白樂天云：「微月初三夜，新蟬第一聲。」晏元獻云：「綠樹新蟬第一聲。」王荊公云：「去年今日青松路，憶似聞蟬第一聲。」三用而愈工，信詩之無窮也。

白居易（七七二至八四六），號樂天。晏殊（九九一至一〇五五），謚號元獻。王安石（一〇二一至一〇八六），曾封荊國公。陸游謂他們題詠新蟬，「三用而愈工，信詩之無窮也。」歷代題詠新蟬的詩詞不勝枚舉，但連用「新蟬第一聲」這五個字的倒還不多，我只可多舉兩首。第一首是寇準（九六一至一〇二三）的《新蟬》：「寂寂宮槐雨乍晴，高枝微帶夕陽明。臨風忽起悲秋思，獨聽新蟬第一聲。」第二首是張耒（一〇五四至一一一四）的《紺碧》：「紺碧遙空秋意生，深簷當午暑風清。老翁睡起支頤坐，初聽新蟬第一聲。」

蘆浦筆記

《蘆浦筆記》十卷，南宋劉昌詩撰。昌詩字興伯，江西清江人，生卒年不可考。劉昌詩於南宋寧宗開禧元年（一二〇五）中進士。寧宗嘉定七年（一二一四）為六合縣知縣。此前曾做過鹽官。他的足跡遍及大江南北，主要活動於孝宗淳熙八年（一一八一）到寧宗嘉定八年（一二一五）的三十四年間。

本書是他在六合縣所時刻的。書末有嘉定乙亥自跋，稱捐俸刻於六峯縣齋，但《四庫全書提要》竟說「六峯不知為何地」。六峯縣其實是六合縣的別稱，因為《六合縣志．山川》中說「六合山六峯環合，縣因山而名」。昌詩在六合縣任內頗有政績，主要是整頓邊防。他在六合縣做過主簿，曾為在朝廷論大奸賊蔡京罪狀的御史中丞豐稷立廟。他還在任內修建縣公署、縣學，以及改造治浦橋等。《清江縣志》在《劉昌詩小傳》中說他「博綜羣籍，為文精於考據」。

劉昌詩曾做過鹽官。在宋人《四明志》中發現，慈溪縣有一驛鋪，靠近海邊，而海邊有鳴鶴鹽場。《蘆浦筆記》大概就在這裏寫的。時間為他出任六合縣令前，登進士第之後。有關於「蘆浦」二字的出處，筆記的叙中說「蘆浦乃廨宇之攸寓云」。

筆記雖只有十卷，但內容豐富。作者在自叙中說：「凡先儒之訓傳，歷代之故實，文字之訛舛，地理之遷變，皆得遡其源而循其流」。作者知識廣博，寫作認真，頗多創建。書中保留了頗多宋代的史料及遺文軼事。由於時代及階級的局限，書中也不免有些荒誕內容。

現錄筆記中十四條給大家賞讀：

卷一〈約法三章〉：

「約法三章」，自班氏作《刑法志》，謂「高祖初入關約法三章」，至今以為省約之約，皆作一句讀。予觀《紀》所書云：「吾與諸侯約，先入關者王之，吾當王關中。與父老約，法三章耳。」若以「與父老約法三章耳」八字作一句，恐不成文理。合於「約」字句斷，則先與諸侯約，今與父老約，不惟上下貫穿，而「法三章耳」方成句語。

在《史記．高祖本紀》中，文字是這樣的：「父老苦秦苛法久矣，誹謗者族，偶語者棄市。吾與諸侯約，先入關者王之，吾當王關中。與父老約，法三章耳：殺人者死，傷人及盜抵罪。餘悉除去秦法。」在這段文字中，「約」是動詞，解作「協商、議定」。若以「與父老約法三章耳」作為一句，的確不成文理。

在《漢書．刑法志》中，文字為：「漢興，高祖初入關，約法三章曰：『殺人者死，傷人及盜抵罪。』蠲削煩苛，兆民大說。其後四夷未附，兵革未息，三章之法不足以禦姦，於是相國蕭何　摭秦法，取其宜於時者，作律九章。」在這段中，「約」依然可作動詞，解作「協商、議定」，亦可作形容詞，意謂「簡約、省約」，寫作「約法三章」，並無問題。

無論如何，二千二百多年前，時為「沛公」的劉邦所說的一段說話，衍生了「約法三章」這成語。這成語原意為約定三條法律，後泛指約好或訂立簡單的條款，相互遵守。在後來的中國史書中，「約法三章」常用於表示政府輕刑緩賦的措施，「三」已成泛稱。

《漫錄・事始門》載唐明皇為三郎凡五事。一・劉朝霞《獻溫泉賦》云：「遮莫你古時千帝，豈如我今日三郎。」二・開元十一年置聖壽樂，令諸女歌舞宜春院。上親加策勵曰：「好好作，莫辱三郎。」三・明皇過華陰，見嶽神，迎謁老巫阿馬婆云：「三郎在道上。」四・牛僧孺周秦行紀指明皇為三郎。五・通鑑每宰相奏事，睿宗輒問：「與三郎議否？」而不知尚有一處：開元中有獻俳文於明皇曰：「說甚三皇五帝，不如來告三郎。既是千年一遇，且莫五角六張。」

此條提及之《漫錄》乃南宋吳曾所撰之筆記集《能改齋漫錄》。吳曾，字虛臣，一說字虎臣。崇仁（今屬江西）人。生卒年不詳。博聞強記，知名當時。因應試不第，於高宗紹興十一年（一一四一）獻書秦檜，得補右迪功郎，後改右承奉郎、宗正寺主簿、太常丞、玉牒檢討官，遷工部郎中，出知嚴州，後辭官。《漫錄》一書，今所見者為明人從秘閣抄出，共十八卷，分十三門：事始、辨誤、事實、沿襲、地理、議論、記詩、記事、記文、類對、方物、樂府、神仙鬼怪。記載史事，辨證詩文典故，解析名物制度，資料豐富，援引廣泛，且保存了不少已佚文獻，因而為後世文史研究者所重視。但作者黨附秦檜，曲意取媚，考證也有不少失實處，故曾遭到同時代人普遍指摘。

唐玄宗（六八五至七六二）被叫三郎，是因為他是唐睿宗李旦（六六二至七一六）的第三個兒子。因為排行的緣故，宮裏面的人都喊他為三郎，但唐玄宗好像並不喜歡這個稱呼。他喜歡自稱「阿瞞」。這個名字是魏武王曹操的小名。

唐玄宗李隆基是唐朝第九代皇帝，是盛唐最著名的帝王之一。玄宗在位四十四年（七一二至七五六），其後在其第三子肅宗李亨（七一一至七六二）在位時，退居為太上皇共六年，享壽七十七歲，是唐朝在位最久與最長壽的皇帝，廟號玄宗。宋時，因避道教之神聖祖趙玄朗諱，清代避康熙帝玄燁諱，改稱為唐明皇。

玄宗多才多藝，琴棋書畫亦皆精通，尤知音擅律，精於歌舞，對唐朝音樂發展有重大影響。他擅琵琶及羯鼓，能作曲，有《霓裳羽衣曲》、《小破陣樂》、《春光好》、《秋風高》等百餘首樂曲。他曾選樂工及宮女在禁院梨園中歌舞，這是後來稱戲班為「梨園」的由來。他還制定了《色俱騰》、《乞婆娑》、《曜日光》等九十餘首羯鼓曲名，創作了多首羯鼓獨奏曲。

在開元年間，玄宗任用賢臣，勵精圖治，革除弊害，鼓勵生產，史稱「開元盛世」。然而他在統治的中後期耽於逸樂，又把國政先後交給奸相李林甫、楊國忠把持。李林甫為人陰險，有「口蜜腹劍」之稱，任內憑着玄宗的信任專權用事達十六年，杜絕言路，排斥忠良，玄宗不加阻止，甚至可能不知情。楊國忠因族妹楊貴妃得寵而繼李林甫出任右相之後，國事日非，朝政腐敗。玄宗太過寵愛楊貴妃，對外族又信任過度，以致於在統治的第四十三年，即天寶十四年（七五五）爆發了持續八年的「安史之亂」，唐朝由此走向下坡路。

卷一〈阿字〉：

古人稱呼每帶「阿」字，以至小名小字見於史傳者多有之。《漢高祖紀》武負注：「俗呼老大母為阿負。」魯肅拍呂蒙背曰：「非復吳下阿蒙。」曹操小名阿瞞，唐明皇小名亦云阿瞞。鍾士季目王安豐謂：「阿戎了了解人意。」阮籍謂王渾：「共卿語，不如與阿戎談。」此謂渾子戎。又杜詩

「守歲阿戎家」，注謂杜位小字也。阿奴有五。劉尹撫王長史背曰：「阿奴比丞相，俱有都長。」阿奴蓋濛小字也。《語林》曰：「劉真長與丞相不相得，每曰：『阿奴比丞相條達清長矣！』」齊武帝臨崩，執廢帝手曰：「阿奴若憶翁，好作梓宮。」又周顗、周仲智皆小字阿奴。梁武帝謂臨川王曰：「阿六，汝生活大可方。」王右軍問許玄度：「卿自言何如安石？」許未答。王曰：「安石故相與雄，阿萬當裂眼爭邪！」右軍道：「東陽我家阿林，」謂臨之也，仕至東陽太守。王子敬為阿敬，王平子為阿平，庾會小字阿恭，王詢小字阿苽。王恭曰「與阿大語」，謂王忱也。殷浩為阿源，王胡之小字阿齡，王蘊小字阿興，王敦小字阿黑，王丞相小字阿龍，郄恢小字阿乞，王恬小字阿螭，殷顗小字阿巢，許詢小字阿訥，王處小字阿智，高崧小字阿酃，劉叔秀為阿秀。何偃遙呼顏延之為顏公，延之曰：「非君家阿公，何以見呼？」又唐王后以愛弛，因泣曰：「陛下獨不念阿忠脫紫半臂，易斗麪為生日湯餅邪！」吐谷渾王名阿豺，以至阿香推雷車，亦有所謂阿買、阿舒、阿宣，要未能盡舉。今人稱父母兄弟尚爾，嗣有得，當續之。

「阿」從「阜」，「可」聲。從「阜」的字多與山有關，「阿」的本義是大土山，《說文》：「阿，大陵也。一曰曲阜也。從阜，可聲。」

自古以來，「阿」這個字基本上是用來加在稱呼上的詞頭。例如阿爺、阿爹、阿婆、阿哥、阿姊等。亦可用來加在別人的姓或名前，例如阿黃、阿張、阿強、阿珍等。加於某些人的姓、名、小名、排行前用作稱呼，往往帶有一定的感情色彩或尊卑關係。例如阿咸（侄子。晉朝阮籍的侄兒阮咸有才，後來遂用來稱侄子）、阿連（弟弟。南朝宋謝靈運的族弟惠連很有才，人們隨謝靈運稱之為阿連）、阿嬌（漢武帝陳皇后的小名）、阿蒙（三國時吳國名將呂蒙）、阿瞞（三國曹操的小字）。

此字的衍義為「迎合、偏袒」，例如阿附、阿其所好、阿諛逢承等。今日，「阿」字亦有用於外國語的音譯，例如阿根廷、阿拉伯、阿波羅等。

卷一〈阿堵〉：

晉人稱阿堵者有三。殷中軍見佛經云：「理亦應阿堵上。」王夷甫嫉其婦貪濁，口未嘗言「錢」字。婦欲試之，令婢以錢遶牀，不得行。夷甫晨起，見錢閡行，呼曰：「舉卻阿堵物！」顧長康畫人，或數年不點目睛。人問其故，顧曰：「四體妍蚩，本無關於妙處，傳神寫照，正在阿堵中。」

此條謂「晉人稱阿堵者有三」。這三件事均載於南朝宋劉義慶的《世說新語》。「阿堵」，是六朝和唐時的常用語，相當於現代漢語的「這」、「這個」。

《世說新語．文學》：「殷中軍見佛經云：『理亦應阿堵上。』」意思是說中軍將軍殷浩看了佛經，說：「玄理也應當在這裏面了。」殷浩（？至三五六），字淵源，陳郡長平人。他識度清遠，好《老子》及《易經》，負有盛名。初為庾亮記室參軍，後起為建武將軍。朝廷欲平關河，以浩為中軍將軍，以平定中原為己任。後因征姚襄兵敗，被廢為庶人。

《世說新語．巧藝》中載：「顧長康畫人，或數年不點目精。人問其故，顧曰：『四體妍蚩，本無關於妙處，傳神寫照，正在阿堵中。』」文中的顧長康就是指晉朝顧愷之，他博學多聞，擅長繪畫，有「才絕、藝絕、癡絕」三絕之稱。他的作品大多是肖像、神仙、山水、動物等，畫人物最注重點睛。因此，後世就把「傳神阿堵」用來表示繪畫生動逼真。

《世說新語・規箴》：「王夷甫雅尚玄遠，常嫉其婦貪濁，口未嘗言錢字。婦欲試之，令婢以錢遶牀不得行。夷甫晨起，見錢閡行，呼婢曰：『舉卻阿堵物』。」王夷甫是王衍（二五六至三一一）的表字。他是「竹林七賢」中年紀最幼的王戎（二三四至三〇五）的堂弟。王衍愛清談。其妻郭氏乃相國參軍郭豫之女。《世說新語》有很多條談及郭氏，形容她「貪濁」、「貪欲」、「才拙而性剛」、「聚斂無厭」、「干豫人事」，王衍雖「患之而不能禁」。郭氏想試探王衍，趁他熟睡，叫婢女拿錢繞著睡牀擺放，讓他起牀後無法行走。王衍早上起床，看見床四周擺滿了錢，妨礙自己走路，就叫婢女「拿走這些阻路的東西。」隨著這件事的傳開，「阿堵物」就成為金錢的代名詞。《世說新語》用「見錢閡行」四字，但《蘆浦筆記》徵引此條時寫作「見錢閃行」是不對的。

卷三〈振字〉：

《漫錄》載顏師古《匡謬正俗》曰：「賑濟當用振字。」《說文》曰：「振，舉也，救也。」諸史傳振給、振貸，並以饑饉窮厄，將就困斃，故舉救之，使存立耳。但未有所據。按《左傳》文公十六年楚人出師，「自廬以往，振廩同食。」注：「振，發也。廩，倉也。」然當以《左氏》為證。以上吳說如此。予考《周易・蠱卦》：「君子以振民育德。」注：「振，濟也。」何不引此，豈偶忘邪？

南宋吳曾撰的《能改齋漫錄》第七卷〈事實下〉「賑濟、振濟」條引顏師古《匡謬正俗》曰：「賑濟，當用『振』字。說文曰：『振，舉也，救也。諸史籍所云振給、振貸、振業者，其義皆同，盡當為振字。』今人之作文書者，以其事涉貨財，改『振』為『賑』。按，說文解字云：『富也。』左氏《魏都賦》曰：『白藏之藏，富有無堤。同賑大內，控引世資。』此則訓不相干，何得混雜。諸云振給、振貸者，並以饑饉窮厄，將就困斃，故舉救之，使得存立耳。寧有富事乎？」吳曾在這條又謂按《春秋傳・文公十六年》：「楚人出師，自廬以往，振廩同食。」注云：「廬，今襄陽中廬縣也。振，發廩倉也。同食，上下無異饌也。」吳曾再說「然則振濟，當以左氏為據。」

顏師古（五八一至六四五），《舊唐書・卷七三・顏籀傳》言其名籀，字師古；《新唐書・卷一百九十八・顏師古傳》言其名師古，字籀。雍州京兆郡萬年縣（今陝西省西安市）人，祖籍琅邪郡臨沂縣（今山東省臨沂市）。齊黃門侍郎顏之推之孫，唐代經學家、歷史學家，亦通音律。他自小博覽群書，尤精訓詁。他曾奉貞觀初期的太子李承乾之命註釋《漢書》。《匡謬正俗》是顏師古所撰的訓詁書。

《蘆浦筆記》此條提出早在春秋末期孔子所作《十翼》（亦稱《易傳》）中已有「振民育德」之語。在《周易》的六十四卦中，「蠱」卦是第十八卦。此卦的《象辭》說：「山下有風，蠱。君子以振民育德。」蠱卦的卦象是巽（風）下艮（山）上，為山下起大風之表象，象徵救弊治亂、撥亂反正。君子觀此卦象，要振奮民心，培育人民的道德素養。

卷三〈山谷南還誤〉：

《漫錄・記詩門》云：「山谷南還至南華竹軒，令侍史誦詩版。」按，南華在韶州，屬廣東。山谷謫宜州，屬西路，且卒於宜，而曰南還，何邪？

《能改齋漫錄》可能是劉昌詩經常讀的筆記。在《蘆浦筆記》中，他經常提及此書。《漫錄．記詩門》說：「山谷南還，至南華竹軒，令侍史誦詩板，亦戒勿言爵里姓名。久之，誦一絕云：『不用山僧供張迎，世間無此竹風清。獨拳一手支頤臥，偷眼看雲生未生。』稱歎不已，徐視姓名，曰：『果吾學子葛敏修也。』」

黃庭堅（一〇四五至一一〇五），字魯直，號山谷道人、豫章先生，晚號涪翁，洪州分寧（今江西九江市修水縣）人。他是北宋著名的詩人、詞人、書法家，是「江西詩派」的祖師。在書法方面，為宋四家「蘇黃米蔡」之一。黃庭堅篤信佛教，亦慕道教，事親頗孝，雖居官，卻自為親洗滌便器，為二十四孝之一。黃庭堅與張耒、晁補之、秦觀都曾從學於蘇軾，並稱「蘇門四學士」。他一生陷入新舊黨爭，被新黨誣害及流放，官至知州。徽宗建中靖國元年三月，黃庭堅改任舒州知府。四月，黃庭堅行至荊南，朝廷又召為吏部員外郎。這時的黃庭堅大病初癒，無力任官，請求出任太平州官。徽宗崇寧元年，由岳鄂路回到洪州分寧，任領太平州事，九日即被罷免，改為主管玉龍觀。九月，黃庭堅來到鄂州，在此寓居超過一年。黃庭堅昔年與趙挺之不睦，趙挺之執政，部下陳舉誣害黃庭堅，指控黃庭堅寫的《荊南承天院記》涉及誹謗，黃庭堅被放逐到宜州（今廣西宜山縣）。崇寧三年三月，黃庭堅長途跋涉，經潭州、衡州、永州、桂州等地，於五、六月間到宜州貶所，家屬則住在永州。黃庭堅初租民房，後遷伽藍，留宿在破敗的戍樓裏，人不堪其憂，庭堅終日讀書賦詩，處之泰然。宜州人民敬重他曠達高潔，許多人慕名前往拜訪，向他請教學問。崇寧四年（一一〇五）九月三十日病逝於戍樓，終年六十歲。

葛敏修（生卒年不詳），字聖功，一字道岷，廬陵（今江西吉安）人。曾從黃庭堅學。他是哲宗元祐三年（一〇八八）進士，知確山縣，官至奉議郎，徽宗大觀初卒。門人私謚孝友先生。有《道岷集》三十卷，已佚。

翻查多種黃庭堅的年譜，找不到他曾到過廣東的記載。所以，《漫錄》的「山谷南還」事可能真的是誤記。

卷三〈打字〉：

歐陽公《歸田錄》云：「世俗言語之訛，而君子小人皆同其謬，惟『打』字耳。……如打船、打車、打魚、打水、打飯、打衣糧、打繖、打黏、打量、打試，觸事皆謂之『打』。」《漫錄》以釋文取偏旁證之，謂「打」字從手從丁，蓋以手當其事者也。此說得之矣。然世間言「打」字尚多：左藏有打套局；諸庫支酒謂之打發；諸軍請糧謂之打請；印文書謂之打印；結算謂之打算；貿易謂之打博；裝飾謂之打扮；請酒醋謂之打醋、打酒；鹽場裝發謂之打袋；席地而睡謂之打鋪；包裹謂之打角；收拾為打疊，又曰打併；畚築之間有打號；行路有打伴、打包、打轎；負錢於身為打腰；飲席有打馬、打令、打雜劇、打諢；僧道有打化；設齋有打供；荷胡牀為打交椅；舞儺為打驅儺；又宋歌曲詞：『打壞木樓牀，誰能坐相思』；又有打睡、打嚏噴、打話、打鬧、打鬪、打和、打合（讀作「閤」）、打過、打勾、打了；至於打糊、打麪、打餅、打綫、打百索、打條、打簾、打薦、打蓆、打籬巴；街市戲謔有打砌、打調之類，因並記之。

中國的文字，隨便拿一個出來，都能找到很多與其有關的詞語。通常每一個中文字，正如此條的「打」字，都有很多不同的意義。

釋氏《心經》，其中自云「般若波羅蜜多」，蓋梵語也。嘗觀六一先生《集古跋》中，乃書「多心經」。經為多心何以為佛？恐公誤筆爾，因書以祛見者之惑。

歐陽修為北宋文物鑑賞風氣的引領者，嘗利用公職之便，廣泛觀覽公私收藏，更收集到歷代金石拓片達千卷。其中可正史學缺誤的作品，由歐陽修親題跋尾，也為作序，序文則請蔡襄書寫，後集跋為《集古錄跋尾》（簡稱《集古錄》）十卷。這是今存最早的金石學著作。在其中一條《唐鄭預注多心經》中，他記謂：「右鄭預注《多心經》，不著書人名氏，疑預自書。蓋開元、天寶之間，書體類此者數家，如《搗練石》、《韓公井記》、《洛祠志》，皆一體，而皆不見名氏。此經字體不滅三記，而注尤精勁，蓋他處未嘗有，故錄之而不忍棄。矧釋氏之書，因字而見錄者多矣，余每著其所以錄之意，覽者可以察也。治平元年夏至日，大熱，玩此以忘暑，因書。」

《摩訶般若波羅蜜多心經》，略稱《般若心經》或《心經》。全經只有一卷，五十四句，二百六十字，屬於《大品般若經》中六百卷中的一節，被認為是般若經類的提要。該經曾有過七種漢譯本。較為有名的是東晉十六國時期後秦鳩摩羅什（三四四至四一三）所譯的《摩訶般若波羅蜜大明咒經》和唐朝玄奘法師（六〇二至六六四）所譯的《般若波羅蜜多心經》。「般若波羅蜜多」是梵語，「般若」直譯為「慧」，「波羅蜜多」是菩薩成就無上究竟菩提的根本資糧，「般若波羅蜜多」為其中一種。「般若波羅蜜多」即為「圓滿究竟、全面地、徹底地理解宇宙真實與原理的智慧」。歐陽修書「多心經」，劉昌詩戲說「經為多心何以為佛？」

卷四〈夔子國〉：

夔州，春秋時巴子國也。今人言夔州，以至文字間率曰「夔子國」，而不知其誤，往往以劉禹錫為證。余考禹錫之記云：「夔、子國也。」其文意謂夔乃子國，蓋是兩句。譌以傳譌，因不復辨，殊不知夔子國今實在歸州。

在此條中，劉昌詩認為將「夔國」稱為「夔子國」有誤，因為「夔子國今實在歸州」，言下之意是兩者是兩個不同的地方。

唐高祖武德二年（六一九）置歸州，轄秭歸、巴東二縣，治所在秭歸縣。玄宗天寶元年（七四二）改置巴東郡。肅宗乾元元年（七五八）復置歸州，仍治秭歸縣。在宋代仍名歸州。

夔國，又稱隗國，《漢書》、《後漢書》等作「歸國」，地理位置位於現今湖北省秭歸縣，在商朝時，由夔越建立的國家，為周朝楚國的宗室，也是楚國的一個小附庸。《春秋・僖公二十六年》：「秋，楚人滅夔，以夔子歸。」晉杜預注：「夔，楚同姓國，今建平秭歸縣。」《左傳》記載夔國始封君是楚國國君熊繹的嫡長子熊摯。因熊摯有疾病，無法繼承楚國君位，所以被封到夔國。楚成王三十八年（前六三四），夔國國君不肯祭祀祝融和鬻熊，楚國使者責備他。夔國國君回答說：「我們的先王熊摯有病，鬼神不肯饒了他，他自我流放到夔國，無法繼承楚國的王位，那我們為何還要祭祀？」是年秋季，楚國派遣司馬子西與令尹子玉率領楚軍消滅夔國，抓了夔國國君回國。

中唐詩人劉禹錫《夔州刺史廳壁記》：「夔在春秋為子國，楚並為楚九縣之一，秦為魚複，漢為固陵，蜀為巴東，梁為信州。初城於西，後周大總管龍門王公述登白帝歎曰：『此奇勢可居。』遂移府於今治所。是歲建德五年。隋初楊素以越公領總管，又張大之。唐興，武德二年詔書：其以信州為夔州。七年，增名都督府，督黔、巫一十九郡。開元中，猶領七州。天寶初，罷州置郡，號雲安。至德二年，命嗣道王煉為太守，賜之旌節，統峽中五郡軍事。乾元初，複為州，偃節於有司，第以防禦使為稱。尋罷，以支郡隸江陵。桉版圖方輪不足當通邑，而今秩與上郡齒，特以帶蠻夷故也。故相國安陽公乾曜嘗參軍事，修圖經，言風俗甚備。今以郡國更名之所以然著於壁雲。凡名殊必以國，事建必以年，謹始也。長慶二年五月一日，刺史中山劉禹錫記。」

夔國的爵位是子國，後人稱之為「夔子國」其實也無不可。唐朝杜甫《大曆二年九月三十日》詩云：「為客無時了，悲秋向夕終。瘴餘夔子國，霜薄楚王宮。草敵虛嵐翠，花禁冷葉紅。年年小搖落，不與故園同。」杜甫《復陰》：「方冬合沓玄陰塞，昨日晚晴今日黑。萬里飛蓬映天過，孤城樹羽揚風直。江濤簸岸黃沙走，雲雪埋山蒼兕吼。君不見夔子之國杜陵翁，牙齒半落左耳聾。」南宋作家王十朋（一一一二至一一七一）《夔子城》：「身乘華輅思熊繹，詞誦離騷吊屈原。城邑舊為夔子國，人民多是楚王孫。驚心鳥石蓮花淖，過眼黃牛竹節灘。征棹直從中溜過，好山只得片時看。」所以，「夔國」與「夔子國」其實是同一地方，是劉昌詩自己弄錯了。

卷六〈喘藥方〉：

先君嘗施喘藥。蓋用麻黃三兩，不去根節，湯浴過。訶子二兩，去核用肉，二味為麄末。每服三大匕，水二琖，煎減一半，入臘茶一錢，再煎作八分，熱服，無不驗者。後於彭子壽侍郎傳一方，用新羅參一兩，作細末，以生鷄子青和為丸，如梧子大，陰乾。每服百粒，溫臘茶清下，一服立止。嘗見知臨江葉守端卿，言其祖石林病此，專服大黃而愈。其尊人亦苦此疾，乃純用附子，至某則非麻黃不可。然則又觀其所稟如何，且自謂其女幼年已喘，傳至四世而用藥皆不同。

此條治喘的藥方可供今日的中醫師參考。

卷七〈比事〉：

韓非傳：「秦王見《孤憤》、《五蠹》之書曰：『嗟乎！寡人得見此人與之遊，死不恨矣！』李斯曰：『此韓非之所著書也。』非使秦，秦王悅之。」司馬相如傳：「上讀《子虛賦》而善之，曰：『朕獨不得與此人同時哉！』得意曰：『臣邑人司馬相如自言為此賦。』上驚，乃召問相如，相如曰：『有是。』」《白起傳》：「武安君引劍將自剄，曰：『我何罪於天，而至此哉？』良久，曰：『我固當死。長平之戰，趙卒降者數十萬人，我詐而盡阬之，是足以死。』遂自殺。」《蒙恬傳》：「恬喟然太息曰：『我何罪於天，無過而死乎？』良久，徐曰：『恬罪固當死矣。起臨洮屬之遼東，城萬餘里，此其中不能無絕地脉哉？此乃恬之罪也。』乃吞藥自殺。」

在本卷「比事」條中，作者指出《史記》中有八事可以相比，可見他讀史讀得很認真，亦可見司馬遷寫《史記》時，遣詞用句有時不免會重複。這裏錄其中二事。

第一條中，秦王政（前二五九至前二一〇）見到韓非（約前二八一至前二三三）的《孤憤》、《五蠹》等文章，說：「寡人得見此人與之遊，死不恨矣！」後秦王的客卿李斯（前二八四至前二〇八）引薦韓非見秦王。李斯和韓非同是荀子的學生。漢武帝劉徹（前一五六至前八七）見司馬相如（約前一七九至前一一七）的《子虛賦》，說：「朕獨不得與此人同時哉！」狗監官楊得意引薦司馬相如見漢武帝。司馬相如和楊得意彼此同是蜀郡（今四川）成都人。其實，還有一點可相比的是韓非和司馬相如都是口吃的。

在第二條中，戰國時秦國名將白起（？至前二五七）被秦昭襄王（前三二五至前二五一）賜死，起初他說：「我何罪於天，而至此哉？」但想起在長平之戰坑殺數十萬趙國降卒，「是足以死。」遂引劍自刎。（《戰國策》記載謂白起離開咸陽七里時，被秦昭襄王所派使者絞殺。）同為秦國名將的蒙恬（？至前二一〇）被趙高矯詔賜死，起初也是說：「我何罪於天，無過而死乎？」但想起自己在戰時構城築塞，連接燕、趙、秦五千餘里舊長城，其中不能無絕地脉，「此乃恬之罪也。」遂吞藥自殺。

卷九〈祭蝗蟲文〉：

維某年月日，右修職郎特差知壽春府安豐縣王希呂，謹以清酌之奠，祭於蝗蟲之神，而告之曰：「古先哲王之有天下也，兢兢畏畏，於事天治人之禮無不盡，然猶九年之水，七年之旱，見於堯湯之時。是知數之所鍾，有不可得而逭者。則蝗蟲之來此土，食民之產，以肥其身，以孳其子孫，亦宜矣。然嘗聞漢之循吏，一有善政，而蝗不入境。至於李唐太宗，吞一蝗而衆蝗死。當時仰其德，後世歌其事。鏗鏘炳明，盪人耳目，迨茲以為美談。今天子嗣神聖位，聰明仁厚，出於天性。凡事有不法天，政有不便民者，一切革而去之。老姦巨猾既耡以耘，不萌不芽，無所容跡。嶺海、吳蜀、江淮、荊湖之民，薨連壞交，仰事俯育，熙熙于于，各得其所。却視漢循吏、唐太宗何啻萬萬不侔。則蝗蟲之來處此土，食民之產，以息其身，以孳其子若孫，其為不可亦明矣。且縣令受天子命，來宰是邑，其治以撫養百姓為事，則蝗蟲之與縣令又不得並居此土也。道安豐而西北走四十里，即虜人之界。彼其暴虐無道，弒君殺母，無所不有。蝗蟲捨此而去彼，誰為不可者！今與蝗蟲約，三日北歸。三日不能，五日。五日不能，七日。若七日不歸，是終不肯歸矣。是狃蕃夷之餘習以害我聖朝之善治。夫狃蕃夷之餘習，害聖朝之善治，與傲天子之命吏，不聽其言而為民害者，其罪皆可殺。縣令則取詩人去螟之語，唐相捕蝗之命，以與蝗蟲從事，必盡殺之廼止，無俾遺種於茲邑。蝗蟲有知，其聽縣令言。」右文蓋學昌黎《鱷魚文》者也。頃傳得之，附錄於此。

《祭蝗蟲文》是王希呂在壽春府所領的安豐縣為官時所作的。很明顯，這篇文章是學唐朝古文大家韓愈（七六八至八二四）的《祭鱷魚文》而作的。

王希呂（生卒年不詳），字仲行，宿州（今屬安徽）人。南宋孝宗乾道五年（一一六九年）進士。六年，授秘書省正字，除右正言。以彈劾張說（吳太后妹夫），責授宮觀。孝宗淳熙四年（一一七七），知廬州，加江西轉運副使。五年，中書舍人兼修玉牒官，遷侍講、給事中。累遷吏部尚書兼侍讀。九年，出知紹興府。

王希呂為官數十年，以正直、清廉、敢言聞名。他於淳熙十四年（一一八七）由知太平州罷官後回到嘉興居住，竟無屋可居，要暫時寓居在廟裏。王希呂的詩留下來的只有十餘首。有關嘉興的，有一首《本覺寺三過堂》，詩云：「門外驚風吹細沙，入門水氣湛清華。呼童試向林間看，巖桂應開第二花。」蘇軾在杭州、湖州為官期間，曾三次到訪嘉興本覺寺，成為嘉禾（嘉興亦稱嘉禾）大地上的一段千古佳話，所以嘉興之「三過堂」為歷史名勝遺迹。

卷十〈杜詩句差〉：

杜詩《覓胡孫》第二聯：「舉家聞若駭，為寄小如拳。」每疑其非是。趙傁謂合移斷章，「童稚捧應顛」作第四句，卻於「許求聰惠者」下云「為寄小如拳」，則一篇意義渾全，亦成對偶。

此條所謂「杜詩《覓胡孫》」的詩題應是《從人覓小胡孫許寄》。在大多注杜的書籍中，此詩的文字均為：「人說南州路，山猿樹樹懸。舉家聞若咳，為寄小如拳。預哂愁胡面，初調見馬鞭。許求聰慧者，童稚捧應癲。」這些書籍包括仇兆鰲（一六三八至一七一七）的《杜詩詳注》、浦起龍（一六七九至一七六二）的《讀杜心解》、邊連寶（一七〇〇至一七七三）的《杜律啟蒙》及楊倫（一七四七至一八〇三）的《杜詩鏡銓》等。在一些較舊的注本中，第三句是「舉家聞若駭」，例如錢謙益（一五八二至一六六四）的《錢注杜詩》及朱鶴齡（一六〇六至一六八三）的《杜工部詩集輯注》等。黃庭堅的《山谷別集》云：「『聞若駭』，當作『咳』，……禺屬猿猴，喜怒飲食常作咳。」但沒有一個注本依劉昌詩的主張將此詩的第四句和第八句對調的。如果對調了，「舉家」與「童稚」不能成對。

卷十〈石林詞〉：

葉石林《賀新郎》詞有：「誰採蘋花寄與，但悵望、蘭舟容與。」下「與」字去聲。《漢．禮樂志》：「練時日，澹容與」，顏注：「閑舒也。」今歌者不辨音義，乃以其疊兩「與」字，妄改「寄與」作「寄取」，而不以為非，良可笑也。慶元庚申，石林之孫筠，守臨江，嘗從容語及，謂賦此詞時年方十八，而傳者乃云為儀真妓女作。詳味句意皆不相干，或是書此以遺之爾。

葉夢得（一〇七七至一一四八），字少蘊，自號石林居士，北宋末南宋初人，原籍蘇州吳縣（今屬江蘇），居烏程（今浙江吳興）。哲宗紹聖四年（一〇九七）進士。關於他的生平，可參看本書評介《石林燕語》篇。

石林詞作留下來的不多，只有百餘首，其中只有一首《賀新郎》，就是本條所討論的一首。在今天所見的石林詞中，全文如下：「睡起流鶯語。掩蒼苔、房櫳向晚，亂紅無數。吹盡殘花無人見，惟有垂楊自舞。漸暖靄、初回輕暑。寶扇重尋明月影，暗塵侵、上有乘鸞女。驚舊恨，遽如許。江南夢斷橫江渚。浪粘天、葡萄漲綠，半空煙雨。無限樓前滄波意，誰採蘋花寄取。但悵望、蘭舟容與。萬里雲帆何時到，送孤鴻、目斷千山阻。誰為我，唱金縷。」這詞應是他早年的作品。全詞委婉曲折，在當時曾傳唱遐爾。宋儒盧憲編的《嘉定鎮江志》記有一個故事：葉夢得「初登第潤州丹徒尉，郡守器重之，俾檢察徵稅之出人。務亭在西津上，葉嘗以休日往，與監官並欄杆立，望江中有彩舫依亭而南，滿載皆婦女。詣亭上，見葉，再拜致詞曰：『學士雋聲滿江表，妾輩乃真州妓也。今日太守私忌，故相約絕江此來。不度鄙賤，敢以一杯為公壽，願得公妙語持歸，誇示淮人，為無窮光榮。』酒數行，其魁捧花箋以請，葉命筆立成，即今所傳《賀新郎》詞也。」可知這首詞是作者早期作品。劉昌詩以為葉夢得「賦此詞時年方十八。」

劉昌詩認為此詞下闋「誰采蘋花寄取」應是「誰采蘋花寄與」，「但悵望蘭舟容與」這一句的「與」字要讀去聲。宋末元初詞人周密（一二三二至一二九八）《浩然齋雅談》也說：「石林詞『誰採蘋花寄與』，又『悵望蘭舟容與』，或以為重押韻，遂改為『寄取』，殊無義理。蓋『容與』之『與』自音『預』，乃去聲也。」

晚清詞人及詩詞理論家陳廷焯（一八五三至一八九二）《詞則·別調集》謂此詞「低迴哀怨，寄託遙深。」

程史

《程史》十五卷，南宋岳珂（一一八三至一二四三）撰。

岳珂，字肅之，號亦齋，晚號倦翁，祖籍相州湯陰（今河南省湯陰縣）。他是抗金名將岳飛（一一〇三至一一四二）的孫子。父親岳霖（一一三〇至一一九二）是岳飛的第三子。陳振孫《直齋書錄解題》卷十一云：「《程史者，猶言柱記也。原注，《說文》：桯，牀前几也。」岳珂生於孝宗淳熙十年，主要生活在光宗、寧宗、理宗三朝。他於寧宗開禧元年（一二〇五）中進士，曾先後出任嘉興知府、戶部侍郎、淮東總領兼置使等職。他長於經學，工於詩詞，著述豐富，流傳至今的，除《程史》外，有《九經三傳沿革例》、《金陀粹編》、《宋少保岳鄂王行實編年》、《愧郯錄》、《寶真齋法書贊》、《玉楮集》、《棠湖詩稿》等。此外，尚有《東陲事略》、《讀史備亡捷覽》、《籲天辯註集》、《天定錄》等，可惜已佚。

他生於偏安江左的南宋，國勢積弱，岳家又直接受投降、主和派迫害，所以每論時政，他都意緒激昂。他以「公是公非」的態度寫作《程史》，通過耳聞目睹的朝野人物的言行，書寫了這段時期的歷史。頗多條目的記載，比正史更詳備，所以很有價值。全書還記載了很多文人的活動及他們的詩文，對文學的欣賞與研究也很有用。

明朝成化刻本江泝題記云：「《程史》……所載皆當時史書不及收者，暨賢達詩文，世俗謔語，或倔奇峻怪之事，不純於史體，故曰《程史》，示止備私居記述爾。……然觀其論識高致，辭藻雄深，則其人所負之材學，亦概可想。……按史，岳武穆王五子：雲、雷、霖、震、霆。先生，霖子也，仕至嘉興知府，又有《愧郯錄》，亦傳於世。武穆忠肝義膽，直節勁氣，與日月爭光，與山川齊久，而又有賢孫如是。是書之傳，文章之顯，將與厥祖之名，同不朽歟！」明末清初著名藏書家、刻書家毛晉（一五九九至一六五九）很看重《程史》，說：「唐迨宋元，稗官野史，盈箱溢篋，最著者《朝野僉載》、《程史》、《輟耕錄》者，不過數種。」

茲轉錄是書十餘條給大家欣賞。

卷一〈徐鉉入聘〉：

國初三徐，名著江左，皆以博洽聞中朝，而騎省鉉，又其白眉者也。會修述職之貢，騎省寔來，及境，例差官押伴。朝臣皆以辭令不及為憚，宰相亦艱其選，請於藝祖。玉音曰：「姑退朝，朕自擇之。」有頃，左璫傳宣殿前司，具殿侍中不識字者十人，以名入。宸筆點其中一人，曰：「此人可。」在廷皆驚，中書不敢請，趣使行，殿侍者慌不知所繇，薄弗獲己，竟往渡江。始燕，騎省詞鋒如雲，旁觀駭愕。其人不能答，徒唯唯；騎省叵測，強聒而與之言。居數日，既無與之酬復者，亦倦且默矣。余按當時陶、竇諸名儒，端委在朝，若使角辯騁詞，庸詎不若鉉？藝祖正以大國之體，不當如此耳，其亦不戰屈人，兵之上策歟！其後，王師征包茅於煜，騎省復將命請緩師，其言累數千言，上諭之曰：「不須多言，江南亦何罪？但天下一家，臥榻之側，豈容他人鼾睡耶！」大哉聖言，其視騎省之辯，正猶螢爝之擬羲舒也。騎省名甚著，三徐者，近世或概為昆弟。余嘉定辛未在故府，樓宣獻鑰嘗出手編《辨鸞岡三墓》，余謝不前考。後讀周文忠必大《遊山錄》，有衞尉卿延休、騎省鉉、內史鍇，蓋父子甚明。而余已去國，不復得請益云。

徐鉉（九一六至九九一），字鼎臣，廣陵（今江蘇揚州）人。五代十國末南唐（九三七至九七六）官員、文學家、書法家。南唐被滅後入宋。他十歲能屬文，宅居棲霞寺側。在南唐，歷官御史大夫、率更令、右散騎常侍，官至吏部尚書。他與弟徐鍇（九二〇至九七四）皆有文名，精於文字學，號稱「二徐」。他們的父親徐延休（生卒年不詳）是晚唐僖宗乾符年間進士。父子三人合稱「三徐」。徐鉉與南唐宰相韓熙載（九〇二至九七〇）齊名，江東謂之「韓徐」。徐鉉好談神怪，著《稽神錄》。（一說是他的門客蒯亮所著。）

開寶七年（九七四），宋太祖趙匡胤令大將曹彬（九三一至九九九）伐南唐。徐鉉曾二度奉李煜（九三七至九七八）之命使宋求和，告太祖曰：「煜事陛下，如子事父，未有過失，奈何見伐？」太祖道：「汝以為父子分兩家，可乎？」鉉不能對。十一月，徐鉉再次入奏，謂：「李煜因病未任朝謁，非敢拒詔也，乞緩兵以全一邦之命。」其言懇切，太祖辯不過，拔劍而起，怒斥徐鉉：「不須多言！江南國主何罪之有？只是一姓天下，臥榻之側，不容他人酣睡！」徐鉉不敢再言。此事除了岳珂此條有記載外，宋朝官員、文學家李燾（一一一五至一一八四）《續資治通鑑長編．太祖開寶八年》的記載是「上怒，因按劍謂鉉曰：『不須多言，江南亦有何罪，但天下一家，臥榻之側，豈容他人鼾睡乎！』鉉皇恐而退。」《類說》卷五十三引北宋官員、文學家楊億（九七四至一〇二〇）《談苑》謂：「開寶中王師圍金陵，李後主遣徐鉉入朝，對於便殿，述江南事大之禮甚恭，徒以被病，未任朝謁，非敢拒詔。太祖曰：『不須多言，江南有何罪，但天下一家，臥榻之側，豈可許他人鼾睡。』」

入宋後，徐鉉奉旨與句中正（九二九至一〇〇二）、葛湍、王惟恭等同校《說文解字》，於太宗雍熙三年（九八六）完成並雕版流布，世稱「大徐本」。徐鉉在宋累官至散騎常侍。他博學多才，曾編纂《文苑英華》、《太平廣記》等。太宗淳化二年（九九一）遭廬州女僧道安誣，被貶謫為靜難行軍司馬（屬邠州）。邠州苦寒，他沒有禦寒的衣服，感染風寒，八月二十六日「晨起，方冠帶，遽索筆手疏，約束後事，又別署曰：『道者，天地之母。』書訖而卒，年七十六。」（見《宋史．文苑傳》。）

卷二〈犇麤字說〉：

王荊公在熙寧中作《字說》，行之天下。東坡在館，一日因見而及之，曰：「丞相賾微窅窮，制作某不敢知，獨恐每每牽附，學者承風，有不勝其鑿者。姑以『犇』、『麤』二字言之，牛之體壯於鹿，鹿之行速於牛，今積三為字而其義皆反之，何也？」荊公無以答，迄不為變。黨伐之論，於是浸闓，黃岡之貶，蓋不特坐詩禍也。

野史中有頗多記載蘇軾（一〇三七至一一〇一）與王安石（一〇二一至一〇八六）開玩笑的事。民間也有不少兩人鬥智的故事，如明朝文學家馮夢龍（一五七四至一六四六）《警世通言》中有〈王安石三難蘇學士〉一篇。在政見方面，兩人自是不同，但在學問方面，兩人都是古文及詩詞大家，難分軒輊。司馬光（一〇一九至一〇八六）評王安石云：「人言安石奸邪，則毀之太過；但不曉事，又執拗耳。」我相信王安石也是一個磊落的君子。蘇東坡被貶黃岡，未必如岳珂所想。

卷二〈東坡屬對〉：

承平時，國家與遼歡盟，文禁甚寬，輅客者往來，率以談謔詩文相娛樂。元祐間，東坡寔膺是

選。遼使素聞其名，思以奇困之。其國舊有一對曰「三光日月星」，凡以數言者，必犯其上一字，於是遍國中無能屬者。首以請於坡，坡唯唯謂其介曰：「我能而君不能，亦非所以全大國之禮。『四詩風雅頌』，天生對也，盍先以此復之。」介如言，方共嘆愕。坡徐曰：「某亦有一對，曰『四德元亨利』。」使睢盱，欲起辨，坡曰：「而謂我忘其一耶？謹閟而舌，兩朝兄弟邦，卿為外臣，此固仁祖之廟諱也。」使出不意，大駭服。既又有所談，輒為坡逆敚，使自愧弗及，迄白溝，往反齚舌，不敢復言他。

此條記載哲宗元祐年間蘇軾巧對遼國「遍國中無能屬者」的對頭「三光日月星」。他首先對以「四詩風雅頌」，謂是「天生對」，因為「四詩」是《詩經》的四種詩體《國風》、《大雅》、《小雅》、《三頌》的統稱，其中《雅》分《大雅》及《小雅》。後來他再以「四德元亨利」為對。《易經》中有四個獨立偉大的德性「元亨利貞」。因為已逝世的宋仁宗名趙禎，「禎」、「貞」二字同音，因為「聖諱」，故「貞」字不能說。後人也有別的創作，例如以「一陣風雷雨」來對「兩朝兄弟邦」等。清朝官員、學者、書畫家鄭板橋（一六九三至一七六六）精於詩、書及畫，有人贈他一副上聯「三絕詩書畫」，再以「一官歸去來」為對，用了陶潛的《歸去來辭》的典故。

卷三〈稼軒論詞〉：

辛稼軒守南徐，已多病謝客，予來筮仕委吏，實隸總所，例於州家殊參辰，旦望贄謁刺而已。余時以乙丑南宮試，歲前涖事僅兩旬，即謁告去。稼軒偶讀余通名啟而喜，又頗階父兄舊，特與其潔。

余試既不利，歸官下，時一招去。稼軒以詞名，每燕必命侍妓歌其所作。特好歌《賀新郎》一詞，自誦其警句曰：「我見青山多嫵媚，料青山見我應如是。」又曰：「不恨古人吾不見，恨古人不見吾狂耳。」每至此，輒拊髀自笑，顧問坐客何如，皆嘆譽如出一口。既而又作一《永遇樂》，序北府事，首章曰：「千古江山，英雄無覓孫仲謀處。」又曰：「尋常巷陌，人道寄奴曾住。」其寓感概者，則曰：「不堪回首，佛貍祠下，一片神鴉社鼓。憑誰問：『廉頗老矣，尚能飯否？』」特置酒召數客，使妓迭歌，益自擊節，遍問客，必使摘其疵，孫謝不可。客或措一二辭，不契其意，又弗答，然揮羽四視不止。余時年少，勇於言，偶坐於席側，稼軒因誦啟語，顧問再四。余率然對曰：「待制詞句，脫去今古軫轍，每見集中有『解道此句，真宰上訴，天應嗔耳』之序，嘗以為其言不誣。童子何知，而敢有議？然必欲如范文正以千金求《嚴陵祠記》一字之易，則晚進尚竊有疑也。」稼軒喜，促膝亟使畢其說。余曰：「前篇豪視一世，獨首尾兩腔，警語差相似；新作微覺用事多耳。」於是大喜，酌酒而謂坐中曰：「夫君寔中予痼。」乃味改其語，日數十易，累月猶未竟，其刻意如此。余既以一語之合，益加厚，頗取視其骫骳，欲以家世薦之朝，會其去，未果。是時，潤有貢士姜君玉瑩中，嘗與余遊，偶及此，次日攜康伯可《順菴樂府》一帙相示。中有《滿江紅》作於娶女潘子賤席上者，如：「嘆詩書萬卷，致君人、番沈陸。且置請纓封萬戶，徑須賣劍酬黃犢。慟當年、寂寞賈長沙，傷時哭」之句，與稼軒集中詞全無異。伯可蓋先四五十年，君玉亦疑之，然余讀其全篇，則它語卻不甚稱，似不及稼軒出一格律。所攜乃板行，又故本，殆不可曉也。《順菴詞》令麻沙尚有之，但少讀者，與世傳俚語不同。

辛棄疾（一一四〇至一二〇七），字幼安，號稼軒居士，山東東路濟南府歷城縣（今山東省濟南市歷城區）人。生於金國，少年抗金歸宋，曾任江西安撫使、福建安撫使等職，因歸正人的身份，辛棄疾也始終未能得到南宋朝廷的重用以及實現他北伐的夙願。他去世後，追贈少師，諡忠敏。

辛棄疾是中國南宋的著名詞人，現存詞六百二十多首，是兩宋現存詞最多的作家。詞中表現了他積極主張抗金，收復中原的愛國熱忱。他的作品風格多樣，以豪放為主，喜用典，也善於白描，開拓了詞的疆域，成為南宋詞壇最傑出的代表作家之一，與北宋的蘇軾有「蘇辛」之稱，被認為是「豪放」派的代表人物。與李清照（字易安）（一〇八四至一一五五）並稱「濟南二安」，和愛國詩人陸游（一一二五至一二一〇）同時，「雙峰並峙」。清代詞人陳廷焯（一八五三至一八九二）《白雨齋詞話》云：「辛稼軒，詞中之龍也！」本條中岳珂評論的《賀新郎》及《永遇樂》兩詞都是辛棄疾的名作。

《賀新郎・甚矣吾衰矣》：「甚矣吾衰矣。悵平生、交遊零落，只今餘幾。白髮空垂三千丈，一笑人間萬事。問何物、能令公喜。我見青山多嫵媚，料青山見我應如是。情與貌，略相似。一尊搔首東窗裏。想淵明、停雲詩就，此時風味。江左沉酣求名者，豈識濁醪妙理。回首叫、雲飛風起。不恨古人吾不見，恨古人、不見吾狂耳。知我者，二三子。」辛棄疾的這首《賀新郎》詞，乃是仿陶淵明的四言詩《停雲》「思親友」之意而作，抒寫了作者罷職閒居時的寂寞心情。據鄧廣銘《稼軒詞編年箋註》考證，此詞作於宋寧宗慶元四年（一一九八）左右。此時辛棄疾被投閒已四年。他在信州鉛山（今屬江西）築了新居，其中有「停雲堂」，即取陶淵明《停雲》詩意。岳珂謂此詞「豪視一世，獨首尾兩腔，警語差相似。」意思是說上闋的「我見青山多嫵媚，料青山見我應如是」和下闋的「不恨古人吾不見，恨古人、不見吾狂耳」這兩腔的豪語分別不大。

《永遇樂・京口北固亭懷古》：「千古江山，英雄無覓，孫仲謀處。舞榭歌臺，風流總被，雨打風吹去。斜陽草樹，尋常巷陌，人道寄奴曾住。想當年，金戈鐵馬，氣吞萬里如虎。元嘉草草，封狼居胥，贏得倉皇北顧。四十三年，望中猶記，烽火揚州路。可堪回首，佛狸祠下，一片神鴉社鼓。憑誰問，廉頗老矣，尚能飯否。」這首詞作於宋寧宗開禧元年（一二〇五），是辛棄疾詞作中甚為突出的愛國篇章。詞人登上北固山，遠眺長江，見江山如故，但當年孫權建立的基業已經淹沒在歷史中，所以心生感概。岳珂謂此詞「微覺用事多耳」，意思是說此詞用典稍多。明代官員、著作等身的楊慎（一四八八至一五五九）在《詞品》中說：「辛詞當以京口北固亭懷古《永遇樂》為第一。」

辛棄疾是岳珂的父輩，他竟然能接受岳珂的批評，說：「夫君寔中予痼」，十分難得。

卷五〈宣和服妖〉：

宣和之季，京師士庶競以鵝黃為腹圍，謂之「腰上黃」；婦人便服不施衿紐，束身短制，謂之「不制衿」。始自宮掖，未幾而通國皆服之。明年，徽宗内禪，稱上皇，竟有青城之邀，而金虜亂華，卒於不能制也，斯亦服妖之比歟！

一個國家的政權走向滅亡，和國民穿甚麼衣服關係應該不大。

北宋在神宗年間用王安石，行「熙寧變法」，新舊黨人爭鬥不絕。神宗崩後，哲宗八歲繼位，由高太皇太后執政，任用保守派大臣司馬光為宰相，「凡熙寧以來政事弗便者，次第罷之」。司馬光上台後，盡罷新法，「舉而仰聽於太皇太后」。哲宗對此感到不滿。元祐八年（一〇九三）九月，高太皇太后去世。

十月，哲宗親政。哲宗親政後表明紹述，追貶司馬光，並貶謫蘇軾、蘇轍等舊黨黨人於嶺南，接著重用革新派如章惇、曾布等，恢復王安石變法中的保甲法、免役法、青苗法等，減輕農民負擔，使國勢有些起色。次年改元「紹聖」，停止與西夏談判，多次出兵討伐西夏，迫使西夏向宋朝乞和。但可惜哲宗自幼有嚴重的肺結核，在當時是不治之症。元符二年（一〇九九）九月至十月時，其子女連續夭折，哲宗十分悲傷。元符三年正月，哲宗開始病重，無法上朝。同月十二日（一一〇〇年二月二三日），崩於福寧殿。其弟趙佶繼位，是為徽宗。

徽宗對政治沒有興趣，專好享樂，自稱教主道君皇帝，同時也是畫家、書法家、詩人和收藏家，對一切玩樂均有興趣。在書法方面，更自創「瘦金書」字體。他將朝政交給他寵信的所謂「六賊」（六個奸臣）：蔡京、王黼、童貫、朱勔、李彥、梁師成。當時，政治腐敗，民不聊生，爆發宋江起義、方臘起義等民變。靖康元年（一一二六），金兵兵臨城下，徽宗禪位於太子欽宗，自己做太上皇。靖康元年（一一二六）八月，金兵二度南下。靖康二年（一一二七）二月六日，徽、欽二帝被金太宗廢為庶人。七月，二帝被俘北上。

青城在北宋首都汴京郊外，離城五里路，這裏是北宋皇帝祭祀齋戒的場所。金兵攻汴時，大寨就設置在這裏。金兵撤離汴京時，把北宋朝廷各種禮器、古董文物、圖籍、宮人、內侍、倡優、工匠等都帶走，百姓男女十萬人帶到東北苦寒之地。金兵在汴京勒索搶劫，北宋王朝府庫蓄積為之一空。房屋被焚毀無數，百萬人口的大都市變成一片廢墟。北宋兩位末帝，加上後面是王公大臣及其家眷，皇帝後宮佳麗，公主、帝姬等一起由青城啟程。這便是岳珂說的「青城之邀」。其實這是「青城之禍」，亦即是「靖康之難」，又稱「靖康之禍」，「靖康之恥」、「靖康之變」等。

卷五〈何處難忘酒〉：

自唐白樂天始為《何處難忘酒》詩，其後詩人多效之。獨近世王景文所作，雋放豪逸，如其為人。余得其四篇，曰：「何處難忘酒，蠻夷大不庭。有心扶白日，無力洗滄溟。豪傑將斑白，功名未汗青。此時無一盞，壯氣激雷霆。」「何處難忘酒，姦邪大陸梁。腐儒空有鄙，好漢總無張。曹趙扶開寶，王徐賣靖康。此時無一盞，淚與海茫茫。」「何處難忘酒，英雄太屈蟠。時違聊置畚，運至即登壇。梁甫吟聲苦，干將寶氣寒。此時無一盞，拍碎石闌干。」「何處難忘酒，生民太困窮。百無一人飽，十有九家空。人說天方解，時和歲自豐。此時無一盞，入地訴英雄。」景文它文極多，號《雪山集》，大略似是。余又讀王荊公《臨川集》，亦有二篇，其一篇特典重，曰：「何處難忘酒，君臣會合時。深堂拱堯舜，密席坐皋夔。和氣襲萬物，歡聲連四夷。此時無一盞，真負鹿鳴詩。」二公同一題，而喑嗚叱咤，一轉於俎豆間，便覺閑雅不侔矣。余嘗作一室，環寫此詩，恨不多見云。

白居易（七七二至八四六）字樂天，晚號香山居士、醉吟先生，祖籍山西太原，生於華州下邽（今陝西省渭南市），唐代文學家，是中唐最具代表性的詩人之一。他的作品平易近人，乃至於有「老嫗能解」的說法。關於他的生平，可參看本書評介《幽閒鼓吹》篇。

在唐文宗開成三年（八三八），他六十七歲時，寫下了《醉吟先生傳》。文章開始時說：「醉吟先生者，忘其姓字、鄉里、官爵，忽忽不知吾為誰也。宦遊三十載，將老，退居洛下。所居有池五六畝，竹數千竿，喬木數十株，台榭舟橋，具體而微，先生安焉。家雖貧，不至寒餒；年雖老，未及昏耄。性嗜酒，耽琴淫詩，凡酒徒、琴侶、詩客多與之遊。」這位「醉吟先生」便是他本人。

白居易一生筆耕不輟，著作甚豐。其中與酒有關的作品很突出，對後世有頗大的影響。在他的「勸酒詩」中，《勸酒十四首》最為有名。這是組詩，共分為兩題，一為《何處難忘酒》，一為《不如來飲酒》，每題各七首，主要表達追求閑靜、無慮、無為的生活。此外，他還有《勸酒》和《勸酒寄元九》等。

現將白居易這首組詩錄下給各位欣賞。《勸酒十四首‧何處難忘酒七首》：「何處難忘酒，長安喜氣新。初登高第後，乍作好官人。省壁明張榜，朝衣穩稱身。此時無一醆，爭奈帝城春。」「何處難忘酒，天涯話舊情。青雲俱不達，白髮遞相驚。二十年前別，三千里外行。此時無一醆，何以敘平生。」「何處難忘酒，朱門羨少年。春分花發後，寒食月明前。小院回羅綺，深房理管弦。此時無一醆，爭過豔陽天。」「何處難忘酒，霜庭老病翁。暗聲啼蟋蟀，乾葉落梧桐。鬢為愁先白，顏因醉暫紅。此時無一醆，何計奈秋風。」「何處難忘酒，軍功第一高。還鄉隨露布，半路授旌旄。玉柱剝蔥手，金章爛椹袍。此時無一醆，何以騁雄豪。」「何處難忘酒，青門送別多。斂襟收涕淚，簇馬聽笙歌。煙樹灞陵岸，風塵長樂坡。此時無一醆，爭奈去留何。」「何處難忘酒，逐臣歸故園。赦書逢驛騎，賀客出都門。半面瘴煙色，滿衫鄉淚痕。此時無一醆，何物可招魂。」

本條中，岳珂欣賞「近世王景文」所作的篇章。王質（一一三五至一一八九），字景文，號雪山，鄆州（今山東東平）人，南宋高宗、孝宗時期著名經學家、詩人、文學家。他不僅是一位學者、文人，更是一名愛國志士。他是一名堅定的抗戰派。早年他積極進取，但因性格耿直，迭遭打擊，曾多次罷官，始終壯志未酬。他的主要著作有《雪山集》十六卷、《詩總聞》二十卷、《夷堅別志》二十四卷、《樸論》五十篇、《林泉結契》五卷、《紹陶錄》二卷等。其名著《雪山集》於乾隆年間編入《四庫全書》。

明代詩人吳沛的《何處難忘酒》組詩有三十五首，為唱和白居易同名之作中數量最多的作品。其內容豐富，對明代科舉士人的精神生活有深刻的描繪，具有重要的文史價值。

卷七〈優伶詼語〉：

> 秦檜以紹興十五年四月丙子朔，賜第望僊橋。丁丑，賜銀絹萬匹兩，錢千萬，彩千縑，有詔就第賜燕，假以教坊優伶，宰執咸與。中席，優長誦致語，退，有參軍者前，褒檜功德。一伶以荷葉交倚從之，恢語雜至，賓歡既洽，參軍方拱揖謝，將就倚，忽墜其幞頭，乃總髮為髻，如行伍之巾，後有大巾鐶，為雙疊勝。伶指而問曰：「此何鐶？」曰：「二勝鐶。」遽以朴擊其首曰：「爾但坐太師交倚，請取銀絹例物，此鐶掉腦後可也。」一坐失色，檜怒，明日下伶於獄，有死者。於是語禁始益繁，芮燁令衿等吻禍，蓋其末流焉。

在「靖康之難」中，金人將徽宗、欽宗父子俘上北方。欽宗弟趙構（一一〇七至一一八七）於靖康二年（一一二七）五月在南京應天府（今河南商丘）登基，改元建炎，是為高宗。至紹興八年（一一三八）才正式定都臨安（今浙江杭州）。秦檜（一〇九一至一一五五），字會之，江寧府（今江蘇南京江寧）人，南宋初年的權臣、書法家、詩人。宋徽宗政和五年（一一一五）進士，補密州教授，官至太師爵至封建康郡王。靖康之禍後隨同徽、欽二帝被擄到金國。秦檜在高宗建炎四年（一一三〇）回到南宋，此後出任禮部尚書，兩任宰相，獨攬相權十九年。因其力主對金妥協求和，並促使高宗殺害抗金將領岳飛（一一〇三至一一四二）等，被視為漢奸，死後受追贈下諡兩次，元編《宋史》列入奸臣傳。

高宗紹興五年（一一三五），即金太宗天會十三年，徽宗病亡於五國城，終年五十四歲。宋金紹興和議於紹興十二年（一一四二）達成後，歸葬紹興永祐陵。高宗殺岳飛後，成功地迎回生母韋氏。《宋史·高宗本紀》記載：紹興十二年夏四月丁卯（一一四二年五月一日）「（韋）皇太后偕梓宮（徽宗靈柩）發五國城，金遣完顏宗賢護送梓宮，高居安護送皇太后」。韋太后南歸後，問高宗為何沒有見到「大小眼將軍」，得知岳飛已被高宗為了議和處決後，怒斥高宗，甚至一度要出家，高宗伏地請罪才作罷。宋高宗原本在議和時提出歸還的是「母兄親族」，即兄長欽宗及親族也應該在被歸還之列，金朝也答應，但後來完顏宗弼（即金兀朮）反悔，欽宗等人終身未能南歸。

在秦檜弄權下，南宋可戰而不戰。寧宗開禧二年（一二〇六）四月，權禮部侍郎李壁上奏：「秦檜首倡和議，使父兄百世之仇不復開於臣子之口，宜亟貶檜以示天下」，追奪秦檜王爵，以臣僚言檜力倡和議，誣殺將臣，降充銀青光祿大夫、衛國公，改謚「謬丑」，制詞曰：「兵於五材，誰能去之！首馳邊疆之備；臣無二心，天之道也，忍忘君父之仇？一日縱敵，遂貽數世之憂；百年為墟，誰任諸人之責？」寧宗嘉定元年（一二〇八）三月，知樞密院事史彌遠奏請恢復秦檜王爵及謚號。理宗寶祐二年（一二五四）二月，太常寺定謚「謬狠」。

此條記載在紹興十五年（一一四五），優伶竟敢以詼語戲弄秦檜。「二勝鐶」即「二聖還」。「爾但坐太師交倚，請取銀絹例物，此鐶掉腦後可也」之語，自然令秦檜大怒而「明日下伶於獄，有死者。」

卷九〈裕陵聖瑞〉：

裕陵年十三，居於濮邸。一日正晝憩便寢，英祖忽顧問何在，左右褰帳，方見偃臥，有紫氣自鼻中出，盤旋如香篆，大駭，亟以聞。英祖笑曰：「勿視也。」後三年，亦以在寢寤驚，欽聖請其故，曰：「方熟寐，忽覺身在雲表，有二神人捧足以登天，是以呼耳！」既而果登大寶，元祐元年三月十四日，詔錄聖瑞之詳，付宗正寺。

宋神宗趙頊（一〇四八至一〇八五）是英宗趙曙（一〇三二至一〇六七）的長子。英宗三十一歲登基，在位只有三年二百六十九天便駕崩。英宗本人對於北宋中興抱有極大期望，相對其子神宗，政治手段也更為成熟，無奈壽短，只有三十五歲，使得北宋過早進入神宗朝，從而失掉了可能的中興計劃。神宗十九歲登基，在位十八年六十六天。在位期間，他重用王安石，實行變法和熙河開邊，是北宋繼太祖和仁宗之後另一位有作為的皇帝。可惜神宗壽命也不長，駕崩時只有三十七歲。神宗葬於永裕陵，故本條稱他為「裕陵」。所述及的異事、祥瑞等，在筆記小說中常有，就算正史也不免有此類記載。

元朝官修正史《宋史》脫脫等對神宗的評價是：「帝天性孝友，其入事兩宮，必侍立終日，雖寒暑不變。嘗與岐、嘉二王讀書東宮，侍講王陶講諭經史，輒相率拜之，由是中外翕然稱賢。其即位也，小心謙抑，敬畏輔相，求直言，察民隱，恤孤獨，養耆老，振匱乏。不治宮室，不事游幸，歷精圖治，將大有為。未幾，王安石入相。安石為人，悻悻自信，知祖宗志吞幽薊、靈武，而數敗兵，帝奮然將雪數世之恥，未有所當，遂以偏見曲學起而乘之。青苗、保甲、均輸、市易、水利之法既立，而天下洶洶騷動，慟哭流涕者接踵而至。帝終不覺悟，方斷然廢逐元老，擯斥諫士，行之不疑。卒致祖宗之良法美意，變壞幾盡。自是邪佞日進，人心日離，禍亂日起。惜哉！」

熙寧七年四月，王荊公罷相，鎮金陵。是秋，江左大蝗，有無名子題詩賞心亭，曰：「青苗免役兩妨農，天下嗷嗷怨相公。惟有蝗蟲感恩德，又隨鈞旆過江東。」荊公一日餞客至亭上，覽之，不悅，命左右物色，竟莫知其為何人也。

神宗熙寧七年（一〇七四），由於旱災不斷，很多饑民流離失所，神宗想廢除一些不利的法令。多位大臣上疏請求罷免王安石，神宗免除了王安石的宰相職務，但依舊以他為觀文殿大學士、知江寧府升任為吏部尚書。此條記載王安石在賞心亭看見無名詩，對他有所埋怨，使他「覽之不悅」。

熙寧八年（一〇七五）二月，王安石再次復相，被復官為中書門下平章事、昭文館大學士，另又兼任譯經潤文使、加食邑一千戶並實封四百戶。王安石在任相期間多次因病請求去職，時值他的長子王雱（一〇四四至一〇七六）去世，使他更加悲痛。神宗最後也同意了他的請求，將他的官職改為鎮南軍節度使、同平章事、判江寧府。次年，加集禧觀使一職位，爵封舒國公。神宗元豐二年（一〇七九），他被重新拜為尚書左僕射、觀文殿大學士，散特進並以舒國公改封荊國公。

神宗崩後，原反對派首領司馬光（一〇一九至一〇八六）在高太皇太后的支持下任宰相，推動「元祐更化」，幾乎廢除了所有新法，王安石退居江寧（今江蘇南京）。哲宗元祐元年（一〇八六）四月初六，王安石在江寧府秦淮河畔的半山園內逝世，享年六十六歲。

卷十〈山谷范滂傳〉：

山谷在宜州嘗大書《後漢書・范滂傳》，字徑數寸，筆勢飄動，超出翰墨逕庭，意蓋以悼黨錮之為漢禍也。後百年，真跡逸人間，趙忠定得之，寶置巾篋，縉紳題跋，如牛腰焉。既乃躬蹈其禍，可謂奇讖。嘉定壬申，忠定之子崇憲守九江，刻石郡治四說堂。

黃庭堅（一〇四五至一一〇五），字魯直，號山谷道人、豫章先生，晚號涪翁，洪州分寧（今江西九江市修水縣）人。他是北宋著名詩人、書法家，江西詩派祖師。在書法方面，他是「宋四家」（蘇黃米蔡）之一。他擅行書、草書，尤善草書，其作品有《諸上座帖》、《李白憶舊遊詩帖》、《花氣詩帖》、《松風閣詩帖》、《寒山子龐居士詩》、《贈張大同卷跋尾》等。「宋四家」雖然都以行書見長，但只有黃庭堅的草書雄視當世。黃庭堅心胸豁大，不擇筆墨，遇紙即書。他被視為繼懷素、張旭之後，宋代最重要的草書大家，明代沈周更稱他為「草聖」。黃庭堅篤信佛教，亦慕道教，事親孝順，為二十四孝之一。黃庭堅與張耒、晁補之、秦觀都曾追隨蘇軾，並稱「蘇門四學士」。他一生陷入新舊黨爭，被新黨誣害、流放。紹興初年，宋高宗追封其為太師、龍圖閣直學士，謚文節。

本條謂黃庭堅「嘗大書《後漢書・范滂傳》」。范滂（一三七至一六九），字孟博，東漢汝南郡征羌縣（今河南郾城東南）人，以抑制豪強，反對十常侍知名於時，但也因此在黨錮之禍中罹難。黃庭堅這個帖後為趙汝愚所得。

趙汝愚（一一四〇至一一九六），字子直。南宋中期宗室、政治家、丞相、功臣，宋太宗後裔，原籍饒州餘干（今江西上饒市餘干縣）。他是北宋漢恭憲王趙元佐的七世孫，出生於洲錢（今桐鄉市洲泉鎮）。宋孝宗乾道二年（一一六六），考中狀元，後因孝宗認為其為宗室，黜之為榜眼，改以福建人蕭國梁為狀元。累官秘書少監兼權給事中。乾道九年以左宣教郎守信州。他曾與韓侂胄（一一五二至一二〇七）等人強迫光宗內禪，擁立寧宗。在寧宗朝，他曾任宰相，後遭韓侂胄排擠，貶謫而死，謚忠定。宋代詩人范模有《哭趙忠定》詩：「日月開黃道，乾坤奠渾儀。斯人今已矣，吾道竟何之。玉鉉憂思苦，金縢感慨遲。仆碑今復立，恨不見封彝。」范模，字叔范，豐城（今屬江西）人，有《竹林類稿》，已佚。事見《江西詩徵》卷一七。《四朝見聞錄》謂：「寧宗慶元初，韓侂胄既逐趙忠定，太學諸生敖陶孫，賦詩於三元樓云：『左手旋乾右轉坤，如何群小恣流言。狼胡無地居姬旦，魚腹終天吊屈原。一死固知公所欠，孤忠幸有史長存。九泉若遇韓忠獻，休說渠家末代孫。』捕者至，陶孫急更行酒者衣，亡命歸走閩。」詩中的「韓忠獻」是北宋名相韓琦（一〇〇八至一〇七五），是韓侂胄的曾祖。韓琦「相三朝，立二帝」，當政十年，與富弼齊名，號稱賢相。歐陽修稱其「臨大事，決大議，垂紳正笏，不動聲色，措天下於泰山之安，可謂社稷之臣」。

卷十一〈臨江四謝〉：

臨江謝氏世以儒鳴。元豐八年，有名懋者，及其弟岐，其子舉廉、世充，同登進士第，連標之盛，侈於一時，時人謂之「臨江四謝」。舉廉字民師，東坡嘗以書與之論文，今載集中。艮齋謂，紹熙間位中執法，以厚德著，蓋其族孫也。

「臨江四謝」四人中，以謝舉廉最聞名。謝舉廉，宋臨江軍新喻人，一作新淦（今江西新干）人，字民師。博學工詩文，見賞于蘇軾。神宗元豐八年（一〇八五）與從父懋、岐、世充同第進士，時稱四謝。初官吉州司法參軍。哲宗元符三年（一一〇〇），為廣州推官（《蘇文忠公詩編注集成總案》卷四四）。徽宗政和間知南康軍（《江西詩徵》卷一三）。有《上金集》（《獨醒雜志》卷一）、《藍溪集》（明隆慶《臨江府志》），已佚。清同治《新淦縣志》卷八有傳。

宋朝詩人楊中有《四登科詩》曰：「榮第時皆有，通家得者稀。德星一門聚，晝錦四人歸。苦學酬身世，佳名播帝畿。效官修政術，此去展才徽。」

卷十三〈晦菴感興詩〉：

朱晦翁既以道學倡天下，涵造義理，言無虛文。少喜作詩，晚年居建安，乃作《齋居感興》二十篇，以反其習，自序其意，斷斷乎皆有益於學，而非風雲月露之詞也。余從吾鄉蔡元思念成誦得之，其序曰：「予讀陳子昂《感遇詩》，愛其詞旨幽邃，音節豪宕，非當世詞人所及，如丹砂空青，金膏水碧，雖近乏世用，而實物外難得自然之奇寶。欲效其體，作十數篇，顧以思致平凡，筆力萎弱，竟不能就。然亦恨其不精於理，而自託於僊佛之間，以為高也。齋居無事，偶書所見，得二十篇，雖不能探索微眇，追跡前言，然皆切於日用之實，故言亦近而易知，既以自警，且以貽諸同志云」。

此條收朱熹（一一三〇至一二〇〇）《感興詩》二十首。朱熹不但是南宋理學的集大成者，亦是一位詩人，但作品不多。今人收錄他的詩詞合共只有四十餘首。朱熹和岳珂的父親岳霖（一一三〇至一一九二）同齡，兩人亦有交遊。現從此二十首中選錄五首給大家欣賞：

昆侖大無外，磅礴下深廣。陰陽無停機，寒暑互來往。皇羲古神聖，妙契一俯仰。不待窺馬圖，人文已宣朗。渾然一理貫，昭晰非象罔。珍重無極翁，為我重指掌。

吾觀陰陽化，升降八紘中。前瞻既無始，後際那有終。至理諒斯存，萬世與今同。誰言混沌死，幻語驚盲聾。

人心妙不測，出入乘氣機。凝冰亦焦火，淵淪復天飛。至人秉元化，動靜體無違。珠藏澤自媚，玉韞山含暉。神光燭九垓，玄思徹萬微。塵編今寥落，嘆息將安歸。

靜觀靈臺妙，萬化此從出。云胡自蕪穢，反受眾形役。厚味紛朵頤，妍姿坐傾國。崩奔不自悟，馳騖靡終畢。君看穆天子，萬里窮轍跡。不有祈招詩，徐方御辰極。

涇舟膠楚澤，周綱已陵夷。況復王風降，故宮黍離離。玄聖作春秋，哀傷實在茲。祥麟一以踣，反袂空漣洏。漂淪又百年，僭侯荷爵圭。王章久以喪，何復嗟嘆為。馬公述孔業，託始有餘悲。拳拳信忠厚，無乃迷先幾。

四朝聞見錄

《四朝聞見錄》，南宋葉紹翁撰。葉紹翁，字嗣宗，號靖逸，處州龍泉（今浙江麗水）人，生卒年不詳。《四庫全書總目提要》云，紹翁「似亦嘗為朝官，然其所居何職則不詳矣」。

《四朝聞見錄》分為甲、乙、丙、丁、戊五集，共二百零九條。其中甲、乙、丙、戊集記鈙高宗、孝宗、光宗、寧宗四朝的事蹟，丁集則記寧宗受禪及慶元黨禁數事。宋室南渡後，有關記載較為簡略。李心傳的《建炎以來繫年要錄》和《朝野雜記》可補正史之闕。李氏二書只記高宗一朝三十六年之事，但葉氏之書卻記載四朝之典章、國政、名物、時人、軼事等，內容詳盡具體。《宋史．韓侂冑傳》中的細節多取自此書。所以，此書是研究南宋歷史不可缺少的著作。

現從《四朝聞見錄》中選錄十條給大家賞讀。

甲集〈恭孝儀王大節〉：

恭孝儀王，諱仲湜。王之生也，有紫光照室，及視則肉塊，以刃剖塊，遂得嬰兒。先兩月，母夢文殊而孕動。二帝北狩，六軍欲推王而立之。仗劍以卻黃袍，曉其徒曰：「自有真主。」其徒猶未退，則以所仗劍自斷其髮。其徒又未退，則欲自伏劍以死。六軍與王約，以踰月而真主不出，則王當即大位。王陽許而陰實款其期。未幾，高宗即位於應天，王間關渡南，上屢嘉歎。王祭濮園，嘗自讚其容，曰：「熙寧六載，歲在癸丑。月當孟夏，二十有九。予乃始生，濮祖之後。性比山麋，貌同野叟。隨圓就方，似無惟有。惟忠惟孝，不污不苟。皓月清風，良朋益友。湛然靈臺，確乎不朽。」

「不污不苟」，蓋自敘其推戴事也。嘗遊天竺，有「山禽忽驚起，衝落半岩花」之句。葬西湖顯明寺。子孫視諸邸最為繁衍，蓋恭孝之報云。

趙仲湜（一〇七三至一一三七），字巨源，宋太宗玄孫，楚榮王趙宗輔子。神宗熙寧十年（一〇七七），授右內率府副率。累遷密州觀察使、知西外宗正事、保大軍承宣使。欽宗即位，授靖海節度使。汴京失守。康王即位於南京，仲湜率眾往謁，詔襲封嗣濮王，加開府儀同三司，授檢校少保、少傅。紹興七年七月十四日卒，追封儀王，諡恭孝。此條謂汴京失守時，六軍欲推舉仲湜登皇位，仲湜以「自有真主」而堅決推辭。相傳他有《遊天竺》詩傳世：「公館似仙家，池清竹徑斜。山禽忽驚起，衝落半巖花。」但此詩其實是唐詩人劉禹錫《題壽安甘棠館二首》的第一首。《宋史》謂：「仲湜事母以孝聞，喜親圖史。性酷嗜珊瑚，每把玩不去手，大者一株至以數百千售之。高宗嘗問墜地則何如，仲湜對曰：『碎矣。』帝曰：『以民膏血易無用之物，朕所不忍。』仲湜慚不能對。」據《宋史》載，仲湜生十一子。其第七子士程是陸游前妻唐琬的再婚丈夫。

甲集〈憲聖擁立〉：

憲聖既擁立光皇，光皇以疾不能喪，憲聖至自為臨奠。攻媿樓公草立嘉王詔云：「雖喪紀自行於宮中，然禮文難示於天下。」蓋攻媿之詞，憲聖之意也，天下稱之。先是，吳琚奏東朝云：「某人傳道聖語『敢不控竭。』竊觀今日事體，莫如早決大策，以安人心。垂簾之事，止可行之旬浹，久則不可。願聖意察之。」憲聖曰：「是吾心也。」翌日，並召嘉王暨吳興入，憲聖大慟不能聲，先諭吳興曰：「外議皆曰立爾，我思量萬事當從長。嘉王長也，且教他做。他做了你卻做，自有祖宗例。」吳興色變，拜而出。嘉王聞命，驚惶欲走，憲聖已令知閤門事韓侂胄掖持，使不得出。嘉王連稱：「告大媽媽（原註：憲聖），臣做不得，做不得。」憲聖命侂胄：「取黃袍來，我自與他著。」王遂掣侂胄肘環殿柱。憲聖叱王立侍，因責王以「我見你公公，又見你大爹爹，見你爺，今又卻見你。」言訖，泣數行下。侂胄從旁力以天命為勸。王知憲聖聖意堅且怒，遂衣黃袍，亟拜不知數，口中猶微道「做不得」。侂胄遂掖王出宮，喚百官班，宣諭宿內前諸軍以嘉王嗣皇帝已即位，且草賀。歡聲如雷，人心始安。先是，皇太子即位於內，則市人排舊邸以入，爭持所遺，謂之「掃閣」，故必先為之備。時吳興為備，獨嘉王已治任判福州，絕不為備，故市人席捲而去。王既即位，翌日，侂胄侍上詣光皇問起居。光皇疾，有閑，問：「是誰？」侂胄對曰：「嗣皇帝。」光宗瞪目視之，曰：「吾兒耶？」又問侂胄曰：「爾為誰？」侂胄對：「知侂門事臣韓侂胄。」光宗遂轉聖躬面內。時惟傳國璽猶在上側，堅不可取。侂胄以白慈懿，慈懿曰：「既是我兒子做了，我自取付之。」即光宗臥內拿璽。寧皇之立，憲聖之大造也，三十六年清靜之治，憲聖之大明也，琚亦有助焉。文忠真公跋琚奏稿於忠宣堂云：「觀少保吳公密奏遺稿，其盡忠王室，可以對越天地而無愧，歎仰久之。丙子夏至富沙真德秀書。」侂胄陰忌琚，以憲聖故，故不敢行忠定、德謙事。賞花命酒，每極歡劇，閑語吳曰：「肯為成都行乎？」吳對以更萬里遠亦不辭。韓笑謂曰：「祇恐太母不肯放兄遠去。」然猶偏帥，判（一作「明」，似誤）荊、襄、鄂，再判金陵，終於外云。韓誅，趙氏訟冤於朝，公之子鋼亦以公密奏稿進。時相疑吳為韓氏至姻，故伸趙而不錄吳云。

宋光宗趙惇（一一四七至一二〇〇），南宋第三位皇帝，宋孝宗第三子。在四十二歲「高齡」時受孝宗禪位而登基。他的皇后慈懿皇后（一一四四至一二〇〇）李鳳娘，本籍安陽（今河南安陽），父親是李道，官慶遠軍節度使。她是趙挺、宋寧宗趙擴及齊安公主生母，同時是文安公主、和政公主的繼母。她是歷史上著名的妒婦，跟西晉惠帝皇后賈南風（二五七至三〇〇）可相比。由於她的挑撥，光宗與父親孝宗失和。趙汝愚、韓侂胄等大臣不滿，孝宗崩後，在隆慈太皇太后（即高宗的憲聖皇后）（一一一五至一一九七）的支持下，光宗被迫內禪予其子趙擴（宋寧宗），史稱「紹熙內禪」。退位六年後駕崩。

此條詳細記述憲聖聯同大臣韓侂胄（一一五二至一二〇七）等，於光宗紹熙五年（一一九四），迫光宗禪位於其子嘉王趙擴的過程。嘉王即位，是為宋寧宗，後來做了三十年皇帝。慈懿皇后，即光宗的皇后李鳳娘，嘉王的母親，也同意此事。光宗無奈做太上皇。雖然歷史稱此為「紹熙內禪」，嚴格上來說，這卻是一場政變。

甲集〈心之精神是謂聖〉：

慈湖楊公簡，參象山學猶未大悟，忽讀《孔叢子》，至「心之精神是謂聖」一句，豁然頓解。自此酬酢門人、敘述碑記、講說經義，未嘗舍心以立說。慈湖嘗為館職，同列率多譏玩之，亦有見其誠實而不忍欺之者。

楊簡（一一四一至一二二六），南宋理學家，明州慈谿（今浙江寧波市）人，字敬仲，世稱慈湖先生。父親楊挺顯。楊簡的主要哲學貢獻在心學的發展上。他是孝宗乾道五年（一一六九）進士，授富陽主簿。楊簡師從哲學家陸九淵（一一三九至一一九三），具體實踐了陸氏「六經注我」的為學方法，為「甬上四先生」之首。「甬上四先生」是南宋時期四位明州（後改為慶元府，今浙江省寧波市）學者的合稱，他們是陸九淵最重要的弟子，也是陸學的重要代表人物。明州地處四明山麓，甬江在境內流過，故而又被稱作四明，簡稱「甬」，四先生分別是舒璘、沈煥、楊簡和袁燮，又被稱為「四明四先生」、「明州四先生」。四位學者既是同鄉又是同門。陸九淵的學術思想主要靠他們闡發。在後世，程朱理學逐漸上升為官方哲學，陸學則相對衰落，後人已很難認識其思想的全貌了。

由於「朱陸之爭」，朱熹對於楊簡的批評苛刻，不時以「異端」視之。奸相史彌遠（一一六四至一二三三）是楊簡的學生，卻大力宣揚朱熹的《四書集注》。寧宗嘉定初，楊簡出知溫州，為官清廉，「務以德化感人。」為當地民眾所愛戴。官至寶謨閣學士，卒諡文元。

《孔叢子》是中國古代一本記載孔子及其後裔子思、子上、子高、子順以及孔鮒等人言行的書籍。該書自稱作者為孔鮒。已知最早提及該書的是曹魏經學大師王肅（一九五至二五六）的《聖證論》，且其書之內容與王肅撰寫的《孔子家語》有許多相同之處。不少人懷疑《孔叢子》是王肅或其門徒編撰，託名孔鮒的著作。該書中的《公孫龍》記述了孔穿與公孫龍關於白馬非馬的辯論。《孔叢子·記問》：「子思問於夫子曰：『物有形類，事有真偽，必審之。奚由？』子曰：『由乎心。心之精神是謂聖，推數究理，不以物疑，周其所察，聖人難諸。』」

《莊子·知北游》：「汝齋戒，疏瀹而心，澡雪而精神。」其中「精神」表達了用雪沐浴後心情舒暢的心理狀態。《禮記·聘義》：「氣如白虹，天也。精神見於山川，地也。」「精神」可理解為氣力、精力、心神、神志等。亦可理解為天地萬物的靈氣。也有人將「精神」理解為精魂及神識。

乙集〈光皇御製〉：

孝宗崇憲聖母弟之恩，故稱琚兄弟皆以位曰「哥」。至光宗，體孝宗之意，故稱琚兄弟曰「舅」。琚尤聖眷，後苑安榴盛開，光皇以廣團扇自題聖作二句曰：「細疊輕綃色倍醲，晚霞猶在綠陰中。」命琚足之。公再拜，援筆即書曰：「春歸百卉今無幾，獨立清微殿閣風。」上稱歎者久之。憲聖於二王中，獨導孝宗以光皇為儲位，故公落句有獨立之詠，寄意深矣。團扇猶藏其家，又有石刻，火後俱不存云。

宋孝宗趙昚（一一二七至一一九四），南宋第二位皇帝，原名伯琮，是宋太祖之幼子趙德芳的後裔。他幼時被高宗收為養子，後得高宗禪位。他對撫養他的憲聖皇后有感恩之情，所以對憲聖弟弟吳益（一一二四至一一七一）的兒子們（吳琚、吳琚、吳瑍等七人）都很友善。孝宗的第三子趙惇（光宗）登位後，稱「琚兄弟曰舅」。此條記載光宗自題二句後，命吳琚再補兩句之軼事。

吳琚，字居父，號雲壑，世稱吳七郡王。孝宗乾道九年（一一七三），添差通判臨安府。歷尚書郎、部使者。孝宗淳熙四年（一一七七），為淮東提舉。九年，由兩浙轉運判官遷兩浙轉運副使。十一年，為戶部浙西江東淮東總領。光宗紹熙二年（一一九一），知襄陽府。寧宗慶元二年（一一九六），知江陵府。寧宗嘉泰二年（一二〇二）判建康府。位至少師，卒謚獻惠。他精於詩詞及書法，有《雲壑集》，已佚。

南宋史學家李心傳（一一六七至一二四四）《建炎以來朝野雜記》甲集卷一有同樣的記載。

憲聖初不以色幸，自渡南以來，以至為天下母，率多遇魚貫以進，即以疾辭。思陵念其勤勞之久，每欲正六宮之位，而屬以太后遠在沙漠，不敢舉行。上嘗語憲聖曰：「極知汝相同勞苦，反與後進者齒，朕甚有愧。俟姐姐歸（原註：謂太后），爾其選已。」憲聖再拜，對曰：「大姐姐遠處北方，臣妾缺於定省。每遇天日清美，侍上宴集，才一思之，肚裹淚下。臣妾誠夢不到此。」上為泣下數行，愈以後為賢。暨太后既旋鑾馭，以向嘗與憲聖均為徽宗左右，徽宗遂以憲聖賜高宗，太后恐憲聖記其微時事，故無援立意。上侍太后，拜而有請曰：「德妃吳氏，服勞滋久。外廷之議，謂其宜主中饋。更合取自姐姐旨。」太后陽語上云「這事由在爾」，而陰實不欲。上遂批付外廷曰「朕奉太母（一作「后」）之命」云云，「德妃吳氏」云云，「可立為后」，後遂開擁祐三朝之功云。

高宗趙構（一一〇七至一一八七）的生母韋賢妃（一〇八〇至一一五九）原是徽宗（一〇八二至一一三五）的皇后鄭氏（一〇七九至一一三一）的侍女。憲聖皇后吳氏（一一一五至一一九七）原來亦是徽宗的侍女，後來徽宗將她賜給時為康王的趙構。在靖康之難中，鄭皇后、韋賢妃及康王的原配夫人邢秉懿（一一〇六至一一三九）等與徽、欽二宗同被虜北上。高宗登基後，於建炎元年（一一二七）遙封邢氏為皇后（憲節皇后）。鄭皇后及憲節先後崩於五國城（今黑龍江哈爾濱市轄下依蘭縣）。高宗紹興十二年（一一四二）三月，宋金兩國的「紹興和議」完成所有手續。四月，韋氏與徽宗的棺槨歸宋。回國後，韋氏被尊為太后。太后雖「陰實不欲」高宗立吳氏為后，但也找不到理由不同意。紹興十三年（一一四三），德妃吳氏被立為皇后。憲聖在高宗、孝宗、光宗、寧宗四朝在后位長達五五年，是歷史上在后位最長的皇后之一。

乙集〈張于湖〉：

高宗酷嗜翰墨。于湖張氏孝祥廷對之頃，宿醒猶未解，濡毫答聖問，立就萬言，未嘗加點。上訝一卷紙高軸大，試取閱之。讀其卷首，大加稱獎，而又字畫遒勁，卓然顏魯。上疑其為謫仙，親擢首選。臚唱賦詩上尤雋永（按，此句似有脫文）。張正謝畢，遂謁秦檜。檜語之曰：「上不惟喜狀元策，又且喜狀元詩與字，可謂三絕。」又叩以詩何所本，字何所法。張正色以對：「本杜詩，法顏字。」檜笑曰：「天下好事，君家都占斷。」蓋嫉之也。張廷對時，天下猶未盡許之（按，此下似有脫文）。務能參問前儒，汲揚後學，詞翰愈工。天性倜儻，輕財好施，勇於為義。為政平易，民咸思之。唯嗜酒好色，不修細行。高宗嘗問以「人言卿贓濫」，孝祥拱笏再拜以對曰：「臣誠不敢欺君，臣濫誠有之，贓之一字，不敢奉詔。」上笑而置之。人以為誠非欺君者。真文忠公嘗語余曰：「于湖平生雖跌宕，至於大綱大節處，直是不放過。」張，烏江人，寓居蕪湖。捐己田百畝，彙而為池，圜種芙蕖、楊柳，鷺鷗出沒，煙雨變態。扁堂曰「歸去來」。蕪湖未有第進士者，陰陽者流謂必於湖水與縣治接，而後英才出。張方欲鑿而通之，則已歿矣。嘗舟過洞庭，月照龍堆，金沙蕩射，公得意命酒，唱歌所自製詞，呼群吏而酌之，曰：「亦人子也。」其坦率皆類此。嘗慕東坡，每作為詩文，必問門人曰：「比東坡何如？」門人以「過東坡」稱之。雖失太過，然亦天下奇男子也。惜其資稟太高，浸淫詩酒。既與南軒、考亭先生為輩行友，而不能與之相琢磨，以上續伊、洛之統，而今世好神怪者，以公為紫府仙，惜夫！

張孝祥（一一三二至一一六九），字安國，號于湖居士，歷陽烏江（今安徽和縣東北）人。南宋詞人、政治家。自幼聰穎，史稱他「幼敏悟，書再閱成誦，捷於文思，文章俊逸，頃刻千言，出人意表」。他分別在鄉試、會試中考取了第一名。高宗紹興二十四年（一一五四），以二十三歲之齡，高中狀元，連中三元。

張孝祥考中狀元後，立即上書，要求為岳飛平反，觸怒秦檜，被秦檜及其黨羽誣陷下獄。次年秦檜死。孝宗時，張孝祥出任撫州、平江、潭州等地方官，後授禮部員外郎，建康留守。他善政安民，力主收復失地，恢復中原，雖屢遭權貴排擠和打擊，初衷不改。

張孝祥的詞風格豪邁，上承蘇軾，下開辛棄疾，在詞史上有相當重要的地位。《念奴嬌．過洞庭》是他的名篇，是他因受讒言罷官後，自桂林北歸途經洞庭湖時所作。全詞為：「洞庭青草，近中秋、更無一點風色。玉鑑瓊田三萬頃，著我扁舟一葉。素月分輝，明河共影，表裏俱澄澈。悠然心會，妙處難與君說。應念嶺海經年，孤光自照，肝膽皆冰雪。短髮蕭騷襟袖冷，穩泛滄浪空闊。盡挹西江，細斟北斗，萬象為賓客。扣舷獨嘯，不知今夕何夕。」詞人月夜泛舟洞庭，以他的詞筆，描寫洞庭、青草這兩個連在一起的湖的景色，意境空濶。上片的「表裏俱澄澈」，明是寫景，但何嘗不是詞人內心的自白？下片的「孤光自照，肝膽皆冰雪」，更清楚表白了他高潔的人格。

孝宗乾道五年（一一六九），以疾請歸，以顯謨閣直學士致仕。是年，與虞允文（一一一〇至一一七四）在蕪湖舟中飲食，中暑卒。

孝祥才思足敏，詞風清俊爽朗，佳處直逼蘇軾。今存《于湖集》四十卷及《于湖詞》。

乙集〈洪景盧編唐絕句〉：

孝宗從容清燕，洪公邁侍。上語以「宮中無事，則編唐人絕句以自娛，今已得六百餘首」。公對曰：「以臣記憶，恐不止此。」上問以有幾，公以五千首對。上大驚曰：「若是多耶？煩卿為朕編集。」洪歸，搜閱凡逾年，僅得十之二。至於稗官小說，神仙怪鬼，婦人女子之詩，皆括而湊之，乃以進御。上固知不迨所對數，然頗嘉其敏贍，亦轉秩賜金帛。

洪邁（一一二三至一二〇二）字景盧，號容齋，饒州鄱陽人（今江西省上饒市鄱陽縣），洪皓第三子。南宋名臣，官至翰林學士、龍圖閣學士、端明殿學士。以筆記《容齋隨筆》、《夷堅志》聞名於世。此條記載他和孝宗皇帝相處的軼事，從中可見孝宗的寬厚及洪邁的勤勉。關於洪邁的生平，可參看本書評介《容齋隨筆》篇。

乙集〈秦夫人淮青魚〉：

憲聖召檜夫人入禁中賜宴，進淮青魚。憲聖顧問夫人：「曾食此否？」夫人對以「食此已久。又魚視此更大且多，容臣妾翌日供進。」夫人歸，亟以語檜。檜恚之曰：「夫人不曉事。」翌日，遂易糟鯶魚大者數十枚以進。憲聖笑曰：「我便道是無許多青魚，夫人誤耳。」

高宗的憲聖皇后請秦檜夫人王氏吃飯，以「淮青魚」奉客。「淮青魚」應是黑鯇，是名貴的菜式，皇后心想秦夫人一定未吃過，不料秦夫人說這是她家中常吃的，而且她吃的較皇后用來請她吃的更大，又說她翌日將會供進一些給皇后。從此可見秦夫人的頭腦真有些問題，但也反映秦檜一家的豪奢，家中的食用竟比「禁中賜宴」的更豐盛。秦檜聽聞此事，除了埋怨夫人不曉事外，也虧他想到一個補救的方法，翌日以數十枚貌似青魚的大草魚進供入宮。皇后見了，覺得秦夫人淺見，以草魚當青魚，一笑置之。

丙集〈蕭照畫〉：

孤山涼堂，西湖奇絶處也。堂規模壯麗，下植梅數百株，以備遊幸。堂成，中有素壁四堵，幾三丈。高宗翌日命聖駕，有中貴人相語曰：「官家所至，壁乃素耶？宜繪壁。」亟命御前蕭照往繪山水。照受命，即乞上方酒四斗，昏出孤山，每一鼓即飲一斗，盡一斗則一堵已成畫，若此者四。畫成，蕭亦醉。聖駕至，則周行視壁間，為之歎賞。知為照畫，賜以金帛。蕭畫無他長，唯能使玩者精神如在名山勝水間，不知其為畫爾。

蕭照，生卒年不詳，是北宋末南宋初畫家，字東生，濩澤（今山西陽城）人。北宋靖康年間，曾參加太行山義兵。後師從畫家李唐，隨後至南宋都城臨安。南宋紹興年間，中補迪功郎，任畫院待詔。現有明清人著錄中記其畫《中興瑞應圖》卷共一二幅。現存世作品有《山腰樓觀》、《中興瑞應》等圖。此條記載蕭照在一夜間，在高「幾三丈」的四堵素壁上完成超卓的山水畫的軼事。他每飲一斗酒則「一堵已成畫」，酒量及作畫的速度都很驚人。

戊集〈優伶戲語〉：

韓侂冑用兵既敗，為之鬚鬢俱白，困悶莫知所為。優伶因上賜侂冑宴，設樊遲、樊噲，旁有一人曰樊惱。又設一人揖問：「遲，誰與你取名？」對以「夫子所取」。則拜曰：「是聖門之高弟也。」又揖問噲曰：「爾誰名汝？」對曰：「漢高祖所命。」則拜曰：「真漢家之名將也。」又揖惱云：「誰名汝？」對以「樊惱自取。」又因郭倪，郭果敗，因賜宴以生菱進於桌。上命二人移桌，忽生菱墮地盡碎。其一人云：「苦，苦，苦，壞了許多生菱，衹因移果桌。」

宋寧宗開禧二年（一二〇六），韓侂冑北伐金，郭倪為統帥之一，以失敗告終。此條記載他們在宴會上被優伶戲弄的軼事。

關於韓侂冑（一一五二至一二〇七）的生平，可參看本書評介《鶴林玉露》篇。

韓侂冑在獲得寧宗的信任下，加封爵位，掌握朝政十三年，先成為正一品太師，又官昇至比一般宰相地位還高的「平章軍國事」。寧宗開禧元年（一二〇五），韓侂冑任平章軍國事，開始作北伐準備，並在寧宗的支持下給岳飛加謚號武穆之後，追封岳飛為鄂王，並削去秦檜的王爵，謚號改為「繆丑」。但他準備不周，用人不當，金人也早有準備。開禧二年（一二〇六），寧宗下詔伐金，是為「開禧北伐」。韓侂冑命四川宣撫副使吳曦兼陝西、河東路招撫使，郭倪兼山東、京、洛招撫使，趙淳、皇甫斌兼京西北路招撫使、副使。宋軍小勝之後逐漸失敗，金兵南下，情況危急，侂冑想與金人談和，但金人要求將侂冑縛送金營聽候懲治。韓侂冑大怒，撤還兩淮宣撫使張岩，另任趙淳為兩淮置制使，鎮守江、淮。自出家財二十萬準備再戰。

時為禮部侍郎的史彌遠（一一六四至一二三三），聯絡到素來與韓侂胄不合的寧宗皇后楊桂枝，策劃殺害韓侂胄。開禧三年（一二〇七），韓侂胄在「玉津園之變」中被殺。史彌遠殺害韓侂胄之後，不顧抗金形勢大好，竟開棺砍去韓侂胄的首級送給金國，最終宋金兩國簽訂「嘉定和議」，雙邊關係由「叔侄之國」變成「伯侄之國」。當韓侂胄的首級到達金國後，金國的言官都認為他仍是忠義可嘉的人，於是紛紛上奏為他請求謚號。金人遂贈予其「忠繆」謚號，將之安葬在先祖韓琦的墳塋一旁，是為忠繆侯。

鶴林玉露

《鶴林玉露》，南宋羅大經（約一一九五至一二五二後）著。

羅大經，字景綸，號儒林，又號鶴林，廬陵（今江西吉水縣）人，南宋官員、學者。大約生於宋寧宗慶元初年，其父羅茂良，號竹谷老人。《吉水縣志》卷三十六稱竹谷老人為「高尚士也」，大約是個曾做過一般小官，被鄉里認為是節操高尚的士人。明初文人和政治家楊士奇（一三六五至一四四四）的文集《東里集》卷一《翠筠樓記載》云：「吉水之東，桐江之上，其地多竹，其里名竹溪。里之望為羅氏。……羅氏，邑故家。始自印岡徙桃林，又自桃林徙竹溪。吾聞宋有號竹谷老人者，高尚絕俗之士也。子大經及其弟應雷，皆理宗朝進士。大經著書有《鶴林玉露》，傳於世。」

羅大經早年入太學，曾游嚴子陵釣台（今浙江桐廬縣富春山）。寧宗嘉定十五年（一二二二）中舉人。理宗寶慶二年（一二二六），與弟應雷為同榜進士。在理宗端平元年（一二三四），羅大經被任命為嶺南容州（今廣西容縣）法曹掾，這距離他登第之年已有八年。這應不是他的初仕，而是由其他職位轉遷至此的。理宗淳祐十一年（一二五一），羅大經出任撫州（今江西撫州市）軍事推官。一年左右在撫州被葉大有彈劾罷官，從此絕意仕途，閉門讀書，專事著作。

從端平元年他做容州法曹掾到淳祐十一年做撫州軍事推官，其間相隔十六七年，相信他曾在其他地方任官。《鶴林玉露》乙編卷三〈東坡書畫〉條，記載蘇軾曾題韶州（今廣東曲江縣）月華寺梁。大經云：「余嘗見之，墨色如新」，可知羅大經大約也曾在嶺南這一帶做過官。丙編卷三〈蝗〉條，有「余曩在湖北，見捕蝗者」之語，說明羅大經可能在湖北做過官。

《鶴林玉露》一書，分甲、乙、丙三編，每編六卷，共十八卷。作者在開始寫此書時還未致仕。在甲編的自序中，他說因「閒居無營」，日與客清談鶴林之下，久而成編，因曰《鶴林玉露》。「玉露」一語，取自杜甫《贈虞十五司馬》詩中「清談玉露蕃」一句。全詩如下：「遠師虞祕監，今喜識玄孫。形像丹青逼，家聲器宇存。淒涼憐筆勢，浩蕩問詞源。爽氣金天豁，清談玉露蕃。佇鳴南嶽鳳，欲化北溟鯤。交態知浮俗，儒流不異門。過逢聯客位，日夜倒芳尊。沙岸風吹葉，雲江月上軒。百年嗟已半，四座敢辭喧。書籍終相與，青山隔故園。」甲編的序寫於理宗淳祐戊申年（一二四八），乙編的序寫於淳祐辛亥年（一二五一），而最後的丙編的序則寫於淳祐壬子年（一二五二）。他似乎打算接寫丁、戊、己……等編，但因已年邁，可能在完成丙編不久後便去世。

《四庫全書簡明目錄》扼要指出：「其體例在詩話、語錄、小說之間。其宗旨亦在文士、道學、山人之間。大抵詳於議論而略於考證。」羅大經的議論帶有宋代理學家的特徵。明末清初名臣葉廷秀（一五九九至一六五一）評論羅大經：「其言以紫陽為鵠，學術治道多有發明，而不離王道。」他對南宋統治者偏安一隅是不滿的。在甲編卷五「格天閣」條中，他形容秦檜（一〇九一至一一五五）「善幹鄙事，同舍號為秦長腳」。又謂「檜天資狡險」，認為他「密奉虜謀，脅君誤國，罪大惡極。」在乙編卷二〈函首詩〉條，他認為殺韓侂胄（一一五二至一二〇七）並函其首以奉金人來乞和是不該做的事。其實，羅大經身處南宋之末，記事多為耳聞目睹，議論亦多關國家大事，因此，《鶴林玉露》有很高的史料價值。此外，書中也記載了頗多文人軼事及文學的議論。羅大經博極羣書，對先秦、兩漢、六朝、唐、宋文學評論有精闢的見解。所以此書也有很高的文學價值。葉廷秀就專門從《鶴林玉露》中輯出約四十條詩話，編成《詩譚續集》。

除《鶴林玉露》外，《吉水縣志》還著錄羅大經著有《易解》十卷。此書已佚。《鶴林玉露》丙編卷六〈文章性理〉條云：「余嘗輯《心學經傳》十卷。」此書今亦不傳。

現從《鶴林玉露》轉錄二十條給大家賞讀。

《甲編》卷二〈晚學〉：

高適五十始為詩，為少陵所推。老蘇三十始讀書，為歐公所許。功深力到，無早晚也。聖賢之學亦然，東坡詩云：「貧家淨掃地，貧女巧梳頭。下士晚聞道，聊以拙自修。」朱文公每借此句作話頭，接引窮鄉晚學之士。

高適（約七〇〇至七六五），字達夫，一字仲武，郡望渤海蓨縣（今河北景縣）人，行次三十五，故稱「高三十五」。唐朝邊塞詩人。早年在宋州宋城（今河南商丘）以耕釣為生，後出任封丘縣尉。安史之亂期間，先後出任淮南、劍南節度使，又擔任彭蜀二州刺史、刑部侍郎、左散騎常侍，封渤海縣侯。病逝後，追贈禮部尚書，謚號忠。高適長於古風、樂府。其詩題材廣泛，語言質樸，多能反映民間疾苦，與岑參（七一五至七七〇）並稱「高岑」，又與王之渙（六八八至七四二）、王昌齡（？至約七五六）、岑參合稱「邊塞四詩人」。

此條謂高適五十歲才開始寫詩是不對的。玄宗開元十九年（七三一），高適北上幽州，投奔朔方節度大使信安王李禕，隨他出盧龍塞征討契丹。在隨軍出征期間，高適已寫了《營州歌》、《塞上》、《薊門五首》《信安王幕府》等詩篇，這是他邊塞詩創作的開始。

蘇洵（一〇〇九至一〇六六），字明允。北宋文學家，四川眉山人，唐宋八大家之一。他是蘇軾和蘇轍的父親，父子三人被稱為「三蘇」，均名列「唐宋八大家」，有《嘉祐集》傳世。曾任校書郎、主簿等官，追贈為光祿寺丞，贈太子太師。蘇洵修編族譜，自稱是初唐相國蘇味道（六四八至七〇五）後裔。他父親名蘇序，母親史氏，有兩位兄長蘇澹、蘇渙。宋真宗大中祥符二年出生於四川眉山。少時不好讀，十九歲時娶妻程氏，程氏知書識禮，能課子讀書。二十七歲時，蘇洵才開始發奮讀書，準備年餘就陸續參加進士、茂才的資格考試，但都沒考上。他焚燒了自己平常的文章，經過十多年的閉門苦讀，學業大進。仁宗嘉祐元年（一〇五六），攜二子蘇軾、蘇轍赴汴京拜謁翰林學士歐陽修，獻上自己所著作的文章二十二篇，受到歐陽修的賞識，以為「雖賈誼、劉向不過也。」由此文名大盛，一時之間汴京當地的學者競相模仿蘇氏所作的文章。嘉祐二年（一〇五七），二子同登金榜，轟動京師。此時，卻傳來其妻程氏病故的消息，父子三人返回蜀地。嘉祐三年（一〇五八），仁宗召他參加考試時，他稱病不赴。嘉祐五年（一〇六〇），經韓琦推薦得任秘書省校書郎，後為霸州文安主簿。又授命與姚辟同修《太常因革禮》一百卷。三月編成。當年又向朝廷呈上二十五篇《進論》，其中就包括《六國論》。英宗治平三年（一〇六六），於京師病逝，年五十八。

南宋時，「蘇老泉即蘇洵」之說深入人心，《三字經》即有「蘇老泉，二十七，始發憤。」之語。後人考證到「老泉」原是蘇軾之號，蘇老泉即蘇東坡。清末民初學者章太炎（一八六九至一九三六）在增修《三字經》時，就把「蘇老泉，二十七」改為「蘇明允，二十七」。

《甲編》卷四〈誠齋退休〉：

楊誠齋自秘書監將漕江東，年未七十，退休南溪之上。老屋一區，僅庇風雨。長鬚赤腳，才三四人。徐靈暉贈公詩云：「清得門如水，貧唯帶有金。」蓋紀實也。聰明強健，享清閑之福十有六年。寧皇初元，與朱文公同召。文公出，公獨不出。文公與公書云：「更能不以樂天知命之樂，而忘與人同憂之憂，毋過於優遊，毋決於遁思，則區區者，猶有望於斯世也。」然公高蹈之誌，已不可回矣。嘗自贊云：「江風索我吟，山月喚我飲，醉倒落花前，天地為衾枕。」又云：「青白不形眼底，雌黃不出口中。只有一罪不赦，唐突明月清風。」

楊萬里（一一二七至一二〇六），字廷秀，號誠齋，謚號文節，吉州吉水（今江西省吉水縣）人。與尤袤（一一二七至一一九四）、范成大（一一二六至一一九三）、陸游（一一二五至一二一〇）合稱南宋「中興四大詩人」。高宗紹興二十四年（一一五四）進士及第。曾任太常博士、廣東提點刑獄、尚書左司郎中兼太子侍讀、秘書監等職務，官至寶謨閣學士。在朝廷，他是主戰派的人物，正直敢言。後因權臣韓侂胄（一一五二至一二〇七）專權，辭官居家，隱居十五年不出。寧宗開禧二年（一二〇六）去世。臨終前寫下「吾頭顱如許，報國無路，惟有孤憤」的遺言。與妻子羅氏，育有四子三女。子長孺（一一五七至一二三六），原名壽仁，字伯子，號東山，以父蔭補守湖州，累官廣東經略安撫使、廣州事知，為人清廉。後改安撫福建。宋寧宗曾問真德秀當時廉吏，德秀答以崔與之及楊長孺。長孺之後歷官敷文閣直學士，致仕。

楊萬里詩起初模仿江西詩派，後盡焚少時千餘首作品，而另闢蹊徑。他在《荊溪集自序》自述：「余之詩，始學江西諸君子，既又學後山（陳師道）五字律，既又學半山老人（王安石）七字絕句，晚乃學絕句於唐人。……戊戌作詩，忽若有悟，於是辭謝唐人及王、陳、江西諸君子皆不敢學，而後欣如也。」終於自成一家，即宋末元初詩詞評論家嚴羽（？至約一二四五）《滄浪詩話》所謂「誠齋體」。誠齋體的特色是富於幽默詼諧、活潑自然，對當時詩壇風氣之轉變，頗起作用。錢鍾書《宋詩選注》說「在當時，楊萬里卻是詩歌轉變的主要樞紐，創辟了一種新鮮潑辣的寫法，襯得陸和范的風格都保守或者穩健。」但錢亦認為「楊萬里在理論上並沒有跳出黃庭堅所謂『無字無來處』的圈套……而他用的俗語都有出典，是白話中比較『古雅』的部分。」楊萬里現存詩四千二百首，詩文全集一百三十三卷，名《誠齋集》。並有《楊文節公詩集》四十二卷。另著有《誠齋詩話》一卷。詞今存僅十五首。他又精於《易》學，有《誠齋易傳》二十卷。

楊萬里立朝剛正，遇事敢言，無所顧忌，因而始終不得大用。他一生視仕宦富貴如浮雲，在作京官時，就預先準備好了由杭州回家盤纏，更戒家人不許置物，以免離職時行李累贅。楊萬里為官清正廉潔，不擾百姓。江東轉運副使任滿時，應有餘錢萬緡，他全棄之於官庫，一文不取而歸。退休南溪之上，自居老屋一隅，僅避風雨。當時詩人徐璣（一一六二至一二一四）稱讚他「清得門如水，貧唯帶有金」。

《甲編》卷四〈西湖長〉：

東坡守杭守潁，皆有西湖，故《潁川謝表》云：「入參兩禁，每玷北扉之榮；出典二州，輒為西湖之長。」秦少章詩云：「十里薰風菡萏初，我公所至有西湖。欲將公事湖中了，見說官閑事亦無。」後謫惠州，亦有西湖。楊誠齋詩云：「三處西湖一色秋，錢塘汝潁及羅浮。東坡元是西湖長，

不到羅浮便得休。」

北宋神宗熙寧四年（一〇七一），蘇軾通判杭州。哲宗元祐四年（一〇八九），蘇軾知杭州。元祐六年（一〇九一），蘇軾知潁州。杭州及潁州都有西湖，所以秦少游的弟弟少章說：「我公所至有西湖」。哲宗紹聖元年（一〇九四），蘇軾被朝廷貶至惠州安置，攜妾王朝雲（一〇六三至一〇九六）和幼子蘇過（一〇七二至一一二三）在惠州度過了三年，期間時常遊覽豐湖，更將豐湖改稱西湖。惠州西北有羅浮山，所以楊萬里詩云：「三處西湖一色秋，錢塘汝潁及羅浮。東坡元是西湖長，不到羅浮便得休。」蘇軾也戲稱自己為「西湖長」。

《甲編》卷五〈荊公見濂溪〉：

王荊公少年，不可一世士，獨懷刺候濂溪，三及門而三辭焉。荊公恚曰：「吾獨不可自求之六經乎！」乃不復見。余謂濂溪知荊公自信太篤，自處太高，故欲少摧其銳，而不料其不可回也。然再辭可矣，三則已甚。使荊公得從濂溪，沐浴於光風霽月之中，以消釋其偏蔽，則他日得君行道，必無新法之煩苛，必不斥衆君子為流俗，而社稷蒼生將有賴焉。嗚呼！豈非天哉！

此條謂王安石（一〇二一至一〇八六）三次欲訪周敦頤（一〇一七至一〇七三）皆未蒙接見。但事實上，兩人曾見過面。仁宗嘉祐五年（一〇六〇）六月，周敦頤從合州（今重慶合川）解職回京，正好遇上回京述職的王安石。他們相互間仰慕已久。某夜，周敦頤應邀造訪了王安石。王安石對年長自己四歲的周敦頤充滿了崇敬，相見恨晚。他們這次的聚會和交談，雙方都從對方那裏得到了新的思想的啟悟。

周敦頤，原名敦實，字茂叔，後避宋英宗（原名宗實）諱，改名敦頤，號濂溪，學者稱濂溪先生，謚號元公。道州營道縣（今湖南道縣）人，是北宋宋明理學理論基礎的創始人之一，亦是北宋五子之一，其他四子為邵雍（一〇一二至一〇七七）、張載（一〇二〇至一〇七七）、程顥（一〇三二至一〇八五）及程頤（一〇三三至一一〇七）。周敦頤生於一官僚地主家庭，年幼喪父。八歲時，母親帶他投靠衡陽舅父，龍圖閣學士鄭向（九七六至一〇三八）。仁宗景祐四年（一〇三七），鄭向調任兩浙轉運使，周敦頤同母隨遷潤州丹徒縣（今江蘇鎮江市丹徒區）。鄭向見他聰穎好學，便着力栽培他。後得鄭向的推薦，做了分寧縣（修水）的主簿，後調任到南安軍擔任司理參軍。仁宗慶曆六年（一〇四六），大理寺丞程珦（一〇〇六至一〇九〇）在南安認識了周敦頤，見他「氣貌非常人」，與之交談，更知其「為學知道」，同他結為朋友，隨即將兩個兒子程顥、程頤送至南安拜敦頤為師受業。敦頤後移桂陽令，徙知南昌，歷合州判官、虔州通判。神宗熙寧初，知郴州，擢廣東轉運判官，提點刑獄。後知南康軍，治所在今星子縣。築室廬山蓮花峰下，前有溪，取營道故居濂溪以名之，遂定居於此。弟子程顥、程頤繼承和完善了他的思想。後來經過南宋著名學者朱熹（一一三〇至一二〇〇）進一步的探討，歸納為程朱理學，是孔子、孟子之後儒學最重要的發展，在中國思想史上的影響深遠。

《宋元學案》中對於周敦頤的地位有這樣的論述：「孔孟而後，漢儒止有傳經之學。性道微言之絕久矣。元公崛起，二程嗣之，又復橫渠諸大儒輩出，聖學大昌。」

一〇七二年，他在江西廬山蓮花洞創辦了濂溪書院，並自號「濂溪先生」。周敦頤的主要著作是《通書》及《太極圖說》。其著作《太極圖說》，提出宇宙生成論體系，繼承了《易傳》和部分道家、道教、禪門思想，提出一個簡單而有系統的宇宙構成論，用圖形以資推演，融會三教於儒家。後世有論者如明末清初經學家毛奇齡（一六二三至一七一六）等謂此圖實出於道教。周敦頤與道教關係深遠，亦精研禪理，故此圖說亦有道教與釋教的影子。仁宗嘉祐八年（一〇六三）周敦頤與沈希顏、錢拓共遊江南西道雩都羅岩厓（今江西省于都縣），在羅岩厓上題名並有詩刻石。後來沈希顏在雩都善山興建濂溪閣，周敦頤作名篇《愛蓮說》相贈，文章裏將蓮比做君子，盛讚蓮「出淤泥而不染，濯清漣而不妖，中通外直，不蔓不枝，香遠益清，亭亭淨植，可遠觀而不可褻玩」。到南宋孝宗淳熙六年（一一七九）朱熹任南康軍，訪其遺跡，與博士弟子於南康軍學中興建濂溪祠，又從周敦頤曾孫周直卿手中獲得《愛蓮說》的遺墨，於是朱熹將署衙後圃臨池的一個亭館命名為「愛蓮館」，並把周敦頤親書的《愛蓮說》刻於館壁。

《甲編》卷六〈詩用字〉：

作詩要健字撐拄，要活字斡旋，如「紅入桃花嫩，青歸柳葉新」，「弟子貧原憲，諸生老伏虔」。「入」與「歸」字，「貧」與「老」字，乃撐拄也。「生理何顏面，憂端且歲時」，「名豈文章著，官應老病休」。「何」與「且」字，「豈」與「應」字，乃斡旋也。撐拄如屋之有柱，斡旋如車之有軸，文亦然。詩以字，文以句。

《鶴林玉露》有很多精闢的詩話，見解獨到，對研究古代詩歌有很多裨益。此條提及作詩要有「健字撐拄，活字斡旋」的概念，很值得用心寫詩的人思考。

《乙編》卷一〈詩互體〉：

杜少陵詩云：「風含翠篠娟娟淨，雨裛紅蕖冉冉香。」上句風中有雨，下句雨中有風，謂之互體。楊誠齋詩云「綠光風動麥，白碎日翻池」亦然，上句風中有日，下句日中有風。

羅大經寫的詩話，很喜歡引用杜甫和楊萬里的詩來講解。此條關於「詩互體」所舉的例足以解說這個概念的意思。

《乙編》卷二〈物畏其天〉：

潁濱釋《莊子》曰：「魚不畏網罟，而畏鵜鶘，畏其天也。」物之畏其天，誠有可怪者。余里中一村童，嘗見大蛙十數，聚於汙池叢棘之下。欲前捕之，熟視，乃一巨蛇蟠棘下，以恣啖群蛙，群蛙凝立待啖，不敢動。又村叟見蜈蚣逐一蛇，行甚急，蜈蚣漸近，蛇不復動，張口以待，蜈蚣竟入其腹。逾時而出，蛇已斃矣。村叟棄蛇於深山中，逾旬往視之，小蜈蚣無數食其腐肉。蓋蜈蚣產卵於蛇腹中也。余又嘗見一蜘蛛，逐蜈蚣甚急，蜈蚣逃入籬搶竹中。蜘蛛不復入，但以足跨竹上，搖腹數四而去。伺蜈蚣久不出，剖竹視之，蜈蚣已節節爛斷如醫醬矣。蓋蜘蛛搖腹之時，乃灑溺以殺之也。物之畏其天有如此者。夫蛇之恣啖群蛙，自以為莫己敵矣，而不知蜈蚣之能涉其腹也。蜈蚣之斃蛇育子，自以為莫吾禦矣，而不知蜘蛛之能醢其軀也。世之人昂昂然以兇毒自多者，可以觀矣。且蛙之不能敵蛇，固也。蜈蚣小於蛇矣，而能制蛇。蜘蛛小於蜈蚣矣，而能制蜈蚣。物豈專以小大為強弱哉！

很多人相信，宇宙萬物有很多相生相剋的現象，所謂「一物制一物」、或「一物剋一物」或「一物一制」，即有一種事物，就會有另一種事物來制服它。如果甲物被乙物制，那麼乙物也可說是甲物的天敵。這種現象，說來有些玄妙。

《乙編》卷二〈三將〉：

漢惟一趙充國，唐惟一王忠嗣，本朝惟一曹彬，有三代將帥氣象。唐人詩云：「澤國山河入戰圖，生民何計樂樵蘇。憑君莫話封侯事，一將功成萬骨枯。」讀之可為酸鼻。

這首詩是晚唐詩人曹松（約八三〇至九〇三）的《己亥歲二首》的第一首，寫戰爭的殘酷。第二首是「傳聞一戰百神愁，兩岸強兵過未休。誰道滄江總無事，近來長共血爭流。」曹松，字夢徵，舒州（今安徽潛山）人。早年因避戰亂流亡洪都（今江西南昌）西山，後依建州（治所建安，今福建建甌）刺史李頻。李頻死，再度流落江湖，長年奔波於浙江、福建、廣州等地。曹松不滿現實，但又熱衷功名，唐昭宗天復元年（九〇一）終於得中進士，當時高齡七十一歲，與王希羽、劉象、柯崇、鄭希顏合稱「五老榜」。初授校書郎，終官秘書省正字。同年冬，辭官返回江西。天復二年（九〇二）以後謝世。著有《曹夢徵詩集》三卷。《全唐詩》錄其詩一四〇首。

此條記載不同年代的三位著名將領。第一位趙充國（前一三七至前五二），字翁孫，西漢名將，原隴西上邽（今甘肅天水）人，後遷至金城令居。其為人沉勇，善於謀略，通曉匈奴和西羌的習性，漢武帝時期，趙充國隨貳師將軍李廣利征討匈奴，返國後升遷為中郎，此後歷任車騎將軍長史、大將軍都尉、中郎將、水衡都尉、後將軍等職位。漢昭帝逝世後，趙充國與大將軍霍光等人擁立漢宣帝即位，因功受封營平侯。神爵元年，他以七十餘歲高齡率軍出征，成功弭平羌人的叛亂。甘露二年，趙充國去世，享年八十六歲，謚號「壯」，為麒麟閣十一功臣之一。

第二位王忠嗣（七〇六至七五〇），初名訓，太原祁縣（今山西祁縣）人，唐朝名將，豐安軍使王海賓（？至七一四）之子。官至河西、隴右、朔方、河東四鎮節度使，封清源縣公。父王海賓以勇聞名，官至太子右衛率、豐安軍使（寧夏中寧石空鎮）。忠嗣八歲時，王海賓戰死，玄宗將忠嗣接入宮中，收為假子，賜名忠嗣。玄宗開元十八年（七三〇），出任兵馬使，隨河西節度使蕭嵩出征。開元十八年在玉川戰役中以三百輕騎偷襲吐蕃，斬敵數千。後接替王倕擔任隴右節度使。開元二十六年北伐，出雁門，於桑乾河三戰三捷，大破奚軍。玄宗天寶初年，大敗突厥葉護部落，取烏蘇米施可汗首級至長安。七四五年封清源縣公。天寶六年（七四七），兼任河西、隴右、朔方、河東四鎮節度使，「佩四將印，控制萬里，勁兵重鎮，皆歸掌握，自國初已來，未之有也。」宰相李林甫（六八三至七五三）對王忠嗣嫉恨，誣陷王忠嗣「欲奉太子」。玄宗以哥舒翰代王忠嗣為隴右節度使，對忠嗣嚴加審訊。哥舒翰極言王忠嗣無罪，玄宗不聽，走入內宮，哥舒翰一路追隨，「言詞慷慨，聲淚俱下」，玄宗感動，貶忠嗣為漢陽（今湖北）太守。忠嗣一年後抑鬱以終，年僅四十五歲。代宗寶應元年，追贈兵部尚書。

第三位曹彬（九三一至九九九），字國華，北宋初名將，真定府靈壽（今河北省石家莊市靈壽縣）人，在北宋滅亡南唐的戰爭中擔任主要將領，昭勳閣二十四功臣之一。（關於曹彬更詳事蹟，可參看本書評介《歸田錄》篇。）

《乙編》卷三「村莊雞犬」：

韓平原作南園於吳山之上，其中有所謂村莊者，竹籬茅舍，宛然田家氣象。平原嘗遊其間，甚喜曰：「撰得絶似，但欠雞鳴犬吠耳。」既出莊遊他所，忽聞莊中雞犬聲，令人視之，乃府尹所為也。平原大笑，益親愛之。太學諸生有詩曰：「堪笑明庭鵷鷺，甘作村莊犬雞。一日冰山失勢，湯燖鑊煮刀刲。」

韓侂胄（一一五二至一二〇七），字節夫，相州安陽（今河南安陽）人，南宋中期的外戚、政治家、丞相、權臣，北宋名臣韓琦（一〇〇八至一〇七五）之曾孫，曾封為平原郡王。母親為宋高宗吳皇后的妹妹。侂胄娶吳皇后的侄女為妻，無子。曾侄孫女是宋寧宗的恭淑皇后。侂胄曾與宗室趙汝愚合作，迫宋光宗禪位予其子嘉王趙擴，即宋寧宗，史稱紹熙禪位，又任寧宗朝宰相，任內追封岳飛為鄂王，追奪秦檜官爵，力主北伐抗金，因將帥乏人而功虧一簣。後在金國示意下，被楊皇后（一一六二至一二三三）和史彌遠（一一六四至一二三三）設計殺害，函首予金。金章宗厚葬之。

侂胄因禁絕朱熹理學與貶謫趙汝愚，故被理學學者視為奸臣。元編《宋史》將他列為奸臣。韓侂胄罪逐後，其第改為寺。有太學生題二絕於壁曰：「掀天聲勢祗冰山，廣廈空餘十萬間。若使早知明哲計，肯將富貴博清閒。」「花柳依然弄曉風，才郎袖手去無蹤。不知郿塢金多少，爭似盧門席不重。」此條扮犬吠來巴結韓侂胄的，是宋太祖趙匡胤（九二七至九七六）的次子燕王趙德昭（九五一至九七九）的八世孫趙師睪（一一四八至一三一七）。有記載謂在一次韓侂胄過生日的時候，趙師睪給韓侂胄一個粟金葡萄小架，上面綴飾大號珍珠一百多顆，讓爭相進獻奇珍異寶的文武百官頓時萎靡。在聽說有人送四顆北珠給韓侂冑，不夠韓侂冑給十四個妾侍分的時候，趙師罩出錢十萬緡買來北珠，製成十冠獻給韓侂冑。後趙師罩得以升為工部侍郎。《宋史》亦有記載趙師罩扮犬吠之事。趙師罩效犬吠，是為了博取韓侂冑的歡心，可見其諂媚依附的人格。但韓侂冑喜歡別人的巴結，人格也低下。清代李暉吉編的《龍文鞭影》二集下卷有「趙效犬吠」之句。韓侂冑倒台後，有人嘲諷趙師罩：「侍郎自號東牆，曾學狗吠村莊。今日不學搖尾，且尋土洞深藏。」趙師罩後來有沒有受牽連，史料未有記載，但以他與宋孝宗同為宋太祖後人的身份，想必也沒受嚴緊的整治。

張乖崖為崇陽令，一吏自庫中出，視其鬢傍巾下有一錢，詰之，乃庫中錢也。乖崖命杖之，吏勃然曰：「一錢何足道，乃杖我耶？爾能杖我，不能斬我也！」乖崖援筆判曰：「一日一錢，千日一千，繩鋸木斷，水滴石穿。」自仗劍，下階斬其首，申臺府自劾。崇陽人至今傳之。蓋自五代以來，軍卒凌將帥，胥吏凌長官，餘風至此時猶未盡除。乖崖此舉，非為一錢而設，其意深矣，其事偉矣。

《乙編》卷四〈一錢斬吏〉：

張詠（九四六至一〇一五），字復之，號乖崖，濮州鄄城（今山東菏澤市鄄城縣）人。他個性古怪，所以自號乖崖。宋太宗太平興國五年（九八〇）進士。累擢樞密直學士。真宗時官至禮部尚書。詩文俱佳，是北宋太宗、真宗兩朝的名臣，尤以治蜀著稱。有文集《張乖崖集》。張詠少年時任性使氣，不拘小節，即使生活貧困地位低下客遊在遠方，卻未嘗覺得低人一等人。少年時學習擊劍，為人慷慨。好愛好下棋，精通射箭，喜飲酒，晚年因此成疾。

張詠出生在貧寒之家，十九歲時，開始力學，家貧無書，借書到手之後再抄下來苦讀。他讀書勤奮，因沒有書桌，就在院子裏背靠着大樹而讀，一篇文章讀不完，決不進屋歇息。張詠寫的《勸學》詩中有這樣兩句：「玄門非有閉，苦學當自開」。真宗景德二年（一〇〇五），六十歲，發明了世界上最早的紙幣「交子」，被譽為「紙幣之父」。倫敦的英格蘭銀行中央的一個天井裏，種着一棵在英國少見的中國桑樹。因為張詠發明的交子原材料就是桑樹葉。真宗大中祥符八年（一〇一五）卒於陳州理所，贈尚書省左僕射。仁宗皇祐三年（一〇五一），追謚忠定。

張詠能詩，他在《寄晁同年詩》中有兩句「桃花江上雪霏霏，黃鶴樓中風力微」。張商英說他的《題庭竹》等句，「句清詞古，與郊、島相先後」，《宋詩鈔》稱「雄健古淡有氣骨」。楊億《西崑酬唱集》收其詩二首。此條張詠說的「繩鋸木斷，水滴石穿」，表示只要堅持不懈，力量雖小也能成艱難的事情。語本《漢書．枚乘傳》：「泰山之溜穿石，單極之統斷幹。水非石之鑽，索非木之鋸，漸靡使之然也。」張詠斬此小吏的主要原因相信是因為他目中無官長，態度傲慢。

《乙編》卷四〈雲日對〉：

葉石林云：「杜工部詩，對偶至嚴，而《送楊六判官》云：『子雲清自守，今日起為官』，獨不相對，切意『今日』字當是『令尹』字傳寫之訛耳。」余謂不然，此聯之工，正為假「雲」對「日」。兩句一意，乃詩家活法，若作「令尹」字，則索然無神，夫人能道之矣。且送楊姓人，故用子雲為切題，豈應又泛然用一令尹耶？如「次第尋書劄，呼兒檢贈篇」之句，亦是假以「第」對

「兒」，詩家此類甚多。

宋朝詞人葉夢得（一〇七七至一一四八）談論杜甫的五言排律《送楊六判官使西蕃》全詩如下：「送遠秋風落，西征海氣寒。帝京氛祲滿，人世別離難。絕域遙懷怒，和親願結歡。敕書憐贊普，兵甲望長安。宣命前程急，惟良待士寬。子雲清自守，今日起為官。垂淚方投筆，傷時即據鞍。儒衣山鳥怪，漢節野童看。邊酒排金盞，夷歌捧玉盤。草輕蕃馬健，雪重拂廬乾。慎爾參籌畫，從茲正羽翰。歸來權可取，九萬一朝摶。」他認為「子雲清自守，今日起為官」不成對仗，質疑「今日」當是「令尹」字傳寫之訛。羅大經認為此聯之工，正為假「雲」對「日」。送楊姓人，用揚子雲（即揚雄，字子雲。後人肯定揚雄原姓楊）方為切題。元稹、白居易、劉禹錫輩的《汝洛唱和集·九日送人》有「清秋方落帽，子夏正離群」之對仗，其法本從杜句。杜甫《曲江二首》其二有「酒債尋常行處有，人生七十古來稀」之對仗，以「尋常」、「七十」為對，因古來「八尺曰尋，倍尋曰常」，所以假「尋常」為數目字用來對「七十」。杜甫的七絕《江南逢李龜年》詩亦有「岐王宅裏尋常見，崔九堂前幾度聞」的對仗。

《乙編》卷五〈二老相訪〉：

慶元間，周益公以宰相退休，楊誠齋以秘書監退休，實為吾邦二大老。益公嘗訪誠齋於南溪之上，留詩云：「楊監全勝賀監家，賜湖豈比賜書華？回環自鬬三三徑，頃刻能開七七花。門外有田供伏臘，望中無處不煙霞。卻慚下客非摩詰，無畫無詩只謾誇。」誠齋和云：「相國來臨處士家，山間草木也光華。高軒行李能過李，小隊尋花到浣花。留贈新詩光奪月，端令老子氣成霞。未論藏去傳貽厥，拈向田夫野老誇。」好事者繪以為圖，誠齋題云：「平叔曾過魏秀才，何如老子致元臺。蒼松白石青苔徑，也不傳呼宰相來。」用魏野詩翻案也。厥後誠齋家嗣東山先生伯子，端平初累辭召命，以集英殿修撰致仕家居，年八十。雲巢曾無疑，益公門人也，年尤高，嘗攜茶袖詩訪伯子。其詩云：「褰衣不待履霜回，到得如今亦樂哉！泓穎有時供戲劇，軒裳無用任塵埃。眉頭猶自懷千恨，興到何如酒一杯？知道華山方睡覺，打門聊伴茗奴來。」伯子和云：「雪舟不肯半途回，直到荒林意盛哉！籬菊苞時披宿霧，木犀香裏絕纖埃。錦心繡口垂金薤，月露天漿貯玉杯。八十仙翁能許健，片雲得得出巢來。」其風味庶幾可亞前二老云。無疑博學工文，尤精考訂，有《本朝新舊官制考》行於世。以隱逸召為秘閣校勘，吾黨之士多勸其毋出，而無疑竟出。先君竹谷老人送以詩云：「泰華山人上赤墀，上嗟安在見何遲。老於尚父投竿日，少似轅生對策時。怨鶴驚猿辭舊隱，鞭鸞笞鳳總新知。早陳經國平邊策，歸領雲巢舊住持。」無疑立朝逾年，除大社令，未及有所開陳，奉祠而歸，年九十乃終。

此條記載了周必大（一一二六至一二〇四）和楊萬里（一一二七至一二〇六）晚年還鄉後的親密交往。《宋史》及其他史書都認為這兩個同鄉關係不甚好，周必大曾在孝宗面前說過楊萬里的不是。但在此條中卻見到他們相處融洽。這「二老」比羅大經長兩輩。

周必大，字子充，一字洪道，晚年自號平園老叟。吉州廬陵（今江西吉安）人，其先鄭州管城（今河南鄭州）人，南宋政治家、文學家、刻書家，卒謚文忠。祖父周詵，宋徽宗宣和年間曾在廬陵任職，因此定居廬陵。其父周利建，曾任太學博士。四歲喪父，隨母寄住平江外祖父家。高宗紹興二十一年

（一一五一）進士，調徽州司戶參軍。二十七年（一一五七）舉博學宏詞科，差充建康府教授。累遷中書舍人兼權給事中。於孝宗朝曾拜相。光宗即位後被罷相。光宗紹熙四年（一一九三），改判隆興府。寧宗慶元元年（一一九五）致仕。居家期間邀集彭叔夏、胡柯等數人，將宋太宗年代編的文學總集《文苑英華》再作校訂。寧宗嘉泰元年（一二〇一）《文苑英華》終得付印。校訂工作完成以後，彭叔夏總結校訂心得，分二十大類，寫成《文苑英華辨證》十卷。嘉泰四年（一二〇四），周必大在吉州家中去世，享壽七十九歲。寧宗追贈太師。開禧三年（一二〇七），賜謚文忠。著有《玉堂類稿》等八十一種，共一百三十四萬餘言。後人將其遺作輯為《益國周文忠公全集》，計二百卷，包括《省齋文稿》、《平園續稿》、《省齋別稿》、《二老堂詩話》等廿四種，有清咸豐刊本。《玉堂雜記》、《二老堂詩話》選入《四庫全書總目提要》。另有版本《平園集》二百卷。「明抄本」《周益文忠公集》，清代黃丕烈曾加以校跋並抄補。四庫全書集部別集類收錄《文忠集》二百卷。周必大主持刊刻了宋代著名的四大類書之一的《文苑英華》計一千卷，還刊刻了《歐陽文忠公集》一百五十三卷、《附錄》五卷，使《歐集》自此以後有定本，且得以保留至今。周必大刻本被歷代名家奉為私家刻書的典範。此條同時記載楊萬里的兒子楊長孺及周必大的門人曾無疑的交往，也記錄了大經的父親竹谷老人送給曾無疑的詩。

《乙編》卷五〈一聯八意〉：

杜陵詩云：「萬里悲秋常作客，百年多病獨登臺。」蓋萬里，地之遠也。秋，時之慘淒也。作客，羈旅也。常作客，久旅也。百年，齒暮也。多病，衰疾也。臺，高迥處也。獨登臺，無親朋也。十四字之間，含八意，而對偶又精確。

此首《登高》，是詩聖杜甫（七一二至七七〇）在代宗大曆二年（七六七）秋天在夔州時所寫的。夔州在長江之濱。全詩通過登高所見秋江景色，傾訴了詩人長年漂泊、老病孤愁的感情。清朝楊倫（一七四七至一八〇三）的杜詩全注本《杜詩鏡銓》稱讚此詩為「杜集七言律詩第一」。明代學者胡應麟（一五五一至一六〇二）的《詩藪》更推重此詩精光萬丈，是古今七言律詩之冠。全詩如下：「風急天高猿嘯哀，渚清沙白鳥飛回。無邊落木蕭蕭下，不盡長江滾滾來。萬里悲秋常作客，百年多病獨登臺。艱難苦恨繁霜鬢，潦倒新停濁酒杯。」

《丙編》卷一〈象山棋〉：

陸象山少年時，常坐臨安市肆觀棋，如是者累日。棋工曰：「官人日日來看，必是高手，願求教一局。」象山曰：「未也。」三日後卻來，乃買棋局一副，歸而懸之室中。臥而仰視之者兩日，忽悟曰：「此《河圖》數也。」遂往與棋工對，棋工連負二局。乃起謝曰：「某是臨安第一手棋，凡來著者，皆饒一先。今官人之棋，反饒得某一先，天下無敵手矣。」象山笑而去。其聰明過人如此。其子弟每喜令其著棋，嘗與包敏道書云：「制子初時與春弟頗不能及，今年反出春弟之下，近旬日棋又甚進，春弟又少不逮矣。凡此，皆在其精神之盛衰耳。」

此條講陸九淵（一一三九至一一九三）少年時的軼事。陸九淵，字子靜，撫州金溪（今江西省金谿縣）人。南宋哲學家，陸王心學的代表人物。因在象山書院（位於江西省貴溪縣）講學，世稱「象山先生」。其書齋名「存」，故又號「存齋先生」。他的兄長陸九韶（一一二八至一二〇五）、陸九齡

（一一三二至一一八〇）亦是儒學名家，三人合稱「三陸」。陸九淵出身於一個九世同居、闔門百口的世家。他的八世祖陸希聲曾為唐昭宗之宰相。陸九淵是個神童，母親饒氏早逝，由長嫂哺育成人。孝宗乾道八年（一一七二），陸九淵以三十四歲之齡中進士，曾任隆興建安縣主簿、建安崇寧縣、國子監正等職，後遷「編修敕令所」的「刪定官」。孝宗淳熙十三年（一一八六），他被差管台州崇道觀，因這只是個閒職，於是他便返江西故里講學。光宗即位後，被任荊門知軍，此間他治績顯著。但在任僅一年多，就在於荊門任上去世，謚為「文安」。

陸九淵的思想接近程顥，偏重在心性的修養。他是宋明兩代「心學」的開山祖，主張「吾心即是宇宙」、「明心見性」、「心即是理」，重視內省工夫。明代王陽明（一四七二至一五二九）贊賞陸九淵的學說，使得陸九淵的「心學」得以發揚，因此學界稱之為「陸王」學派。孝宗淳熙二年（一一七五），呂祖謙（一一三七至一一八一）邀請陸九淵、朱熹等人參加「鵝湖之會」（地點在今江西鉛山縣）。陸九淵雄辯滔滔，提出「堯舜之前有何書可讀」，認為只要明心見性即可，致使「朱熹不慊」，雙方有些不歡而散。朱熹認為陸九淵的學說簡略空疏，而陸九淵則認為朱熹的學說支離瑣碎。朱陸二人第二次見面是在淳熙八年（一一八一）。朱熹邀請陸九淵登白鹿洞書院講堂，講「君子喻於義，小人喻於利」。朱熹晚年曾勸學者兼取兩家之長，並對陸表示敬意。陸九淵逝世後，其子陸持之（一一五六至一二一〇）於寧宗開禧元年（一二〇五）收羅他的作品，編為《象山先生全集》。

《丙編》卷二〈用兵〉：

或曰，用兵之法，殺人如刈草，使錢如使水。余曰，軍無賞，士不往；軍無財，士不來。使錢如

使水可也，乃若殺人如刈草，則非至論。夫軍事固以嚴濟，然禮樂慈愛，戰所蓄也。所以不得已而誅不用命者，蓋一有逗撓亂行，則三軍暴骨矣。誅一人，所以全千萬人，豈以多殺為能、以嗜殺為貴哉？若如所言，則趙充國、王忠嗣、曹彬反不若白起輩矣。

羅大經不同意「殺人如刈草」的用兵之法。漢朝的趙充國、唐朝的王忠嗣及北宋的曹彬，均不會濫殺。

歷史上，殺人最多的將領應是戰國時代秦國的白起（前三三二？至前二五七）。白起，芈姓白氏，因楚國公族出身，故又作公孫起，郿縣（今陝西省眉縣常興鎮白家村）人，戰國時代秦國秦昭襄王（前三二五至前二五一）年代名將。白起擔任秦國將領三十多年，攻城七十餘座，殲滅近百萬敵軍，未嘗一敗，被封為武安君。白起一生有伊闕之戰、鄢郢之戰、華陽之戰、陘城之戰和長平之戰等輝煌勝利，《千字文》將白起與王翦、廉頗和李牧並稱為戰國四名將。《新唐書・卷七十五下・宰相世系表》記載他的祖先是秦穆公的將領白乙丙。白乙丙的後代以白為氏，他們的遠代子孫就是白起。而唐代詩人白居易自述白氏先祖世系的《故鞏縣令白府君事狀》則記載白起的先祖是楚國公族白公勝。白公勝謀反失敗自殺後，他的兒子逃往秦國，後代世代在秦國為將，白起就是他們的後代。白起行事果斷，意志堅強，善於用兵。前二九三年，在伊闕（今河南省洛陽市龍門鎮）大敗韓、魏、東周聯軍，秦軍共斬首二十四萬。前二八〇年，白起攻打趙國，斬首三萬。前二七九年，白起攻楚。白起利用蠻河河水從西山長谷自城西流向城東的有利條件，在楚國別都鄢城（今湖北省宜城市東南）西百里處築堤蓄水，修築長渠直達鄢城，然後開渠灌城。經河水浸泡的鄢城東北角潰破，城中軍民被淹死數十萬。前二七三年，趙、魏兩國進攻韓國的華陽

（今河南省鄭州市南），秦昭襄王命白起和客卿胡陽率軍救韓。秦軍採取出其不意、攻其不備的方針，長途奔襲八天後突然出現在華陽戰場，然後趁趙、魏聯軍不備發動進攻，大敗趙、魏聯軍。此戰秦軍共俘虜三名將領，斬首魏軍十三萬，魏將芒卯敗逃；趙國將領賈偃被擊敗，秦軍殺死潰退渡河的趙軍二萬人。前二六四年，秦昭襄王命白起進攻韓國的陘城（今山西省曲沃縣東北）、汾城（今山西省臨汾市北），斬首五萬。前二六〇年，與趙國交戰。秦國的的宰相范雎（？至前二五五）用反間計，說：「廉頗（前三二七至前二四三）很容易對付，秦國最害怕的是馬服君趙奢的兒子趙括（前二九〇至前二六〇）。」趙孝成王早已惱怒廉頗堅守不戰，派趙括接替廉頗。結果在長平（今山西省高平市西北）之戰中，趙軍大敗，趙括親率精銳士兵突圍，結果被秦軍亂箭射死，趙國士兵向白起投降。白起命手下士卒將趙國降兵全部殺死，只留下年紀尚小的士兵二百四十人放回趙國報信。長平之戰，白起阬殺了趙兵四十餘萬人。《史記．秦本紀》：「四十七年，秦攻韓上黨，上黨降趙，秦因攻趙，趙發兵擊秦，相距。秦使武安君白起擊，大破趙於長平，四十餘萬盡殺之。」《史記．趙世家》：「趙遂發兵取上黨。廉頗將軍軍長平。七月，廉頗免而趙括代將。秦人圍趙括，趙括以軍降，卒四十餘萬皆阬之。」戰爭結束後，秦軍清掃戰場收集頭顱，因頭顱太多而堆積成台，名叫「白起台」。長平之戰是為戰國形勢轉折點，經此一役，六國皆不再有力單獨對抗秦軍。四十年後，秦滅六國。

《丙編》卷四〈山靜日長〉：

唐子西詩云：「山靜似太古，日長如小年。」余家深山之中，每春夏之交，蒼蘚盈階，落花滿徑，門無剝啄，松影參差，禽聲上下。午睡初足，旋汲山泉，拾松枝，煮苦茗啜之。隨意讀《周易》、《國風》、《左氏傳》、《離騷》、《太史公書》及陶杜詩、韓蘇文數篇。從容步山徑，撫松竹，與麛犢共偃息於長林豐草間。坐弄流泉，漱齒濯足。既歸竹窗下，則山妻稚子，作筍蕨，供麥飯，欣然一飽。弄筆窗間，隨大小作數十字，展所藏法帖、墨跡、畫卷縱觀之。興到則吟小詩，或草《玉露》一兩段。再烹苦茗一杯，出步溪邊，邂逅園翁溪友，問桑麻，說秔稻，量晴校雨，探節數時，相與劇談一餉。歸而倚杖柴門之下，則夕陽在山，紫綠萬狀，變幻頃刻，恍可人目。牛背笛聲，兩兩來歸，而月印前溪矣。味子西此句，可謂妙絕。然此句妙矣，識其妙者蓋少。彼牽黃臂蒼，馳獵於聲利之場者，但見袞袞馬頭塵，匆匆駒隙影耳，烏知此句之妙哉！人能真知此妙，則東坡所謂「無事此靜坐，一日是兩日。若活七十年，便是百四十」，所得不已多乎！

這條的描寫文字出色，將作者退隱山林後的悠然心境表露無遺，令人想起陶潛的《歸去來辭》。從這段記載中所講的「山妻稚子」，可知羅大經是有子嗣的，可惜已不可考。

《丙編》卷四〈淳熙盛事〉：

孝宗御宇，高宗在德壽，光宗在青宮，寧宗在平陽邸，四世本支之盛，亙古未有。楊誠齋時為宮僚，賀光宗誕辰詩云：「祖堯父舜真千載，禹子湯孫更一家。」讀者服其精切。又云：「天意分明昌火德，誕辰三世總丁年。」蓋高宗生於丁亥，孝宗生於丁未，光宗生於丁卯也。丁年字出李陵書，借用亦佳。

高宗趙構（一一〇七至一一八七）生於徽宗大觀元年（丁亥）。孝宗趙昚（一一二七至一一九四）生於高宗建炎元年（丁未）。光宗趙惇（一一四七至一二〇〇）生於高宗紹興十七年（丁卯）。楊萬里以兩首七律，賀光宗的生日。詩曰：「金莖分露與黃花，銀漢非煙作瑞霞。萬國元良當誕節，重輪日月正光華。祖堯父舜真千載，禹子湯孫更一家。清曉壽觴天上至，蟠桃如甕棗如瓜。」「典學光陰璧不如，簡編燈火卷還舒。極知儲後勤稽古，卻是儒生嬾讀書。心到帝王圖籍外，手追雅頌國風初。人間未見瑤山集，十倍曹丕尚有餘。」至於「天意分明昌火德，誕辰三世總丁年」之句，即是周必大語。高宗、孝宗、光宗、寧宗四世同堂，在古時帝皇家實不多見。同樣的記載亦見於宋末元初人周密（一二三二至一二九八）《齊東野語》卷四〈用事切當〉條。

蘇子瞻謫儋州，以「儋」與「瞻」字相近也。子由謫雷州，以「雷」字下有「田」字也。黃魯直謫宜州，以「宜」字類「直」字也。此章子厚駭謔之意。當時有術士曰：「『儋』字，從立人，子瞻其尚能北歸乎！『雷』字，『雨』在『田』上，承天之澤也，子由其未艾乎！『宜』字，乃『直』字，有蓋棺之義也，魯直其不返乎！後子瞻北歸，至毘陵而卒。子由退老於潁，十餘年乃終。魯直竟卒於宜。

《丙編》卷五〈蘇黃遷謫〉：

將蘇軾（一〇三七至一一〇一）貶往儋耳（今海南儋州市）、將蘇轍（一〇三九至一一一二）貶往雷州（今廣東海康縣）、將黃庭堅貶往宜州（今廣西宜山縣），可能都是章惇（一〇三五至一一〇五）的主意。術士以「儋、雷、宜」三字卜三人的休咎而靈驗，也算神奇。

章惇，字子厚，建州浦城（今屬福建）人。為宋朝政治人物，新舊黨爭的要角兒。章惇是父親章愈與其丈母娘通姦所生的奸生子，豪俊、博學善文。仁宗嘉祐二年（一〇五七）考取進士，可是侄子章衡（一〇二五至一一〇五）卻考取狀元，便不就而去。而再舉進士甲科，調商洛令。章惇能攀絕壁題字，面不改色，蘇軾說他：「子厚必能殺人」。章惇力主改革，但與王安石（一〇二一至一〇八六）不合，而僅用其為中書校正，後為宋神宗起用。哲宗元祐九年（一〇九四），章惇於宣仁太后去世死後入京，出任尚書左僕射門下侍郎，主持恢復熙豐新法，史稱「紹述」。章惇當政期間，絕大部分支持司馬光的舊黨黨人都被放逐，甚至於貶到嶺南等蠻荒地區。

哲宗死後，章惇曾反對端王趙佶繼位。後端王趙佶即位，是為宋徽宗。徽宗即位初封章惇為申國公。但由於章惇反立徽宗觸怒欽聖太后，不久後便罷相，貶雷州司戶，再貶舒州團練副使，死於任上。《宋史》謂他：「盡復熙豐舊法，黜逐元祐朝臣；肆開邊隙，詆誣宣仁后。」將他列入《奸臣傳》。

《丙編》卷五〈慈湖詩〉：

楊慈湖詩云：「山禽說我胸中事，煙柳藏他物外機。」又云：「萬里蒼茫融妙意，三杯虛白浴天真。」又六言云：「淨几橫琴曉寒，梅花落在弦間。我欲清吟無句，轉煩門外青山。」句意清圓，足視其所養。

楊簡（一一四一至一二二六），字敬仲，號慈湖，慈谿（今浙江寧波西北）人，告歸後築室德潤湖

（更名慈湖）居住，世稱慈湖先生。他年輕時就讀太學，於孝宗乾道五年（一一六九）中進士，初調富陽主簿。陸九淵到富陽時，他拜陸為師。他折服本心之說，與袁燮、舒璘、沈煥，並稱「甬上四先生」，創「慈湖學派」，主要弟子有袁甫、馮興宗、史彌堅、錢時、洪夢炎、陳壎、桂萬榮等。他潛心研究心學，並作了進一步的發展。楊簡著述頗多，傳世的有《慈湖遺書》十八卷，續集二卷；《慈湖詩傳》二十卷；《楊氏易傳》二十卷；《五誥解》等。他為官清廉，以德化感人，先後任樂平知縣、溫州知府等地方官。官至寶謨閣學士，卒謚文元。

《丙編》卷六〈聽讒詩〉：

世傳《聽讒詩》云：「讒言謹莫聽，聽之禍殃結。君聽臣當誅，父聽子當決。夫妻聽之離，兄弟聽之別。朋友聽之疏，骨肉聽之絕。堂堂八尺軀，莫聽三寸舌。舌上有龍泉，殺人不見血。」不知何人作，詞意明切，類白樂天。

這首入聲韻的五言詩共十二句，作者已不可考，連究竟此是唐詩或宋詩也未能肯定。中華書局出版的《全唐詩外編》收錄此詩。此詩句句精警，勸人勿聽讒言，很能警世。

玉堂嘉話

《玉堂嘉話》八卷，宋末元初王惲（一二二七至一三〇四）撰。

王惲，字仲謀，號秋澗，汲縣（今河南衛輝市）人，是元世祖中統、至元時期的官員和文學家。他是金、元之際著名文學家元好問（一一九〇至一二五七）的弟子。他有文名，且書法遒婉，與東魯王博文、渤海王旭齊名，號稱「三王」。

王惲出生於一個官員家庭。祖父王宇，任職金朝敦武校尉。其父王天鐸，金哀宗正大初年，任戶部主事。元世祖中統元年（一二六〇），東平（今山東省東平縣）宣撫使姚樞任命王惲為詳儀官。當時元朝政府管理機構初建，令各地方政府薦舉財務管理人員，王惲入征為中書省詳定官。中統二年春轉為翰林修撰，同知製誥，兼國史院編修官，再兼中書省左右司都事。元世祖至元五年（一二六八）建御史台。六年，任監察御史。九年授承直郎。十四年，除翰林待制，拜朝列大夫、河南北道提刑按察副使，貪官污吏多為其所罷黜。十八年（一二八一），拜中議大夫、行御史台治書侍御史，不赴。十九年春，改山東西道提刑按察副使。二十六年（一二八九），授少中大夫、福建閩海道提刑按察使。二十九年，授翰林學士、嘉議大夫。元成宗元貞元年（一二九五），加通議大夫、知製誥同修國史，奉旨纂修《世祖實錄》。成宗大德元年（一二九七），進中奉大夫。大德八年（一三〇四）卒，贈翰林學士承旨、資善大夫，追封太原郡公，謚文定。

他著有《相鑒》五十卷，《汲郡誌》十五卷，《秋澗樂府》四卷及《秋澗先生大全文集》一百卷（包括《承華事略》、《中堂事記》、《烏台補筆》、《玉堂嘉話》及雜著詩文）。《相鑒》及《汲群志》

二書今已佚。《秋澗先生大全文集》卷九十三至一百即為《玉堂嘉話》。據王惲自序，《玉堂嘉話》是他追記世祖中統二年（一二六一）、至元十四年（一二七七）二度入翰林院為官時的見聞。玉堂為翰林院之別稱。自序寫於至元戊子，即至元二十五年（一二八八），但此書應成書於成宗元貞元年（一二九五）之後。

此書內容豐富。所記半為作者所生活之金末元初歷史，半為前代的歷史。關於元初部分，是作者耳聞目睹的，尤為真切。翰林院是在世祖中統二年（一二六一）成立的，隨後國史院也成立了。作者記錄了大量當時同僚王鶚、王磐、徒單公履、李謙等人的言行，也抄錄了頗多他們起草的公文。作者還抄下不少時人的文字，如劉郁的《西使記》、張德輝的《紀行》、李世弼的《金登科記序》、修端的《辯遼宋金正統》等。《西使記》是由西行的常德口述，劉郁記錄的筆記，記載了元憲宗（蒙哥）九年（一二五九）常德奉命西行覲見旭烈兀（一二一八至一二六五）的經過。旭烈兀是成吉斯汗之孫、拖雷之子，是伊兒汗國（一二五六至一三五七）的創立者。常德途經今日中國新疆、中亞、西亞。他的見聞對於研究中西交通史十分寶貴。《紀行》記錄了元定宗（貴由）二年（一二四七）張德輝應忽必烈（一二一五至一二九四）詔，由中原北上的沿途見聞，對研究元史也提供了重要的資料。《金登科記序》詳述了金代科舉制度。《辯遼宋金正統》記述在金朝滅亡後，學者對在修遼、宋、金歷史時如何處理遼、金二朝的爭論。

本書卷二、卷三詳載了作者親見的世祖至元十一年（一二七四）元朝滅宋後所獲之大量六朝、唐、宋名家書畫文物，是說明這些文物流傳的重要資料。

現從本書轉錄十餘條給大家賞讀。

卷一〈古者婦人無謚〉：

古者婦人無謚，雖后妃之貴，止從其氏。至東漢顯宗，始加陰后以謚，自是遵為定制。

光烈皇后陰麗華（五至六四），南陽郡新野縣（今河南新野）人。她是東漢光武帝劉秀（元前五至五七）的第二任皇后，漢明帝劉莊的生母。劉秀還是平民時曾道：「仕宦當作執金吾，娶妻當得陰麗華。」建武中元二年（五七），漢明帝即位，尊陰皇后為皇太后。明帝永平七年（六四），陰太后駕崩，在明帝的主持下，舉行了盛大的葬禮。她的靈柩被護送到洛陽城郊的原陵，與光武帝劉秀合葬。明帝為陰太后開東漢專門為皇后加上謚號之先河，謚為「光烈皇后」。范曄《後漢書》：「后在位恭儉，少嗜玩，不喜笑謔。性仁孝，多矜慈。」（顯宗是明帝的廟號。）

卷一〈玉堂詩〉：

宋相李昉《春日五堂即事》有云：「一院有花春晝永，四方無事簡書稀。」余《夏日玉堂即事》亦有二絕句：「陰陰槐幄幕閑庭，靜似藍田縣事廳。細草近緣春雨過，映階侵戶一時青。」「日長上直玉堂廬，思入閑雲待卷舒。重為明時難再遇，等閑羞老蠹魚書。」

李昉（九二五至九九六），字明遠，深州饒陽人（今屬河北）。五代後漢高祖劉知遠乾祐年間進士，歷仕後漢、後周，為翰林學士，最後歸宋，加中書舍人。曾經三度入仕翰林。宋太宗太平興國八年（九八三）拜同中書門下平章事。太宗端拱元年（九八八），罷為右僕射。太宗淳化二年（九九一），復拜平章事。太宗至道二年（九九六）卒，謚文貞，後避宋仁宗趙禎諱，改謚文正。

卷二〈坡詩〉：

坡詩雖二十字者，皆有莫大議論。

歷代詩人學者，鮮有不讚揚蘇軾的詩作。對他的詩作研究得很深入、評論得很透徹的是清朝文史學家趙翼（一七二七至一八一四）。他的《甌北詩話．卷五》論述蘇軾的詩，評曰：「以文為詩，自昌黎始；至東坡益大放厥詞，別開生面，成一代之大觀。今試平心讀之，大概才思橫溢，觸處生春，胸中書卷繁富，又足以供其左旋右抽，無不如志。其尤不可及者，天生健筆一枝，爽如哀梨，快如並剪，有必達之隱，無難顯之情，此所以繼李、杜後為一大家也。而其不如李、杜處，亦在此。蓋李詩如高雲之游空，杜詩如喬嶽之矗天，蘇詩如流水之行地。讀詩者於此處著眼，可得三家之真矣。」又曰：「東坡大氣旋轉，雖不屑屑於句法、字法中別求新奇，而筆力所到，自成創格。」再曰：「昌黎之後，放翁之前，東坡自成一家，不可方物。」

現錄幾首蘇軾二十字的五言絕句給大家欣賞。《北亭》：「誰人築短牆，橫絕擁吾堂。不作新亭檻，幽花為誰香。」《曲檻》：「流水照朱欄，浮萍亂明鑑。誰見檻上人，無言觀物泛。」《魚》：「湖上移魚子，初生不畏人。自從識鉤餌，欲見更無因。」《石榴》：「風流意不盡，獨自送殘芳。色作裙腰染，名隨酒盞狂。」

卷二〈鹿庵言文章〉：

鹿庵曰：「文章以自得不蹈襲前人一言為貴。」曰：「取其意而不取其辭，恐終自踵人足跡，俱不若孟軻氏一字皆存經世大法，其辭莊而有精彩也。」

王磐，生卒年不可考，字文炳，號鹿庵。永年（今屬河北）人。父王禧，金末輸財以興軍務，補進義副尉。王磐為金哀宗正大四年（一二二六）進士，任歸德府錄事判官。金亡後去山東講學。入元後，歷任益都等路宣慰副使、參議行中書省事、翰林直學士、翰林承旨、太常少卿等。八十餘歲後，退休回到東平。謚文忠。著有《鹿庵集》。此條記載他關於寫文章的言論。

卷四〈宋末下時江南謠〉：

宋末下時，江南謠云：「江南若破，百雁來過。」當時莫喻其意。及宋亡，蓋知指丞相伯顏也。夫熒惑之精，下散而為童謠。不爾，何先事如此？

伯顏（一二三六至一二九五），元朝初年的軍事家和政治人物。伯顏曾祖父失兒古額禿是成吉思汗帳下千戶長，祖父阿剌黑曾任千戶長兼斷事官，從征西域有功受封。叔祖父是成吉思汗的名臣納牙阿。父親曉古台，曾隨旭烈兀西征西亞，伯顏即在伊兒汗國生長，信奉景教。世祖至元初年，受旭烈兀派遣出使大都，受到世祖的賞識和信任，遂留仕於元朝，並娶了宰相安童之妹。一二六五年成為光祿大夫中書左丞相。一二七四年，元大舉伐南宋，統帥史天澤因病辭退，伯顏遂成為征宋總帥。一二七六年二月四日宋軍投降，進入臨安，元軍俘虜宋恭帝和謝太后以及很多南宋宗室和大臣。後伯顏又統領大軍負責對窩闊台汗國海都汗的戰爭。

世祖忽必烈去世前，任命伯顏和不忽木等人為託孤大臣。成宗登基後，官至開府儀同三司、太傅、錄軍國重事，依前知樞密院事。世祖至元三十一年十二月二十五日（一二九五年一月一日），伯顏病逝。伯顏智略過人，用兵籌謀出神入化。又善詩文，是蒙古族中較早學習運用漢文創作的詩人，有詩詞數首傳世。

卷四〈宋高宗命諸王學書〉：

宋高宗善書學，擇諸王，命史彌遠教之，視可者以繼統。孝宗，其一也。高宗因出秘府《蘭亭》，使之各書五百本，以試其能。孝宗不旬日，臨七百本以進。

宋高宗趙構（一一〇七至一一八七）紹興三十二年（一一六二）禪位予趙昚（一一二七至一一九四），是為孝宗，宋孝宗在位二十七年，期間與金達成隆興和議。淳熙十六年（一一八九），孝宗遜位，讓位予兒子趙惇（一一四七至一二〇〇），是為光宗。光宗紹熙五年（一一九四）孝宗病逝。終年六十七歲。史彌遠（一一六四至一二三三），字同叔，是南宋寧宗、理宗時的權臣、丞相、政治家，孝宗時代宰相史浩之子，兩浙東路鄞縣（今浙江寧波）人。進封會稽郡王（從一品），逝世後特贈中書令，追封衛王，諡「忠獻」。從各人物的生卒年看，可知此條記載不實。

卷四〈康節答客問樹何日枯悴〉：

康節與客遊嵩山，中涂，客指所憩樹問曰：「此何日枯悴？」先生久不對，客疑焉。曰：「非不答，吾有所俟也。」俄一葉墜，先生曰：「比吾二人還，亡矣。」既回，樹已為人伐去。占法蓋取葉墮時刻而定其存亡者焉。

邵雍（一〇一二至一〇七七），字堯夫，自號安樂先生、伊川翁等，諡康節。北宋理學家、數學家、詩人。關於他的生平，可參看本書評論《曲洧舊聞》篇。此條記述邵雍推算樹之命數，有些神異。

卷四〈晦庵論張良曹參等〉：

晦庵云：「張良、曹參二人，皆學黃、老，子房體用兼備，曹得其體而不得其用。」又云：「漢自武帝朝，宰相但行文書而已。」

朱熹（一一三〇至一二〇〇），字元晦，一字仲晦，齋號晦庵、考亭，晚稱晦翁，又稱紫陽先生、紫陽夫子、滄州病叟、雲谷老人等。他是南宋江南東路徽州婺源縣（今江西省上饒市婺源縣）人，南宋理學家，程朱理學集大成者，學者尊稱朱子。張良（約元前二五〇至元前一八六），字子房，封留侯，諡號文成，潁川城父（今河南省禹州市張得鎮）人，韓國被秦滅後，曾暗殺秦始皇失敗。後成為漢高祖劉邦的謀臣，是漢朝的開國元勳之一，與蕭何、韓信合為「漢初三傑」。

曹參（？至元前一九〇），字敬伯，泗水郡沛縣（今江蘇沛縣）人，是西漢知名的將領，也是繼蕭何後的漢代第二位相國。他在反秦戰爭及楚漢戰爭中，立功甚多，作戰勇猛，是漢軍中的主要人物。曹參戰功雖高，論功時仍不及蕭何，後因蕭何推薦，繼任相國。他依循蕭的制度，實施無為而治，天下安定，世稱「蕭規曹隨」。此條朱熹論述比較張良及曹參的才華，又慨言自漢武帝後，任宰相的人都很平庸。

卷五〈滅宋後上欲文天祥出相不從而戮之〉：

至元十一年十二月十四日，國兵至陽羅洑渡江。明年十二月，臨安降。度宗二庶子為陳宜中、文天祥，兩淮張世傑擁入許浦江口。時有黑龍見，因改號景炎，凡十八月。十六年，為帥臣張弘略破滅於崕山口。執文天祥至大都，囚之。上屢欲赦出相之，竟不從。十九年十二月初九日，戮於燕南城柴市。

此條記述元世祖至元十二年（一二七五）十二月，元兵破臨安，虜走恭帝。文天祥後來被擒，解至大都（今北京）。文天祥（一二三六至一二八三）初名雲孫，字天祥，號浮休道人。選中貢士後，換以天祥為名，改字履善。理宗寶祐四年（一二五六），在殿試中被欽點為狀元，御賜表字宋瑞，後因住過文山，而號文山，吉州廬陵富川（今江西吉安縣）人，官至右丞相，最後被封為信國公，故稱文信公或文信國，官拜少保，故稱文少保。在大都，忽必烈親往勸降，文天祥寧死不屈。世祖至元十九年十二月（一二八三年一月），在柴市從容就義。與陸秀夫和張世傑等人並稱「宋末三傑」。著有《文山詩集》、《指南錄》、《指南後錄》等。

卷七〈鍾山〉：

徐爰曰：「建康北十餘里有鍾山。漢末，金陵尉蔣子文討賊戰亡，靈發於山，因立蔣侯祠，故世號蔣山神。」

此條記錄徐爰談及「鍾山」。徐爰（三九四至四七五），本名徐瑗，字長玉，南琅邪開陽人。徐爰自晉末起至劉宋前廢帝共七位皇帝在位期間曾長期在朝廷中央任職，先後得宋文帝及孝武帝寵信，掌握權力，曾參與編修國史。宋明帝時被貶交州。鍾山，又名紫金山，蔣山、神烈山，位於江蘇南京城東側。其東西向長度約七公里，南北向長度約三公里，面積約二十平方公里。其主峰北高峰海拔高程約四四八．二米。東漢末年，秣陵縣縣尉蔣子文戰死且被安葬於此地。三國時代，當地有關蔣子文顯靈的傳聞不斷。孫權將他冊封為鍾山之山神，並將鍾山改名作蔣山。南北朝時期，因該山陵位在南朝歷代都城建康之北側，於是稱其作北山。因其局部斷層紫色礫石外露，在陽光照射時，遠看呈紫金色，所以又名紫金山。明世宗嘉靖十年（一五三一），曾因孝陵位在鍾山，改名神烈山。

卷七〈春夏秋冬釋義〉：

春夏秋冬釋義：《禮．鄉飲酒》云：「春之為言蠢也，產萬物者聖也。夏之為言假也，養之長之，假之仁也。秋之為言愁也，愁之以時察，守義者也。冬之為言中也，中者藏也。」「天地嚴凝之氣，始於西南而盛於西北，此天地尊嚴之義氣也。溫厚之氣，始於東北而盛於東南，此天地盛德之仁氣也。」

此條述及春、夏、秋、冬四字的意義。

卷七〈徒單侍講說石丞相琚敬禮參軍〉：

徒單侍講說：「右丞相琚，大定末致仕，居鄉中。一日會客間，聞司錄呵喝過門，公即起立，既遠復位。客曰：『丞相何若此？』公曰：『參軍雖微，國家命官也。吾敢不敬？』」衆客為歎息。

徒單公履（?至?），字云甫，號顒軒，獲嘉（今屬河南）人。金末登經義進士第，後仕元，官至翰林侍講學士。他博學，善執論，甚受元世祖器重。世祖即將攻宋，曾驛召徒單公履、姚燧、許衡等問計。石琚（一一一二至一一八二），字子美，中山（今定州）人。金熙宗天眷二年（一一三九）己未科狀元。石琚博通經史，尤其擅長辭賦文章。中狀元後，任弘政縣、邢台縣縣令，為政清廉。後歷任左諫議大夫、吏部尚書、尚書右丞兼太子少保。金世宗大定十七年（一一七七），石琚升為平章政事，封莘國公。大定十八年，又官拜右丞相等職。他知人善用，名播於朝野。他曾上書「正紀綱，明賞罰，近忠直，遠邪佞，省不急之務，罷無名之役」，均得采納。石琚深得金世宗賞識。。金世宗常言：「知人為難事，惟石琚為相，往往舉能為官。」大定二十二年，病逝。謚文憲。此條記載徒單公履言及昔日石琚為人謙恭的軼事。

齊東野語

《齊東野語》二十卷，宋末元初周密（一二三二至一二九八）撰。周密，字公謹，號草窗，又號四水潛夫、弁陽老人、弁陽嘯翁。祖籍濟南（今屬山東），後來曾祖周秘南渡吳興。早年以門蔭監建康府都錢庫。後擔任浙西安撫司幕僚、兩浙運司掾屬、監豐儲倉，義烏令等。元朝滅南宋統一全國後，周密懷遺民之痛，義不仕元，在臨安隱居，並著書記錄舊朝南宋的各種事物。

周密學識豐富，著作甚多。除《齊東野語》二十卷，還有《武林舊事》十卷、《癸辛雜識》六卷、《浩然齋雜談》三卷等三十餘種。周密為著名詞人及詩人。他與夢窗（吳文英）旨趣相投，時稱為「二窗」。他的詞集有《蘋洲漁笛譜》二卷及《草窗詞》二卷。詩集有《草窗韻語》六卷。又曾編選南宋詞人佳作為《絕妙好詞》七卷，流傳於世。他還喜收藏，有書四萬二千卷及金石之刻千五種。

《齊東野語》是周密長期留意積累之作，其中保存了不少南宋史料。書中談及古史的各條，也考究詳盡，見解獨到。此外，書的內容還包括軼事瑣聞、天文曆法、詩文品藻、文物鑑賞、醫方藥典等，讀之可增廣學識。書名「齊東野語」，出自《孟子．萬章上》：「此非君子之言，齊東野人之語也。」意思是道聽途說、荒誕不經之語。周密在自序中說：

余世為齊人……洊遭多故，遺編鉅帙，悉皆散亡。老病日至，忽忽漫不省憶為大恨。閒居追念得一二於十百，懼復墜逸為先人羞。乃參之史傳諸書，博以近聞脞說，務求事之實，不計言之野也。異時展余卷者，噱曰：「野哉言乎，子真齊人也。」余對曰：「客知言哉！余故齊，欲不齊不可。雖然，余何言哉？何言，亦言也，無所言也，無所不言，烏乎言。」客大笑，吾因以名其書。

現在從此書中選錄十五條供各位賞讀。

卷一〈三蘇不取孔明〉：

老泉《權書．強弱篇》云：「管仲曰：『攻堅則瑕者堅，攻瑕則堅者瑕。』嗚呼！不從其瑕而攻之，天下皆強敵也。漢高帝所憂在項籍，而先取九江、取魏、取代、取趙、取齊、然後取籍。秦之憂在六國，蜀最僻、最小，最先取；楚最強，最後取。諸葛孔明一出其兵，乃與魏氏角，其亡宜也。」又論曰：「古之取天下者，常先圖所守。諸葛孔明棄荊州取西蜀，吾知其無能為也。」東坡論曰：「取之以仁義，守之以仁義者，周也；取之以詐力，守之以詐力者，秦也。以秦之所以取取之，以周之所以守守之者，漢也。仁義詐力雜用以取天下者，此孔明之所以失也。孔明之所恃以勝者，獨以其區區之忠信，有以激天下之心耳。劉表之喪，先主在荊州，孔明欲襲殺其孤，先主不忍也。其後，劉璋以好逆之至蜀，不數月，扼其吭、拊其背而奪之國，此其與曹操異者幾希矣！乃治兵振旅，為仁義之師，長驅東向，而欲天下向應，蓋亦難矣。」穎濱論曰：「劉備棄荊州而入蜀，則非其地；用諸葛孔明治國之才，而當紛紛之衝，則非其將；不忍忿忿之氣以攻人，則是其氣不足尚也。」其說蓋用陳壽所謂「應變將略，非其所長」之語耳。雖然，孔明豈可少哉！

諸葛亮（一八一至二三四），字孔明，東漢末年徐州琅琊陽都（今山東省臨沂市沂南縣）人。三國蜀漢丞相。諸葛亮是政治家、軍事家、發明家，也是三國時代乃至中國歷史上最著名的謀士之一。諸葛亮年輕時隱居隆中，自比管仲、樂毅，人稱「臥龍」，與人稱「鳳雛」的龐統（一七九至二一四）齊名。他為劉備擬下據荊益、聯孫權、拒曹操之策，佐備取荊州，定益州，與魏、吳成鼎足之勢。後，諸葛亮使吳，說服孫權，在「赤壁之戰」中大敗曹操。關羽北伐中原，威震華夏。後曹操與孫權勾結，孫權偷襲荊州並俘虜關羽及將關羽斬首，孫劉聯盟破裂，諸葛亮調整國策。曹丕篡漢後，劉備稱帝於成都，以諸葛亮為相。劉備伐吳戰敗，命諸葛亮留守成都。劉備死，亮輔後主劉禪，以丞相封武鄉侯，兼領益州牧。

諸葛亮改善經濟，休養生息，打壓益州豪族，平定南中叛亂，控制南中。屢次北伐。後主建興十二年，諸葛亮於五丈原軍中逝世，年五十四，謚為忠武。後世景仰諸葛亮的才智及其「鞠躬盡瘁、死而後已」的忠義情操，尊其為武侯。在民間小說及戲曲中，諸葛亮是一個通曉陰陽，料事如神的人物。

本條謂蘇洵（一〇〇九至一〇六六）、蘇軾（一〇三七至一一〇一）、蘇轍（一〇三九至一一一二）父子三人均認為諸葛亮有其不足之處。

蘇洵的《權書・強弱》云：「管仲曰：『攻堅則瑕者堅，攻瑕則堅者瑕。』嗚呼！不從其瑕而攻之，天下皆強敵也。漢高帝之憂項籍耳，雖然，親以其兵而與之角者，蓋無幾也。隨何取九江，韓信取魏、取代、取趙、取齊，然後高帝起而取項籍。夫不汲汲於其憂之所在，而仿徨乎其不足恤之地，彼蓋所以孤項氏也。秦之憂在六國，蜀最僻、最小，最先取；楚最強，最後取，非其憂在蜀也。諸葛孔明一出其兵，乃與魏氏角，其亡宜也。取天下，取一國，取一陣，皆如是也。」《權書・項籍》云：「古之取天下者，常先圖所守。諸葛孔明棄荊州，而就西蜀，吾知其無能為也。且彼未嘗見大險也，彼以為劍門者，可以不亡也。吾嘗觀蜀之險，其守不可出，其出不可繼，兢兢而自完，猶且不給，而何足以制中原哉？」蘇洵認為以蜀國之國力，是不足以一出兵便與強大的魏國角力的。

蘇軾的《諸葛亮論》云：「取之以仁義，守之以仁義者，周也。取之以詐力，守之以詐力者，秦也。

以秦之所以取取之，以周之所以守守之者，漢也。仁義詐力雜用以取天下者，此孔明之所以失也。曹操因衰乘危，得逞其奸，孔明恥之，欲信大義於天下。當此時，曹公威震四海，東據許、兗，南牧荊、豫，孔明之恃以勝之者，獨以其區區之忠信，有以激天下之心耳。夫天下廉隅節概慷慨死義之士，固非心服曹氏也，特以威劫而強臣之，聞孔明之風，宜其千里之外有響應者，如此則雖無措足之地而天下固為之用矣。且夫殺一不辜而得天下，有所不為，而後天下忠臣義士樂為之死。劉表之喪，先主在荊州，孔明欲襲殺其孤，先主不忍也。其後劉璋以好逆之至蜀，不數月，扼其吭，拊其背，而奪之國。此其與曹操異者幾希矣。曹、劉之不敵，天下之所共知也。言兵不若曹操之多，言地不若曹操之廣，言戰不若曹操之能，而有以一勝之者，區區之忠信也。孔明遷劉璋，既已失天下義士之望，乃始治兵振旅，為仁義之師，東向長驅，而欲天下響應，蓋亦難矣。」蘇軾認為諸葛亮以「仁義詐力雜用以取天下」為其失，因為他有些行為「與曹操異者幾希矣」，所以「欲天下嚮應，蓋亦難矣。」

晚號潁濱遺老的蘇轍，在其《三國論》云：「今夫曹公、孫權、劉備，此三人者，皆知以其才相取，而未知以不才取人也。世之言者曰：孫不如曹，而劉不如孫。劉備唯智短而勇不足，故有所不若於二人者，而不知因其所不足以求勝，則亦已惑矣。蓋劉備之才，近似於高祖，而不知所以用之之術。昔高祖之所以自用其才者，其道有三焉耳：先據勢勝之地，以示天下之形；廣收信、越出奇之將，以自輔其所不逮；有果銳剛猛之氣而不用，以深折項籍猖狂之勢。此三事者，三國之君，其才皆無有能行之者。獨一劉備近之而未至，其中猶有翹然自喜之心，欲為椎魯而不能鈍，欲為果銳而不能達，二者交戰於中，而未有所定。是故所為而不成，所欲而不遂。棄天下而入巴蜀，則非地也；用諸葛孔明治國之才，而當紛紜征伐之沖，則非將也；不忍忿忿之心，犯其所短，而自將以攻人，則是其氣不足尚也。嗟夫！方其奔走於二袁之間，困於呂布而狼狽於荊州，百敗而其志不折，不可謂無高祖之風矣，而終不知所以自用之方。夫古之英雄，唯漢高帝為不可及也夫。」蘇轍認為劉備「智短而勇不足」，其棄天下而入蜀是「非其地」。諸葛亮雖是治國之才，但當紛紛之衝，則「非其將」。劉備更「不忍忿忿之心，犯其所短，而自將以攻人」，則是「氣不足尚」。

《三國志》評諸葛亮曰：「諸葛亮之為相國也，撫百姓，示儀軌，約官職，從權制，開誠心，布公道；盡忠益時者雖讎必賞，犯法怠慢者雖親必罰，服罪輸情者雖重必釋，游辭巧飾者雖輕必戮；善無微而不賞，惡無纖而不貶；庶事精練，物理其本，循名責實，虛偽不齒；終於邦域之內，咸畏而愛之，刑政雖峻而無怨者，以其用心平而勸戒明也。可謂識治之良才，管、蕭之亞匹矣。然連年動眾，未能成功，蓋應變將略，非其所長歟！」末句謂「應變將略，非其所長」的結論是很公允的。

卷一〈放翁鍾情前室〉：

唐氏，閎之女也，於其母夫人為姑姪。伉儷相得，而弗獲於其姑。既出，而未忍絕之，則為別館，時時往焉。姑知而掩之，雖先知挈去，然事不得隱，竟絕之，亦人倫之變也。唐後改適同郡宗子士程。嘗以春日出遊，相遇於禹跡寺南之沈氏園。唐以語趙，遣致酒肴，翁悵然久之，為賦《釵頭鳳》一詞，題園壁間云：「紅酥手，黃藤酒，滿城春色宮牆柳。東風惡，歡情薄，一懷愁緒，幾年離索。錯！錯！錯！春如舊，人空瘦，淚痕紅邑鮫綃透。桃花落，閑池閣，山盟雖在，錦書難託。莫！莫！莫！」實紹興乙亥歲也。翁居鑒湖之三山，晚歲每入城，必登寺眺望，不能勝情。嘗賦二絕云：「夢斷香銷四十年，沈園柳老不飛綿。此身行作稽山土，猶吊遺蹤一悵然。」又云：「城上斜陽畫角哀，沈園無復舊池臺。傷心橋下春波綠，曾是驚鴻照影來。」蓋慶元己未歲也。未久，唐氏死。至紹熙壬子歲，復有詩。序云：「禹跡寺南，有沈氏小園。四十年前，嘗題小詞一闋壁間。偶復一到，而園已三易主，讀之悵然。」詩云：「楓葉初丹槲葉黃，河陽愁鬢怯新霜。林亭感舊空回首，泉路憑誰說斷腸。壞壁蘚題塵漠漠，斷雲幽夢事茫茫。年來妄念消除盡，回向蒲龕一炷香。」又至開禧乙丑歲暮，夜夢遊沈氏園，又兩絕句云：「路近城南已怕行，沈家園裏更傷情。香穿客袖梅花在，綠蘸寺橋春水生。」「城南小陌又逢春，只見梅花不見人。玉骨久成泉下土，墨痕猶鎖壁間塵。」沈園後屬許氏，又為汪之道宅云。

上條記述陸游與前室唐琬的婚姻，事甚詳盡。著名粵劇編劇家陳冠卿先生（一九二〇至二〇〇三）曾用此本事撰寫名劇《夢斷香銷四十年》。但本條謂陸唐有姑表關係卻是不正確的。筆者曾著文談及此事，收錄於《劉祖農詩文集》卷四。

卷四〈避諱〉：

古今避諱之事，雜見諸書，今漫集數條於此，以備考覽。蓋殷以前，尚質不諱名，至周始諱，然猶不盡諱。如穆王名滿，定王時有王孫滿之類。至秦始皇諱政，乃呼正月為徵月，《史記．年表》作端月。盧生曰：「不敢端言其過。」秦頌端正法度曰「端直」。皆避政字。漢高祖諱邦，舊史以邦為國。惠帝諱盈，《史記》以萬盈數作滿數。文帝諱恒，以恒山為常山。景帝諱啟，《史記》微子啟作微子開，《漢書》啟母石作開母石。武帝諱徹，以徹侯為通侯，蒯徹為蒯通。宣帝諱詢，以荀卿為孫

卿。元帝諱奭，以奭氏為盛氏。光武諱秀，以秀才為茂才。明帝諱莊，以老、莊為老、嚴，莊助為嚴助，卞莊為卞嚴。殤帝諱隆，以隆慮為林慮。安帝父諱慶，以慶氏為賀氏。

此條文長數千字，只選載部分，但已可見昔日「避諱」的名目之多，實在驚人。其中不乏因要避諱而誤事的。

舊時為了維護等級制度的尊嚴，即說話寫文章時遇到君主或尊親的名字都不直接說出或寫出，以表尊重。「避諱」一詞出自《淮南子·要略》、《顏氏家訓·風操》、《蒲劍集·屈原考》等。《公羊傳·閔公元年》說：「春秋為尊者諱，為親者諱，為賢者諱。」這是古代避諱的一條總原則。《辭海》「避諱」條云：「封建社會對於君主或尊長的名字，避免寫出或說出叫避諱。」

在中國，避諱有悠久歷史，一說起源於夏商時期。《山海經》中往往把夏后啟寫作夏后開，這就是夏人避諱的實例。但陳光堅《諱源略說》一文以為，避諱起自夏商的證據不足，《尚書》中對夏商國君的名字，都直書不諱，如《尚書·五子歌》云：「太康尸位，以逸豫，滅厥德，黎咸貳。」太康是繼啟之後的帝王，但他的臣下並不避諱。《山海經》、《楚辭》中之所以避啟為開，可能是漢朝人按當時日趨嚴格的諱法，抄書時避漢景帝劉啟諱所致。

一說起源於西周。《左傳·桓公六年》說：「周人以諱事神，名，終將諱之。」《禮記·檀弓下》也說：「卒哭而諱，生事畢而鬼事始也。」因此，宋代洪邁《容齋三筆·帝王諱名》提出，避諱之制始於周代。當時有所謂「讀書不諱」、「臨文不諱」、「不諱嫌名」等，如《詩經·雝》「克昌厥後」以及《詩經·噫嘻》「駿發爾私」中的「昌」、「發」，都沒有避諱。《禮記·典禮》載曰：「名字者不以國，不以日月，不以隱疾，不以山川」，明文規定取名之避。後來，《左傳》又加上「不以畜牲，不以器帛」條，正式宣言「六避」。可見，早在周代就已出現了避諱。

一說起源於春秋時期。清代趙翼《陔餘叢考．避諱》主張避諱習俗始於東周。其理由是，晉僖侯名司徒，宋武公名司空，魯獻公名具，魯武公名敖，避諱之風興起後，造成晉廢司徒的官職，宋改司空為司城，魯國改掉具、敖二座山名。不過直到戰國時，避諱還沒有一整套制度。秦漢以降，大一統的政局形成並得到鞏固，儒學在上層建築中逐漸占有統治優勢，避諱制度也日臻完備。

古代常州每年元宵要大放花燈，太守田登因其名與「燈」字諧音，將告示寫成「本州照例放火三天」，從而留下了「只許州官放火，不許百姓點燈」的笑話。因避諱鬧出笑話，問題不大，但避諱有時還與個人命運有關。唐代詩人李賀（七九〇至八一六）學問不凡，但因其父名叫「晉肅」，和「進士」音近，為避父諱而斷絕了仕進之途，二十六歲便鬱鬱而終。韓愈為此事專撰《避諱》一文以伸其怨：「父名晉肅，子不得舉進士；若父名仁，子不得為人乎？」

卷四〈曝日〉：

袁安臥負暄，令兒搔背，曰：「甚快人意。」趙勝負暄風櫓，候樵牧之歸。故杜詩云「負暄候樵牧」，又云「負暄近墻壁」。又《西閣曝日》云：「凜冽倦元冬，負暄嗜飛閣。」又云：「毛髮且自和，肌膚潛沃若。太陽信深仁，衰氣歘有托。欹傾煩注眼，容易收病腳。」樂天《負日》詩云：「杲杲冬日出，照我屋南隅。負暄閉目坐，和氣生肌膚。初似飲醇醪，又如蟄者蘇。外融百骸暢，中適一念無。曠然忘所在，心與虛空俱。」此皆深知負暄之味者也。冬日可愛，真若可持獻者。晁端仁嘗得冷疾，無藥可治，惟日中炙背乃愈。周邦彥嘗有詩云：「冬曦如村釀，奇溫止須臾，行行正須此，戀戀忽已無。」余嘗於南榮作小日閣，名之曰獻日軒。幕以白油絹，通明虛白，盎然終日，四體融暢，不止須臾而已。適有客戲余曰：「此所謂天下都綿襖者。」相與一笑。後見何斯舉《黃綿襖子歌》，序曰：「正月大雨雪，十日不已。既晴，鄰舍相呼負日，曰：『黃綿襖子出矣。』」乃知古已有此語。然王立之亦嘗名日窗為大裘軒。謝無逸為賦詩曰：「小人拙生事，三冬臥無帳，忍寒東窗底，坐待朝曦上。徐徐晨光熙，稍稍血氣暢，薰然四體和，恍若醉春釀。此法秘勿傳，不易車百輛，君胡得此法，開軒亦東向。蘇公名大裘，意豈在萬丈，但覬名軒心，人人如挾纊。」陶隱居《清異錄》載開元時，高太素隱商山，起六逍遙館，各製一銘。其三曰《冬日初出》，銘曰：「折膠墮指，夢想負背，金鑼騰空，映檐白醉。」樓攻愧嘗取白醉二字以名閣，陳進道為賦詩，攻愧次之云：「處世難獨醒，時作映檐醉。年少足裘馬，安知老夫味。天梳與日帽，且復供酒事。謫居幸三適，得此更慚愧。向來六逍遙，特書見清異。君家老希夷，相求諒同氣。曲身成直身，朝寒俄失記。醉中知其天，不飲乃同意。書生暫寄溫，難語純綿麗。」洪駒父亦有《大裘軒》詩。

此條羅列一批古人在享受「曝日」（曬太陽）的樂趣時所說的話及所作的詩文，也有談及曬太陽的好處。

「負暄」，典出《列子．楊朱》：「昔者宋國有田夫，常衣縕黂，僅以過冬。暨春東作，自曝於日，不知天下之有廣廈隩室，綿纊狐貉。顧謂其妻曰：『負日之暄，人莫知者。以獻吾君，將有重賞。』」這位貧窮的田夫，在冬天曬太陽，覺得很溫暖舒服，以為別人不知這種樂趣，打算將此「心得」向君王奉獻。

袁安（？至九二）是東漢名臣，東漢末年的軍閥袁紹及袁術是他的玄孫。他們四代有五人位列三公。清初學者車萬育（一六三二至一七〇五）的《聲律啟蒙》中有「輕塵生范甑、積雪擁袁門」的對，說的是范冉及袁安的軼事。此條謂袁安一面曬太陽，一面令兒子為他搔背，雙重享受，自然「甚快人意」。

詩聖杜甫很喜歡曬太陽，也寫了很多首有關的詩作。他的《西閣曝日》云：「凜冽倦玄冬，負暄嗜飛閣。羲和流德澤，顓頊愧倚薄。毛髮具自和，肌膚潛沃若。太陽信深仁，衰氣欻有托。欹傾煩注眼，容易收病腳。流離木杪猿，翩躚山顛鶴。用知苦聚散，哀樂日已作。即事會賦詩，人生忽如昨。古來遭喪亂，賢聖盡蕭索。胡為將暮年，憂世心力弱。」

晁端仁（一〇三五至一一一〇），字堯民，是北宋「蘇門四學士」之一的晁補之的叔父輩。他精於《易》，有《易論》十卷等著作。此條謂他用「日中炙背」的方法醫好自己的「冷疾」。

謝逸（一〇六八至一一一二），字無逸，是北宋著名的詩人及詞客。他曾有詠吟蝴蝶詩三百首，人稱「謝蝴蝶」。

此條談及陶隱居《清異錄》，似有誤。南朝道士、醫學家、文學家、書法家陶弘景（四五六至五三六），世稱「陶隱居」，有《陶隱居集》。《清異錄》的作者是唐末宋初學者陶穀（九〇三至九七〇）。《清異錄·天文門》〈潤骨丹〉條謂：「開元時，高太素隱商山，起六逍遙館：晴夏晚雲、中秋午月、冬日方出、春雪未融、暑簟清風、夜階急雨。各製一銘，晚雲云：『作萬變圖，先生一笑。』冬日云：『金鑼騰空，映簷白醉。』春雪云：『消除疫癘，名潤骨丹。』清風云：『醒骨真人，六月惠然。』」

我也深信曬太陽有諸般好處，也記得梁啟超（一八七三至一九二九）在他的名篇《學問之趣味》中所說的：「太陽雖好，總要諸君親自去曬，旁人卻替你曬不來。」

卷七〈贈雲貢雲〉：

陶通明詩云：「山中何所有，嶺上多白雲，只可自怡悅，不堪持贈君。」雲固非可持贈之物也。坡翁一日還自山中，見雲氣如羣馬奔突，自山中來，遂以手掇開籠，收入其中，及歸，白雲盈籠，開而放之，遂作《攓雲篇》云：「道逢南山雲，欻吸如電過。竟誰使令之，袞袞從空下。」又云：「或飛入吾車，偪仄入肘胯。搏取置笥中，提携反茅舍。開緘仍放之，掣去仍變化。」然則雲真可以持贈矣。宣和中，艮嶽初成，令近山多造油絹囊，以水濕之，曉張於絕巘危巒之間，既而雲盡入，遂括囊以獻，名曰貢雲，每車駕所臨，則盡縱之，須臾滃然充塞，如在千巖萬壑間，然則不特可以持贈，又可以貢矣，併資一笑。

白雲是否可持贈之物呢？陶弘景和蘇軾見解不同。

陶弘景，字通明。他的《詔問山中何所有賦詩以答》云：「山中何所有，嶺上多白雲。只可自怡悅，不堪持贈君。」這是他隱居之後回答南齊開國皇帝齊高帝蕭道成（四二七至四八二）詔書所問而寫的一首詩，表明自己的志趣所在是白雲林泉，委婉地表達了已無出仕之意。

蘇軾《攓雲篇》的序曰：「余自城中還，道中雲氣自山中來，如群馬奔突，以手掇開籠收其中。歸家雲盈籠開而放之，作《攓雲篇》。」詩云：「物役會有時，星言從高駕。道逢南山雲，欻吸如電過。竟誰使令之，袞袞從空下。龍移相排拶，風舞或頹亞。散為東郊霧，凍作枯樹稼。或飛入吾車，逼仄人肘胯。摶取置笥中，提攜反茅舍。開緘乃放之，掣去仍變化。雲兮汝歸山，無使達官怕。」

此條述及「艮嶽」初成後，「雲不特可以持贈，又可以貢。」艮嶽，初名萬歲山，後名艮嶽、壽嶽，或連稱壽山艮嶽，是北宋時期一座位於京城汴梁（今河南省開封市）宮城東北部的大型人工山水皇家園林。此座園林於徽宗政和七年（一一一七）興工，於徽宗宣和四年（一一二二）竣工。宋徽宗趙佶的《御製艮嶽記》載：「艮為地處宮城東北隅之意。」一一二七年金兵進攻汴京，艮嶽被毀。艮嶽修建之時，正值金兵北伺、內外交困之際，這項浩大的工程也加速了北宋的滅亡。

卷七〈朱氏陰德〉：

朱承逸居霅之城東門，為本州孔目官，樂善好施，嘗五鼓趨郡，過駱駝橋，聞橋下哭聲甚哀，使僕視之，有男子攜妻及小兒在焉。扣所以，云：「負勢家錢三百千，計息以數倍，督索無以償，將併命於此。」朱惻然，遣僕護其歸，且自往其家，正見債家悍僕，羣坐於門，朱因以好言諭之曰：「汝主以三百千故，將使四人死於水，於汝安乎？幸吾見之耳。汝亟歸告若主，彼今既無所償，逼之何益？當為代還本錢，可亟以元券來。」債家聞之，慚懼聽命，即如數取付之，其人感泣，願終身為奴婢，不聽，復以二百千資給之而去。是歲，生孫，名服。熙寧中，金榜第二人，仕至中書舍人。次孫肱，亦登第，著名節，即著《南陽活人書》者。服子彧，即著《萍洲可談》者，遂為吾鄉名族焉。天之報善，昭昭也如此。

本條談及「陰德」，有勸世的作用。

朱承逸，生卒年不詳。他的職位是「孔目官」。孔目官，吏名，唐朝設置，設於司、府等官署，掌呈覆糾正本案文書之事。目本是指檔案目錄，隋煬帝《答智顗蔣州事書》有「本敕所司，具條孔目，無慮零漏。」之語，劉知幾《史通・題目》：「至范曄舉例，始全錄姓名，歷短行於卷中，叢細字於標外，其子孫附出者，注於祖先之下，乃類俗之文案孔目，藥草經方，煩碎之至。」。胡三省解釋：「孔目者如一孔一目，無不經其手」。基本上，這是管理文書檔案的小官。

朱承逸的兒子朱臨（生卒年不詳），字正夫，仁宗皇祐元年（一〇四九）進士。據方勺《泊宅編》：「朱正夫臨，年未四十，以大理寺丞致仕，居吳興城西，取訓詞中『仰而高風』之語，作仰高亭於城上，常杜門謝客。」他是北宋的經學家，早年從胡瑗學習《春秋》，胡瑗著《春秋辨要》，惟朱臨所得為精。由呂公著推薦做官，歷光祿寺丞。乞歸，以著作佐郎致仕。守臣徐仲謀築亭，列詔書褒語以表揚之。著有《春秋說》二百餘篇。

朱臨的長子朱服（一〇四八至？），字行中，湖州烏程（今浙江湖州）人，神宗熙寧六年（一〇七三）進士，歷官淮南節度推官、國子監修撰。哲宗紹聖元年（一〇九四），召為中書舍人。紹聖四年，知萊州。徽宗建中靖國元年（一一〇一）任廣南東路經略安撫使。一再貶官，曾與蘇軾遊。卒於蘄州。《宋史》卷三四七有傳。有一子朱彧，是《萍洲可談》的作者。

朱臨的次子朱肱（一〇五〇至？），字翼中，號無求子，晚號大隱翁，宋代中醫學家。他博學通儒，哲宗元祐三年（一〇八八）中進士，歷官符雄州（今屬河北）防禦推官，知鄧州（今屬河南）錄事。徽宗崇寧元年（一一〇二）日蝕，朱肱上疏言災異，因忤旨罷官，退而釀酒著書。徽宗政和四年

（一一一四），起任醫學博士。次年，因書寫蘇東坡詩而獲罪，貶官達州（今四川達州）。政和六年（一一一六），以朝奉郎提點洞霄宮，召還京師。人稱「朱奉議」。精研張仲景之《傷寒論》。有子朱遺直。著有《傷寒百問》，後又增補，改稱《南陽活人書》或《類證活人書》。另有《內外二景圖》三卷，今佚。又著有《北山酒經》。《北山酒經》是宋代酒文獻的力作，全書分上、中、下三卷，是中國古代較早全面、完整地論述有關酒的著述。《北山酒經》與《齊民要術》中關於制曲釀酒部分的內容相比，更進了一步，不僅羅列了制曲釀酒的方法，對其中的道理也進行了分析。

朱家一門三進士，成為湖州當地名門望族。明董斯張《吳興備志》卷十一云：「朱承逸，霅人，積善好施，慶曆庚寅歲，以米八百石作粥散貧，是歲生孫，名服，熙寧中金榜第二人，仕至中書舍人。服子彧、次孫肱亦登第，著名節，遂為吾鄉名族焉，天之報善，昭昭也如此。」但《吳興備志》在這裏有些錯誤。慶曆（一〇四一至一〇四八）是仁宗第六個年號，由辛巳至戊子，共八年，期間並無庚寅歲。仁宗皇祐二年（一〇五〇）才是庚寅歲。另外，朱彧亦並無登第。

卷八〈詩詞祖述〉：

隆興間，魏勝戰死淮陰，孝宗追惜之。一日，諭近臣曰：「人才須用而後見，使魏勝不因邊釁，何以見其才？如李廣在文帝時，是以不用，使生高帝時，必將大有功矣。」其後放翁贈劉改之曰：「李廣不生楚漢間，封侯萬戶宜其難」，蓋用皐陵語也，改之大喜，以為善名我。異時劉潛夫作《沁園曲》云：「使李將軍遇高皇帝，萬戶侯何足道哉！」又祖放翁語也。

魏勝（一一二〇至一一六四）是南宋的名將。據考證，魏勝建立了世界上第一支炮兵隊伍。孝宗隆興二年（一一六四），宋廷以議和撤海州守兵，命魏勝改知楚州。十一月，金國大將徒單克寧入侵，率軍襲清河口（今江蘇淮陰西）。魏勝率軍阻擊，鎮江都統劉寶藉口與金議和，拒不出兵相助，致魏勝孤軍力戰而死。此條中，孝宗惋惜魏勝之死，言談中，將他和西漢名將李廣（？至前一一九）相提並論。

李廣，隴西成紀（今甘肅秦安縣）人。他的先祖是秦朝名將李信。李廣在漢文帝十四年（前一六五）從軍，卒於漢武帝元狩四年（前一一九）。他一生與匈奴交戰四十餘年，大小七十餘戰，殺敵無數，匈奴人畏其英勇，稱之為「飛將軍」。據《史記．李將軍列傳》記載，李廣身高過人，神力無窮，猿臂善射，愛惜士卒，深得士兵的愛戴。李廣為人廉潔，《史記》記載「得賞賜輒分其麾下，飲食與士共之。終廣之身，為二千石；四十餘年，家無餘財。」李廣關外狩獵時射虎形之石的故事家喻戶曉，使得李廣成了後世神射手的代名詞之一，但李廣一生都沒有被封過侯。

前一一九年，漢武帝發動漠北之戰，由衛青、霍去病各率五萬騎兵，遠征匈奴本部，李廣被分配跟隨衛青出征。漢武帝經不起李廣請求，同意他任先鋒，但隨後密信衛青，說李廣犯楣運，不能給與先鋒官的重任，衛青因此安排李廣與趙食其領兵支援東路。由於路途過遠的關係，李廣在沙漠中迷路，延誤了戰鬥時機，導致單于突圍逃走。李廣因此受到衛青責問，憤而自殺，享壽六十餘歲。

讓我們看看對李廣的一些正面評論。漢文帝：「惜乎，子不遇時！如令子當高帝時，萬戶侯豈足道哉！」司馬遷：「傳曰：『其身正，不令而行；其身不正，雖令不從。』其李將軍之謂也？余睹李將軍悛悛如鄙人，口不能道辭。及死之日，天下知與不知，皆為盡哀。彼其忠實心誠信於士大夫也？諺曰『桃李不言，下自成蹊。』此言雖小，可以諭大也。」又謂他「勇於當敵，仁愛士卒」。司馬貞：「猿臂善射，實負其能。解鞍卻敵，圓陣摧鋒。邊郡屢守，大軍再從。失道見斥，數奇不封。惜哉名將，天下無雙！」李東陽：「匈奴七十戰，戰戰不得當。一當遂失道，憤激摧肝腸。君恩念數奇，將令抑不揚。白頭恥下獄，飲泣橫干將。」

但，亦有些人認為李廣為人陰險、殘暴。這見解一般根據兩件事情而來。第一件，李廣曾誘降隴西羌族叛軍，然後把降卒八百餘人全部殺死。李廣不能封侯也被當時著名的相士王朔認為是上天對他殺降的懲罰。第二件，李廣曾經公報私仇，殺掉了一個與他有過節的軍官。此外，歷史上對李廣的欣賞多出自文人，兵家少有對李廣的讚譽之詞。李廣一生對匈奴大小交戰七十餘次，「皆以力戰為名」，真正的勝仗卻不多，史書記載的更多是個人英雄主義的行為（如奪馬出逃、神弓怯敵、力射石虎等），而損兵折將、兵敗不敵的次數卻也不少。李廣治軍寬鬆，部隊紀律性很差。但因為帶兵寬和及願與士兵同甘共苦，很受士兵歡迎。在當時與李廣齊名的另一名將程不識因為治軍嚴格，列陣、部營、操練等都很嚴謹，軍隊絲毫不得鬆懈，士兵們不喜歡到其帳下服役吃苦而更樂意去效命於李廣。司馬光評說：「效不識，雖無功，猶不敗。效李廣，鮮不覆亡。」宋人黃震《史記評林》謂：「李廣每戰輒北，因躓終身。」

在漢武帝的統治下，霍去病的兵馬都是精選的。霍去病率領這樣一支精銳的軍隊，當然容易建功立業了。不過，這些都是客觀的有利條件，更重要的還是霍去病的才能。比如拿李廣迷路這一件事來說吧，霍去病為什麼帶軍沒有迷路？原來霍去病的部下中，有很多都是匈奴人。霍去病能夠帶領他們，獲得他們的效忠，那麼，當然對匈奴的地理掌握得好，所以不會迷路。李廣因曾欺騙誘降羌人，然後背信棄義的殺害了他們。因為有這樣的名聲，匈奴人不敢效勞他。另外，李廣和衛青、霍去病的戰略戰術的不同。他的戰略戰術的從漢朝防禦時期延續下來的，已不適應當時進攻的需要。這才是李廣沒能封侯的主要原因，而不是單純的一個運氣問題。李廣終生不能封侯，以至於被後人評為「數奇」（運氣不好），其實和他治軍不嚴、缺乏管理才能和戰略眼光導致軍功不夠是脫不了聯繫的。他是名將，但不算是良將。

唐朝德宗建中三年（七八二），禮儀使顏真卿向德宗建議追封古代名將六十四人，為他們設廟享奠，當中就包括「前將軍北平太守李廣」。北宋徽宗宣和五年，宋室依照唐代慣例，為古代名將設廟，七十二位名將中亦包括李廣。在北宋年間成書的《十七史百將傳》中，李廣亦位列其中。

歷代文人詠及李廣的文學作品甚多。現舉些例子。

唐朝詩人對李廣多有讚頌。王昌齡在《出塞》中寫道：「秦時明月漢時關，萬里長征人未還。但使龍城飛將在，不教胡馬度陰山。」其中的「飛將」便是「飛將軍」李廣。《滕王閣序》中說「馮唐易老，李廣難封」，也是為飛將軍不能封侯而感慨。盧綸在《塞下曲》中寫了一個傳奇故事：「林暗草驚風，將軍夜引弓。平明尋白羽，沒在石稜中。」這故事原出自《史記李將軍列傳》，說有一次李廣在黑暗中以為林中有虎，於是引弓去射，到了早上再去找尋，發現射中的是石頭。他再發箭去射，卻再也射不進去了。高適在《燕歌行》中寫道：「相看白刃血紛紛，死節從來豈顧勳。君不見沙場征戰苦，至今猶憶李將軍。」感慨自己沒有遇到像李廣一樣身先士卒、體恤將士的將軍。王維《老將行》：「衛青不敗由天幸，李廣無功緣數奇。」杜甫《將赴荊南，寄別李劍州》：「但見文翁能化俗，焉知李廣未封侯。」李白《悲歌行》：「漢帝不憶李將軍，楚王放卻屈大夫。」陸游：「平生笑李廣，痴絕望封侯。」黃庭堅《題永首座庵頌》：「奪得胡兒馬便休，休嗟李廣不封侯。」范仲淹《贈攀秀才》：「李廣不封侯，繼世多英雄。」辛棄疾《卜算子．漫興》：「千古李將軍，奪得胡兒馬。李蔡為人在下中，卻是封侯者。」崔峒《送馮八將軍奏事畢歸滑台幕府》：「自嘆馬卿常帶疾，還嗟李廣不封侯。」于慎行《贈人為金吾郎》：「應憐漢飛將，白首滯窮邊。」明朝章回小說《水滸傳》的一百零八個好漢中，排第九的是天英星花榮，綽號「小李廣」。

本條談及南宋愛國詩人陸游（一一二五至一二一〇）贈劉過（一一五四至一二〇六）的詩。劉過，字改之，也是南宋詞人。周密謂陸游的句用了「阜陵語」。孝宗葬於永阜陵，所以「阜陵語」是指孝宗談及李廣時的說話。

此條提及南宋另一位愛國詩人劉克莊（一一八七至一二六九）的《沁園春》全詞是：「何處相逢，登寶釵樓，訪銅雀台。喚廚人斫就，東溟鯨膾，圉人呈罷，西極龍媒。天下英雄，使君與操，餘子誰堪共酒杯。車千乘，載燕南趙北，劍客奇才。飲酣畫鼓如雷。誰信被晨雞輕喚回。嘆年光過盡，功名未立，書生老去，機會方來。使李將軍，遇高皇帝，萬戶侯何足道哉。披衣起，但淒涼感舊，慷慨生哀。」劉克莊，字潛夫，號後村。周密說他這首詞乃是「祖放翁語」的。

卷十一〈高宗立儲〉：

孝宗與恩平郡王璩，同養於宮中。孝宗英睿夙成，秦檜憚之，憲聖后亦主璩。高宗聖意雖有所向，猶未堅決。嘗各賜宮女十人。史丞相浩時為普安府教授，即為王言，上以試王，當謹奉之，王亦以為然。閱數日，果皆召入。恩平十人皆犯之矣，普安者，完璧也。已而皆竟賜焉。上意遂定。

南宋第二位皇帝孝宗趙昚（一一二七至一一九四），原名伯琮，入宮時賜名瑗，過繼宋高宗時更名瑋，字元瑰，後又更名昚，更字元永。他是宋太祖之幼子秦康惠王趙德芳的六世孫，父親為趙子偁，時為嘉興丞。自宋朝帝位落入宋太宗的子孫之手後時隔一八六年恢復由開國皇帝宋太祖的後裔繼承。由於高宗的唯一兒子元懿太子夭折後再沒有嗣子，所以只好從宗室中選擇繼承人，有野史稱宋高宗受宋太祖託夢，稱「汝祖自攝謀，據我位久，至於天下寥落，是當還我位。」故高宗過繼了太祖七世孫作為養子，並立為太子。《宋史》中也有相似的記載，但為孟太后受託夢。

高宗紹興二年（一一三二）五月，高宗於太祖系宗室中選了趙伯琮養於宮中。三年（一一三三）二月，特除和州防禦使，賜名瑗，尋改貴州防禦使。五年（一一三五）五月，用尚書左僕射趙鼎議，在宮中設立書院教育他，建成後以書院為資善堂。趙瑗天資聰穎，好讀書。因傳言金朝欲在北宋舊都開封擁立欽宗太子趙諶為傀儡皇帝挑戰高宗法統，大將岳飛密請高宗立趙瑗為皇太子以讓金人的圖謀落空，高宗也安排岳飛與趙瑗相見，岳飛感嘆趙瑗是興復宋室之主。

趙璩（一一三〇至一一八八），字潤夫，原名伯玖。他也是趙德芳六世孫，秉義郎趙子彥之子。宋孝宗時官至少傅。追封信王。紹興六年（一一三六），因趙伯玖生而聰慧，吳才人請宋高宗以七歲的伯玖作為自己的養子，賜名趙璩，除和州防禦使。

由於趙瑗和趙璩皆聰穎，高宗很久都未能決定立誰為儲。此條謂高宗用美色來測試他們。高宗向他二人「各賜宮女十人」。數日後，再召見各宮女，發覺賜給趙璩的十人「皆犯之矣」，而賜給趙瑗的十人皆為「完璧」。於是高宗選立趙瑗為儲。在這過程中，時為趙瑗教師的史浩（一一〇六至一一九四）曾提點趙瑗。

史浩，字直翁，號真隱。明州鄞縣（今浙江省寧波市）人，高宗紹興十四年（一一四四）進士，由溫州教授除太學正，升為國子博士。孝宗即位時，授參知政事。孝宗隆興元年（一一六三），拜尚書右僕射。孝宗淳熙十年（一一八三），除太保致仕，封魏國公。光宗紹熙五年（一一九四），史浩去世，年八十九，追封會稽郡王。寧宗時賜謚「文惠」。寧宗嘉定十四年（一二二一），以兒子史彌遠（一一六四至一二三三）貴，追封越王，改謚「忠定」，配享孝宗廟庭。為昭勳閣二十四功臣之一。

卷十四〈食牛報〉：

曾鳳朝陽，廬陵人，余嘗與之同寮，忽以疾告數日，余往問之，因云：「昔年病傷寒，旬餘不解，昏睡中忽覺為牛所吞，境界陡黑，知此身已墮牛腹中，於是矍然曰：『身不足惜，如老母何？』因發誓自此復見天日，當終身不食太牢，悚然驚寤，流汗如雨，疾遂良愈。持戒已十年矣，昨偶飲鄉人家，具牛炙甚美，朋舊交勉之，忍饞不禁，為之破戒，歸即得疾，疇昔之夜夢如往年，恐懼痛悔，以死自誓，今幸汗解矣。」余聞其說異之，且嘗見傳記小說所載，食牛致疾事極衆，然未有耳目所接如此者。余家三世不食牛，先妣及余皆稟賦素弱，自少至老多病，然瘟疫一證，非惟不染，雖奴婢輩亦復無之，益信朝陽之說為不誣，因併著之，以為世戒。

周密說他的家庭三世不食牛，雖然他的母親及他稟賦素弱及自少至老多病，但對瘟疫卻有免疫力。他相信這是不食牛的福報。

其實古人是不容易有牛肉食的。《大戴禮記．第五十八．曾子天圓》：「聖人立五禮以為民望，制五衰以別親疏；和五聲以導民氣，合五味之調以察民情；正五色之位，成五穀之名，序五牲之先後貴賤。諸侯之祭，牲牛，曰太牢；大夫之祭，牲羊，曰少牢；士之祭，牲特豕，曰饋食。」古代祭祀所用犧牲，行祭前需先飼養於牢，故這類犧牲稱為牢；又根據犧牲搭配的種類不同而有太牢、少牢之分。少牢只有羊、豕，沒有牛。《禮記．王制》則說：「諸侯無故不殺牛，大夫無故不殺羊，士無故不殺犬豕，庶人無故不食珍。」《國語．楚語下》說：「天子食太牢，牛羊豕三牲俱全，諸侯食牛，卿食羊，大夫食豕，士食魚炙，庶人食菜。」祭祀儀式，天子可專享牛羊豬，諸侯和卿大夫只能吃一種。馬是交通工具，也用來作戰，不到危機關頭古人不會食馬，在重大儀式才會殺馬作祭品。牛是耕畜，漢朝時牛已被嚴禁宰吃，殺牛可判死刑，唐朝雖不再殺牛償命，但如果殺了牛也判監，歷代都執行類似制度，牛在很長一段時間被禁食用，即便是生病和殘疾的牛，也不能私下殺死，否則要坐牢。馬、牛不能隨便吃，羊於是成為古代餐桌上的主要肉類。《說文解字》對「美」字的解釋：「美，甘也，從羊從大」，羊大為之美，說明很早以前，羊就和美好事物聯繫一起。另一字「羞」，是象形字，意思是用手拿着羊來敬獻，也體現羊的尊貴，美味「珍饈」原本應為「珍羞」。羊是草原民族主要肉食，在中原地區稀少，直到唐宋羊肉才慢慢普及。

卷十六〈腹腴〉：

余讀杜詩：「偏勸腹腴愧年少」，喜其知味。坡詩亦云：「更洗河豚烹腹腴」，黃詩亦云：「故園漁友膾腹腴」，又云：「飛雪堆盤膾腹腴」。按《禮記．少儀》云：「羞濡魚者進尾冬右腴」，註云：「腴，腹下也。」《周禮疏》「燕人膾魚方寸，切其腴以啗所貴。引以證膴，膴亦腹腴。《前漢》：「九州膏腴。」師古註云：「腹下肥白曰腴。」

「腴」這個字在古籍及文人詩賦文章中均常見。這個字可解作魚腹部分。《禮記．少儀》云：「羞濡魚者進尾；冬右腴，夏右鰭。」意思是說平常吃魚，如果上的是燒好後又澆上汁的魚，就要叫魚尾朝前。冬天上魚時讓魚腹在右，夏天上魚時讓魚脊在右。（這樣便於用右手取食云。）北魏賈思勰《齊民要術·作魚鮓》：「布魚於甕中，一行魚，一行糝，以滿為限，腹腴居上。」

這個字可解作肥沃的土地。《前漢書·地理志》：「有鄠杜竹林，南山檀柘，號稱陸海，為九州膏腴。」《晉書·周顗傳》：「伯仁凝正，處腴能約。」唐孟浩然《贈蕭少府》詩：「處腴能不潤，居劇體常閒。」《金史·食貨志二》：「腴地盡入富家，瘠者乃付貧戶。」明徐渭《代雲南策問》：「其在高甲雋才，往往欲試利器，甘盤錯，易險阻，叱羊腸者，顧以騂任腹腴，臥而了治。」清錢謙益《兵使慈溪馮公進秩督學福建序》：「閩之在海內，以局勢論之，當為邊角，不當為腹腴。」

這個字可解作肥肉或油脂。漢王充《論衡·藝增》：「稻粱之味，甘而多腴。」《文選·枚乘·七發》：「犓牛之腴，菜以筍蒲。」《南史·卷七·梁武帝本紀下》：「膳無鮮腴，惟豆羹糲飯而已。」

這個字可解作豐滿。唐白行簡《李娃傳》：「未數月，肌膚稍腴。卒歲，平愈如初。」

這個字可解作豬犬的內臟。《禮記·少儀》：「君子不食圂腴，小子走而不趨，舉爵則坐立飲。」唐孔穎達《五經正義》云：「腴，豬犬腸也。」

卷十六〈睡〉：

「花竹幽窗午夢長，此中與世暫相忘。華山處士如容見，不覓仙方覓睡方。」然則睡亦有方邪？希夷之說，不過謂舉世以為息魂，離神不動耳。《遺教經》乃有「煩惱毒蛇，睡在汝心，睡蛇既出，乃可安眠」之語。近世，西山蔡季通有睡訣云：「睡側而屈，覺正而伸，早晚以時，先睡心，後睡眼。」晦菴以為此古今未發之妙，然睡心睡眼之語，本出《千金方》，季通特引此說，晦菴偶未之記耳。

此條先引陸游的《午睡》，寫出午睡時「與世暫相忘」的樂趣。讀書人因讀書而疲倦思睡，是很普遍的事，所以歷來有很多詩作以這作為題材。

明朝章回小說《三國演義》第三十八回〈定三分隆中決策，戰長江孫氏報仇〉是諸葛亮正式粉墨登場的一回。書中謂劉備三顧茅廬訪諸葛亮。諸葛亮午睡醒時，口吟詩曰：「大夢誰先覺，平生我自知。草堂春睡足，窗外日遲遲。」拋書午睡，是許多文人的生活習慣。王安石重視午睡，有詩為證：「細書妨老眼，長簟愜昏眠。依簟且一息，拋書還少年。」北宋官員、文學家蔡確（一〇三七至一〇九三）有《夏日登車蓋亭》：「紙屏石枕竹方床，手倦拋書午夢長。睡起莞然成獨笑，數聲漁笛在滄浪。」北宋官員、文學家李若水（一〇九三至一一二七）有《睡覺》詩：「布衾紙帳餞殘冬，老眼俄驚曉日紅。好夢追尋忘首尾，但聞窗外竹搖風。」南宋官員、文學家范成大（一一二六至一一九三）有《睡覺》詩：「尋思斷夢半瞢騰，漸見天窗紙瓦明。宿鳥噪羣穿竹去，縣前猶自打殘更。」南宋官員、詩人楊萬里也有《讀書》詩：「讀書不厭勤，勤甚倦且昏。不如卷書坐，人書兩忘言。興來忽開卷，逕到百聖源。說悟本無悟，談玄初未玄。當其會心處，只有一欣然。此樂誰為者，非我亦非天。自笑終未是，撥書枕頭眠。」

關於睡眠的學問，古籍有頗多記載。《黃帝內經》有言：「陽氣盡則臥，陰氣盡則寐」。子時（即晚上十一時至凌晨一時），陰氣最盛，陽氣衰弱。午時（即中午十一時至下午一時），陽氣最盛，陰氣衰弱。子時和午時都是陰陽交替之時，也是人體經氣「合陰」「合陽」之時，最有利於養陰及養陽，因此，這兩個段時間應按時就寢，以利生發陽氣，養護陰氣。午時「合陽」要小寐。即使不能入寐，也該「入靜」休養。《黃帝內經》中有「早睡早起」及「久臥傷氣」的記載，告誡人們睡懶覺有害健康。

北宋文學家，「蘇門六君子」之一的李廌（一〇五九至一一〇九）著有《師友談記》，記蘇軾、范祖禹、黃庭堅、秦觀、晁說之、張耒等所談。書中有一條謂蘇東坡與李廌及李祉二人談及睡眠之道曰：「某平生於寢寐時，自得三昧。吾初睡時，且於牀上安置四體，無一不穩處。有一未穩，須再安排令穩。既穩，或有些小倦痛處，略按摩訖，便瞑目聽息。既勻直，宜用嚴整其天君。四體雖復有苛癢，亦不可少有蠕動，務在定心勝之。如此食頃，則四肢百骸，無不和通。睡思既至，雖寐不昏。吾每日須於五更初起，櫛髮數百，頮面盡，服裳衣畢，須於一淨榻上，再用此法假寐。數刻之味，其美無涯。通夕之味，殆非可比。平明，吏徒既集，一呼即興，冠帶上馬，率以為常。二君試用吾法，自當識其趣，慎無以語人也。」原來東坡習慣在五更起來，梳頭洗臉穿衣打扮後，之後再找個乾淨的牀「假寐」，這個回籠覺「數刻之味，其美無涯。通夕之味，殆非可比」，連睡整晚的滋味，都比不上這個回籠覺。

蔡元定（一一三五至一一九八），字季通，號西山，南宋堪輿學家。他是朱熹的門人。此條談及他的睡訣「睡側而屈，覺正而伸，早晚以時。先睡心，後睡眼。」其實周密說得對，睡心、睡眼之語，本出自初唐醫師、道士孫思邈（？至六八二）所著的《備急千金要方》，簡稱《千金方》。《千金方·第二十七·養性》云：「脫著既時，須調寢處。凡人臥，春夏向東，秋冬向西，頭勿北臥，及牆北亦勿安床。凡欲睡，勿歌詠，不祥起。上床坐先脫左足，臥勿當舍脊下。臥訖勿留燭燈，令人魂魄及六神不安，多愁怨。人頭邊勿安火爐，日久引火氣，頭重目赤睛及鼻乾。夜臥當耳勿有孔，吹入即耳聾。夏不用露面臥，令人面皮濃，善成癬，或作面風。冬夜勿覆頭，得長壽。凡人眠，勿以腳懸踏高處，久成腎水及損房。足冷勿順牆臥，風吹入人，發癲及體重。……閉口，口開即失氣，且邪惡從口入，久而成消渴及失血色。屈膝側臥，益人氣力。勝正偃臥，按孔子不尸臥，故曰：睡不厭蹙，覺不厭舒。凡人舒睡，則有鬼痛魔邪。凡眠先臥心後臥眼。」綜合而言，要睡得好，睡前忌思緒萬千、忌說話、忌睡時開燈、忌飲酒飽食、忌蒙面睡、忌當風而睡、忌張口呼吸等。

卷十七〈嚼蝨〉：

余負日茅檐，分漁樵半席，時見山翁野媼，捫身得蝨，則致之口中，若將甘心焉，意甚惡之，然揆之於古，亦有說焉。應侯謂秦王曰：「得宛臨流陽夏斷河內臨東陽邯鄲，猶口中蝨。」王莽校尉韓威曰：「以新室之威而呑胡虜，無異口中蚤蝨」，陳思王著論亦曰：「得蝨者，莫不劘之齒牙，為害身也。」三人者皆當時貴人，其言乃爾，則野老嚼蝨，蓋自有典故，可發一笑。

古人可能不及今人注重衛生，所以身體上有蝨（同虱）是很普遍的。將蝨「置口中而斃之」好像也很尋常。本條應侯所說的「口中蝨」及韓威所說的「口中蚤蝨」其實是指「極易消滅的敵人」。應侯即范睢（?至前二五五），姬姓、范氏。又作范睢、范且，字叔，化名為張祿，芮城（今山西芮城）人，東周戰國時魏國政治家、軍事謀略家，秦昭襄王宰相。封地在應邑（今河南魯山東），所以又稱為應侯。

在古籍中，談及蝨的記載甚多，現舉些例子。《韓非子．七術》：「（王）以臨東陽，則邯鄲口中蝨也。」東漢初哲學家王充的《論衡》曰：「人在天地之間，猶蚤虱之在衣裳，螻蟻之在穴隙也。」魏文帝《與王朗書》曰：「蚤虱雖細，虐於安寢；鼷鼠至微，猶毀郊牛。」曹植的《曹子建集．卷十．相論》

的〈令禽惡鳥論〉曰：「得蚤者，莫不糜之齒牙，為害身也。」嵇康《養生論》曰：「夫虱處頭而黑，麝食柏而香。」《晉書》曰：阮籍著《大人先生傳》，曰：「少稱鄉黨，長聞鄰國，上欲圖三公，下不失州牧。獨不見群虱之處褌中，逃乎深縫，匿乎壞絮，自以為吉宅，行不敢離縫，匿手褌襠，自以為得繩墨也。然炎丘火流，焦邑閩獰劻，群虱處於褌中而不能出也？君子之處域內，何異夫虱之處褌中乎？」《南齊書．卷五十五．江泌》：「江泌字士清，濟陽考城人也。父亮之，員外郎。泌少貧，晝日斫，夜讀書，隨月光握卷升屋。性行仁義，衣弊，恐虱饑死，乃復取置衣中。數日閒，終身無復虱。母亡後，以生闕供養，遇鮭不忍食。食菜不食心，以其有生意也。」《三國典略》曰：「梁劉愨，常有飛書謗愨，梁主怒曰：『劉愨似衣中虱，必須掐之！』」清人褚人穫《堅瓠三集．卷三》〈鬚虱〉：「王介甫王禹玉（珪）同侍朝，見虱自介甫襦領直緣其鬚。上顧之而笑。介甫不自知也。朝退，介甫問上笑之故。禹玉指以告。介甫命從者去之。禹玉曰：『未可輕去，願頌一言。』介甫曰：『何如？』禹玉曰：『屢遊相鬚，曾經御覽，未可殺也，或曰放焉。』眾大笑。」《堅瓠三集．卷三》〈恆言〉：「張磊塘善清言。一日赴徐文貞公席，食鯧魚蝗魚。庖人悞不寘醋。張云：『倉皇失措。』文貞腰捫一虱，以齒斃之，血濺齒上，張云：『大率類此。』文貞亦解頤。清客以齒斃虱，有聲妓哂之。頃妓亦得虱，以添香置鑪中而爆。客顧曰：『熟了。』妓曰『愈於生吃。』」

卷十八〈薰風聯句〉：

　唐文宗詩曰：「人皆苦炎熱，我愛夏日長」，柳公權續云：「薰風自南來，殿閣生微涼」，或者惜其不能因詩以諷，雖坡翁亦以為有美而無箴，故為續之云：「一為居所移，苦樂永相忘，願言均此施，清陰分四方」。余謂柳句正所以諷也，蓋薰風之來，惟殿閣穆清高爽之地，始知其涼，而征夫、耕叟，方奔馳作勞，低垂喘汗於黃塵赤日之中，雖有此風，安知所謂涼哉？此與宋玉對楚王曰：「此謂大王之風耳！庶人安得而共之者？」同意。

唐文宗李昂（八〇九至八四〇）和柳公權（七七八至八六五）君臣聯句之事，在《舊唐書・卷一六五》有載：「文宗夏日與學士聯句，帝曰：『人皆苦炎熱，我愛夏日長。』公權續曰：『薰風自南來，殿閣生微涼。』時丁、袁五學士皆屬繼，帝獨諷公權兩句，曰：『辭清意足，不可多得。』乃令公權題於殿壁，字方圓五寸，帝視之，嘆曰：『鍾、王復生，無以加焉！』」

唐文宗是中唐時期比較有作為的一個皇帝。柳公權，字誠懸，京兆府華原縣（今陝西省銅川市耀州區）人，唐朝大書法家。他擔任侍書（朝廷書法教師）數十年，歷仕數朝，位至太子少傅，封河東郡公，追贈太子太師。他工於書法，尤其精通碑版楷書，開創「柳體」，成為唐朝楷書藝術最後的完善者。代表作有《玄秘塔碑》、《神策軍碑》等。

柳公權秉性耿直，富有詩才，頗受唐文宗的欣賞，稱其「子建七步，爾乃三步焉。」特別是在唐文宗被幽禁期間，二人交往極為密切。

柳公權的「薰風自南來」，靈感可能來自中唐大詩人白居易（七七二至八四六）的「薰風自南至」。此句出於《夏南池獨酌》：「春盡雜英歇，夏初芳草深。薰風自南至，吹我池上林。綠蘋散還合，赬鯉跳復沈。新葉有佳色，殘鶯猶好音。依然謝家物，池酌對風琴。慚無康樂作，秉筆思沈吟。境勝才思劣，詩成不稱心。」

到了宋代，蘇軾說這首詩寫得一般，境界不夠高，沒有規勸皇帝。蘇軾在《東坡志林》中對柳公權續句事曾有「惜乎宋玉不在旁」的感慨。他創作了《戲足柳公權聯句》一詩，續寫了四句，全詩如下：「人皆苦炎熱，我愛夏日長。薰風自南來，殿閣生微涼。一為居所移，苦樂永相忘。願言均此施，清陰分四方。」詩詞藝術，到了高深處，就算是大師也可能意見不同。周密認為柳句「正所以諷」，但蘇軾認為柳公權的續句有諂媚的意味。蘇軾續寫的四句，謂要將清涼均施，寓有君民同樂的諷諫。

在宋玉的《風賦》中，楚襄王感慨：「快哉此風！寡人所與庶人共者邪。」而宋玉則謂：「此獨大王之風耳，庶人安得而共之！」宋玉指出楚王所享受的是「大王之雄風」，而普通人民領略到的卻是「庶人之雌風」。這揭露了不平等的社會現實。宋玉在《風賦》中寓含有與民同樂的諷諫，而柳公權的句純粹是向統治者獻媚，所以蘇軾有「惜乎宋玉不在旁」的感慨。

即使正史有載，仍有人認為這首詩的作者李昂並非唐文宗李昂，而是一個普通的文人。

卷十九〈蘭亭詩〉：

永和蘭亭禊飲，集者四十二人，人各賦詩，自右軍而下十一人，各成兩篇，郄曇、王豐而下十五人，各成一篇，然亦不過四言兩韻，或五言兩韻耳。詩不成而罰觥者十有六人，然其間如王獻之輩，皆一世知名之士，豈終日不能措一辭者？黃徹謂古人持重自惜，不輕率爾，恐貽久遠之譏，故不如不賦之為愈耳。余則以為不然，蓋古人意趣真率，是日適無興不作，非若後世喋喋然，強聒於杯酒間以為能也。史載獻之嘗與兄徽之、操之，俱詣謝安，二兄多言，獻之寒溫而已，既出，客問優劣，安曰：「小者佳，吉人之辭寡，以其少言，故云。」今王氏父子羣從咸集，而獻之詩獨不成，豈不平日

靜退之故邪？

東晉穆帝永和三年（三五三）的蘭亭雅集，共集詩三十七首，而右軍將軍王羲之（三〇三至三六一）的第七子王獻之（三四四至三八六）竟「詩獨不成」，周密認為他並非「持重自惜，不輕率爾」，乃是「靜退之故」。

王獻之，字子敬，琅邪郡臨沂縣（今山東省臨沂市），王羲之第七子。官至中書令。與其父並稱為「二王」。軼事多見於《世說新語》與《晉書．王羲之傳》中。

王獻之自幼聰慧，在書法上專攻草書隸書，亦擅長繪畫。他以行書和草書聞名，而楷書和隸書亦有深厚功底。由於其作品並未受唐太宗之賞識，使得他的作品沒有大量留存下來。據《晉書》記載，王獻之卒後無子，以五兄王徽之子王靜之為嗣，晉時官至義興太守，至劉宋時，官至司徒左長史。

卷二十〈岳武穆御軍〉：

岳鵬舉征羣盜，過廬陵，託宿廛市，質明，為主人汛埽門宇，洗滌盆盎而去，郡守供帳餞別於郊，師行將絕，謁未得，通問大將軍何在，殿者曰：「已雜偏裨去矣。」其嚴肅如此，真可謂中興諸將第一。周洪道為追復制詞，有云：「事上以忠，至不嫌於辰告；行師有律，幾不犯於秋毫」蓋實錄也。辰告者，謂岳嘗上疏請建儲云。

岳飛（一一〇三至一一四二），字鵬舉，相州湯陰（今河南省安陽市湯陰縣）人，宋朝抗金名將，官至少保、樞密副使，封武昌郡開國公。後因奸臣秦檜等人誣陷，岳飛被一心苟且偏安的宋高宗下令殺害，死後多年後，得宋孝宗為其平反，追謚武穆、後追贈太師、追封鄂王，改謚忠武，故後人稱呼岳武穆、武穆王、岳忠武王。明神宗萬曆帝加封岳飛為抗金大將，配奉於各地武廟。

後世史書對岳飛評價甚高。《宋史》謂他：「善以少擊眾。欲有所舉，盡召諸統制與謀，謀定而後戰，故有勝無敗。猝遇敵不動，故敵為之語曰：『撼山易，撼岳家軍難。』張俊嘗問用兵之術，曰：『仁、智、信、勇、嚴，闕一不可。』」《宋史》又謂岳飛治軍以身作則，賞罰分明，紀律嚴整，又能體恤部屬，他率領的「岳家軍」號稱「凍死不拆屋，餓死不擄掠」。岳飛曾自勉要跟東漢末三國時期名將關羽、張飛二人看齊：「一死何足道，要使後世書策知有岳飛之名，與關張輩功烈相彷彿耳。」（《金駝續編・卷二十八》）

癸辛雜識

《癸辛雜識》六卷，宋末元初人周密（一二三二至一二九八）撰。關於作者生平，可參看本書評介《齊東野語》篇。

宋亡後，周密寓居杭州之癸辛街，著書以寄懷，故書名稱《癸辛雜識》。全書分《前集》一卷、《後集》一卷、《續集》二卷、《別集》二卷，共四百六十一條，是一部以記載宋元朝野遺事及社會風俗為主的筆記，史料價值甚高。作者在自序中說：

坡翁喜客談，其不能者，強之說鬼。或辭無有，則曰：「姑妄言之。」聞者絕倒。洪景盧志《夷堅》，貪多務得，不免妄誕，此皆好奇之過也。余臥病荒閒，來者率野人畸士，放言善謔，醉談笑語，靡所不有。可喜可噩，以警以懼，或獻一時之笑，或起千古之悲，其見紿者固不少，然求一二於千百，當亦有之。暇日萃之成編，其或獨夜遐想，舊朋不來，展卷對之，何異平生之友相與抵掌劇談哉！因竊自歎曰：「是非真誕之辨，豈惟是哉？信史以來，去取不謬、好惡不私者幾人，而舛偽欺世者總總也。雖然一時之聞見，本於無心；千載之予奪，狃於私意。以是而言，豈不猶賢於彼哉？」癸辛蓋余所居里云。弁陽老人周密戲書於道瀰齋。

現從此書六卷中，選載十餘條給大家欣賞。

前集〈牛女〉：

七夕牛女渡河之事，古今之說多不同，非惟不同，而二星之名莫能定。《荊楚歲時記》云：「黃姑織女時相見。」太白詩云：「黃姑與織女，相去不盈尺。」是皆以牽牛為黃姑。然李後主詩云：「迢迢牽牛星，杳在河之陽。粲粲黃姑女，耿耿遙相望。」若此則又以織女為黃姑，何耶？然以《星曆》考之，牽牛去織女隔銀河七十二度，古詩所謂「盈盈一水間，脈脈不得語。」又安得如太白「相去不盈尺」之說？又《歲時記》則又以黃姑即河鼓，《爾雅》則以河鼓為牽牛。又《焦林大斗記》云：「天河之西，有星煌煌，與參俱出，謂之牽牛。天河之東，有星微微，在氐之下，謂之織女。」《晉・天文志》云：「河鼓三星，即天鼓也。牽牛六星，天之關梁，又謂之星紀。」又云：「織女三星，在天紀東端，天女也。」《漢・天文志》又謂織女「天之貞女」。其說皆不一。至於渡河之說，則洪景盧辨析最為精當。蓋渡河乞巧之事，多出於詩人及世俗不根之論，何可盡據？然亦似有可怪者，楊纘繼翁大卿倅湖日，七夕夜，其侍姬田氏及使令數人，露坐至夜半，忽有一鶴西來，繼而有鶴千百從之，皆有仙人坐其背，如畫圖所繪者。彩霞絢粲，數刻乃沒。楊卿時已寢，姬急報，起而視之，尚見雲氣紛鬱之狀。然則流俗之說，亦有時而可信耶！

今時天文學知識發達，我們知牛郎星屬天鷹座，亮度為〇・八等，是全天上亮度排名十二的恆星，距地球一六・七光年。織女星屬天琴座，亮度為〇・〇等，是全天上亮度排名第五的恆星，距地球二五・三光年。李白雖云兩星「相去不盈尺」，但實際上牛女相隔十六光年。

前集〈迎曙〉：

李方叔《師友談》記及《延漏錄》、《鐵圍山錄》載仁宗晚年不豫，漸復康平。忽一日命宮嬪、妃主遊後苑，乘小輦向東，欲登城堞，遙見小亭榜曰「迎曙」，帝不悅，即時回輦。翊日上仙，而英宗登極，蓋曙字乃英宗御名也。又寇忠湣《雜說》載哲宗朝常創一堂，退繹萬幾，學士進名皆不可意，乃自製曰「迎端」，意謂迎事端而治之。未幾，徽宗由端邸即大位。又晁無咎《雜說》言，仁宗時作亭名曰「迎曙」，已乃悟為英宗名，改之曰「迎旭」，又以為未安，復改曰「迎恩」，皆符英宗御名也。已上數說，未知孰是。

英宗名趙曙（一〇三二至一〇六七），是仁宗趙禎（一〇一〇至一〇六三）的養子。仁宗見小亭榜曰「近曙」，生不祥之兆。仁宗三名兒子皆幼年夭折，兄弟也早逝，後來由趙曙繼位。徽宗趙佶（一〇八二至一一三五）是哲宗趙煦（一〇七七至一一〇〇）的弟弟，封為端王。哲宗自製堂名為「迎端」，也有不祥之兆。哲宗去世時無子，由端王趙佶繼位。

後集〈廖瑩中仰藥〉：

賈師憲還越之後，居家待罪，日不遑安。翹館諸客悉已散去，獨廖群玉瑩中館於賈府之別業，仍朝夕從不舍。乙亥七月一夕，與賈公痛飲終夕，悲歌雨泣，到五鼓方罷。廖歸舍不復寢，命愛姬煎茶以進，自於笈中取冰腦一握服之。既而藥力不應，而業已求死，又命姬曰：「更欲得熱酒一杯飲之。」姬復以金杯進酒，仍於笈中再取片腦數握服之。姬覺其異，急前救之，則腦酒已入喉中矣，僅落數片於衣袂間。姬於是垂泣相持，廖語之曰：「汝勿用哭我，我從丞相，必有南行之命，我命亦恐不免。年老如此，豈復能自若？今得善死矣。吾平生無負於主，天地亦能鑒之也。」於是分付身後大

概，言未既，九竅流血而斃。

廖瑩中（?至一二七五），為賈似道（一二一三至一二七五）幕下客，官為太府丞、知州，皆不赴。賈似道專權誤國，他亦遭國人唾罵。他醉心於刻書、藏書之業。度宗咸淳（一二六五至一二七四）間，僱工翻刻淳化閣帖、繹帖，皆逼真。選十三朝國史、會要、諸子雜說等，例為百卷，名《悅生堂隨抄》。所刻之書，用油墨和雜泥並用金香麝調和後，紙寶墨光，賞心悅目，世為善本。家有「悅生堂」為藏書之所，又建「世綵堂」、「在勤堂」專以刻書。與趙淇、韓醇、陳起、岳珂、余仁仲、汪綱並稱宋代著名的七大刻書家。賈似道在南宋國亡之前擅政十七年，誤國之罪，不可悉數。最後被謝太后（一二一〇至一二八三）流放循州，在途中被鄭虎臣殺於廁中。廖瑩中則自知「命恐不免」，服藥自殺。

後集〈記方通律〉：

《石林避暑錄》載蔡州道士楊大均善醫，能默誦《素問》、《本草》、《千金方》，其間藥名分量皆不遺一字。因問其此有何義理而可記乎？大均曰：「苟通其義，其文理有甚於章句偶儷，一見何可忘也。」余向登紫霞翁門，翁妙於琴律，時有畫魚周大夫者善歌，每令寫譜參訂，雖一字之誤，翁必隨證其非。余嘗扣之，云：「五凡工尺，有何義理？而能暗通默記如此，既未按管色，又安知其誤耶？」翁歎曰：「君特未深究此事耳。其間義理之妙，又有甚於文章，不然安能強記之乎？」其說正與前合。蓋天下之事，雖承蜩履稀之微，亦各有道也。

每一門學問，都有其義理。精於醫術者能記藥方，精於音律者能記樂譜，這是很自然的。

續集上〈蜀人不浴〉：

蜀人未嘗浴，不過以布拭之身。諺曰：「蜀人生時一浴，死時一浴。」

宋朝後半期的四川人，據說有近半個世紀不曾洗澡。自公元一二三六年開始，蒙古人對生活在盆地裏的四川人大肆殺戮。到一二七九年四川全境降元，四十餘年間，光成都一城即被蒙古人屠戮四次。盡管蒙古人凶殘，但四川人並不屈服，他們在成都、重慶及四川各地，進行了悲壯的抵抗。蒙古人橫掃亞歐，只用了二十餘年，但征服四川却用了將近半個世紀，甚至在一二七六年南宋朝廷投降後，四川人依然繼續抵抗了三年。當宋末四川人的生活中只剩下了殺戮、反抗、絕望的時候，他們誰還會想到要去洗澡？

續集下〈紹陵初誕〉：

紹陵之在孕也，以其母賤，遂服墮胎之藥，既而生子手足皆軟弱，至七歲始能言。黃氏德清人，乃李夫人從嫁，名定喜，後封隆國育聖夫人。

宋度宗趙禥（一二四〇至一二七四）是南宋第六位皇帝，宋太祖的第十一世孫，宋理宗侄子。生父為榮王趙與芮，生母隆國夫人黃定喜。在位十年，享年三十四歲，死後葬於永紹陵。

生母黃定喜是父親趙與芮亡妻李氏的陪嫁女，因身份卑微，她在懷孕時曾服墮胎藥，以致趙禥出生後，手腳皆軟，七歲才能說話。《宋史》謂他「資識內慧，七歲始言，言必合度，理宗奇之。」

伯父宋理宗子嗣不多，兩名兒子又在幼年夭折，故須在宗室另尋繼任人。宗室中，趙禥是與宋理宗血緣關係最近的人。宋理宗有意以趙禥為繼承人。理宗淳祐六年（一二四六）十月己丑，伯父賜名孟啟，以皇侄授貴州刺史，入內小學。七年正月乙卯，授宜州觀察使，就王邸訓習。九年正月乙巳，授慶遠軍節度使，封益國公。十一年正月壬戌，改賜名孜，進封建安郡王。理宗寶祐元年（一二五三）正月庚辰，下詔立為皇子，改賜名禥。理宗景定元年（一二六〇）六月壬寅，立趙禥為皇太子。景定五年冬十月，在位四十年的理宗駕崩，趙禥即位，是為度宗。參考先代咸平（宋真宗年號）、淳熙（宋孝宗年號），改年號為咸淳。

度宗即位時，金朝已經滅亡三十年，北方元朝軍隊大舉南下，國難當頭，他卻將軍國大權交給權臣賈似道（一二一三至一二七五），自己卻生活淫亂，沉湎酒色。元軍多次出兵進攻南宋，南宋朝廷雖腐朽，但是廣大軍民的抵抗，使得元軍不得不撤回，無法攻破長江防線。度宗即位後，元軍猛攻襄陽。然而賈似道密而不報，還說已經取勝，度宗在完全不予以查問的情況下竟對此言深信不疑。最後，元軍於咸淳九年（一二七三）初攻破圍攻五年的襄陽，守軍出降（守將呂文煥乃賈似道親信），提前預見南宋江山的滅亡。宋度宗聞知頓時昏倒，之後，終日借酒澆愁。咸淳十年（一二七四）七月，度宗因酒色過度而死。死後兩年，元軍攻破臨安。

元朝官修正史《宋史》脫脫等的評價是：「宋至理宗，疆宇日蹙，賈似道執國命。度宗繼統，雖無大失德，而拱手權奸，衰敝寖甚。考其當時事勢，非有雄才睿略之主，豈能振起其墜緒哉！歷數有歸，宋祚尋訖，亡國不於其身，幸矣。」

續集下〈征日本〉：

至元十八年，大軍征日本。船軍已至竹島，與其太宰府甚邇，方號令翌日分路以入，夜半忽大風暴作，諸船皆擊撞而碎，四千餘舟所存二百而已。全軍十五萬人，歸者不能五之一，凡棄糧五十萬石，衣甲器械稱是。是夕之風，木大數圍者皆拔，或中折，蓋天意也。

元世祖忽必烈（一二一五至一二九四）曾兩次東征日本。第一次在至元十一年（一二七四），第二次在至元十八年（一二八一）。當時的日本正處鎌倉幕府時代。但兩次東征，蒙古軍俱受暴風阻襲，損失慘重。此條記載第二次元日戰爭的情況。

續集下〈韓平原姓王〉：

王宣子嘗為太學博士，適一婢有孕而不容於內，出之女儈之家。韓平原之父同鄉，與之同朝，無子，聞王氏有孕婢在外，遂明告而納之。未幾得男，即平原也。

周密謂韓侂胄的父親是王佐。此條正史無載。王佐（一一二六至一一九一），字宣子，號敬齋。山陰（今浙江紹興）人，王羲之第三十一世裔孫。高宗紹興十八年（一一四八）戊辰科狀元，授承事郎，簽書平江軍節度判官，又改召為秘書省校書郎。因忤怒秦檜之子秦熺，被外放。秦檜死後，復為秘書郎，領右司郎。光宗紹熙二年（一一九一）二月十一日卒，享年六十六歲。

《宋史・卷四七四》：「韓侂胄，字節夫，魏忠獻王琦曾孫也。父誠，娶高宗憲聖慈烈皇后女弟，仕至寶寧軍承宣使。侂胄以父任入官，歷閤門祗候、宣贊舍人、帶御器械。淳熙末，以汝州防禦使知閤門事。」在正史上，韓侂胄（一一五二至一二〇七）是北宋名臣魏郡王韓琦（一〇〇八至一〇七五）的曾孫，寶寧軍承宣使韓誠之子，憲聖皇后吳氏之甥，恭淑皇后韓氏叔祖，宋神宗第三女唐國長公主之孫。

續集下〈章宗效徽宗〉：

金章宗之母，乃徽宗某公主之女也，故章宗凡嗜好書札，悉效宣和，字畫尤為逼真。金國之典章文物，惟明昌為盛。

金朝（一一一五至一二三四）由女真人首領完顏阿骨打（一〇六八至一一二三）建立，傳至章宗完顏璟（一一六八至一二〇八）是金朝第六任皇帝。章宗的母親孝懿皇后（一一四七至一一九一）的漢學素養深厚。章宗即位時，金朝已立國七十五年，禮樂刑政因遼、宋舊制，雜亂無貫，章宗即位，乃更定修正，為一代法。章宗時期的政治尚算清明，後世稱為明昌之治，文化發展達至最高峰。章宗不單對國內文化發展加以獎勵，而他本身亦能寫得一手好字，與北宋徽宗的「瘦金體」形似。但與此同時，軍事能力卻日益低下，使屬國紛紛離異、並招引鄰國侵略。後期，章宗整日與文人飲酒作詩，不思朝政。金朝日益腐朽衰敗，漠北已失去控制。此外，黃河氾濫等各種天災相繼出現，使國力開始衰退。在位後期蒙古帝國崛起，成為了日後金覆滅的隱患。後來，金亡於元太宗窩闊台年代。此條謂孝懿皇后乃「徽宗某公主之女」，正史未有記載。

續集下〈虎引彪渡水〉：

諺云：「虎生三子，必有一彪。」彪最獷惡，能食虎子也。余聞獵人云：「凡虎將三子渡水，慮先往則子為彪所食，則必先負彪以往彼岸，既而挈一子次至，則復挈彪以還，還則又挈一子往焉，最後始挈彪以去。蓋極意關防，惟恐食其子故也。」

中國古代的文化典籍中，「彪」是一種排在虎豹之間的神秘動物。古典文學作品中的昆仲兄弟常常用「龍虎彪豹」來排名，例如《水滸傳》中的「祝氏三傑」祝龍、祝虎、祝彪三兄弟，以及京劇《連環套》中的「賀氏四傑」賀天龍、賀天虎、賀天彪、賀天豹等。

民間傳說，彪為雌虎一胎中多餘的虎崽。據說母虎通常只產兩崽，極偶然也會生出第三崽，這便是彪。彪因先天營養不良而多瘦小孱弱。母虎不喜歡這麼個孩子，不餵它奶，且將它驅趕。虎本獸中之王，被虎遺棄的小彪，當然也成了眾獸之敵，倍受凌辱。所以彪一般在哺乳期就夭折，很少能生存下來。可一旦生存下來，它是極為兇殘的。

此條周密講述虎張三子渡水的方法，看來是文人創作的故事。

別集上〈北客詩〉：

北客有詠前朝詩云：「當日陳橋驛裏時，欺他寡婦與孤兒。誰知三百餘年後，寡婦孤兒亦被欺。」又詠汴京青城云：「萬里風霜空綠樹，百年興廢又青城。」蓋大金之亡，亦聚其諸王於青城而殺之。

後周世宗柴榮（九二一至九五九）駕崩，兒子郭宗訓（九五三至九七三）繼位，年方六歲，是為恭帝，符太后（九三三至九九三）垂簾聽政。次年，軍士在「陳橋兵變」中，擁戴殿前都點檢趙匡胤（九二七至九七六）為皇，是為宋太祖，恭帝被逼禪位。到了南宋恭帝趙㬎（一二七一至一三二三）德祐二年（一二七六），元兵南下，趙㬎年方五歲，由謝太后（一二一〇至一二八三）抱着，向元兵投降。又，欽宗靖康二年（一一二七），金滅北宋。當時北宋的首都是汴京。百多年後，在元太宗五年（一二三四），元滅金。當時金國的首都也是在汴京。前後對照看，不免使人有所感慨。

別集下〈旱魃〉：

金貞祐初，洛陽大旱。登封西吉成村有旱魃為虐，父老云：「旱，魃至，必有火光，即魃也。」少年輩入昏憑高望之，果見火光入農家，以大杯擊之，火焰散亂有聲如馳。古人說旱魃長三尺，其行如風，未聞有聲也。

旱魃（或稱魃）是中國神話中的妖怪，更是一種與旱災有關的傳說生物。關於旱魃的來歷有數種說法。最早的描述見於《詩經》：「旱魃為虐，如惔如焚。」《山海經》有女魃導致旱災的記載。漢代以後，關於旱魃的傳說逐漸增加，而形象也各不相同。如《神異經》之記載，旱魃的形象為「長三四尺，袒身，兩目頂上，行走如風，名曰魃」；宋人朱彧在《萍州可談》中，把旱魃說成是婦女生出的妖怪。

此外，漢代董仲舒所著之《春秋繁露．求雨》中，提到旱魃乃死者的骨骸而成。到了明清時期，旱魃為殭屍的說法被廣泛接受。在袁枚的《續子不語》與紀曉嵐的《閱微草堂筆記》皆有提及。不少地方的民眾認為旱魃是死屍所變，因此一旦發生大旱，便須趕緊去查看新墳，若墳上有火光、挖開之後死屍遍體白毛，就是旱魃，必須摧毀才能消解旱情。但遍生白毛的死屍應該僅為白殭（白凶）；旱魃不懼陽光，已無必要在白天躲回墳中。

此外，《道法會元》卷七八紀載了「天地之間有旱魃陰霾二鬼，為旱澇之害。旱魃頭如人形。蛇身有翼，凡祈雨則埋其頭於坎地。陰霾頭如女人狀，狐身，有翼，凡祈晴則埋其頭離方之地。俱用罡煞炁以禁之。」

《詩經・大雅・雲漢》：「旱魃為虐，如惔如焚。」《幼學瓊林・卷四・釋道鬼神類》：「乾旱之鬼曰旱魃。」《神異經・南荒經》：「南方有人，長二三尺，袒身，兩目頂上，走行如風，名曰魃，所見之國大旱，赤地千里。」

別集下〈胥吏識義理〉：

嘉定間，宇文紹節為樞密，樓鑰為參政。宇文臥病，王醫師涇投藥而斃，史直翁帥宰執往祭之，命南宮舍人李師普為文，末句曰：「云誰過歟？醫師之罪。」相府書吏張日新寫至於此，執白衛王曰：「既是誤投藥劑，豈可謂之醫師？祇當改作庸醫之罪。」衛王首肯之。又，嘉定初，玉堂草休兵之詔，有曰：「國勢漸尊，兵威已振。」日新時在學士院為筆吏，仍兼衛王府書司，密白衛王曰：「國勢漸尊之語，恐貽笑於夷狄，不當素以為弱也。」衛王是其說，遂道意於當筆者，改曰：「國勢尊隆，兵威振勵。」蓋胥吏亦有識義理，文字之不可不檢點也如此。《容齋隨筆》所載一事，亦然。

此條記載南宋寧宗嘉定年間有關用文遣字的兩則軼事。胥吏為掌管案卷的小官。他們雖是小官，往往也是深明義理的。

山居新語

《山居新語》四卷，元朝楊瑀（一二八五至一三六一）撰。

楊瑀，字元誠，錢塘（今杭州）人。元文宗天歷年間（一三二八至一三三〇）任中瑞司典簿，歷官奉議大夫，太史院判官。元順帝至正十五年（一三五五），江東、浙西盜賊羣起，乃改建德路總管。瑀蒞郡視之如家，民亦視之如父母。當時他的下屬中，有人懷疑長樂鄉民為盜，準備捉人入獄，累及數百家，引起鄉民不安。楊瑀獲悉後，親自帶領從役載米二百石前去賑濟鄉民，以安撫平息事端。

楊瑀終官浙東道宣慰使都元帥。順帝至正二十年（一三六〇），致仕。他喜與名公交往。晚年閒居山水間，植竹千株，自號「竹西居士」。

《山居新語》，完成於致仕期間。本書所記，有關元朝典章、文物、掌故、民情、經濟等甚多，雖雜有神怪之事，但史料價值不可低估。如處州砂糖竹箭，高克恭弛火禁，脫脫開舊河等，均對研究元史有較大價值。書中所記人物，很多《元史》紀傳沒有記載，所以此書可補充正史之缺略。本書中有三十餘條與陶宗儀所撰的《南村輟耕錄》內容大致相同。因《輟耕錄》後出，其所錄這些條可能係據本書之條改寫。

為本書寫序的是元末明初文人楊維楨（一二九六至一三七〇），又作維禎，字廉夫，號鐵崖、東維子，又號鐵笛道人，會稽（今浙江紹興）人。他善作詩，通音律。以下是他寫的序言：

經史之外有諸子，亦羽翼世教者。而或議之說鈴，以不要諸六經之道也。漢有陸生賈著書十二篇，號《新語》，至今傳之者，亦以善著古今存亡之徵。繼《新語》者，有《說苑》、《世說》，他如《筆語》、《艾說》、《夷堅》、《侯鯖》、《雜俎》、《叢說》、《桯史》、《墨客》、《夜話》、《野語》等書，雖精粗泛約之不同，亦可備稽古之萬一。若《幽冥》、《青瑣》，祆詭婬佚，君子不道之已。吾宗老山居太史，歸田後著書，名《山居新語》，凡若干首。其備古訓類《說苑》，摭國史之闕文類《筆語》，其史斷詩評，繩前人之愆。天菑人妖，垂世俗之警。視祆詭婬佚敗世教者遠矣，其得以說鈐議之乎?好事者梓行其書，徵予首引，予故為之書。至正庚子夏四月十有六日，李黼榜第二甲進士、今奉訓大夫、江西等處儒學提舉會稽楊維禎敘。

《山居新語》全書有一百五十條。現選錄十餘條給大家賞讀。

卷一〈揭曼碩夢事〉：

揭曼碩（傒斯）天曆初為授經郎，時上自北來。一日，揭夢在授經郎廳，忽報接駕，急出門迎之，恍如平日。及入廳，坐定視之，乃今上也。時奎章閣官院長忽都魯篤魯迷失、供奉學士沙剌班，揭以二公謹愿篤實，遂以此夢告之，後果相符。班公以揭公夢事聞之於上，遂得召見。

此條述及揭傒斯（一二七四至一三四四）於元文宗天曆初年的「夢事」。揭傒斯，字曼碩，龍興富州（今江西豐城）人，是元代著名的文學家、書法家、史學家。著有《揭文安公集》。幼時家貧，讀書刻苦。元成宗大德年間出遊湘漢。元仁宗延祐元年（一三一四），由布衣授為翰林國史院編修，遷應奉翰林文字，前後三入翰林。元文宗天曆二年（一三二九）任奎章閣授經郎。元寧宗至順元年（一三三〇）與修《經世大典》。順帝朝，歷遷翰林待制、集賢學士。後至元六年（一三四〇），授奎章閣供奉學士，改翰林直學士。至正元年（一三四一）兼經筵官。至正二年（一三四二）升翰林侍講學士。至正三年

（一三四三），修遼、金、宋三史，為總裁官之一。《遼史》已進，《金史》垂成，因感染寒疾卒於史館。追封豫章郡公，諡文安。傒斯官至翰林侍講學士，在朝廷任職三十餘年，文學造詣深厚，為文簡潔嚴整，為詩清婉麗密。與虞集、楊載、范梈合稱「元詩四大家」。他亦善楷書、行書及草書。

卷一〈異症〉：

元統甲戌三月二十九日，（瑀）在內署，退食餘暇，廣惠司卿聶只兒（也裏可溫人。）言：「去歲在上都，有剛哈剌咱慶王，今上皇姊之駙馬也。忽得一證，偶墜馬，扶馬則兩眼黑睛俱無，而舌出至胸。諸醫束手，惟司卿曰：『我識此證。』因以翦刀翦去之。少頃，復出一舌，亦翦之。又於其舌兩側，各去一指許，用藥塗之而愈。翦下之舌尚存。亦異證也。」廣惠司者，回回醫人隸焉。

此條記述元順帝元統二年（一三三四）楊瑀在內署聽聞的一則異症。

卷一〈脫脫軼事〉：

脫脫丞相，（即倚納公）康里人氏，延祐間為江浙丞相。有伯顏察兒為左平章，咨保寧國路稅務副使耶律舜中為宣使。一日平章諭該吏曰：「我保此人乃風憲舊人及其才能正當選用。」囑之再三曰：「汝可丞相前覆說之。」丞相曰：「若說用則便用之，若說選則不必提也。」只分別用、選二字，言簡而意盡。姑書之，以備言行錄之采擇焉。公又訪知杭州過浙江往來者不便，乃開舊河通之。此河錢王時古河也，因高宗造德壽宮，湮塞之。公相視已定，州果與富豪通交，沮以太歲之說為疑。至日，公自持鑝，一揮而定。往年每行李一擔費腳錢二兩五錢，今以一擔之費買舟，則十擔一舟能盡，其利可謂博矣。

此條記述元相脫脫的軼事。脫脫（一三一四至一三五六），亦作托克托、脫脫帖木兒，蔑裏乞氏，字大用，蒙古蔑兒乞人，元朝末年政治家、軍事家。元順帝元統二年（一三三四），脫脫任同知宣政院事，遷中政使、同知樞密院事、御史大夫、中書右丞相。順帝至元六年（一三四〇），為中書右丞相，大改伯顏舊政，復科舉取士。順帝至正三年（一三四三），主編《遼史》、《宋史》、《金史》，任都總裁官。至正四年（一三四四）因病辭職。至正九年（一三四九），復出為中書左丞相，次年改任中書右丞相。為應對危局，發行「至正交鈔」，並派賈魯治理黃河，成績卓著。至正十一年（一三五一），鎮壓抗元紅巾軍。至正十四年（一三五四），脫脫遭朝中政敵彈劾，被革職流放雲南等地。至正十五年十二月（一三五六年一月）在中書平章政事哈麻矯詔下飲鴆自盡，終年四十二歲。《元史》稱其「功施社稷而不伐，位極人臣而不驕，輕貨財，遠聲色，好賢禮士，皆出於天性。至於事君之際，始終不失臣節，雖古之有道大臣，何以過之。」

卷一〈佛法譬若燈籠〉：

膽巴師父者，河西僧也。大德閒朝廷事之，與帝師並駕。適德壽太子病癍而薨，不魯罕皇後遣使致言於師曰：「我夫婦以師事汝至矣，止有一子，何不能保護耶？」師答曰：「佛法譬若燈籠，風雨至則可蔽。若爾燭盡，則燈籠亦無如之何也。」可謂善於應對。

膽巴（一二三〇至一三〇三），一名「功嘉葛剌思」，又名「慶喜稱」，尊稱「阿尼膽巴」，藏族，西番突甘斯旦麻（今青海省玉樹藏族自治州稱多縣）人，藏傳佛教薩迦派高僧，元朝國師，後追封元朝帝師。膽巴的事跡，《元史》、《佛祖歷代通載》、《神僧傳》、《釋氏稽古錄》等漢文古籍均有記載。趙孟頫書寫的《大元敕賜龍興寺大覺普慈廣照無上帝師之碑》記述了膽巴在佛教上的功德。此條膽巴師父謂「佛法譬若燈籠」，解說甚為精闢。

卷一〈莊肅藏書〉：

上海縣士人莊蓼塘者，藏書至七萬卷。其子欲售之，買者積年無有，好事者可見其鮮。

此條記載元代藏書家莊肅（一二四五至一三一五），字恭叔，號蓼塘，松江（今屬上海）青龍鎮人。仕宋為秘書院六品小吏。宋亡後，棄官浪跡於海上，隱居於松江青龍鎮，於青龍鎮建藏書樓為「萬卷軒」以貯書。藏書多為手抄本。經、史、子、集，稗官小說，均有收藏。並把書目分成十門歸類。人稱為江南三大藏書家之一。元順帝元至正六年（一三四六），江南藏書多者獻書只三家，莊肅為其一。為了修宋、遼、金三史，詔求遺書，並指派史臣危素到他家訪求遺書，莊氏怕書中有觸犯禁令之處，乃將書焚燬，危素只選得五百卷。撰有《莊氏藏書目》，其分類於經、史、子、集外，另有山經、地誌、醫卜、方技、小說六目，用甲、乙、丙、丁、戊、已、庚、辛、壬、癸以區別。今已佚。藏書印有「蓼塘居士」、「恭叔藏書印」等。卒後，子孫不知保護圖書，或為蟲齧，或為人竊去，或供炊柴之需，少部分獻於朝中，藏於秘閣。

卷二〈趙孟頫談人中〉：

余幼侍坐於趙子昂學士席間，適寫神陳鑑如持趙公影草來呈。公援筆與之自改，且言所以未然之故。筆至脣，乃曰：「何以為之人中？若以一身之中言之，當在臍腹間。指此名之曰中，何也？蓋自此而上，眼、耳、鼻皆雙竅；自此而下，口洎二便皆單竅；成一《泰卦》耳。由是之故，因以此名中也。」滿座為之敬服。

此條記載趙孟頫談及「人中」的軼事，見解使「滿座為之敬服」。趙孟頫（一二五四至一三二二），字子昂，號松雪道人，別號鷗波、水精宮道人等。兩浙西路烏程（今浙江湖州市吳興區）人。元代官員，書畫家。其妻為元朝畫家、詩人管道昇。元朝畫家王蒙之外祖父。趙孟頫為宋太祖後代，後仕元，甚受皇帝重視，是元代文人的領袖人物。世祖至元末到成宗大德初，仕宦江南。累官至翰林學士承旨，榮祿大夫，世稱「趙承旨」。死後晉封魏國公，諡文敏。趙孟頫在詩、書、畫、印上皆有很高造詣。詩作有《松雪齋集》。書法上精通行書、楷體，獨創「趙體」，對後代書法藝術影響很大。篆刻以「元朱文」著稱。書法上也有獨創性，首次提出書畫用筆相同的理論。

卷二〈沙剌班受寵〉：

沙剌班學士者，乃今上之師也，日侍左右。一日體倦，於便殿之側偃臥，因而睡濃。上自以所坐朵兒別真（即方褥也。）親扶其頭而枕之。又班公嘗於左額上生小癤，上親於合鉢中，取佛手膏，攤於紙上，躬自貼之。比調羹之榮，可謂至矣！

沙剌班，元朝大臣。字惟中、一字敬臣，號山齋。畏兀兒人。大司徒阿鄰帖木兒長子。能詩文兼工大字，精通畏兀兒文和蒙文，為惠宗之師。惠宗即位後，深受禮遇，入侍禁中。累官翰林學士承旨、奎章閣大學士、中書平章政事、大司徒、宣政院使。為《金史》纂修官之一。曾諫阻以「薛禪」（聰明、大聖）號贈權臣丞相伯顏。卒，追封北庭王，謚文定。由此條中，可見他甚受惠宗寵愛。

卷三〈杭州火災〉：

至正元年四月十九日，杭州火災。總計燒官民房屋、公廨、寺觀一萬五千七百五十五間六所七披，民房計一萬三千一百八間，官房一千四百二十四間六所七披，寺觀一千一百三十間，功臣祠堂九十三間。被災人戶一萬七百九十七戶，大小三萬八千一百一百十六口；可以自贍者一千一十三戶，大小四千六十七口。燒死人口七十四口，每口給鈔一定，計七十四定。實合賑濟者，計九千七百八十四戶。大口二萬二千九百八十三口，每口米二斗，計米四千五百八十一石八斗；小口一萬一千六十六口，每口米一斗，計米一千一百六石六斗；總計米五千六百八十八石四斗。時江浙行省只力瓦歹平章移咨都省云：「光祿大夫江浙平章政事，切念當職，荷國榮恩，受寄方岳，德薄才微，不能宣上德意，撫茲黎民。到任之初，適值闕官，獨員署事一月有餘，政事未修，天變遽至。乃四月十九日丑寅之交，災起杭城，自東南延上西北，近二十里，官民閭舍，焚蕩迨半，遂使繁華之地，鞠為蓁蕪之墟。言之痛心，孰甚其咎。衰老之餘，甘就廢棄。當此重任，深愧不堪。已嘗移文告代，未蒙俞允。誠不敢久稽天罰，以塞賢路。僅守職待罪外，乞賜奏聞，早為註代，生民幸甚。」明年四月一日，又復火災。宋治平三年正月己卯，溫州火燒民屋一萬四千間，死者五千人。

此條鉅細無遺地記錄了在元順帝至正元年（一三四一）在杭州一次火災的災情。又述及在北宋英宗治平三年（一〇六六）在溫州也有一次同樣嚴重的火災。

卷三〈特別偏方〉：

凡有瘋狗、毒蛇齩傷者，只以人糞塗傷處，極妙。新糞尤佳，諸藥皆不及此。

此條所述及的治療瘋狗、毒蛇齩傷的偏方頗特別。

卷四〈安康夫人及安定陳才人殉國〉：

至元十三年丙子正月廿二日，伯顏丞相入杭城。二月廿二日，起發宋三宮赴北。四月廿七日，到上都。五月初二日，拜見世祖皇帝。十一日，命幼主為檢校大司徒、開府儀同三司，進封瀛國公。十二日，內人安康夫人、安定陳才人，又二侍兒，失其姓氏，浴罷肅襟閉門，焚香於地，各以抹胸自縊而死。解下，衣中有清江紙書一卷，云：「不免辱國，幸免辱身。不辱父母，免辱六親。藝祖受命，立國以仁。中興南渡，計三百春。身受宋祿，羞為北臣。大難既至，劫數回輪。妾輩之死，守於一貞。焚香設誓，代書諸紳。忠臣義士，期以自新。丙子五月吉日泣血書。」十三日奏聞，露埋四尸，取其首懸於全後寓所，以戒其餘，在上都時濟門。予嘗聞之先父樞密，因觀周草窗《日鈔》亦載此事，又得祈清使、日記官嚴光大《續史》所說相同。二書皆寫本。恨《三朝政要》、《錢塘遺事》板行於世，皆失此一節。惜哉！若此貞烈，可不廣傳乎？因筆之於此。

此條記載元世祖至元十三年（一二七六），元兵攻入南宋首都臨安（今杭州），宋降。宋恭帝趙㬎（一二七一至一三二三）及三宮被俘北上。元封恭帝為瀛國公。後，內人安康夫人、安定陳才人及二侍兒自縊殉國。作者認為若此貞烈，應該筆錄廣傳。

卷四〈黃公望與吾子行互吹鐵笛〉：

黃子久（公望）**，自號大癡，吳人。博學多能之士，閻子靜、徐子方、趙松雪諸名公莫不友愛之。一日，與客遊孤山，聞湖中笛聲，子久曰：「此鐵笛聲也。」少頃，子久亦以鐵笛自吹下山。遊湖者吹笛上山，乃吾子行也。二公略不相顧，笛聲不輟，交臂而去。一時興趣又過於桓伊也。**

黃公望（一二六九至一三五四），字子久，號大痴、大痴道人、一峰道人，平江路常熟州（今江蘇省蘇州市常熟市）人，元朝畫家。他學識淵博，工書法，通音律，能詩文，鍾嗣成說他：「公之學問，不在人下，天下之事，無所不知，薄技小藝亦不棄。」五十歲才開始學繪畫，曾得到趙孟頫的指點，黃公望自稱為「松雪齋中小學生」，重視寫生，常在風景名勝地隨筆摹寫，其水墨山水尤為出色，創立了淺絳山水，代表作為《富春山居圖》。黃公望和吳鎮、倪瓚、王蒙並稱為「元四大家」，以黃公望為首。明代評論家王世貞評論說他的畫法「無筆不靈，無筆不趣，於宋法之外，又開生面。」此條述及他遊孤山與吾子行互吹鐵笛的軼事。條中云「一時興趣又過於桓伊也。」

桓伊（？至三九一），字叔夏，小字子野，東晉譙國銍縣（今安徽濉溪）人，東晉將領桓宣族子，東晉將領及音樂家，擅吹笛，有「笛聖」之稱，號稱「江左第一」。相傳他使用的竹笛是蔡邕的柯亭笛，曾為王羲之第五子王徽之（三三八至三八六）吹奏《梅花三弄》，吹奏完畢，桓伊上車離去，兩人未有交談。相傳琴曲《梅花三弄》是據其笛曲改編的。

卷四〈讀書訣〉：

《讀書訣》云：生則慢讀明經句，熟則緊讀貪遍數。未熟莫要背念，既倦不如且住。

此條所說及的《讀書訣》頗值得大家參考。

南村輟耕錄

《南村輟耕錄》三十卷，元末明初人陶宗儀（一三二九至一四一〇）撰。陶宗儀，字九成，號南村。黃巖清陽人（今屬浙江台州路橋）人。父陶煜官至上虞縣尹，叔陶復初是書畫家。元順帝至正八年（一三四八）三月，科舉失利，舉進士不第，八月避兵出遊浙東、浙西。明朝推翻元朝後，陶氏定居雲間（今上海松江），開館授課。終身不仕，人稱「南村先生」。他工書法，尤能小篆，勤於筆記，隨身攜帶筆墨，遇事即記。著有《書史會要》、《南村輟耕錄》、《說郛》、《南村詩集》等。《南村輟耕錄》據說是他在松江時所作。他每當有暇，常在樹下採摘葉子來做筆記，寫完後貯於盆內，十年下來，放滿了十多盆，後抄錄成書。

《輟耕錄》記載了元朝的政治、社會、掌故、典章、文物、軼事，更論述詩詞、小說、戲劇、書畫等。對於研究歷史及文學很有參考價值。

現從此書抄錄十五條給大家欣賞。

卷一〈平江南〉：

至元十一年甲戌，宋之咸淳十年也。秋七月，世祖命中書右丞相伯顏、總制大軍取宋，諭之若曰：「朕聞曹彬不嗜殺人。一舉而定江南，汝其體朕心，法彬事，毋使吾赤子橫罹鋒刃。」伯顏叩首奉命惟謹。既而混一職方，豈非不嗜殺人之驗與。

開國的帝皇一般都是英明的帝主。他們亦很會用人。宋太祖趙匡胤（九二七至九七六）用曹彬（九三一至九九九）為將，曹彬不嗜殺人，一舉而定江南。元世祖忽必烈（一二一五至一二九四）用伯顏（一二三六至一二九五）為將，亦告誡他要「法彬事，毋使吾赤子橫罹鋒刃。」

伯顏是元朝初年著名的軍事家和政治人物，其曾祖失兒古額禿是成吉思汗帳下千戶長，祖父阿剌黑曾任千戶長兼斷事官，從征西域有功。叔祖父是成吉思汗的名臣納牙阿。父親曉古台，曾隨旭烈兀西征西亞，伯顏即在伊兒汗國生長，信奉景教。至元初年，受旭烈兀派遣出使大都，並受到元世祖的賞識和信任，遂留仕於元朝。一二六五年成為光祿大夫中書左丞相，一二七四年，元大舉伐南宋，統帥史天澤因病辭退，伯顏遂成為征宋總帥，進展順利，一二七六年二月四日宋軍投降，進入臨安，元軍俘虜宋恭帝和謝太后以及很多南宋宗室和大臣，元朝改臨安為兩浙大都督府。後伯顏又統帥大軍負責對窩闊台汗國海都汗的戰爭，元世祖忽必烈去世前，任命伯顏和不忽木等人為託孤大臣，一二九四年二月一八日元世祖去世，一二九四年五月一〇日，伯顏和大臣們擁立元成宗鐵穆耳登基稱帝，元成宗登基後，官至開府儀同三司、太傅、錄軍國重事，依前知樞密院事，至元三十一年十二月二十五庚子日（一二九五年一月一日），伯顏病逝。

卷一〈宋興亡〉：

宋之興，始於後周恭帝顯德七年，恭帝方八歲。及其亡也，終於少帝德祐元年，少帝時四歲，名顯。而顯德二字，竟與得國時合。周以主幼而失國，宋亦以主幼而失國。周有太后在上，宋亦有太后在上。始終興亡之數，昭然如此。

此條慨歎宋代的興與亡竟有很多巧合之處。後周世宗柴榮（九二一至九五九）崩後，其子柴宗訓（九五三至九七三）繼位，是為恭帝，年方六歲，符太后（九三三至九九三）聽政，仍用世宗年號顯德。次年，即顯德七年（九六〇），趙匡胤在「陳橋兵變」中被黃袍加身，成立宋朝。到了南宋，度宗（一二四〇至一二七四）崩後，其六子趙㬎（一二七一至一三二三）繼位，年方三歲，由謝太皇太后謝道清（一二一〇至一二八三）及全太后（一二四一至一三〇九）聽政。兩年後，元兵攻陷南宋京城臨安，謝太皇太后抱着五歲的恭帝出降。南宋殘餘勢力在福建、廣東抗元，直到一二七九年南宋正式滅亡。後人評謂趙匡胤初欺後周的寡婦孤兒，到了後來，他的後代的寡婦孤兒亦被人欺，可見因果循環，報應不爽云。

卷二〈不食死〉：

謝君直先生枋得，號疊山，信州弋陽人，宋景定甲子，江東漕闈校文，發策問，權奸誤國趙氏必亡。忤賈似道，貶興國軍。三年，遇赦得還。天兵南下，邵城潰，棄家入閩。至元二十三年，御史程文海，承旨留夢炎等，交薦，累召不赴。二十六年春正月，福建行省參知政事魏天祐復被詔旨。集守令戍將，迫蹙上道。臨行，以詩別常所往來者曰：「雪中松析愈青青，扶植綱常在此行。天下豈無龔勝潔，人間不獨伯夷清。義高便覺生堪舍，禮重方知死甚輕。南八男兒終不屈，皇天上帝眼分明。」夏四月，至京師，不食死，年六十有四。秋八月，子定之奉柩歸葬，門人誄而題之曰：文節先生謝公墓。嗟乎！伯夷叔齊，在周雖為頑民，而在商則為義士。孰謂數千載後，有商義士之風者，復見先生焉。

謝枋得（一二二六至一二八九），字君直，號疊山，遠祖居會稽，信州弋陽（今屬江西）人，南宋遺民、文學家，隱居福建建寧府建陽縣、被元朝徵調至大都，不降，絕食而死，門人私謚文節，世稱謝文節公、文節先生。

其父謝應琇因忤據要津者，被董槐冤劾死，母親桂氏深明大義，教養子孫。枋得自幼穎悟，「每觀書，五行俱下，一覽終身不忘」。理宗寶祐四年（一二五六）與文天祥（一二三六至一二八三）同科中進士二甲第一，除撫州司戶參軍，因董槐仍在位，拒不赴任。性好直言，因得罪賈似道而遭黜斥。恭帝德祐元年（一二七五），元軍逼近臨安，情勢緊張，以江東提刑、江西詔諭使治理信州（今江西上饒），枋得出資十萬貫招信、撫兩州義士萬人馳援江防部隊。次年（一二七六）正月率兵與元軍在安仁（今餘江）展開血戰，無援而敗，妻小皆被俘，押於金陵監獄。其妻李氏饒州安仁人，元世祖至元十五年，即宋帝昺祥興元年（一二七八）守節縊死。枋得之兄謝君禹、兩位弟弟謝君烈及謝君澤皆先後遇難，女兒謝葵英盡家資修孝烈橋後投水自盡。

南宋滅亡後，枋得隱居於福建建寧府建陽縣唐石里，流寓槐植村，以卜卦、教書度日，不索錢財，惟取米、屨（白米和草鞋）而已。元朝先後五次徵聘，堅辭不應，並寫《卻聘書》：「人莫不有一死，或重於泰山，或輕於鴻毛，若逼我降元，我必慷慨赴死，決不失志。」

至元二十六年（一二八九），被福建行省參政魏天佑強制送往大都，被拘留於憫忠寺（今法源寺），見壁間有曹娥碑，哭泣說：「小女子猶爾，吾豈不汝若哉！」已歸降元朝的宋朝理宗淳祐四年（一二四四）狀元留夢炎（？至一二九五）親自帶醫生煮藥及米湯，枋得動怒，擲之於地。後絕食五日而死，至死未降為元臣。遺書自稱「大元制世，民物一新，宋室孤臣，只欠一死。某所以不死者，以九十三歲之母在堂耳，先妣以今年二月，考終於正寢，某自今無意人間事矣！」其子扶棺歸信州，葬故鄉弋陽玉亭龔之原。門人私謚文節。謝疊山與文文山（文天祥）、袁袁山（袁繼咸）（一五九三至一六四六）三人合稱「江右三山」。

著有《疊山集》一六卷。《千家詩》原名《分門纂類唐宋時賢千家詩選》，南宋劉克莊（一一八七至一二六九）編輯。謝枋得對原有《千家詩》有所整理增刪，成為謝枋得編輯《千家詩》。從此《千家詩》有兩種版本並行與世。

卷二「切諫」：

太宗素嗜酒，晚年尤甚，日與大臣酣飲。耶律文正王數言之，不聽。一日，持酒槽之金口以進，曰：「此乃鐵耳，為酒所蝕，尚致如此，況人之五臟，有不損耶？」上說，賜以金帛，仍敕左右，日惟進酒三鍾而止。夫以王之切諫不已，而上終納之。可謂君明臣良者矣。

此條記載元太宗（窩闊台）（一一八六至一二四一）和官至中書令的耶律楚材（一一九〇至一二四四）君臣之間的軼事。「君明臣良」，國之福也！

耶律楚材，字晉卿，漢化契丹族人，號湛然居士、玉泉老人。金末元初人，為遼太祖耶律阿保機長子東丹王耶律倍的八世孫、金朝尚書右丞耶律履（一一三一至一一九一）之子。在金仕至左右司員外郎。

當楚材出生時，其父耶律履已屆六十歲高齡，他謂「吾六十得此子，吾家千里駒也，他日必成偉器，且當為異國用」，便引用《左傳．襄公二十六年》中「雖楚有材，晉實用之」的典故，為其子命名。耶律楚材兩歲喪父，後由其母楊氏扶養、教育成人。他精通漢文化，博覽群書，能詩善文，天文、地理、律曆、術數、醫卜及釋道等學說無一不精。

蒙古軍攻佔金中都時，成吉思汗收耶律楚材為臣。耶律楚材先後輔弼成吉思汗及窩闊台父子廿餘年，擔任中書令十四年之久。他提出以儒家治國之道並制定了各種施政方略，為蒙古帝國的發展和元朝的建立奠定了基礎。

蒙古軍隊曾以嗜殺著稱，金朝汴京破城時，大將速不臺主張屠盡全城居民，耶律楚材諫止說，國家興兵打仗，就是為了得到土地和人民，得地無民，又有何用！耶律楚材又說，奇工巧匠、富厚之家皆薈萃於此城中，若悉數屠戮，我軍入城將一無所獲。窩闊臺接納他的意見，下令除完顏氏一族外，餘皆赦免，汴京一百四十七萬生靈始得保全性命。金朝覆亡後，秦（今甘肅天水）、鞏（今甘肅隴西）等二十餘州軍民因害怕屠城，皆抗命不降，又是耶律楚材居中調停，窩闊台下詔不殺，於是秦、隴等處皆稽首歸附。其後蒙古軍攻取淮、漢諸城，也照此辦理。

一二四一年，元太宗窩闊台病逝，乃馬真皇后臨朝稱制，她當政期間，朝政多亂，耶律楚材身為中書令，也力爭不得。乃馬真皇后稱制三年（甲辰）（一二四四），耶律楚材因病去世，享年五十五歲。

耶律楚材有《湛然居士文集》、《西遊錄》、《便宜十八事》（蒙古帝國草創初期的法典）、《玄風慶會錄》（耶律楚材奉成吉思汗旨意記錄長春真人丘處機和成吉思汗關於長生之道和養生之道的談話）。

卷四〈奇遇〉：

揭曼碩先生未達時，多遊湖湘間。一日，泊舟江涘，夜二鼓，攬衣露坐，仰視明月如晝。忽中流一棹，漸近舟側，中有素妝女子，斂衽而起，容儀甚清雅。先一問曰：「汝何人？」答曰：「妾商婦也。良人久不歸，聞君遠來，故相迎耳。」因與談論，皆世外恍惚事。且云：「妾與君有夙緣，非同人間之淫奔者，幸勿見卻。」先生深異之，迨曉，戀戀不忍去。臨別，謂先生曰：「君大富貴人也，亦宜自重。」因留詩曰：「盤塘江上是奴家，郎若閑時來吃茶。黃土築墻茅蓋屋，庭前一樹紫荊花。」明日，舟阻風，上岸沽酒，問其地，即盤塘鎮。行數步，見一水仙祠，墻垣皆黃土，中庭紫荊芬然。及登殿，所設像與夜中女子無異。余往聞先生之侄孫立禮說及此，亦一奇事也。今先生官至翰林侍講學士，可知神女之言不誣矣。

此條謂揭曼碩先生未達時，在湖湘間遊歷時的「奇遇」。那段日子大概在元成宗大德年間（一二九七至一三〇七）。關於揭傒斯生平，可參考本書評介《山居新語》篇。

卷四〈挽文丞相詩〉：

丞相文公天祥，其事載在史冊，雖使三尺之童，亦能言其忠義。翰林學士徐威卿先竹先生世隆有詩挽之曰：「大元不殺文丞相，君義臣忠兩得之。義似漢王封齒日，忠如蜀將斫顏時。乾坤日月華夷見，嶺海風霜草木知。只恐史官編不盡，老夫和淚寫新詩。」可謂善風刺者矣。虞伯先生集亦有詩曰：「徒把金戈挽落暉，南冠無奈北風吹。子房本為韓仇出，諸葛安知漢祚移。雲暗鼎湖龍去遠，月明華表鶴歸遲。何須更上新亭飲，大不如前灑淚時。」讀此二詩而不泣下者幾希。

此條記錄了兩首挽文天祥（一二三六至一二八三）的七律，寫得真切，甚為感人。

第一首作者徐世隆（一二〇六至一二八五），字威卿，元朝陳州西華縣（今河南省西華縣）人。金哀宗正大四年（一二二七），中進士，任縣令。元世祖中統元年（一二六〇）任燕京等路宣撫使，世祖至元元年（一二六四）為翰林侍講學士，兼太常卿。至元七年（一二七〇）為吏部尚書，撰寫《選曹八議》。曾上書請元世祖不要東征日本。他通曉典故，精通律令。著作有《瀛洲集》百卷。

第二首作者虞集（一二七二至一三四八），字伯生，號道園，人稱邵庵先生。少受家學。成宗大德初，以薦授大都路儒學教授。仁宗時，遷集賢修撰，除翰林待制。文宗即位，累除奎章閣侍書學士。領修《經世大典》，著有《道園學古錄》、《道園遺稿》。虞集素負文名，與揭傒斯、柳貫、黃溍並稱「元儒四家」；詩與揭傒斯、范梈、楊載齊名，人稱「元詩四家」。

卷八〈作今樂府法〉：

喬孟符吉，博學多能，以樂府稱。嘗云：「作樂府亦有法，曰鳳頭豬肚豹尾六字是也。大概起要美麗，中要浩蕩，結要響亮。尤貴在首尾貫穿，意思清新。苟能若是，斯可以言樂府矣。」此所謂樂府，乃今樂府，如《折桂令》、《水仙子》之類。

喬吉（一二八〇至一三四五），又名喬吉甫，字夢符，號笙鶴翁，又號惺惺道人，元朝雜劇、散曲作家。喬吉為山西太原人，寓居杭州。他與張可久（約一二七〇至約一三四八）並稱「曲中雙璧」、「曲中李杜」。其作品多流露對現狀的不滿。題材以寄情山水、聲色詩酒、客居生活為主。他有小令二百餘首及套曲十一首。著有《文湖州集詞》、《喬夢符小令》、《夢符散曲》。此外，還有雜劇《杜牧之詩酒揚州夢》、《玉簫女兩世姻緣》和《李太白匹配金錢記》等。他在散曲方面的成就高於雜劇。鍾嗣成《錄鬼簿》中說他「美姿容，善詞章，以威嚴自飭，人敬畏之。」又作弔詞云：「平生湖海少知音，幾曲宮商大用心。百年光景還爭甚？空贏得，雪鬢侵，跨仙禽，路繞雲深。」從中大略可見他的為人。他的《綠么遍》小令云：「不佔龍頭選，不入名賢傳。時時酒聖，處處詩禪，煙霞狀元，江湖醉仙。笑談便是編修院。留連，批風抹月四十年。」這應是他落魄江湖的真實寫照。

卷八〈飛雲渡〉：

飛雲渡風浪甚惡，每有覆舟之患。有一少年子，放縱不羈，嘗以所生年、月、日、時就日者問平生富貧壽夭。有告曰：「汝之壽莫能踰三旬。」及徧叩他日者，言亦多同。於是意謂非久於人世，乃不娶妻，不事生產作業，每以輕財仗義為誌。嘗俟船渡傍，見一丫鬟女子，徘徊悲戚，若將赴水，少年亟止之。問曰：「何為輕生如此？」答曰：「我本人家小婢，主人有姻事，暫借親眷珠子耳環一雙，直鈔三十餘錠，定今日送還，竟於中途失去。寧死耳，焉敢歸？」少年曰：「我適拾得，但不審果是汝物否？」方再三磨問顆數裝束，實是。遂同造主人，主人感謝，欲贈以禮，辭不受。既而主人怒此婢，遣嫁業梳剃者，所居去渡所只尺間。期歲，少年與同行二十有八人將過渡，道遇一婦人，拜且謝。視之，乃失環女也。因告其故於夫，屈留午飯。餘人先登舟，俄風濤大作，皆葬魚腹。蓋少年能救人一命，而造物者亦救其一命以答之。後少年以壽終。渡在溫之瑞安。

此條屬「異聞」之類，雖然怪誕，卻能警世。

卷十〈三姑六婆〉：

三姑者，尼姑、道姑、卦姑也。六婆者，牙婆、媒婆、師婆、虔婆、藥婆、穩婆也。蓋與三刑六害同也。人家有一於此，而不致姦盜者，幾希矣。若能謹而遠之，如避蛇蠍，庶乎淨宅之法。

此條解釋何謂「三姑六婆」，亦指出我們應該「謹而遠之」，使家宅安寧。

卷十一〈不快〉：

世謂有疾曰不快。陳壽作《華佗傳》，亦然。

此條謂世上有一種疾病，名為「不快」，並說陳壽（二三三至二九七）的《華佗傳》已有談及此疾。「不快」可能是指不愉快或不暢快，對身體當然不好。陳壽在《三國志・卷二十九・華佗傳》中引華佗（約一四五至二〇八）的說話：「人體欲得勞動，但不當使極爾。動搖則穀氣得消，血脈流通，病不得生，譬猶戶樞不朽是也。是以古之仙者為導引之事，熊頸鴟顧，引輓腰體，動諸關節，以求難老。吾有一術，名五禽之戲，一曰虎，二曰鹿，三曰熊，四曰猿，五曰鳥，亦以除疾，並利蹄足，以當導引。體中不快，起作一禽之戲，沾濡汗出，因上著粉，身體輕便，腹中欲食。」華佗說他發明「五禽之戲」，當「體中不快」時，便作其中一禽之戲。出了一身汗後，擦些爽身粉，身體便會變得輕便，也有食慾了。華佗的智慧大家應該參考。

今人家正門適當巷陌橋道之沖，則立一小石將軍，或植一小石碑，鐫其上曰石敢當，以厭禳之。按西漢史遊急就章云：「石敢當」，顏師古註曰：衛有石碏、石買、石惡，鄭有石制，皆為石氏。周有石速，齊有石之紛如。其後以命族。敢當，所向無敵也。據所說，則世之用此，亦欲以為保障之意。

石敢當，又稱泰山石敢當，是立於街巷之中，特別是丁字路口等路風水沖處被稱為凶位的牆上，用於辟邪的石碑。石碑上刻有「石敢當」，或「泰山石敢當」的字，在碑額上還常有獅首、虎首等浮雕。很多地方將石敢當當作道路神祭祀。《辭源》中解釋：「唐宋以來，人家門口，或街衢巷口，常立一小石碑，上刻『石敢當』三字，以為可以禁壓不祥。」

「石敢當」的文字記載最早見於西漢史游的《急就章》：「師猛虎，石敢當，所不侵，龍未央。」石敢當在不同的地方，有不同的樣式，有淺浮雕的，有圓雕的，有的也刻有太極、八卦圖案，有的刻上龍馬、麒麟等吉祥物；有的什麼裝飾也沒有，只刻有「石敢當」或「泰山石敢當」幾個字；也有一些石敢當上會有「南無阿彌陀佛」的字樣。

石敢當的功效從最初的「鎮壓不祥之氣」，發展到治水、驅魔、除煞、消災等多種功效，甚至能保佑官民，振興名教。宋代出土的唐大曆五年（七七〇）的石敢當上刻有「石敢當，鎮百鬼，壓災殃，官吏福，百姓康，風教盛，禮樂昌。」從這些文字，可以看出當時石敢當的作用。

相傳古代認為東嶽泰山之石具有獨特的靈性。傳說漢朝時漢武帝登泰山，帶回四塊泰山石，置未央宮的四角以辟邪。泰山的石頭被認為有保佑國家的神力。後來泰山石被人格化，姓石名敢當，又稱石將軍。

卷二十〈珠簾秀〉：

歌兒珠簾秀、姓朱氏，姿容姝麗，雜劇當今獨步。胡紫山宣慰極鍾愛之，嘗擬《沈醉東風》小曲以贈云：「錦織江邊翠竹，絨穿海上明珠。月淡時，風清處，都隔斷落紅塵土，一片閒情任卷舒，掛盡朝雲暮雨。」馮海粟先生亦有《鷓鴣天》云：「十二闌干映遠眸，醉香空斷楚天秋，蝦鬚影薄微微見，龜背紋輕細細浮。香霧斂，翠雲收，海霞為帶月為鉤。夜來卷盡西山雨，不著人間半點愁。」皆詠簾以寓意也，由是聲譽益彰。

珠簾秀是元代著名雜劇女演員，當時很多名公文士頗推重她。元代後輩藝人尊稱她為「朱娘娘」。此條記載當時文人雅士贈給她的曲及詞。珠簾秀與元曲作家有很好的交情，諸如關漢卿、胡祗遹、盧摯、馮子振、王澗秋等，相互常有詞曲贈答。關漢卿曾這樣形容她「富貴似侯家紫帳，風流如謝府紅蓮」。又有「十里揚州風物妍，出落着神仙」之句。

卷二十〈宋幼主詩〉：

「寄語林和靖，梅花幾度開。黃金臺下客，應是不歸來。」此宋幼主在京都所作也。始終二十字，含蓄無限淒戚意思，讀之而不興感者幾希。

宋恭帝趙㬎（一二七一至一三二三），南宋第七代皇帝，宋度宗六子。他是全皇后所生，是宋端宗趙昰（一二六九至一二七八）之弟，宋末帝趙昺（一二七二至一二七九）之兄，也是宋朝的最後第三位皇帝。一二七六年二月宋室降元後，封為「瀛國公」，而繼位的宋端宗為他上尊號孝恭懿聖皇帝，無廟號，之後他被迫在吐蕃剃髮出家，最後被賜死，享年五十三歲。

南宋滅亡後，宋恭帝曾徙居元大都、上都、烏斯藏、甘州等地，是中國歷史上遊歷最遠的一位漢人皇帝。

恭帝降元後，元將巴延促其北上入覲。恭帝於世祖至元十三年（一二七六）三月從臨安啟程，前往上都。太皇太后謝氏以疾留內。太后全氏、隆國夫人黃氏（度宗母、恭帝祖母）、榮王趙與芮（理宗弟、度宗父、恭帝祖父）、沂王趙乃猷、樞密院參知政事高應松、謝堂、知臨安府翁仲德及汪元量等朝臣、宮人隨同北上。忽必烈封恭帝為瀛國公，妻以公主，詔優待之，使居大都；福王趙與芮受封平原郡公（汪元量《水雲集》湖州歌八十一：「福王又拜平原郡，幼主新封瀛國公。」）。

忽必烈欲保全亡宋宗室。至元二十五年（一二八八）十月詔遣瀛國公趙㬎入吐蕃習梵書、西蕃字經（一說瀛國公自求入吐蕃學佛法）。十二月啟程，由脫思麻（今青海省海南藏族自治州一帶）入烏思藏，駐錫薩斯迦大寺，號木波講師。後為薩斯迦大寺住持。嘗取漢藏佛經互譯比勘，校訂異文。

元英宗至治三年（一三二三）四月，賜瀛國公趙㬎死於河西（今甘肅河西走廊張掖）。明初僧人釋無慍《山庵雜錄》云：「瀛國公為僧後，至英宗朝，適興吟詩云：『寄語林和靖，梅開幾度花。黃金臺上客，無復得還家。』諜者以其意在諷動江南人心，聞之於上，收斬之。既而上悔，出內帑黃金，詔江南善書僧儒集燕京，書大藏經云。」陶宗儀引此詩，作：「寄語林和靖。梅花幾度開。黃金臺下客，應是不歸來。」並云「此宋幼主在京師所作也」。明人瞿佑《歸田詩話》引作：「黃金臺上客，底事又思家。歸問林和靖，寒梅幾度花。」謂瀛國公以此詩贈汪元量。藏文史書則謂其罪名是以講經為名，聚眾謀反。

卷廿六〈酸齋辭世詩〉：

貫酸齋先生臨終有辭世詩曰：「洞花幽草結良緣，被我瞞他四十年。今日不留生死相，海天秋月一般圓。」洞花、幽草，乃先生二妾名。

此條記載一代元曲大家貫雲石（一二八六至一三二四）的韻事。貫雲石，自號「酸齋」，當時和自號「甜齋」的徐再思（約一二八〇至一三三〇）齊名，都以擅長樂府聞名，世稱「酸甜樂府」。貫雲石受學於姚燧（一二三九至一三一四），做過翰林學士、中奉大夫、知制誥、同修國史，深受漢族的思想與文學的影響。他愛慕江南風物，辭官後，隱居江南，改名易服，在錢塘賣藥為生，自號「蘆花道人」。他善作散曲。據傳他所創的曲調，傳給浙江澉浦楊氏，後稱為「海鹽腔」，流傳至明代，為「崑腔」的先驅。

卷廿九〈寄衣詩〉：

洞庭劉氏，有夫葉正甫，久客都門，因寄衣，侑以詩云：「情同牛女隔天河，又喜秋來得一過。歲歲寄郎身上服，絲絲是妾手中梭。剪聲自覺和腸斷，線腳那能抵淚多。長短只依先去樣，不知肥瘦近如何。」

此條所錄的《寄衣詩》，和宋末元初文學家姚燧（一二三九至一三一四）著名的小令《憑闌人・征衣》，有異曲同工之妙。姚燧此曲如下：「欲寄君衣君不還。不寄君衣君又寒。寄與不寄間，妾身千萬難。」

菽園雜記

《菽園雜記》十五卷，明代陸容（一四三六至一四九四）撰。陸容，字文量，號式齋，太倉州（今江蘇蘇州市太倉市）人。明憲宗成化二年（一四六六）進士。曾授南京主事，後遷兵部職方郎中，終居浙江布政司右參政。因忤權貴，被斥為「浮議」，罷歸故里。據《明史·文苑傳》，陸容少年時即與張泰、陸釴齊名。泰亦太倉人，釴為崑山人，俱在婁江之東，所以當時曾被稱為「婁東三鳳」。陸容詩才不及泰、釴，而博學過之。生平喜讀書和藏書，根據其藏書編次有《式齋藏書目錄》。祝允明作有《甘泉陸氏藏書目序》，稱他才高多識、雅德碩學，購書多異本。錢謙益稱他「好學，居官手不釋卷，家藏數萬卷，皆手自讎勘」。病故後，其子陸伸，字安甫，匯列其書目，並以新得者，再總為經、史、子、集，合為若干卷。著有《世摘錄》、《式齋集》、及《菽園雜記》等。《四庫全書總目菽園雜記提要》說「王鏊嘗語其門人曰：本朝紀事之書，當以陸文量為第一。」《菽園雜記》記述朝野故實，敘述頗詳，可與正史互相參證。此外，內容還記述談諧雜事、風俗民情等。作者論史敘事都有不少獨到的見解。

現從本書十五卷中選錄二十條給大家賞讀。

卷一〈王敏〉：

各鎮戍、鎮守內官，競以所在土物進奉，謂之孝順。陝西有木，實名榅桲，肉色似桃，而上下平正如柹。其氣甚香，其味酸澀。以蜜製之，歲為進貢。然終非佳味也。太監王敏、鎮守陝西時，始奏罷之，省費頗多。敏，本漢府軍餘，善蹋鞠，宣廟愛而閹之。常熟知縣郭南，上虞人。虞山出軟栗，民有獻南者，南亟命種者悉拔去，云：「異日必有以此殃害常熟之民者。」其為民遠慮如此，因類記之。

明宣宗朱瞻基（一三九九至一四三六）是明朝一位有作為的皇帝。他和他的父親仁宗朱高熾（一三七八至一四二五）在政治用人、行政手法上，均為後世稱頌，史稱「仁宣之治」。但宣宗強行閹割儒士之舉，卻使他的聲名蒙上了污點。明末清初學者查繼佐（一六〇一至一六七六）所撰的《罪惟錄》（一部記載明朝至南明史事的紀傳體史書）記載了宣宗強行閹割程宗及王敏之事。關於王敏，記載謂：「時京師人王敏，以蹴踘幸上，與其伴同召。伴內畏竄，敏被宮刑。創愈而歸，妻驚失髭，得其故，相抱慟哭。敏後守備南京，壽終。」

王敏是否儒士，尚難斷定，但因「善蹴踘」而受宮刑，卻可作為程宗等儒士被強行閹割的佐證。而王敏的同伴得知宣宗召其進宮，即先行逃竄，可見這類事情可能並非個別。明朝學者沈德符（一五七八至一六四二）的《萬曆野獲編》補遺三亦有記載此事：「宣德間，漢府軍餘王敏善蹴鞠。宣宗喜之，閹為內侍。」王敏後來應該沒再踢球了，不過跟據此條的記載，他倒是一個好的太監。

明代宦官有幾個來源：京畿百姓的自宮及閹割的幼童和在戰爭中擄掠幼童。在自宮者中，也自然不乏落第文人及知識青少年。如弘治時的著名宦官何文鼎，「少習舉業，能讀書，壯而始閹」。《酌中志》的作者劉若愚，幼年從父游遼東，於書無不讀，因父兄相繼去世，愁緒萬端，「感夢而自宮，廢儒業」。魏忠賢死黨塗文輔，早年曾為塾師，後自宮冒姓入侍。明代雖然屢頒自宮禁令，對自宮男子及其親屬也有懲罰性條例，但自宮者一直是明代宦官的重要來源。《菽園雜記》卷二也記載了明代京畿地方成年男子自閹及閹割幼童的風氣：「京畿民家，羨慕內官富貴，私自閹割幼男，以求收用。亦有無籍子弟，已婚而自閹者。禮部每為奏請，大率御批之出，皆免死，編配口外衛所，名淨軍。遇赦，則所司按故事奏送南苑種菜。遇缺，選入應役。亦有聰敏解事躋至顯要者。然此輩惟軍前閹入內府者，得選送書堂讀書，後多得在近侍，人品頗重。自淨者其同類亦薄之。識者以為朝廷法禁太寬，故其傷殘肢體，習以成風如此。欲潛消此風，莫若於遇赦之日，不必發遣種菜，悉奏髡為僧。私蓄髮者，終身禁錮之。則此風自息。」

卷一〈民間俗諱〉：

民間俗諱，各處有之，而吳中為甚，如舟行諱「住」、諱「翻」，以「箸」為「快兒」，「幡布」為「抹布」。諱「離散」，以「梨」為「圓果」，「傘」為「豎笠」。諱「狼藉」，以「榔搥」為「興哥」。諱「惱躁」，以「謝竈」為「謝歡喜」。此皆俚俗可笑處，今士大夫亦有犯俗稱「快兒」者。

此條是相當真實的民俗學材料。我相信在我國各省各鄉都有這類的「俗諱」。

卷二〈王侍郎〉：

正統間，工部侍郎王某出入太監王振之門。某貌美而無鬚，善伺候振顏色，振甚昵之。一日，問某曰：「王侍郎，爾何無鬚？」某對云：「公無鬚，兒子豈敢有鬚。」人傳以為笑。

王振（？至一四四九），蔚州（今河北蔚縣）人。明朝初年宦官。他本為落第秀才，後為教官，中舉人，傳聞自閹入宮。他善察人意，受明宣宗喜愛，被授為東宮局郎，服侍太子朱祁鎮（即後來的明英宗）（一四二七至一四六四）。宣德十年（一四三五），英宗即位，升王振為司禮監掌印太監。因英宗祖母張太皇太后及閣臣「三楊」（楊士奇、楊榮及楊溥）等齊心輔政，故王振不敢干政。正統七年（一四四二），張太皇太后逝世，「三楊」亦相繼老去，王振於是勾結內外官僚，擅作威福。公卿大臣稱之為翁父，爭相攀附。他既貪權，又貪錢。

王振曾經勸英宗以重典治御臣下，他自己更是如此。誰若順從或巴結他，就會得到提拔；誰若違背了他，立即受到處罰和貶黜。一些官僚見到王振權高勢重，紛紛前來巴結。本條所說的王侍郎是王佑。王振問他為什麼沒有鬍子，王佑無恥地回答說：「老爺你沒有鬍子，兒子我怎麼敢有。」王佑後來升了官。徐晞和王文亦因善於諂媚，也被王振提拔為兵部尚書。

瓦剌是蒙古中的一部。元朝滅亡以後，一部分蒙古族退回蒙古草原和東北等地。後經朱元璋派兵數次打擊，內部發生混亂，逐步分裂為韃靼、瓦剌和兀良哈三部分。在明朝初期，三部分別臣服於明朝，每年都要向明朝進貢。

永樂以後，在蒙古三部之中，瓦剌部日益強大。宣宗宣德年間，瓦剌逐步控制了韃靼。英宗正統初年，又征服了兀良哈，統一了蒙古三部。瓦剌統一蒙古以後，對明朝不斷騷擾，成為明朝北方的嚴重邊患。

正統十四年（一四四九），瓦剌入侵，王振極力主張英宗親征。在英宗親征途中，他又邀英宗幸其蔚州宅第，以致耽誤行程。行至北直隸宣府鎮土木堡（位於今河北省張家口市懷來縣），被瓦剌兵追至，全軍覆沒，英宗被俘，王振也被護衛將軍樊忠所殺。天順元年（一四五七），英宗復辟後，下詔為王振正名，並以香木為王振雕像，在京師智化寺北院建旌忠祠，以祭祀亡靈。

卷二〈陳元孚先生讀書法〉：

陳元孚先生讀書法：「生則慢讀吟語句，熟則疾讀貪遍數，攀聯以續其斷，喝怒以正其誤。未熟切忌背誦，既倦不如少住。如此力少功多，乃是讀書要務。」

其實有效率的讀書方法很多，但用起來也會因人而異。讀不同種類、不同科目、不同深淺程度的書，方法也應會有所不同。此條陳元孚先生的讀書法我們可以參考。

卷二〈漢壽亭侯〉：

關雲長封漢壽亭侯。漢壽本亭名。今人以「漢」為國號，止稱壽亭侯，誤矣。漢法：十里一亭，十亭一鄉。萬戶以上，或不滿萬戶，為縣。凡封侯，視功大小。初亭侯，次鄉、縣、郡侯。雲長漢壽亭侯，蓋初封也。今《印譜》有「壽亭侯印」，蓋亦不知此而偽為之耳。

西漢初，一共分封了一百多位列侯，例如酇侯蕭何、平陽侯曹參、絳侯周勃、汝陰侯夏侯嬰等。到了東漢末年，受封的有南鄭侯魏延、新亭侯張飛、宜城亭侯劉備、南昌侯孫權等。爵位的名稱一般是縣名、鄉名及亭名。

關羽的爵位「漢壽亭侯」，名義上是漢獻帝封的，實際上是曹操封的。關羽早年跟隨劉備輾轉各地，曾被曹操圍困，被逼無奈下，關羽與張遼約法三章，降漢不降曹。曹操說：「吾為漢相，漢即吾也。此可從之。」封關羽為漢壽亭侯是曹操欲拉攏關羽的手段之一。「封侯賜爵」，對曹操而言，是舉手之勞的事。官渡之戰，袁紹大將張郃、高覽降操，曹操『封張命為偏將軍、都亭侯，高覽為偏將軍、東萊侯』。徐州之戰，拜降將張遼為中郎將，賜爵關內侯。得荊州之前，蔡瑁、張允出賣自己的主公，曹操封蔡瑁為鎮南侯、水軍大都督，張允為助順侯、水軍副都督。得荊州後，又封了蒯越為江陵太守樊城侯；傅巽、王粲等皆為關內侯。

關羽封侯之事在歷史上沒有明確的記載，因此關於其「漢壽亭侯」的官爵，也一直爭議不休，難有定論。一說是，關羽的爵位是「漢朝」的「壽亭侯」。這種說法，在羅貫中的《三國演義》中就有說明。《明史．禮志》中的地方官在南京雞籠山建造關公廟，也稱關羽為「漢前將軍壽亭侯」。《明會典》和清代學者宋犖的《筠廊偶筆》中也認為關羽的爵位是「壽亭侯」，理由是「大內有壽亭侯印」，而湖北荊門縣玉泉的關將軍廟裏還有一方「壽亭侯印」等。

洪邁的《容齋四筆》卷八的「壽亭侯印」條認為「漢壽乃亭名，既以封雲長，不應去漢字。」今日大多學者認為「漢壽」是荊州刺史部下轄縣（位於今湖南常德市東北），所以，「漢壽亭侯」應是「漢壽．亭侯」而不是「漢．壽亭侯」。

一九三〇年，著名京劇老生馬連良（一九〇一至一九六六）以其代表作《甘露寺》發行了一張唱片，大獲戲迷的好評。可是後來有人向馬先生謂，喬玄的唱段中有一處似乎不妥，「他有個二弟壽亭侯，青龍偃月神鬼愁。白馬坡前誅文丑，在古城曾斬過老蔡陽的頭。」其中「壽亭侯」的前面少了一個「漢」字，應該是「他有個二弟漢壽亭侯」。馬連良向行家請教後，要求唱片公司銷毀片模，並將還未出售的唱片全部收回銷毀。馬連良說：「雖然只是一字之差，若是以訛傳訛，豈不貽害後人」。

但，在《三國志集解》中卻有：「亭侯之號，不得襲用縣名。」就是說，侯爵封號的前面是不能以地名來命名的。魏時，有很多侯爵，如于禁為「益壽亭侯」、荀彧為「萬歲亭侯」、龐德為「關門亭侯」等。益壽、萬歲、關門都不是地名。以此推斷，「漢壽亭侯」中，「漢壽」為地名之說似乎也站不住腳。

卷三〈鄭和〉：

永樂七年，太監鄭和、王景宏、侯顯等統率官兵二萬七千有奇，駕寶船四十八艘，賚奉詔旨賞賜，歷東南諸蕃，以通西洋。是歲九月，由太倉劉家港開船出海，所歷諸蕃地面，曰占城國，曰靈山，曰崑崙山，曰賓童龍國，曰真臘國，曰暹羅國，曰假馬里丁，曰交闌山，曰爪哇國，曰舊港，曰重迦邏，曰吉里地悶，曰滿剌加國，曰麻逸凍，曰彭坑，曰東西竺，曰龍牙加邈，曰九州山，曰阿魯，曰淡洋，曰蘇門答剌，曰花面王，曰龍嶼，曰翠嵐嶼，曰錫蘭山，曰溜山洋，曰大葛蘭，曰阿枝國，曰榜葛剌，曰卜剌哇，曰竹步，曰木骨都東，曰阿丹，曰剌撒，曰佐法兒國，曰忽魯謨斯，曰天方，曰琉球，曰三島國，曰浡泥國，曰蘇祿國。至永樂二十二年八月十五日，詔書停止。諸蕃風俗土產，詳見太倉費信所上《星槎勝覽》。

三寶太監鄭和（一三七一至一四三三）奉成祖之命，曾七次下西洋，歷時廿八年，訪問了三十多個西太平洋和印度洋沿岸國家和地區，總航程達七萬多海里。這條詳細記錄了他第三次下西洋所到過的地方。

鄭和原姓馬，小名三寶，又作三保，雲南昆陽（今雲南省昆明市晉寧區昆陽街道）寶山鄉知代村人。鄭和下西洋是古代中國史上第一次由中原王朝大規模組織的航海，比西方早了半個多世紀，其航程之遠及船隊規模之大，為當時罕見。

鄭和有姐妹四人，為二子。據說，鄭和祖父當過雲南行省平章，父親為世襲的滇陽侯，因此其幼時家境優渥。鄭和喜歡聽父親和祖父講坐大船看看各個國家的風土人情。太祖洪武十三年（一三八一）冬天，鄭和十歲時，明朝軍隊進攻雲南，鄭和的父親遇害，鄭和被明軍副統帥藍玉掠走至當時明朝首都應天府（今江蘇南京）。他受了宮刑，成為宦官，被分配予燕王朱棣。一三九〇年，鄭和隨燕王朱棣前往燕京（今北京）燕王府。

惠帝建文元年（一三九九），燕王朱棣起兵反叛侄兒建文帝朱允炆，史稱「靖難之變」。經過幾次大戰，消滅了官軍主力，最後乘勝進軍，於建文四年（一四〇二）攻下應天府，建文帝失蹤，朱棣登上帝位，是為明成祖，改元永樂。靖難之變中，鄭和曾為朱棣立下戰功。成祖永樂元年（一四〇三），國師姚道衍收馬和為菩薩戒弟子，法名福吉祥。永樂二年（一四〇四），成祖在南京御書「鄭」字賜姓，以紀念戰功。鄭和升任為內官監太監，官至四品，地位僅次於司禮監。

鄭和有智略及武功，知兵熟戰，成祖對鄭和十分器重。根據明代御用相士中書舍人袁忠徹記述：「鄭和身長九尺，腰大十圍，四岳峻而鼻小，眉目分明，耳白過面，齒如編貝，行如虎步，聲音洪亮。」下西洋前夕，成祖有意選派鄭和領兵出洋，曾徵詢袁忠徹，袁回答：「三保姿貌、才智，內侍中無與比者，臣察其氣色，誠可任。」「遂令統督以往，所至威服。」

卷六〈即且甘帶〉：

《莊子》言「即且甘帶」。即且，蜈蚣；帶，蛇也。初不知甘字之義，後聞崑山士子讀書景德寺中，嘗見一蛇出遊，忽有蜈蚣躍至蛇尾，循脊而前，至其首，蛇遂伸直不動，蜈蚣以左右鬚入蛇兩鼻孔，久之而出。蜈蚣既去，蛇已死矣。始知所謂甘者，甘其腦也。聞蜈蚣過蝸篆，即不能行。善物各有所制，如海東青，鷙禽也，而獨畏燕。象，猛獸也，而獨畏鼠。其理亦然。

「即且甘帶」，或作「蝍且甘帶」，語出《莊子．內篇．齊物論》。《齊物論》是莊子哲學思想的代表作，是《莊子．內篇》的第二篇。「齊物」的意思是一切事物歸根到底都是相同的，沒有什麼差別，很難說其間是非、美醜、善惡、貴賤之分。全篇共有七個主要寓言：南郭子綦隱機而坐、狙公賦芧、堯問於舜、齧缺問乎王倪、瞿鵲子問乎長梧子、罔兩問景及莊周夢蝶。文章所說的故事與故事之間，表面上好像沒有關係，但其實都表達了同樣的思想，彼此能夠互相呼應。「蝍且甘帶」之語出現在齧缺與王倪對談中王倪所說的話：「且吾嘗試問乎女，民溼寢則腰疾偏死，鰌然乎哉？木處則惴慄恂懼，猨猴然乎哉？三者孰知正處？民食芻豢，麋鹿食薦，蝍且甘帶，鴟鴉耆鼠，四者孰知正味？猨猵狙以為雌，麋與鹿交，鰌與魚游。毛嬙麗姬，人之所美也；魚見之深入，鳥見之高飛，麋鹿見之決驟，四者孰知天下之正色哉？自我觀之，仁義之端，是非之塗，樊然殽亂，吾惡能知其辯！」

「蝍且」是蜈蚣（一說是蟋蟀），「帶」是蛇或小蛇。據說蜈蚣喜吃蛇腦（一說是蛇眼）。本條陸容謂「物各有所制」。羅大經的《鶴林玉露》乙編卷二有〈物畏其天〉條，說「蜈蚣小於蛇矣，而能制蛇。蜘蛛小於蜈蚣矣，而能制蜈蚣。」由此引申出萬物皆有其天敵之說。

卷七〈咽喉壅塞〉：

凡咽喉初覺壅塞，一時無藥，以紙絞探鼻中，或嗅皁角末，歕嚏數次，可散熱毒，仍以李樹近根皮磨水塗喉外，良愈。

此條提出一些喉部初覺不適時可行的自我治療方法，大家不妨參考。

卷七〈俄而〉：

前代史，凡事更時未久，曰亡何，曰居亡何，曰居亡幾何，曰未幾；其最近者，曰頃之，曰少選，曰為間，曰已而，曰既而。至宋人作《唐書》，事或逾年，或數月，或數日，率用「俄而」字。後人效之，如敘宋太祖、太宗授受之際，一則曰「俄而殂」，一則曰「俄而帝崩」，以致燭影斧聲之疑，紛紛異說。嘗考之，開寶九年冬十月壬子帝以後事屬晉王，癸丑夕崩於萬歲殿。太祖夜召晉王，時夜已四鼓。蓋前後一夕，而曰「俄而」。一字不當，害事如此。敘事之文，可不慎歟？

在古籍中，「俄而」這詞經常出現，通常是用來表示「經過了一段不長的時間」、即「不久」。有時亦作「俄爾」。《莊子·大宗師》：「俄而子輿有病，子祀往問之。」《公羊傳·桓公二年》：「俄而可以為其有矣。」《晉書·王珣傳》：「珣夢人以大筆如椽與之，既覺，語人云：『此當有大手筆事。』俄而帝崩，哀冊謚議，皆珣所草。」

陸容說後來北宋歐陽修、宋祁等撰的《新唐書》，「事或踰年、或數月、或數日，率用『俄而』

字。」所以，「俄而」所代表的時間也變得不確定了。例如《新唐書‧卷八十九》：「俄而武周敗」、《卷一百零九》：「俄而物價踴昂」、《卷一百三十三》：「俄而吐蕃陷瓜州」、《卷一百四十四》：「俄而仲昇與賊戰申州」、《卷一百五十三》：「俄而元禮為麾下所殺」、《卷一百八十二》：「俄而李宗閔復用」、《卷二百零三》：「俄而玄宗至」、《卷二百零四》：「俄而使至」等。

《宋史‧太祖本紀》謂在太祖開寶九年（九七六）十月「癸丑夕，帝崩於萬歲殿，年五十，殯於殿西階，謚曰英武聖文神德皇帝，廟號太祖。太平興國二年四月乙卯，葬永昌陵。大中祥符元年，加上尊謚曰啟運立極英武睿文神德聖功至明大孝皇帝。」開寶九年十月壬子日，太祖曾見其弟晉王趙光義（九三九至九九七）。癸丑夕，太祖崩。陸容謂這是「前後二夕」之事。野史說晉王見太祖，「俄而帝崩」，使人猜測晉王在見太祖之夜弒兄。

北宋僧人文瑩的筆記《續湘山野錄》記載了「燭影斧聲」事件，暗示太祖是由太宗所害。趙光義登基後，一反常例，在當年改元。不久，趙光義流放親弟趙廷美（九四七至九八四）至死，逼太祖的次子趙德昭（九五一至九七九）自殺，太祖的四子趙德芳（九五九至九八一）也離奇病死。此後的皇帝亦由太宗的子孫繼承，直至南宋孝宗才回歸太祖一脈。由於這些事件，世人多懷疑趙光義謀殺兄長而即位。

北宋名臣司馬光（一〇一九至一〇八六）的《涑水紀聞》的記載則極力為宋太宗辯解。據《涑水紀聞》卷一「太祖太宗授受之懿」記載「太祖初晏駕，時已四鼓，孝章宋后使內侍都知王繼隆（王繼恩之誤）召秦王德芳。繼隆以太祖傳位晉王之志素定，乃不召德芳，徑趨開封府召晉王」。又遇醫官賈德玄（程德玄之誤），「乃告以故，叩門與之俱入見王，且召之。王大驚，猶豫不敢行，曰：『吾當與家人議之。』入久不出。繼隆促之曰：『事久，將為他人有矣。』遂與王雪下步行至宮門，呼而入。繼隆使王且止其直廬，曰：『王且待於此，繼隆當先入言之。』德玄曰：『便應直前，何待之有？』遂與俱進至寢殿。」接着，「宋后聞繼隆至，問曰：『德芳來耶？』繼隆曰：『晉王至矣。』后見王，愕然，遽呼『官家』，曰：『吾母子之命，皆託官家。』王泣曰：『共保富貴，無憂也。』」司馬光此段文字暗示太祖崩時唯有宋后在旁，太宗不在宮中，此說日後也為南宋學者李燾所用，編入《續資治通鑑長編》。

卷八〈文字分合〉：

古對以文字分合者，如：「鉏麑觸槐，甘作木邊之鬼。豫讓吞炭，終為山下之灰。陳亞有心終是惡，蔡襄無口便成衰。二人土上坐，一月日邊明。半夜生孩，子亥二時難定；兩家擇配，己酉二命相當。皆佳。又聞有云：人曾作僧，人弗可作佛；女卑為婢，女又可為奴。亦可喜。

此條指出把我國的一些文字分分合合，可參生很多有趣的變化。這也是一種很有意思的遊戲呢。

卷十〈驟肥驟瘦〉：

醫書言瘦人驟肥，肥人驟瘦，皆不久。同年薛為學登進士時，體甚肥，及為御史，忽爾瘦削。未幾，公幹鄖陽，一疾而歿。聞歿時，身軀縮小如十餘歲小兒。此尤可異也。

體重忽然改變，都是健康可能出現了大問題的先兆，我們一定要留意。本條陸容提及「同年」薛為學（一四三六至？），字志淵，直隸常州府武進縣人，明朝政治人物。進士出身。應天府鄉試第二十六名。

憲宗成化二年（一四六六），參加丙戌科會試，得貢士第二百八十三名。殿試登進士第二甲第五十三名。他和陸容同於英宗正統元年（一四三六）出生。陸容說他逝世時，身軀縮小如十餘歲小兒。沈括的《夢溪筆談》第三百六十八條（卷二十一異事）亦有同類記載謂「世有奇疾者。呂縉叔以知制誥知潁州。忽得疾，但縮小，臨終僅如小兒。古人不曾有此疾，終無人識。」

卷十一〈梁祝〉：

梁山伯、祝英臺事，自幼聞之，以其無稽，不之道也。近覽《寧波志》，梁、祝皆東晉人，梁家會稽，祝家上虞，嘗同學。祝先歸，梁後過上虞尋訪之，始知為女。歸乃告父母，欲娶之，而祝已許馬氏子矣，梁悵然若有所失。後三年，梁為鄞令，病死，遺言葬清道山下。又明年，祝適馬氏，過其處，風濤大作，舟不能進。祝乃造梁冢，失聲哀慟，忽地裂，祝投而死焉。馬氏聞其事於朝，丞相謝安請封為義婦。和帝時，梁復顯靈異，效勞於國，封為義忠，有司立廟於鄞云。吳中有花蝴蝶，橘蠹所化也，婦孺以梁山伯、祝英臺呼之。

一向以來，我們大多認為梁祝的戀愛，乃民間傳說的故事。但作者從《寧波志》中，得知梁、祝為東晉人，所以，事情雖然可有出入，但人物並非虛構的。

卷十一〈雁蕩山〉：

雁蕩山之勝，著聞古今，然其地險遠，至者絕少。弘治庚戌十月，按部樂清，嘗一至焉。蕩在山之絕頂，中多葭葦，每深秋，鴻雁來集，故名。山僧亦不能到其處，聞之樵者云然耳。山下有東西二谷，東谷有剪刀峰、瀑布泉，頗奇，大龍湫在其上。西谷有常雲峰，在馬鞍嶺之東，展旗、石屏、天柱、玉女、卓筆諸峰，皆奇峭聳直，高插天半，而不沾寸土。其北最高且大，橫亙數十里，石理如湧浪，名平霞嶂。靈巖寺在諸峰巑岏中。於此獨立四顧，心自驚悸，清氣砭骨，似非人世，令人眷戀裴回，不忍舍去。回視西湖飛來等峰，便覺塵俗無餘韻矣。平霞嶂西一洞，中有石，下垂泉，涓涓出二竅中，名象鼻泉。古今題詠頗多，別有《遊雁蕩山記》。

北宋沈括的《夢溪筆談》第四百三十三條（卷二十四雜誌一）亦有談及在今浙江溫州市的雁蕩山，我們可比較沈括和陸容的描述內容及文筆。關於沈括描述雁蕩山的文字，可參看本書評介《夢溪筆談》篇。

卷十一〈火計〉：

客商同財共聚者，名火計。古《木蘭辭》云：「出門看火伴，火伴皆驚忙。」唐兵制，以十人為火，五十人為隊。火字之來久矣。今街市巡警鋪夫，率以十人為甲，謂之火夫。蓋火伴之火，非水火之火也。俗以火計為夥計者，妄矣。

此條指出「火計」的「火」字的真正意思是「十人為火」，相信今天大多數人都不曉得呢。

卷十二〈王冕〉：

王冕，紹興人，國初名士。所居與一神廟切近，爨下缺薪，則斧神像爨之。一鄰家事神惟謹，遇冕毀神像，輒刻木補之，如是者三四。然冕家人歲無恙，補像者妻孥沾患，時時有之。一日，召巫降神詰神云：「冕屢毀神，神不之咎，吾輒為新之，神何不祐耶？」巫者倉卒無以對，乃作怒曰：「汝不置像，彼何從而爨耶！」自是其人不復補像，而廟遂廢，至今以為笑談。

王冕（約一三一〇至一三五九）乃元朝著名畫家、學者、詩人、篆刻家。他是無神論者。此則軼事寫得很生動有趣。

卷十三〈三賢祠〉：

西湖三賢祠，祠唐白文公樂天、宋蘇文忠公子瞻、林處士逋也。樂天守杭日，嘗築捍錢塘湖堤洩其水，溉田千頃。復修六井，民賴其利。子瞻初通判杭州，後復為守，開西湖，作長堤，中為六橋，又濬城中六井，與民興利除害，郡人德之。林處士，則以其風節之重耳。考之《郡志》，郡故斥鹵，唐興元間，鄴侯李泌守杭，鑿六井，引西湖水入城，民受其惠。則杭之水利，興自鄴侯，而白、蘇二公之所修濬者，其遺跡也。知有白、蘇而忘鄴侯，可乎？竊謂三賢祠當祠李、白、蘇三公以遺愛，和靖則別祠於其舊隱巢居閣或四照堂，以表風節，斯於事體為得宜也。

在中國不同年代、不同地方都有「三賢祠」。例如在山東青州范公亭公園內有三賢祠記念北宋名臣范仲淹、富弼及歐陽修。此祠於清順治十八年（一六六一）年曾重修。在開封禹王台公園內有三賢祠，建於明正德十二年（一五一七），記念玄宗天寶三年（七四四），李白、杜甫、高適三位大詩人在此相會，飲酒賦詩，留下了《梁園吟》等名篇。

陸容此條所說的三賢祠位於西湖，記念白居易、蘇軾及林逋。陸容翻查郡志，發覺在唐德宗興元年間，鄴侯李泌守杭州，曾「鑿六井，引西湖水入城，民受其惠。」他認為杭州之水利興自鄴侯，所以三賢祠應當祠李泌、白居易、蘇軾三公，林逋則別祠於其舊隱的巢居閣或四照堂，以表其風節。

李泌（七二二至七八九），字長源，京兆人，祖籍遼東襄平，唐朝宰相。他是西魏八柱國李弼的六代孫，父親李承休是吳房縣令，聚書兩萬餘卷，並告誡子孫不得賣書。李泌幼居長安（今西安），七歲能作對句。玄宗召令供奉東宮，曾寫詩諷刺楊國忠。後隱居潁陽。肅宗時，參預軍國大議，拜銀青光祿大夫，後隱居衡山（今湖南省），修煉道教，共十二年。代宗時，召為翰林學士，不久因得罪權臣元載，被代宗外放為杭州刺史以避禍。德宗時，元載失勢，復召回朝廷，授散騎常侍。德宗貞元中，拜中書侍郎平章事，封鄴縣侯。他曾輔佐四朝天子。有文集二十卷。

李泌對神鬼、修練之說深信不疑，曾深居衡山修道。他也是肅宗太子時期的好友，安史之亂後協助肅宗返京，但約定返京後即引退衡山，對官場名利並不熱衷，只在德宗時代擔任過宰相。司馬光對李泌評價很高，《資治通鑑》多從《鄴侯家傳》錄其事蹟。

卷十四〈杜律虞註〉：

《杜律虞註》本名《杜律演義》，元進士臨川張伯成之所作也，後人謬以為虞伯生所註。予嘗見

《演義》刻本，有天順丁丑臨川黎送久大序及伯成傳序，其略云：註少陵詩者非一，皆弗如吾鄉先進士張氏伯成《七言律詩演義》，訓釋字理極精詳，抑揚趣致極其切當。蓋少陵有言外之詩，而《演義》得詩外之意也。然近時江陰諸處，以為虞文靖公註，而刻板盛行，謬矣。其《桃樹》等篇，「來行萬里」等句，復有數字之謬焉。吾臨川故有刻本，且首載曾昂夫、吳伯慶所著《伯成傳》並輓詞，敘述所以作《演義》甚悉，奈何以之加誣虞公哉？按文靖蚤居禁近，繼掌絲綸，嘗欲釐析詩書，正三禮，弗暇，獨暇為此乎？楊文貞公固疑此註非虞，惜不知為伯成耳。嫁白詭坡，自昔難免哉。

詩聖杜甫（七一二至七七〇）的詩作厚重凝煉，用典繁富，技法高明，堪為百世師。後世為杜詩作註的名家是在中國所有詩人中最多的，有「千家註杜」之說。《虞註杜律》是其中之一。

《虞註杜律》的作者，舊題為元朝虞集（一二七二至一三四八）所註。虞集，字伯生，祖籍仁壽（今屬四川省），南宋丞相虞允文的五世孫。父虞汲曾任黃岡尉，宋亡後，徙居臨川崇仁（今屬江西省）。虞集自小聰敏，戰亂之際，無書可讀，其母楊氏以口授其《論語》、《孟子》、《左傳》。元成宗大德元年（一二九七）至大都，任大都路儒學教授，累遷秘書少監。仁宗時，擔任集賢修撰。文宗時，任奎章閣侍書學士，纂修《皇朝經世大典》。元順帝即位，稱病歸臨川。至正八年（一三四八）卒，諡文靖。

虞集工書法，又工於詩，與柳貫、黃溍、揭傒斯被稱為「儒林四傑」。其詩具民族意識，與揭傒斯、范梈、楊載齊名，被譽為元詩四大家之一，自稱其詩如「漢廷老吏」。人稱邵庵先生。著有《道園學古錄》五十卷、《道園類稿》五十卷、《道園遺稿》六卷。傳世詞作很少，清人朱祖謀《彊村叢書》曾輯校《道園樂府》一卷。

但明朝以來，學者考訂出此書原名《杜律演義》，真正的作者乃元朝臨川進士張性。張性之作為何會偽託為虞集所註？可能這是因為虞集無論在政治、成就和地位，均遠高於張性。宋以來註杜的作品雖多，但僅取杜甫七言律詩加以註釋者，始於此書，首創之功是不可埋沒。其註解地名、人名、字義、典故，很少轉引舊注，解釋詩意亦簡單明暢，所以能夠流傳下來。

王士禛的《池北偶談》亦謂此書的作者為張性。卷十四〈張伯成註杜〉條謂「《懷麓堂詩話》云：『《杜律》乃張註，非虞註，宣德初有刊本。』按張性字伯成，江西金溪人，元進士，嘗著《尚書補傳》。獨足翁吳伯慶有挽詩云：『箋疏空令傳杜律，誌銘誰與繼唐碑。』予在京師，曾得張註舊本。」雖然此書所獲之好評甚多，但亦有批評謂此書的註不算好。明朝學者郎瑛（一四八七至？）的《七修類稿》卷三十五有〈杜律虞註差處〉條，謂「杜詩《秋興八首》，虞注之謬者半焉，似皆穿鑿。」

卷十四〈睡訣〉：

蔡季通《睡訣》云：「睡側而屈，覺正而伸，早晚以時。先睡心，後睡眼。」晦庵以為此古今未發之妙。周密謂睡心、睡眼之語，本出《千金方》，晦庵偶未之見耳。今按前三句亦是衆人良知良能，初無妙處。「半酣酒，獨自宿。軟枕頭，暖蓋足。能息心，自瞑目。」此予訣也。

周密的《齊東野語》卷十六的「睡」條談及蔡季通的《睡訣》，可參看本書評介《齊東野語》篇。陸容加多十八字云：「半酣酒，獨自宿。軟枕頭，煖蓋足。能息心，自瞑目。」他說這是他的睡訣。其實，能夠做到「睡心」或「息心」才真不容易。

唐詩大家並稱李、杜，蓋自韓子已然矣。或疑太白才氣豪邁，落筆驚人，子美固已服之。又官翰林清切之地，故每親附之。杜詩後人始知愛重，在當時若太白，蓋以尋常目之，故篇章所及，多不酬答。今觀二公集中，杜之於李，或贈，或寄，或憶，或懷，或夢，為詩頗多。其散於他作，如云「李白斗酒詩百篇」，「近來海內為長句」，「汝與山東李白好」，「南尋禹穴見李白」，「道甫問訊今何如」之類，褒譽親厚之意，不一而足。及觀李之於杜，惟沙邱城之寄，魯郡東石門之送，飯顆山之逢，僅三章而已。況沙邱、石門，略無褒譽親厚之詞；而飯顆山前之作，又涉譏謔，此固不得不起後人之疑也。嘗聞鄉老沈居竹云：「飯顆山，天下本無此名。白以甫窮餓，寓言譏之。」未知然否？

唐後，李白（七〇一至七六二）和杜甫（七一二至七七〇）齊名。但在玄宗天寶年間，李白詩名超出杜甫很多，這也難怪。李白成名比杜甫早。李白比杜甫年長十一歲。天寶三年（七四四），他們初次相逢時，李白四十三歲，杜甫才三十二歲。之後，杜甫詩談李白的有十多首，其中佳句有「筆落驚風雨，詩成泣鬼神」，「白也詩無敵，飄然思不群」，「敏捷詩千首，飄零酒一杯」，「世人皆欲殺，吾意獨憐才」，「痛飲狂歌空度日，飛揚跋扈為誰雄」「李白斗酒詩百篇，長安市上酒家眠」等。相反，李白詩談杜甫的只有數首。其中一首《戲贈杜甫》還是戲弄杜甫的：「飯顆山頭逢杜甫，頭戴笠子日卓午。借問何來太瘦生，總為從前作詩苦。」李白自負文格放達，所以嘲誚「作詩苦」的杜甫。《菽園雜記》中，作者提出這問題，頗值得大家關注。

卷十五〈霍亂〉：

病霍亂者，濃煎香薷湯冷飲之。或掘地為坎，汲井水於中取飲之，亦可。最忌飲熱湯，熱米湯者必死。

霍亂，又稱虎疫，是由霍亂弧菌的某些致病株感染小腸而導致的急性腹瀉疾病。症狀可能輕微，也可能十分嚴重。典型症狀為連續數日嚴重腹瀉。可能有嘔吐、肌肉抽搐的現象等。治療霍亂的主要方法是及時補充足夠的水分。出現輕微脫水的患者，可透過口服補液鹽溶液來處理。若患者出現嚴重脫水，則須以靜脈注射補充失去的水分及電解質。有需要時亦可使用抗生素。

王士禛的《古夫于亭雜錄》卷四〈霍亂〉條的文字云：「病霍亂，煎香薷湯，冷飲之。或掘地為坎，汲井水於中飲之，亦可。最忌飲熱湯，若飲熱米湯，必死。」這和陸容此條的文字基本上沒有分別。不知是否王士禛抄錄《菽園雜記》此條，還是兩人的文字取材自同樣的資料。

戒庵老人漫筆

《戒庵老人漫筆》，又稱《戒庵漫筆》，明李詡（一五〇五至一五九三）撰。

李詡，字厚德（一說字原德），號戒庵，江蘇江陰人，明朝文人。少為諸生，師從常熟趙承謙（一四八七至一五六八）（趙承謙為嘉靖十七年戊戌科進士。授贛州府推官，為政廉潔。擢南京吏部主事，官至廣東布政使司參議。）李詡勤奮讀書，惜一生坎坷不遇，考運不濟，「七試場屋」均落第。後淡仕途，居家以讀書著述自適。晚年自號「戒庵老人」。好王陽明（一四七二至一五二九）之學。著有《世德堂吟稿》、《名山大川記》、《心學摘要》等，均已佚，流傳下來的只有這部《戒庵漫筆》。道光《江陰縣志》卷十七《文苑傳》說他「性耽文史，更潛心性命之學，與唐順之輩互為砥礪。晚謝應舉，發藏書手披口誦，目數行下無停略，評騭古今，高言斐疊。嘗執經陳某之門，及陳開府江南，手書欲問所欲言，謝曰：『昔為弟子，今為編氓，時事豈所宜言？』竟不一通謁……。」

此書分八卷，在明人筆記中是史料價值較高的一種，被列入《四庫全書》，目前被歸入全國善本書。本書於明神宗萬曆二十五年（一五九七）由李詡之孫李如一初刻，附於李如一所輯之《藏說小萃》。不料明清易代之際，四處烽煙，李如一之藏書樓「得月樓」也於乙酉（一六四五）秋失於兵火，數世所藏毀於一旦。清順治五年（一六四八）李詡之玄孫李成之重刻此書。光緒二十二年（一八九六）武進盛宣懷刻《常州先哲遺書》收入此書。

李如一的序說其先大父「早歲課業必紀，已稍稍旁及奇聞異見，晚乃紀歲月陰晴、里閈人事。每於披閱所得，目前所傳，感愴所至，無論篇章繁簡，意合興到，隨筆簡端。……其中條列，上搜國家之逸載，下收鄉邑之闕聞，參訂往籍，糾核時事，凡可裨於日用兼有資於解頤者，多彙萃焉。」李成之在重刻《漫筆》的跋中說：「先高祖戒庵公篤學力行，少補博士，晚游成均。每究心時務，精研理學，綜核經史，馳騁百家，一一親為刪訂，參以心得，而彙為崇帙，皆其壯時事也。晚年更博極羣書，凡耳目覩記，輒捉筆識之，不分古今，不別事類，久而成編，題曰《老人漫筆》。」晚明文人王穉登（一五三五至一六一四）的序說戒庵老人「名所著書曰《漫筆》，漫筆者，不以品列，不以類別，不以甲乙次第為先後，隨事輒紀，隨紀輒書，故云漫。其書浩汗縱橫，闔闢變幻，鴻纖幽顯，靡所不有，不獨成一家之言，且也該眾作之奧，此之為書沈沈者哉。」李詡的外孫錢裔美在跋中說：「信乎人以文傳，而文之傳又賴於賢子孫也。」的確，如果李詡沒有孝子賢孫，他的著作也不可能傳到今日。

此書最有價值的部分是記載了頗多明代的典章制度及人物言行。另一方面，也記載了一些前代的典故及軼聞及辨析了一些學術上有紛爭的問題。本書也存在明顯的缺點。一是編次零亂，二是內容蕪雜，三是混雜了頗多荒誕的異聞、四是某些考證有錯誤。

現轉錄二十條給大家賞讀。

卷一〈江陰人題昭君圖〉：

「驪山舉火因褒姒，蜀道蒙塵為太真。能使明妃嫁胡虜，畫工應是漢忠臣。」此邑人《題昭君圖》，名時，忘其姓。

此條所記之詩其實是宋朝詩人陳僩的《讀明妃引》。王昭君（前五一至前一五），名嬙，字昭君，西漢南郡秭歸（今湖北省興山縣）人，漢元帝時期的宮女、和親女性，古代四大美人之一。晉朝時為避司馬昭諱，因稱王昭君為明妃。漢元帝建昭元年（前三八）被選為宮女。《西京雜記》卷二〈畫工棄市〉條謂「元帝後宮既多，不得常見，乃使畫工圖形，案圖召幸之。諸宮人皆賂畫工，多者十萬，少者亦不減五萬。獨王嬙不肯，遂不得見。匈奴入朝，求美人為閼氏，於是上案圖，以昭君行。及去，召見，貌為後宮第一，善應對，舉止閑推。帝悔之，而名籍已定，帝重信於外國，故不復更人。乃窮案其事，畫工皆棄市，籍其家，資皆巨萬。畫工有杜陵毛延壽，為人形，醜好老少，必得其真。安陵陳敞，新豐劉白、龔寬，並工為牛馬飛鳥眾勢，人形好醜，不逮延壽。下杜陽望，亦善畫，尤善布色。樊育亦善布色。同日棄市。京師畫工，於是差稀。」

竟寧元年（前三三），漢元帝將昭君賜給了呼韓邪單于。單于上書表示願意永保邊境安寧。後封昭君為「甯胡閼氏」，育有一子，名伊屠智牙師，後為右日逐王。成帝建始二年（前三一），呼韓邪單于去世，昭君欲歸漢，漢成帝命其從胡俗，再嫁呼韓邪單于的兒子復株案若鞮單于（呼韓邪單于另一位妻子呼衍王小女兒的長子）。育有二女。成帝永始二年（前一五），昭君逝世，葬於青塚（現內蒙古呼和浩特城南）。

「昭君出塞」，為漢朝與匈奴彼此和好作出了貢獻。後世以這為題材的詩詞、戲劇、音樂十分多。陳倜的詩是為相傳被「棄市」的畫工呼冤的。

卷一〈郭戴幼穎〉：

江西郭希顏，十三歲中鄉舉，在場屋作文甚捷。監場布政見其遞卷尚早，呼前，出一對云「紙糊屏風千個眼」，對曰「油澆蠟燭一條心」。福建戴大賓十三中鄉舉，十二時出考科舉，同輩見其少，謂曰：「小朋友如此年就要做官，做到何官？」答曰：「做閣老。」衆戲出一對云「未老思閣老」，應聲云「無才做秀才」。衆哄然大笑，知反為所傷也。

此條記載戴大賓（一四八八至一五〇九）及郭希顏（一五〇九至一五六〇）年幼時的軼事。戴大賓，字寅仲，福建莆田人。出身門第，當地稱為神童。明朝政治人物。孝宗弘治十四年（一五〇一）辛酉科福建鄉試第三名。傳說某年中秋節，有位人稱「特公」的貴客來訪，考大賓對聯，出題「月圓。」二字。大賓立對：「風扁」。特公認為風沒有形狀，大賓說：「風不扁如何鑽進門縫呢？」特公又出：「鳳鳴」。戴大賓答曰：「牛舞。」特公又問大賓。大賓則答道：「您的這句，典故為《國語韋昭注》：周之興也，鳳鳴岐山。但《書經》說『百獸率舞』，百獸當然會有牛啊。」「特」即牛也，大賓和這位「特公」開了一個玩笑。武宗正德三年（一五〇八）中戊辰科進士。會試第二名，殿試第三名探花，授翰林院編修。傳聞宦官劉瑾（一四五一至一五一〇）欲嫁侄女與他，大賓婉言拒絕，劉瑾自此對大賓懷恨於心並欲以加害。正德四年，大賓接到家書，得悉慈母病逝，告假返家奔喪，不幸在歸途中病逝，斯時才廿一歲。大賓英年早逝，但他的才華不讓三國時的曹子建。至今在莆陽還流傳著這樣的句子：「戴大賓一時無對，曹子建七步成章。甘羅十二為宰相，大賓十九中探花。」

郭希顏，字仲愚，號勿齋，江西南昌府豐城縣人，明朝官員。世宗嘉靖元年（一五二二），江西鄉試第十五名舉人，嘉靖十一年（一五三二）壬辰科會試第三十七名，三甲第二百二十五名進士。觀吏部政，選翰林院庶吉士，十三年十二月授翰林院檢討，十八年二月陞右春坊右贊善兼檢討。十九年九月丁父憂，二十三年三月復除原職，二十四年正月升左中允，充《大明會典》纂修官，五月考察，降延平府通判，陞兩淮鹽運司副使，謫官家居。嘉靖三十九年（一五六〇），郭希顏上疏世宗立裕王為太子，而世宗擔心二龍相見會被剋死，被以「妖言」的罪名被斬首。穆宗隆慶改元，追贈太常少卿。

卷二〈讀書法〉：

讀書須知出入法，始當求所以入，終當求所以出。見得親切，此是入書法；用得透脫，此是出書法。蓋不能入得書，則不知古人用心處。不能出得書，則又死在言下。惟知出知入，得盡讀書之法也。

此條原是南宋高宗、孝宗期間學者、官員陳善在《捫虱新話》中寫的「讀書出入法」。南宋理學家朱熹（一一三〇至一二〇〇）也提倡讀書要「鑽進書本」，與作者融為一體，「使其言皆若出於吾之口，使其意皆若出於吾之心」。我們要先鑽進書中，由表至裏，將書的內容融會貫通，之後才可以將書本的內容在日常生活中實踐、運用。

卷三〈唐詩用至竟〉：

唐詩多言「至竟」，如云到底也。杜牧云「至竟息亡緣底事」「至竟江山誰是主」之類。

晚唐詩人杜牧（八〇三至八五二）《題桃花夫人廟》詩全詩是：「細腰宮裏露桃新，脈脈無言幾度春。至竟息亡緣底事？可憐金谷墜樓人。」他的《題橫江館》詩全詩是：「孫家兄弟晉龍驤，馳騁功名業帝王。至竟江山誰是主，苔磯空屬釣魚郎。」此外，用「至竟」二字的詩真的很多。例如，唐末五代十國詩人羅隱（八三三至九一〇）的《錢塘江潮》：「怒聲汹汹勢悠悠，羅刹江邊地欲浮。漫道往來存大信，也知反復向平流。任抛巨浸疑無底，猛過西陵只有頭。至竟朝昏誰主掌，好騎赬鯉問陽侯。」明末清初詩人錢謙益（一五八二至一六六四）的古詩《陸宣公墓道行》：「延英重門晝不開，白麻黃閣飛塵埃。中條山人叫閽哭，金吾老將聲如雷。蘇州宰相忠州死，天道寧論乃如此。千年遺櫬歸不歸，兩地孤墳竟誰是？人言藁葬在忠州，又雲征還返故丘。圖經聚訟故老哄，爭此朽骨如天球。齊女門前六里路，蕎麥茫茫少封樹。下馬猶尋董相墳，飛鳧孰辨孫王墓。青草黃茅萬死鄉，蠅頭細字寫巾箱。起草尚傳哀痛詔，閉門自驗活人方。永貞求舊空黃土，元祐青編照千古。人生忠佞看到頭，至竟延齡在何許。君不見華山山下草如熏，石闕豐碑野火焚。樵夫踞坐行人唾，傳是崖州丁相墳。」晚清抗日保台志士、愛國詩人丘逢甲（一八六四至一九一二）的《離台詩六首其二》：「虎韜豹略且收藏，休說承明執戟郎。至竟虬髯成底事，宮中一炬類咸陽。」

卷三〈宣德詠撒扇〉：

宣廟《詠撒扇》一首云：「湘浦煙霞交翠，剡溪花雨生香。㷆卻人間炎暑，招回天上清涼。」真帝王之詩也。

明宣宗朱瞻基（一三九九至一四三五），或稱宣宗章皇帝，明仁宗嫡長子，永樂九年（一四一一）立為皇太孫；永樂二十二年（一四二四）十月立為皇太子。洪熙元年（一四二五）即位，次年改元宣德，是明朝第五位皇帝，在位十年，享年三十六歲。他和其父仁宗一樣，比較能傾聽臣下的意見，聽從二朝元老兼閣臣楊士奇、楊榮、楊溥等建議，停止對交阯用兵，與仁宗並稱「仁宣之治」。《明史》稱仁宣之治為：「官吏稱職，政治清平，綱紀嚴明，倉庫常滿，百姓安居樂業，遇災多救不為害。此治理是明朝開國六十年後遇到的盛世，民氣得以漸漸舒展，整個王朝也有蒸蒸日上治平的氣象了。」學者谷應泰亦將仁宣之治與周朝的「成康之治」、漢朝的「文景之治」相提並論。

宣宗時君臣關係融洽，經濟也穩步發展。不過，他也開啟此後宦官干政的局面。

宣德五年（一四三一），宣宗以外番多不來朝貢，令鄭和（一三七一至一四三三）再次出航。返航期間，鄭和因勞累過度於宣德八年（一四三三）四月初在印度西海岸古里去世。船隊由太監王景弘率領返航，宣德八年七月返回南京。第七次下西洋人數據載有二七五五〇人。這也是最後一次下西洋。《明史》讚譽宣宗：「仁宗為太子，失愛於成祖。其危而復安，太孫蓋有力焉。即位以後，吏稱其職，政得其平，綱紀修明，倉庾充羨，閭閻樂業。歲不能災。蓋明興至是歷年六十，民氣漸舒，蒸然有治平之象矣。若乃強藩猝起，旋即削平，掃蕩邊塵，狡寇震懾，帝之英姿睿略，庶幾克繩祖武者歟。」宣德皇帝是一個有較高文化素養的皇帝，喜歡射獵、美食、鬥促織（蟋蟀）的皇帝。大臣皆因勸諫宣宗多讀書，少玩樂被下獄。宣宗的愛好勞民傷財以至於害民傷命。《聊齋誌異》裏的名篇《促織》裏的皇帝正是明宣宗，人稱「促織天子」。明末清初詩人吳偉業（一六〇九至一六七二）有《明宣宗御用戧金蟋蟀盆歌》。

卷三〈神仙粥方〉：

神仙粥方，專治感冒風寒暑濕之邪並四時疫氣流行頭疼骨痛發熱惡寒等症，初得一二三日，服之即解。用糯米約半合，生薑五大片，河水二盌，於砂鍋內煮一二滾，次入帶鬚大葱白五七個，煮至米熟，再加米醋半小盞入內和勻，取起，乘熱吃粥，或只吃粥湯亦可。即於無風處睡之，出汗為度。此以糯米補養為君，薑葱發散為臣，一補一發，而又以酸醋斂之，甚有妙理，蓋非尋常發表之劑可比也。屢用屢驗，不可以易而忽之。

民間廣為流傳的「神仙粥」歌訣是：「一把糯米煮成湯，七根葱白七片薑，熬熟對入半杯醋，傷風感冒保安康。」此粥專治由風寒引起的頭痛、渾身痠懶、乏力、發熱等症，特別是患病三天內服用，即可收到「粥到病除」的奇效。此條所述的粥方和歌訣所述的大致相同。

卷三〈草窗鐵崖別號〉：

《武林舊事》，泗水潛夫輯，正德中一代巡在浙中刻之。其跋謂泗水潛夫不知為誰，夫周爰咨諏，代巡職也，抑咨之而無有知者乎？勝國時周公密、楊公維楨最博洽，著作甚富，其別號甚多。密字公謹，號草窗，凡弁陽老人、泗水潛夫、齊東野人，癸辛居士皆其別見者也。維楨字廉夫，號鐵崖，凡鐵雅、鐵笛、鐵史、鐵龍精、鐵仙、鐵龍仙伯、老鐵、東維子、抱遺老人、桃花夢叟、錦窩老人、邊上梅皆其別見者也。聊為志之。

周密（一二三二至一二九六）是宋末元初人，楊維楨（一二九六至一三七〇）是元末明初人。關於周密的生平，可參看本書評介《齊東野語》篇。楊維楨，又作維禎，字廉夫，號鐵崖、東維子，又號鐵笛道人，會稽（今浙江紹興）人。善作詩，通音律。元成宗元貞二年（一二九六）生。少時讀書於鐵崖山，其父楊宏在鐵崖山麓築樓，樓上藏書萬卷，周圍種數百株梅樹，將梯子撤去，令其專心攻讀，楊維楨於此苦讀五年。元泰定帝泰定四年（一三二七）中進士，授天台縣尹，杭州四務提舉。維楨為人倔強，喜做翻案文章，如寫《炮烙辭》一詩支持紂王。又以擬古樂府見稱，是當時詩壇領袖，因「詩名擅一時，號鐵崖體」。元末天下大亂，維楨避寓富春江一帶，當時起義的軍閥張士誠（一三二一至一三六七）屢召不仕，遷蘇州、松江等地，隱居不出，和文人「筆墨縱橫，鉛粉狼藉」，與陸居仁、錢惟善被稱為「元末三高士」。此外他也擅長音樂，有竹枝、柳枝、桃花、杏花四妾，「皆能聲樂」，當時有詩云：「竹枝柳枝桃杏花，吹彈歌舞撥琵琶。可憐一解楊夫子，變作江南散樂家」。此外，他還曾創作南曲《蘇台弔古》，與顧堅、顧阿瑛、倪元鎮交好，常在顧阿瑛的玉山草堂集會。洪武二年（一三六九），明太祖召他至京師，議訂禮法。晚年有肺疾。後請歸鄉里。洪武三年逝世。著有《東維子文集》、《鐵崖先生古樂府》等。有學生盧熊、宋禧、王璲、張憲等。

卷五〈曲賓白〉：

北曲中有全賓、全白。兩人對說曰賓，一人自說曰白。

我國戲曲講究「唱做念打」的藝術。其中的「念」，或作「唸」，是指「念白」。明中期文學家、書畫家、戲曲家徐渭（一五二一至一五九三）《南詞敘錄》謂：「唱為主，白為賓，故曰賓白。」賓白指戲曲中人物的內心獨白或人物之間的對話。有韻白、口白兩種。韻白接近官話，有明顯的旋律和節奏變化，字音較為拖長；口白較接近各地方日常語言，但又比口語稍為誇張。明朝單宇的《菊坡叢話》則說：「兩人對說曰賓，一人自說曰白。」

卷五〈精氣二字〉：

精字氣字皆從米，可見精氣之生，必資於米。古人制字，豈是胡亂？

清朝曹庭棟的《老老恆言》云：「《顯道經》曰：骨湧面白，血湧面赤，髓湧面黃，肌湧面黑，精湧面光，氣湧面澤。光澤必根乎精氣，所謂晬然見於面也。按精、氣二字俱從米，是精氣又必資乎米。調停粥飯，饑飽適時，生精益氣之功孰大焉？」古時的「精氣」二字都把「米」作為重要的構成部分，說明了人的精、氣都依賴於米，來源於米。北宋陳直的《養老奉親書》曰：「穀氣充則氣血盛，氣血盛則精力強。」可見，粥飯適度，是生精益氣的有效途徑。所以在生活中一定要重視自己的主食。現在有些人只吃蔬菜、水果，不吃主食，其實是錯誤的，要知道，糧食是滋生精氣之源，所以一定要吃好主食。

卷六〈無首猶生〉：

《廣異記》：清河崔廣宗，開元中為薊縣令，犯法，張守珪梟其首，形體不死，歸，飢，即畫地作飢字，家人進食於頸孔中，飽即書止字，家人等有過犯，書令決之。如是三四歲，世情不替，更

生一男。一日書地云後日當死，如其言。宋嘉佑時劍南朱無惑《萍洲可談》云：監左帑龍舒張宣義言，有親戚游宦西蜀，經襄漢，投一飯店，見一人無首。主人云，因患瘰癧，頭脫而活，每有所需，以手指畫，日以湯粥灌之，猶存。

《廣異記》是一部志怪傳奇小說集，原書二十卷，今存六卷。作者為中唐文人戴孚。《廣異記》上承六朝志怪小說模式，而敘述轉趨曲折，技巧有了進步，是一部由志怪演進為傳奇的代表作品。戴孚，譙郡（今安徽亳州）人，生平事略不見史傳。據顧況（？至約八一四）所作《戴氏廣異記序》（《文苑英華》卷七百三十七），知戴孚於唐肅宗至德二年（七五七）與顧況同登進士第，任校書郎，終於饒州錄事參軍，卒年五十七歲。此書大抵作於代宗大曆年間。作者去世後，由其子請顧況為書作序行世。「無首猶生」，的是神異！

卷六〈賀資極字謎〉：

謎：目字加兩點，不作貝字看。（上有加字，下增二點，是賀字。）**貝字欠兩點，不作目字看。**（上有欠字，又增二點，是資字。出荊公。）**木了又一口，不作杏字猜。若作困字猜，便是呆秀才。**（木旁著了字、又字、一字、口字，是極字）

此條所提供的「賀、資、極」三字謎，可作為燈謎遊戲之用。

卷七〈遺訓〉：

「脫去凡近，以游高明，莫為嬰兒之態，而有大人之器，莫為一身之謀，而有天下之志，莫為終身之計，而有後世之慮，不求人知而求天知，不求同俗而求同理。」此宋儒謝顯道《序論語解》中語也。昔庚子歲，先師東廓鄒先生在南院，嘗手書以示詡，敬佩服不敢忘。不幸遭倭亂，書篋一空，而是卷亦散失，無從復得，日夕往來於衷者又三十餘年矣。追念師訓，荏苒自棄，不覺汗流浹背。重錄一過，以當書紳。

謝顯道是南宋人，號紫壺道士。編《海瓊白人請錄》四卷，收入《道藏》正一部。此條李詡記述已去世的東廓鄒先生曾抄錄謝顯道《序論語解》中的訓語給他的事。細看所抄訓語，謝顯道講的都是為人處世的至理名言。

卷七〈杜用文選〉：

葛常之《韻語陽秋》曰：「子美善用《文選》語，故宗武亦習之不置，所謂『熟精《文選》理，休覓彩衣輕』。又云『呼婢取酒壺，續見誦《文選》』是也。今試取校之，兩字連緜同者甚衆，三字四字以至五字而止，間一有焉，始知得於《文選》多矣。」杜之源流所自，誠在於此，後之沈酣於杜者，則惟文信國公文山一人而已，其餘但拾殘唾，何足尚也。昔人言「《文選》爛，秀才半」，蓋以《文選》作本領故耳。

《文選》，又稱《昭明文選》，是中國現存的最早一部詩文總集，由南朝梁武帝的長子太子蕭統（五〇一至五三一）組織的文人共同編選。蕭統逝後謚「昭明」，故這部總集又被稱作《昭明文選》。成於梁武帝普通七年（五二六）至中大通三年（五三一）之間。《昭明文選》收錄由周代至六朝梁以前七八百年間一百三十多位作者的詩文七百餘篇，是一部現存最早的文學總集。由於《昭明文選》選材嚴謹，所選的大多是典雅之作。在過去文人的眼中，被視為文學的教科書。作品共六十卷，分為賦、詩、騷、七、詔、冊、令、教、文、表、上書、啟、彈事、箋、奏記、書、檄、對問、設論、辭、序、頌、贊、符命、史論、史述贊、論、連珠、箴、銘、誄、哀、碑文、墓誌、行狀、弔文、祭文等類別。《文選》選文，以「不錄存者」為原則，沒有收入當時尚健在的作家。

葛立方（？至一一六四），南宋詩論家、詞人。字常之，自號懶真子，丹陽（今屬江蘇）人，後定居湖州吳興（今浙江湖州）。其父葛勝仲也是著名詞家，父子齊名於世。葛立方於紹興八年（一一三八）舉進士。曾任校書郎及考功員外郎等職。後因忤秦檜，罷吏部侍郎，出知袁州、宣州。二十六年歸休於吳興汛金溪上。葛立方博極羣書，著述除現存《歸愚集》、《韻語陽秋》外，還有失傳的《西疇筆耕》、《萬興別志》等書。葛立方詞現存四十首。《四庫全書總目》評其詞說：「多平實鋪敘，少清新宛轉之思，然大致不失宋人規格。」《韻語陽秋》又名《葛立方詩話》，共二十卷，主要是評論自漢魏至宋代諸家詩歌創作之意旨。《四庫全書總目提要》譽其為宋人詩話之善本。《韻語陽秋》談及杜甫和他的次子宗武均善用《文選》。可惜宗武的詩作沒有流傳下來。

卷七〈陰多陽少〉：

葉文莊公盛云：「數自一至十，惟三平聲，八卦惟乾離坤平聲，十干十二支皆仄多平少。陰常有餘，陽常不足，君子少而小人多，此亦可見。」

葉盛（一四二〇至一四七四），字與中，南直隸崑山縣人。明朝政治人物。官至吏部侍郎。自幼博學。英宗正統十年（一四四五）進士，拜兵科給事中。明英宗因土木堡之變被瓦剌俘虜，九月郕王朱祁鈺即位，瓦剌屯逼都城。當時葉盛屢奏封章，皆當世急政。尋轉都給事中、山西右參政，監督宣府糧餉，兼管屯田、獨石馬營等處軍務。有功於邊，以父憂去職。明英宗復位後，擢為右僉都御史，兩廣巡撫。憲宗即位，轉左僉都御史，巡撫宣府。歷官禮部右侍郎、吏部左侍郎。憲宗成化十年（一四七四），卒。謚文莊。著有《水東日記》、《菉竹堂書目》《葉文莊奏疏》等。葉盛清清修積學，尚名檢、薄嗜好，家居出入常徒步。生平仰慕范仲淹（九八九至一〇五二），有古大臣風。在此條中，葉盛感慨這個世界「陰常有餘，陽常不足，君子少而小人多。」

卷七〈張許詩文〉：

張睢陽《謝加金吾表》曰：「想峨眉之碧峰，游豫西蜀，追騄耳於玄圃，保壽南山。逆賊祿山，迷逆天地，戮辱黎獻，膻腥闕庭，震驚陵廟。臣被圍七旬，親經百戰。主辱臣死，當臣致命之時，惡稔罪盈，是賊滅亡之日。」又一詩曰：「接戰春來苦，孤城日漸危。合圍侔月暈，分守若魚麗。屢厭黃塵起，時將白羽揮。裹瘡猶出戰，飲血更登陴。忠信應難敵，堅貞諒不移。無人報天子，心計欲何

施。」又許遠亦有祭文，所謂「太乙先鋒，蚩尤後殿，蒼龍持弓，白虎捧箭」。二公之作，至今誦之，猶凜凜有生氣。

張巡（七○九至七五七），字巡，又稱張中丞，鄧州南陽人，祖籍蒲州河東，唐朝縣令。玄宗開元末年進士。天寶十五年（七五五），安史之亂中，張巡以真源（今安徽亳州西）縣令的身分，駐守雍丘（今河南杞縣），抵抗安史之亂的燕軍。肅宗至德二年（七五七），移守睢陽（今河南商丘），與太守許遠共同作戰。在內無糧草，外無援兵的情況下，城破被俘，英勇就義。他以區區兩縣幾千兵力，苦守雍丘、睢陽兩個孤城近二年，顯示了傑出的軍事才能。張巡後被追贈為揚州大都督。

許遠（七○九至七五七），字令威，杭州鹽官縣（治所在今浙江省海寧市伊橋鄉）人。開元間進士。安史之亂時為睢陽郡太守，與張巡死守睢陽城而知名。城破被送至洛陽，後被殺害。與張巡並稱「雙忠」，在中國各地被廣泛地奉祀為神。

卷七〈偽病字解〉：

凡涉人為，皆是作偽，故偽字從人從為。凡人之一身，只是火候失調便生病，故病字從丙，言火也。

「偽」，從「人」，從「為」，本義是人為。徐鍇《說文解字繫傳》：「偽者，人為之也，非天真也，故於文人為為偽。」人為與天生、天性相對。《荀子．性惡》云：「人之性惡，其善者偽也」，楊倞

注：「偽，為也。凡非天性而人作為之者，皆謂之偽。故為字人傍為，亦會意字也。」《論衡・本性》：「偽者，長大之後，勉使為善也。」「為」、「偽」二字，古書相通。《說文》段玉裁注：「經傳多假為為偽。」如《詩・王風・兔爰》「我生之初，尚無為」，陳奐傳疏：「為即偽也，凡成於人為謂之偽。」「丙」乃十天干的第三位，用作順序第三的代稱。「丙」，也是火的代稱。因五行中丙丁屬火，丙為陽火，丁為陰火。付丙、付丙丁，皆可作「燒掉」解。「丙」也表示光明。後作「炳」。「丙」也可是魚尾。《爾雅・釋魚》：「魚尾謂之丙。」引申為結尾。清李漁《窺詞管見》：「詩詞之丙，好句原難。」

卷七〈煮粥詩〉：

「煮飯何如煮粥強，好同兒女熟商量。一升可作三升用，兩日堪為六日糧。有客只須添水火，無錢不必問羹湯。莫言淡薄少滋味，淡薄之中滋味長。」右《煮粥詩》。

歷代關於「粥」的詩很多。此條所記之《煮粥詩》是明朝文人張方賢的作品。北宋詩僧惠洪（一〇七一至一一二八）有《豆粥詩》「出碓新秔明玉粒，落叢小豆楓葉赤。並花洗淨勿去萁，沙餅煮豆須彌日。五更鍋面漚起滅，秋沼隆隆疏雨集。急除烈焰看徐攪，豆才亦趨回渦入。須臾大勺傳淨瓮，浪寒不興色如粟。食餘偏稱地爐眠，白灰紅火光蒙密。金谷賓朋怪咄嗟，蔞亭君臣相記憶。我今萬事不知他，但覺銅瓶蚯蚓泣。」南宋詩人陸游（一一二五至一二一〇）有《吃粥詩》「世人個個學長年，不悟長年在目前。我得宛丘平易法，只將食粥致神仙。」南宋詩人范成大（一一二六至一一九三）有《口數粥行》「家家臘月二十五，淅米如珠相互煮。大杓撩鐺分口數，疫鬼聞香走無處。餿薑屑桂澆蔗糖，滑甘無比勝黃梁。全家團欒罷晚飯，在遠行人亦留分。襁中孩子強教嘗，餘波溥露獲與臧。新元葉氣調玉燭，天行已過來萬福。物無疵癘年谷熟，長向臘殘分豆粥。」宋末元初詩人邱葵（一作丘葵）（一二四四至一三三三）有《煮粥詩》「清晨掃松葉，旋復烘於煁。汲井手自淅，咄嗟香滿甕。母子共一飽，茅簷樂愔愔。雖無瀹隨奉，庶不愧此心。」清朝乾隆年間詩人阮葵生（一七二七至一七八九）有《吃粥詩》「香於酯乳膩於茶，一味和融潤齒牙。惜米不妨添綠豆，佐餐少許抹鹽瓜。匙抄飽任先生饌，飄飲清宜處家。惟恐妻兒嫌味薄，十分嗟賞自矜誇。淘沙頻汲井華清，不假酸鹹雜鼎烹。暖食定應勝麥飯，加餐並可減藜羹。居然入口融無哽，不礙沾唇呷有聲。客到但宜多著水，木飄和罷瓦盆盛。」

卷八〈人貴溫和惻怛〉：

前輩云，地氣高寒，便不生物，和暖便生物。秋氣嚴凝，便有一般清高氣象，固亦自好，終是肅殺。人常存得溫和惻怛之意，便自然可愛。

我們由自然界「和暖生物」的現象，可得出「人常存溫和惻怛之意，便自然可愛」的結論。

卷八〈林和靖要語〉：

語人之短不曰直，濟人之惡不曰義。廣積不如教子，避禍不如省非。好名則立異，立異則身危。風俗不淳儉，則財用無豐足。禮義廉恥，可以律己，不可以繩人，繩人則寡合，寡合則非涉世之道。

此《省心銓要》中語。

林逋（九六七至一〇二八），字君復，杭州錢塘（今浙江杭州）人，謚和靖先生，世稱林和靖，北宋隱逸詩人。幼時好學，通曉經史百家。性孤高，喜恬淡。長大後，曾漫遊江淮間，後隱居杭州西湖，結廬孤山。常駕小舟遍遊西湖諸寺廟，與高僧詩友相往還。每逢客至，叫門童子縱鶴放飛，林逋見鶴必棹舟歸來。作詩隨就隨棄，很少留存。丞相王隨（約九七五至一〇三九）、杭州郡守薛映均敬其為人，又愛其詩，時趨孤山與之唱和。與北宋名臣范仲淹（九八九至一〇五二）、梅堯臣（一〇〇二至一〇六〇）等有詩唱和。他終生不仕不娶。喜植梅養鶴，自謂「以梅為妻，以鶴為子」，人稱「梅妻鶴子」。《省心銓要》一卷，是林逋「治心之樞機」的作品。本條所述的「要語」，對人生處世十分有啟發性。

卷八〈老年拗拗〉：

宋郭功父有《老人十拗》詩，謂不記近事記遠事，不能近視能遠視；哭無淚，笑有淚；夜不睡，日裏睡；不肯坐，只好行；不肯食軟，要食硬；子不惜，惜孫子；大事不問，碎事絮；少飲酒，多飲茶；暖不出，寒即出。昔人稱為切中老人之病。余今年八十又加五矣，近事遠事皆不能記，獨喜與人訊問近事，檢稗官小史閱遠事。自少入試，執題目牌下，便能遠矚，及今蠅頭細字，燈下猶能辨之，頗為遠近無遺視。二三十年前因喪子多哭，今且不日，人哭余，余何哭耶？笑時或有之，未見睫下濕痕也。黃昏進糜，登床酣寢，直至日出，偶一時聽雞聲耳。日中對典籍，會心處輒手舞足蹈，睡殊少也。平日好陪客坐，即少年與兒孫往還者，喜與共幾席。步履雖不艱，至百步外輒用竹兜子，不好行也。每食必問爛否，否必再煮。惜子勤勸貧無儲，惜孫埋頭不挂綠。大事碎事入耳，或料理，入手便推卻。平生酒量，多不過三行，見人飲則酣適。瀹茗惟以供飯，後漱齒，餘則畏其性寒，斂唇避之。

春秋挈子孫郊原一舒嘯，冬夏惟斗室揮扇擁爐而已。余老人其拗中之拗耶？適有方外道人，以相術自逞，遽前余曰：「翁肯以一布袍贈我，我包翁有太公之壽。」余私忖曰：「豈余之年亦拗耶？」退而書此，為好事者他年作一笑柄。

此條記錄郭祥正（一〇三五至一一一三）所說的老人十種反常情態。但李詡認為自己的情況和郭祥正所說的相反。郭祥正，字功父，號謝公山人、醉引居士、淨空居士、漳南浪士等，北宋太平州當塗（今安徽省當塗縣）人。相傳其母因夢見李白而生，少有詩名。宋仁宗皇祐五年（一〇五三）進士，年僅十九歲，歷任官秘書閣校理，任德化（今江西省九江市）縣尉，武岡縣令權邵州防禦判官等職。他支持王安石變法，但不為王安石賞識。神宗熙寧十年（一〇七七），以國子博士致仕，哲宗元祐三年（一〇八八）復出，知端州（今廣東省肇慶市）軍州事，元祐四年又棄官，歸隱當塗青山。徽宗政和三年（一一一三）卒。著有《青山集》三十卷。南宋著名文學家、詩人，擔任過宋孝宗時期的宰相周必大（一一二六至一二〇四）在《二老堂詩話》中，提到了「郭功父老人十拗」的現象。他還在七十二歲時，作詩自嘲自己耳聾眼花。他起初作了一副對聯：夜雨稀聞聞耳雨，春花微見見空華。周必大說，這是自己的「兩拗」，而且寫下來寄給了朱熹（一一三〇至一二〇〇）。朱熹看後，非常認可這兩句，建議周必大續上兩句成詩。

於是周必大寫了《連年視聽不明，有耳雨空花之對，今歲尤甚，戲成小詩》：「夜雨稀聞聞耳雨，春花微見見空花。自憐他日盲宰相，今復痴聾作富家。」

原李耳載

《原李耳載》，明末李中馥撰。

李中馥，字鳳石，山西太原人，明末清初人，生卒年不詳。大約卒於康熙初年。《山西通志李中馥傳》說：「天啟四年（一六二四）舉人。性剛鯁，進退不苟，為孝廉五十年，未嘗一入公府。明季直指使薦，辭不赴。雅嗜讀書，晚年益勤，朝夕不釋卷，揄揚後學不去。著有《從好集》、《石鼓考》、《本草目錄》、《銀杏園文集》。」

《原李耳載》所記，多為明末清初作者自已生活中耳聞目睹的山西太原等地的政治、經濟、社會習俗、士大夫言行以及李自成起義、姜瓖裹事變等，對研究政治史、經濟史、社會史極有參考價值。書中還記載了一些奇人異事。本書由作者曾孫李從龍搜集編定，初刻於乾隆二十一年。

為本書寫序的清人孫闓達在序言中說：「耳養之不足貴也，信耳之不足憑也，耳載云乎哉。然目之所及有涯，而耳也無涯。舜達四聰，禹懸四擊，周採謠俗，孔子亦擇多聞，皆是物也。古今記載，大約得於耳者居多，亦視乎其人之耳，視乎其人之載而已。晉陽李鳳石先生，古君子也，一日以耳載示餘，且索餘言。余讀之如讀異書，得未曾有，其所載皆可喜、可愕、可感、可嘆之事。可以啟人之善思焉，可以警人之慝志焉，可以堅人之信心、破人之攣見焉。是書也，其有功於名教不淺，非直為紀聞志怪之書而已也。先生之耳，豈猶夫人之耳，先生之載，豈猶夫人之載哉！」

為本書寫小引的清人陳俶說：「昔容齋有《隨筆》，沈氏有《筆譚》，多述宋、元間遺事，讀者無不服其該洽。今以是書準之，又何多讓焉。」

清人許道基稱讚此書說：「晉陽李鳳石先生，學通今古，所著《耳載》一書，未嘗不標新領異，要皆目前常事，轉出奇境。復鄭重乎忠孝廉貞之行，風議乎嗔貪癡妄之為，使人考鏡感發，自於言外得之。是事以正出奇，理以奇見正，而心則全乎正者也。蓋將以挽人心之好怪，而不愧為天下之至奇，尚何算博士、鬼董狐之誚哉？吳興徐侍郎蘋邨嘗詆《焚椒》之穢褻，《湘山野錄》之妄誕，《碧雲騢》之誣謬，以為傷風俗，淆是非。他若《洞冥拾遺》、《雲仙散錄》諸編，亦譏其瑣屑鄙雜，可以無作。惟陶氏《輟耕錄》，則以廣見聞，紀風土，補史乘美之，稱許綦慎矣。而其年陳檢討複詆為腕力孱弱，文采不足以發之，紀載固若是其不易乎！惜先生之書不令二公見之耳。」

作者曾孫李從龍在刻印此書時說：「自受書以來，聞庭訓，知曾祖鳳石公績學尚氣節，不欲以文名家。舉孝廉，不仕。闖賊嘗遣宋獻策致書，脅以仕，婉辭之，賊卒不敢加禍。所交游皆嚴正，如方崧生、傅青主、張華陽諸先生，率常以節義相高，時亦或以文章互砥礪。故生平所為文，膾炙人口，以文求者無不應，應即草　任攜去。遺篋中惟耳載一編，伏而讀之，筆高古，不具論，大抵關名教者言必詳。從龍矢志搜羅，歷有年所。庚戌成進士，出為邑宰，內擢部曹，日事簿書，違鄉里者二十餘年。嗣攖疾，蒙恩予告歸，益竭力搜訪，卒不得一。嗚呼！殆不可得矣。予祖、父兢兢所守，手澤止此，謹繕寫成帙，詒後人，存什一於千百云爾。」

本書上下兩卷共有六十五條。現選錄八條給大家賞讀。

上卷〈忠臣紀烈〉：

歲甲申，闖逆陷晉，撫晉者蔡公懋德與中軍應公時盛至書院三立祠縊焉。布政趙公建極、守道毛公文炳、巡道畢公拱辰俱被執，挺立不跪。闖逆令解趙公縛，言：「素知公名，今入晉，萬民頌清廉，果孚素望，復爾官，盡心供職。」趙公變色曰：「凡為臣者，不能守土，與城俱亡，宜也。無多言！」逆猶以溫語慰之，公與毛、畢二公厲聲大罵，遂駢首就戮。晉人無不哀感。

李自成（一六〇六至一六四五），原名鴻基，陝西米脂人，世居米脂李繼遷寨。原是陝北驛卒。崇禎帝採信大臣裁撤驛卒的建議，造成失業驛卒武夫起義，李自成參與起義軍。高迎祥被明朝處死後，李自成稱闖王，成為明末民變領袖之一。崇禎十七年（一六四四）在西安稱帝建立大順，後進攻明都北京，攻入北京城，崇禎自縊，是為甲申之變，至此明朝滅亡。崇禎十七年正月，李自成逼近太原。巡撫蔡懋德（一五八六至一六四四）、布政使趙建極（一五九四至一六四四）、副總兵應時盛、副使毛文炳、僉事畢拱辰等守城。二月八日，城破，蔡懋德及應時盛自縊。趙建極端坐公堂，被敵軍押至李自成處，不屈，被射殺。副使毛文炳、僉事畢拱辰同死。蔡懋德，原名陳懋德，崇禎中複姓蔡，字維立，又字公虞，號雲怡，直隸崑山縣（今江蘇崑山市）人。萬曆己未進士。崇禎間累官至都察院右僉都御史、巡撫山西。趙建極，字住同，號松閱，河南永寧縣（今河南省洛寧縣）人。萬曆己未進士。

上卷〈尋親誠感〉：

原邑趙孝子，名威晉。其父好黃冠術，遇全真雲水，無不以禮下之。孝子方五歲，父出訪道，不歸者三十餘年矣。孝子日夕哀慕，始猶盼歸。愈久愈杳，銳意尋親。或謂行蹤已遠，茫茫世界，尋何益也。孝子曰：「以此為難，則父終不見，是我棄父也。道場多在東南三湘、五嶺，不能遇，誓不反。」遂孑身遠涉。從武當山始，遍歷諸場，將三月，思他適矣，忽臨一山僻小庵，内止一老道，向投宿。老道曰：「君語音似山西人。」孝子曰：「師何以知之？」曰：「余亦太原縣人。雲遊數十年，愛山庵僻靜，聊此寄跡。」孝子細詢年齒裏居，不覺大慟曰：「吾父也。若非此遇，又往他方，轉誤矣。」其父因問故鄉親族，存者無幾，自言旦夕就木，旋裏無庸也。孝子泣懇始還。闔邑奇之，邑侯屈五靖旌其門。初訪即至武當，將行乃投一宿，非誠感，安能巧合若此也！

此條記載趙孝子銳意找尋離家不歸已有三十餘年的父親。因為他的真誠不捨，卒在「一山僻小庵」內，得與老父相遇。

上卷〈心許身殉〉：

原邑子衿郭長泰，諸生，郭御所子也。英姿韶秀，十八遊庠。巾服謁諸親故，至一中表家，惟孀母與女在室，素不相避。鄰婦言：「才郎淑女，合是佳偶。」母曰：「然。」此女不作羞態，端靜自若。郭生心善之，言於父。父以女家貧，媒者至，雖唯唯而姑緩焉。後一富室重郭生才，欲婿之。父不令知，而委禽焉。或告孀氏，郭生已締姻矣。女聞言，手中扇不覺墜地，入室，無病而卒。生聞之，曰：「莊而靜，信而貞，可再得乎！」不數月亦卒。兩人可謂心許矣。譚友夏言：「世上愚拗父母，誤卻多少良緣！」豈不重可歎哉。

「世上愚拗父母，誤卻多少良緣！」這見作者的感歎。才郎淑女，本應是佳偶，卻不單未能成配，反而拋掉生命，讀之令人心酸。

上卷〈憐才豪舉〉：

妓有名秀雲者，晉府樂長也，聲容冠一時。工小楷，善畫蘭，操琴愛《漢宮秋》，稱絕調；又能以琵琶彈《普唵咒》，與琴入化。性喜清雅，凡宗藩巨賈，紈袴子弟，皆不留意。文人學士多與遊，字之曰明霞。卒為輕薄子所紿，傾囊相委。久知其負己也，抑鬱而逝。淹殯積歲，傅青主聞而憐之，言：「名妓失路，與名士落魄，齎誌沒齒無異也。吾何惜埋香一抔土乎？」於是，設幡，陳冥器，張鼓樂，召僧尼導引郊外，與所知詞客數輩酹之灑而葬之。更作頂針詩十四首，前後相承，其全不能記。首章云：「芳魂栩栩自仙遊，走馬章台滿目愁。疏雨細風清夜永，可憐一曲《漢宮秋》。」二：「《漢宮秋》是古琴文，幾個知音坐上聞。流水不逢鍾子輩，當壚誰識卓文君？」八：「小樓塵土暗窗紗，不見樓頭解語花。碁冷文楸香冷篆，床頭橫著舊琵琶。」九：「琵琶掩抑不堪聽，司馬江頭涕淚零。老大只教癯骨在，何須粉白與螺青。」末收云：「止教騷客吊芳魂。」晉人多傳誦之，無不歎青主憐才，不下古人買駿也。

此條記載傅青主憐才，為一位被一輕薄子所負，抑鬱而逝的名妓設幡、陳冥器、張鼓樂，召僧尼導引郊外之事。作者記下了詞客所成的十四首頂針詩其中的數首，文句頗為佳妙。

傅山（一六〇七至一六八四），本名鼎臣，字青竹，後改名山，更字青主，以字行，號公之它、公它（取「它山之石可以攻玉」之意）、真山、朱衣道人、石道人、嗇廬、僑黃、僑松等等，山西陽曲人（今在山西省太原市），明末清初學者，以明遺民自居。清兵入關後不仕，自稱為道士。他於經學、考據、理學、佛學、道教、諸子、醫術、詩法、書畫、金石、地理、武術等範疇皆有涉獵。

傅青主與顧炎武、黃宗羲、王夫之、李顒、顏元一起被梁啟超稱為「清初六大師」。在梁羽生先生的武俠小說《七劍下天山》中，傅青主被描述為七劍之首，武功超卓。另外，在《江湖三女俠》、《冰魄寒光劍》、《冰河洗劍錄》中亦有提及。

上卷〈井中心史〉：

鄭思肖，字億翁，號所南，宋末福建人。易代後，僑居蘇州，不仕不娶，養父盡孝。能畫蘭竹，不畫土根。人問之，答曰：「此土非吾有。」見《宋遺民錄》中。文徵明嘗題其畫，贊之極口。崇禎十三年。虎邱僧濬井，得如磚者，鐵鑄，有字一行云《鐵函經》，供之佛前。一日，孝廉陸坦、鄭敷教強僧啟視，鐵內為錫，錫內為蠟，蠟為書數冊，乃所南手著詩文稿。分《心史》、《大義集》、《咸淳集》諸名，詳錄宋亡諸事。恐世不傳，是以深藏於此。「思肖」、「所南」，皆心語也。稱宋曰「本穴世界」，又曰「大無空」。詩曰：「至今首陽山，不生周草木。」餘多類此。紀宋歲月後連寫十七甲字，不可解。陸氏為之刊行。閩人林古度，字茂之，鍾竟陵、董華亭老友也，斂貲別梓於金陵，總名《鄭所南井中心史》。茂之今年八十五，無恙。所紀元事亦悉，唯事演楪兒佛尤詳。

鄭思肖（一二四一至一三一八），原名之因，連江（今福建福州連江縣）人，字憶翁，號所南，又號三外野人，宋末元初畫家、詩人、靈寶派閣皂宗道士。南宋亡國後，孤身隱居蘇州，終身未娶。南宋末年，通過科舉，考中秀才，為理宗時的太學上舍，應博學宏詞科。南宋滅亡後，鄭思肖隱居吳中（今江蘇蘇州），改名思肖（肖，是趙的偏旁，因宋朝皇帝姓趙），改字憶翁。為了寄託愛國情懷，鄭思肖坐臥必向南，並自號「所南」。所居之處命名為「本穴世界」（把「本」字中的「十」置於「穴」字中，便是「大宋」，寓意其乃大宋遺民。）鄭思肖的作品有《鄭所南先生文集》、《一百二十圖詩集》、《心史》等。其中《心史》是鄭思肖在南宋滅亡之後寫下的一部詩文總集，分上下兩卷。鄭思肖還著有道教典籍《太極祭煉內法》、《太極祭煉內法議略》。鄭思肖在《畫菊》詩中，以菊花自比，寫出了詩人的人生際遇。詩云：「花開不並百花叢，獨立疏籬趣未窮。寧可枝頭抱香死，何曾吹落北風中。」意思是說菊花獨立，不與百花為伴，寧願在枝頭上枯死遺芳，也不向北面的元朝投降。鄭思肖擅長畫墨蘭，他不畫根土，意謂宋土已亡。

下卷〈七日溺返〉：

原邑田村鄉民郭姓，有地十畝許，近汾水，衝塌不常。每年秋水將至，先將傍水禾先割飼牛，恐塌去無及也。一日，使子往割，午出，至晚不還。父亟趨視，則田已塌數隴，知子溺波中矣，舉家悲苦，並不知屍漂何所也。七日後，二更，忽聞剝啄聲，啟門，趺入一人即仆，問之，不應，燭之，乃其子也。水浸將腐潰，口微呻而不能語，以米汁徐沃之，二日漸省人事。詢之，言：「初塌河時，為人拽入一堂，類見官者，尋復拽出，見金光萬道，空際布滿。須臾，米飯堆積，衆蜂擁爭食。兒正飢渴，恨不得沾一粒。有言爾不宜食者，有言爾不敢食者。頃聞傳呼：『宜還者遣還。』即被兩人拽行至門，未識己家第，覺門開而兩人去矣。亦未知其已七日也。」其父思所云金光、米飯，即洛陽村中元放河燈、灑花米之夕也。此人現存，名郭希貴。

這是本書下卷所載各種奇聞異事中的一則，文字細膩，故事曲折。

下卷〈正術誅邪〉：

蜀有妖巫，展裙坐江，飛渡不濡，而穩於舟。行人惑之，曉夜環聚投教者，日以百數。薛真人知之曰：「日月之下，可容青燐鬼焰簧鼓人心？」乃頌咒律，已，將一紙裙分裂。其巫正坐江欲渡，即時兩股劈開，浮江而斃，妖遂息。張留孺云。

此條宏揚「邪不能勝正」的大道理。

下卷〈披雲僊去〉：

宋道人者，自號披雲子，薊州河間人也。選勝名山，暮年至太原臥虎山之陽，曰：「是吾大有緣之地也。」遂鑿石洞數龕隱焉。近山諸村好善者，供以銀粟，則受粟反銀。遇人怯弱者，授以導引之術；躁急者，教以調息之方。遠近欽信者二十餘年。一日，遍詣諸村友曰：「道人老矣！將於某日告別，無他囑，惟至期一顧，即二十年相愛情也。但不可過辰、巳兩時，過則無及矣。」聞者共挽留之，力辭。至期，衆各具禮餞送，或擔負裹糧，抵山已近午矣。山間有鋤禾者，呼云：「頃見披雲子乘一獸，似驢，色蒼白，頭有角，向西南行。留語山下諸道友，去急不及面也。」衆悵然，偕至山洞，則披雲子固端坐蒲團，如入定狀。石壁左留偈云：「只個形骸許大，已是一場災禍。被誰節外生枝，強要喚成那個。更分假像真容，又是兩重罪過。近來耳目昏花，畢竟有些甚麼。」諸道友因各敘其來辭時日皆同，信有分形出世之能，倍相歎服。遂議作柏木八角盤，舁坐盤中，設清醮三晝夜瘞焉。道人頗多著述，化後無存，或意不欲留蹟。止有《雨淋淋》詩餘一曲，為人記誦而傳之，已入縣志，不贅錄。

歷史上，披雲子宋德方（一一八三至一二四七）是全真教的一位重要人物，也是太原龍山道教石窟的開鑿者。他是元太祖十五年（一二二〇）隨長春子丘處機（一一四八至一二二七）西遊大雪山晉見成吉思汗的十八人之一。憑藉自身淵博的道學知識和卓越的管理才能，他主持了《元玄都道藏》的編撰和刊印工作。宋德方在前期的傳道授法過程中也不斷營造宮觀、主持法事，廣收門徒。他教授的眾多徒弟中，最有名的是秦志安（一一八八至一二四四）和祁志城。前者聲名顯赫，著書無數，後者後來成為了全真道的掌教真人，《元史》中有列傳記載。宋德方開鑿石窟，最開始便是位於太原的龍山。這裏雕有三清神像、虛皇神像、天師像、三皇、披雲子、北七真等不同石像。宋德方開鑿的另外一處石窟是今天山東萊州南邊寒同山山的神仙洞。根據歷史記載，最早提出要開鑿這處石窟的是宋德方的師傅長生子劉處玄（一一四七至一二〇三），當時尚屬金朝統治。由於當地官員的阻攔，並未動工。宋德方在完成了太原龍山石窟的開鑿後，隨即帶領道士三十多人回到山東，前後用了十年完成。此條末所述《雨淋淋》詩餘應是《雨霖鈴》。

陶庵夢憶

《陶庵夢憶》，明末清初張岱（一五九七至約一六七九）撰。

張岱，字宗子、又字石公，號陶庵、又號蝶庵，山陰（今浙江紹興市）人，明末清初散文家和史學家。張岱出身仕宦家庭。高祖張天復（一五一三至一五七八）為明世宗嘉靖二十六年（一五四七）進士。曾祖張元忭（一五三八至一五八八）為明穆宗隆慶五年（一五七一）狀元。祖父張汝霖（？至？）為明神宗萬曆二十三年（一五九五）進士。他家境富裕，但自幼多病。他喜讀書，因是長房長孫，祖父親自教授，在家中很有地位，常隨祖父到紹興城西北龍山北麓的「快園」遊玩。張汝霖曾帶張岱去拜訪著名學者黃汝亨（一五五八至一六二六），想安排張岱投入其門，但沒有成事。

張岱的父親張耀芳多次應考落第，五十三歲時才考上鄉試副榜，在山東兗州魯王朱壽鏞府內擔任長史。自張汝霖起，張家生活漸趨奢侈。張耀芳及其兄弟建華屋，養歌伎，藏古玩，貪酒色，沉眈於各種嗜好。張岱亦精通各種玩樂之道。在他晚年《自為墓誌銘》中，他說：「少為紈绔子弟，極愛繁華，好精舍，好美婢，好孌童，好鮮衣，好美食，好駿馬，好華燈，好煙火，好梨園，好鼓吹，好古董，好花鳥，兼以茶淫橘虐，書蠹詩魔，勞碌半生，皆成夢幻。年至五十，國破家亡，避跡山居。所存者，破床碎幾，折鼎病琴，與殘書數帙，缺硯一方而已。布衣蔬莨，常至斷炊。回首二十年前，真如隔世。」

明朝覆亡後，張岱一度在南明魯王朱以海（一六一八至一六六二）的小朝廷中供職，後來逃避戰亂遁入深山，寄居佛寺，潛心著作，生活貧困。一六四九年，他重返紹興，在紹興龍山後麓昔日「快園」處買地，親自修葺敗屋，接家人同住，過粗茶淡飯的生活。一六五七年，張岱應浙江提督學政谷應泰

（一六二〇至一六九〇）之邀，到杭州協助他編寫《明史紀事本末》。在次年初成書後，張岱返回紹興。約一六六五年，他為自己建造墓穴，並為自己撰寫墓誌銘。

張岱是小品文名家，著有《陶庵夢憶》、《西湖夢尋》、《快園道古》、《瑯嬛文集》等書，追憶往日繁華生活，文章典雅精練。他又著有《夜航船》，是中國早期百科全書式的讀本，意思是在一艘夜行的船上有許多知識份子談天說地，談話的內容包羅萬象，分成天文、地理、人物、考古、倫類、選舉、政事、文學、禮樂、兵刑、日用、寶玩、容貌、九流、外國、植物、四靈、荒唐、物理、方術等二十大類，共四千多條目。張岱說：「天下學問，惟夜航船最難對付。蓋村夫俗子，其學問皆預先備辦，如瀛洲十八學士、雲台二十八將之類，稍差其姓名，輒掩口笑之。」史學方面，張岱撰有《石匱書》與《石匱書後集》，記述有明一代史事，剖析明亡原因。

張岱擅長詩曲。他早年學詩，受徐渭（一五二一至一五九三）、公安派和竟陵派的影響，亦喜陶淵明詩，寫下不少與陶淵明作品唱和的詩篇。張岱也撰寫戲曲。明末宦官魏忠賢（一五六八至一六二七）倒台後，他以魏忠賢事為題材編戲，名為《冰山》，曾在紹興排演，反應熱烈。一六三一年，他帶著戲班到山東為父親獻演此戲，一些舊京官告訴他親身經歷，張岱把這些事也寫入戲中，使劇情更引人入勝。

《陶庵夢憶》寫的是昔日生活中的瑣事，對明末的茶樓酒館、歌臺舞榭、說書、演戲、彈琴、放燈、鬥雞、打獵、出遊等均有憶述。此外，也談風景文物、社會民生等。這些記載大多簡短明暢。在國破後，他生活流離，文章自然流露出對故國鄉土的思念及傷懷。此書最早有兩個刻本。一個是乾隆四十年（一七七五）《硯雲甲編》中的一卷本，僅有四十三篇，另一個是乾隆五十九年（一七九四）王文誥（一七六四至？）所刻的八卷，共有一百二十三篇。王文誥刊出全本，功不可沒，他做了四件事，改變了此書的原貌。其一，原書名《夢憶》，他加了「陶庵」二字；其二，原書不分卷，他分為八卷；其三，篇次未必盡按原書；其四，原書無小題，他擬了小題。王文誥所擬，大多恰當，也有例外，如《梅花書屋》一篇，文中所寫，明明是「雲林秘閣」，只因提了一句「西溪梅骨古勁」，就用了個莫名其妙的標題。《陶庵夢憶》這書名沿用至今，不但無人提出「正名」，還覺得與《西湖夢尋》正好作對兒。有學者認為《西湖夢尋》按西湖五個景區不得不分為五卷，每卷字數都略嫌偏少，但卻是無可奈何。而《夢憶》字數與《夢尋》相當，分成八卷有些瑣碎的感覺。

現選錄十餘條給大家賞讀。

卷一〈報恩塔〉：

中國之大古董，永樂之大窯器，則報恩塔是也。報恩塔成於永樂初年，非成祖開國之精神，開國之物力，開國之功令，其膽智才略足以吞吐此塔者，不能成焉。塔上下金剛佛像千百億金身。一金身，琉璃磚十數塊湊成之，其衣摺不爽分，其面目不爽毫，其鬚眉不爽忽，斗笋合縫，信屬鬼工。聞燒成時，具三塔相，成其一，埋其二，編號識之。今塔上損磚一塊，以字號報工部，發一磚補之，如生成焉。夜必燈，歲費油若干斛。天日高霽，霏霏靄靄，搖搖曳曳，有光怪出其上，如香烟繚繞，半日方散。永樂時，海外夷蠻重譯至者百有餘國，見報恩塔必頂禮讚嘆而去，謂四大部洲所無也。

「南朝四百八十寺，多少樓台煙雨中。」唐朝詩人杜牧（八〇三至八五二）這兩句詩中所說的「四百八十寺」的起源就是大報恩寺。大報恩寺位於南京市秦淮區中華門外，是中國歷史上悠久的佛教寺廟，其前身是東吳吳大帝赤烏年間（二三八至二五〇）建造的建初寺及阿育王塔，是繼洛陽白馬寺之後中國的第二座寺廟，也是中國南方建立的第一座佛寺，中國的佛教中心，與靈谷寺、天界寺並稱為金陵三大寺，下轄百寺。因歲月悠長，此寺到了明朝已有頗多破損。明成祖朱棣（一三六〇至一四二四）永樂十年（一四一二），勅工部重建。

據永樂十一年的《重修報恩寺勅》和朱棣親述，這是他為報父親明太祖朱元璋和母親孝慈高皇后馬氏之恩而重修此寺的。重修過程歷時約二十年，耗費二百四十八萬五千兩白銀，動用十萬軍役、民夫。大報恩寺琉璃寶塔高達七八．二米，通體用琉璃燒制，塔內外置長明燈一百四十六盞，自建成至衰毀一直是中國最高的建築，位列中世紀世界七大奇蹟，被當時西方人視為代表中國的標誌性建築，有「中國之大古董，永樂之大窯器」之譽，被稱為「天下第一塔」。

大報恩寺的修造，由三保太監鄭和（一三七一至一四三三）等人擔任監工官，在永樂、洪熙、宣德年間建造。因鄭和多次下西洋，對這項工程難以全力照顧，工程進展緩慢。為此，明宣宗朱瞻基在宣德三年（一四二八）特下御敕，要此時已出洋回國任南京守備的鄭和「即將未完處，用心提督」，限期完工。竣工以後，鄭和還特其從海外帶回的「五穀樹」、「婆羅樹」等奇花異木種植在寺內。一八五六年，太平天國發生「天京之變」，北王韋昌輝（？至一八五六）由於擔心翼王石達開（一八三一至一八六三）部隊佔據制高點向城內發炮，大報恩寺被北王韋昌輝下令炸毀。二〇〇八年，從大報恩寺前身的長乾寺地宮出土了震驚世界和佛教界的世界唯一一枚「佛頂真骨」、「感應舍利」、「諸聖舍利」以及「七寶阿育王塔」等一大批世界級文物與聖物，是中國規格最高、規模最大、保存最完整的寺廟遺址。二〇一一年，評為「二〇一〇年度全國十大考古新發現」。二〇一三年，被國務院核定公布為全國重點文物保護單位。二〇一五年底，大報恩寺遺址公園正式開放。

卷一〈日月湖〉：

寧波府城內，近南門，有日月湖。日湖圓，略小，故日之；月湖長，方廣，故月之。二湖連絡如環，中亘一堤，小橋紐之。日湖有賀少監祠。季真朝服拖紳，絕無黃冠氣象。祠中勒唐玄宗餞行詩以榮之。季真乞鑒湖歸老，年八十餘矣。其回鄉詩曰：「幼小離家老大回，鄉音無改鬢毛衰。兒孫相見不相識，笑問客從何處來？」八十歸老不為早矣，乃時人稱為急流勇退，今古傳之。季真曾謁一賣藥王老，求沖舉之術，持一珠貽之。王老見賣餅者過，取珠易餅。季真口不敢言，甚懊惜之。王老曰：「慳吝未除，術何由得？」乃還其珠而去。則季真直一富貴利祿中人耳。《唐書》入之《隱逸傳》，亦不倫甚矣。月湖一泓汪洋，明瑟可愛，直抵南城。城下密密植桃柳，四圍湖岸，亦間植名花果木以縈帶之。湖中櫛比者皆士夫園亭，臺榭傾圮，而松石蒼老。石上凌霄藤有斗大者，率百年以上物也。四明縉紳，田宅及其子，園亭及其身。平泉木石，多暮楚朝秦，故園亭亦聊且為之，如傳舍衙署焉。屠赤水娑羅館亦僅存娑羅而已。所稱「雪浪」等石，在某氏園久矣。清明日，二湖遊船甚盛，但橋小船不能大。城牆下址稍廣，桃柳爛漫，游人席地坐，亦飲亦歌，聲存西湖一曲。

寧波是浙江省三大城市（杭州、寧波、溫州）中的第二大城市。在寧波歷史上曾有日、月雙湖，日月交輝。張岱在這條中用美妙的文筆描繪這兩個「中亘一堤，小橋紐之」的湖。到今天，原日湖早已乾涸，其遺址位於寧波市區解放南路與蓮橋街交界。二〇〇二年，寧波市有關部門在江北灣頭附近興建一個大型公園，稱為「日湖公園」。月湖，又名西湖，位於寧波市城區的西南，開鑿於唐貞觀年間，是寧波市區著名的風景名勝區，該湖呈狹長形，面積約〇．二平方公里。宋元年間建成月湖十洲。南宋紹興年間，廣築亭台樓閣，遍植四時花樹，形成月湖上十洲勝景。這十洲分別是：湖東的竹嶼、月島和菊花洲，湖中的花嶼、竹洲、柳汀和芳草洲，湖西的煙嶼、雪汀和芙蓉洲。此外還有三堤七橋交相輝映。宋元以來，月湖是浙東學術中心，是文人墨客薈萃之地。唐代大詩人賀知章、北宋名臣王安石、南宋宰相史浩、宋代著名學者楊簡、明末清初大史學家萬斯同等，都在月湖留下不可磨滅的印痕。

月湖在古代佔地南北約一一六〇米，東西約一三〇米，周圍二四三〇多米。在月湖區內，現今可見的建設有月湖橋、湖心寺、水則碑、賀秘監祠等。月湖橋又名湖心東橋，為石拱橋，始建於宋代，目前建築為清代建築。湖心寺位於花嶼東南，始建於北宋治平年間。司馬光有詩云：「横橋通廢島，華宇出荒榛。風月逢知己，湖山得主人。」横橋和華宇分別指湖心東橋和湖心寺。水則碑是月湖旁平橋河中一處用於測量水位的石碑，始建於南宋，有清代修築的亭作保護。賀秘監祠始建於南宋，為祭祀唐代詩人賀知章（六五九至七四四）的祠堂。出生於寧波的明代小說家瞿佑（一三四七至一四三三）在其小說《牡丹燈記》（收於《剪燈新話》）中描述了方國珍（一三一九至一三七四）統治寧波時期的一個人鬼相戀的故事。故事的發生地點即為月湖。經過日本學者小山一成考證，其中湖心寺、湖心東橋、鎮明嶺、玄妙觀等不少地理名稱與寧波當時的地理和建築契合。該故事流傳到日本，經過改編，成為日本三大怪談（四谷怪談、皿屋敷及牡丹燈籠）之一，影響深遠。

卷二〈紹興琴派〉：

丙辰，學琴於王侶鵝。紹興存王明泉派者推侶鵝，學《漁樵回答》、《列子御風》、《碧玉調》、《水龍吟》、《搗衣環珮聲》等曲。戊午，學琴於王本吾，半年得二十餘曲：《雁落平沙》、《山居吟》、《靜觀吟》、《清夜坐鐘》、《烏夜啼》、《漢宮秋》、《高山流水》、《梅花弄》、《淳化引》、《滄江夜雨》、《莊周夢》，又《胡笳十八拍》、《普庵咒》等小曲十餘種。王本吾指法圓靜，微帶油腔。余得其法，練熟還生，以澀勒出之，遂稱合作。同學者，范與蘭、尹爾韜、何紫翔、王士美、燕客、平子。與蘭、士美、燕客、平子俱不成，紫翔得本吾之八九而微嫩，爾韜得本吾之八九而微迂。余曾與本吾、紫翔、爾韜取琴四張彈之，如出一手，聽者駴服。後本吾而來越者，有張慎行、何明臺，結實有餘而蕭散不足，無出本吾上者。

三國時代嵇康（二二三至二六三）的《琴賦》云：「眾器之中，琴德最優。」在此條中，我們可見張岱的琴藝很了不起。此外，如果沒有張岱的這篇記載，隨着歲月的流逝，也許很少會有人知道在明末的越中地區所謂的「紹興琴派」曾有過如此人物。這是因為該「派」確實沒有形成如「浙派」、「虞山派」那樣深厚的琴學傳統。「紹興琴派」這個詞不見於張岱《夢憶》的原書，它是乾隆年間學者王文誥為這篇文字擬的小題。從這篇文章，也找不到「紹興琴派」的蛛絲馬跡。文中有一句「紹興存王明泉派者推侶鵝」，此「派」並非指有特殊風格及傳授的流派，只是說有琴人之一脈。王明泉是紹興人還是外來琴師，今已無考，況且，從餘脈僅有王侶鵝一人來說，就可知人才零落，談不上有「流派」。張岱先從王侶鵝學琴，兩年後即轉而就學於外來琴師王本吾，估計王侶鵝之後，王明泉這一脈也愈式微了。張岱在《瑯嬛文集》卷三「與何紫翔書」中對王本吾的琴技所有評價，道「王本吾不能練熟為生，其蔽也油。」張岱如此說，可見王本吾的水平還未達到開宗立派的程度。王本吾在紹興教的幾個學生，僅何紫翔、尹爾韜及張岱三人有所成，其中尹爾韜後來成為明清之際的著名琴家。那麼尹爾韜是否開創了紹興琴派呢？在張岱寫這篇文章時，尹爾韜的琴技在三人中還不算出類拔萃，張岱說「紫翔得本吾之八九而微嫩，爾韜得本吾之八九而微迂」，其水準尚在王本吾之下。尹爾韜琴藝的提高，是在他離開紹興之後。但他也並沒有開宗立派。

但，近代學者吳大新先生在考證了大量文獻資料後，認為「紹興琴派」有深厚的文化基礎。他認為早在東晉，戴逵（約三三一至三九六）隱居剡縣，便以琴名聞天下。《宋書．隱逸》載，戴逵將琴學傳於二子，其中戴顒（三七七至四四一）有《戴氏琴譜》四卷。《碣石調．幽蘭》，也是由梁代會稽人丘明所作。「紹興琴派」傳承有序，特點鮮明，又有相關琴曲留世，自成一派，具有「安閑寬裕，清拙圓靜」的藝術特點。琴史著作《琴史初編》認為「紹興琴派」是繼「浙派」、「虞山派」之後的一方新天地。

卷二〈三世藏書〉：

余家三世積書三萬餘卷，大父詔余曰：「諸孫中惟爾好書，爾要看者，隨意攜去。」余簡太僕文恭大父丹鉛所及有手澤者存焉者，彙以請，大父喜，命舁去，約二千餘卷。天啟乙丑，大父去世，余適往武林，父叔及諸弟、門客、匠指、臧獲、巢婢輩亂取之，三代遺書一日盡失。余自垂髫聚書四十年，不下三萬卷。乙酉避兵入剡，略攜數簏隨行，而所存者為方兵所據，日裂以吹烟，并舁至江干，籍甲內攩箭彈，四十年所積，亦一日盡失。此吾家書運，亦復誰尤！余因嘆古今藏書之富，無過隋、唐。隋嘉則殿分三品，有紅琉璃、紺琉璃、漆軸之異。殿垂錦幔，繞刻飛仙。帝幸書室，踐暗機，則飛仙收幔而上，櫥扉自啟；帝出，閉如初。隋之書計三十七萬卷。唐遷內庫書於東宮麗正殿，置修文、著作兩院學士，得通籍出入。太府月給蜀都麻紙五千番，季給上谷墨三百三十六丸，歲給河間、景城、清河、博平四郡兔千五百皮為筆，以甲、乙、丙、丁為次。唐之書計二十萬八千卷。我明中秘書，不可勝計，即《永樂大典》一書，亦堆積數庫焉。余書直九牛一毛耳，何足數哉！

很多讀書人都喜歡藏書，何況張岱高祖、曾祖及祖父均登第，家中當然收藏甚豐。張岱由個人藏書的散佚，想到歷代藏書的變遷，由書運推想到個人及家國的命運，言語間自然流露出世事無常之感。

中國歷朝皆有保管檔案的機構，周朝為天府，漢朝為蘭台、東觀，隋朝為嘉則殿、觀文殿，唐朝為史館，宋元為架閣庫，明朝為皇史宬、內閣大庫、古今通集庫，清代為內閣大庫。在歷代戰火中，檔案損失嚴重。隋文帝開皇三年（五八三），秘書監牛弘（五四五至六一一）上書「以典籍遺逸，上表請開獻書之路」，提出「五厄」之說：一為秦始皇之焚書，二為西漢末赤眉入關，三為董卓移都，四為劉石（指劉淵及石勒）亂華，五為南朝梁末西魏師攻入江陵，梁元帝下令焚書十四萬卷。明代學者胡應麟（一五五一至一六〇二）又提出續「五厄」：隋大業十四年（六一八）隋煬帝江都焚書為一，安史之亂為二，黃巢入長安為三，靖康之變為四，南宋末伯顏軍入臨安為五，總結為「十厄」。近人祝文白（一八八四至一九六八）再續上「五厄」：一為李自成陷北京，二為明末清初大儒錢謙益（一五八二至一六六四）的藏書樓「絳雲樓」之烈焰，三為清高宗之焚書（編修《四庫全書》），四為咸豐朝之英法聯軍，五為八年抗日戰爭。

卷三〈鬥雞社〉：

天啟壬戌間好鬥雞，設鬥雞社於龍山下，仿王勃《鬥雞檄》，檄同社。仲叔秦一生日攜古董、書畫、文錦、川扇等物與余博，余雞屢勝之。仲叔忿懣，金其距，介其羽，凡足以助其腷膊咮者無遺策，又不勝。人有言徐州武陽侯樊噲子孫，鬥雞雄天下，長頸烏喙，能於高桌上啄粟。仲叔心動，密遣使訪之，又不得，益忿懣。一日，余閱稗史，有言唐玄宗以酉年酉月生，好鬥雞而亡其國。余亦酉年酉月生，遂止。

鬥雞遊戲起源於亞洲，已有二千八百多年的歷史。鬥雞最早見於《左傳・昭公二十五年》：「季、郈之雞鬥，季氏介其雞，郈氏為之金」，就是說季平子將芥末撒在它的雞翅膀上，郈昭伯在他的雞距紮上金屬刀子。《列子》有「紀渻子為周宣王養鬥雞」的記載。鬥雞之風在春秋時期已盛行。《漢書》上多處記載有關「鬥雞走狗」之事。曹魏時代，魏明帝於太和年間，在鄴都（今河北省魏縣）築起了「鬥雞台」，趙王石虎曾在此玩鬥雞，有「鬥雞東郊道，走馬長楸間」的詩句。唐代文學家陳鴻《東城父老傳》記有：「玄宗在藩邸時樂民間清明節鬥雞戲，及即位，治雞坊於兩宮間，家長安雄雞，金毫、鐵距、高冠、昂尾千數，養放雞坊。」。明初十大才子之一高啟（一三三六至一三七三）著有《書博雞者事》。《全唐詩》提到「鬥雞」一詞有五十餘處。這項遊戲賭博性質明顯，後人常將此和不務正業聯繫在一起。《神雞童謠》寫道：「生兒不用識文字，鬥雞走馬勝讀書。賈家小兒年十三，富貴榮華代不如。」「神雞童」賈昌因善於馴雞、鬥雞，深得玄宗寵幸，享盡榮華富貴。李白的《答王十二寒夜獨酌有懷》（此詩元代文學家蕭士贇云是偽作）寫道：「君不能狸膏金距學鬥雞，坐令鼻息吹虹霓。」杜甫的《鬥雞》寫道：「鬥雞初賜錦，舞馬既登牀。」唐朝很多皇帝都喜歡鬥雞。僖宗除了鬥雞外還鬥鵝。

本條所述及之《鬥雞檄》，乃初唐四傑之一的王勃（六五〇至六七六）於高宗乾封三年（六六八）所作的。當時王勃擔任沛王李賢的沛府修撰。那時社會鬥雞活動很流行，各位王侯也鬥雞。有一次，適逢沛王李賢與英王李顯鬥雞，年輕的王勃開玩笑地寫了《檄英王雞》，討伐英王雞，以此為沛王雞助陣。高宗李治看了文章後發怒，說：「歪才，歪才！二王鬥雞，王勃身為博士，不行諫諍，反作檄文，有意虛構，誇大事態，是交構之漸。」當天下詔廢除王勃官職，逐出沛王府。唐朝一開國，諸王之間爭奪皇位、互相攻訐。唐太宗李世民就是在玄武門之變中殺了其兄建成、弟元吉而獲得政權的，高宗也經歷過兄弟相爭的事件，所以對此特別注意。他認為王勃的《檄英王雞》會挑撥諸王間的關係。

明熹宗天啟壬戌（一六二二），張岱這位花花公子二十五歲。他愛好特多，亦是鬥雞高手。但他畢竟也讀書。當他從稗史中讀到「唐玄宗以酉年酉月生，好鬥雞而亡其國」，想起自己亦是酉年酉月生，便不再沉迷鬥雞了。所謂「酉月」，是指農曆八月。玄宗生於武后垂拱元年八月，那年是乙酉年。張岱生於萬曆二十五年八月，那年是丁酉年。

卷三〈湖心亭看雪〉：

崇禎五年十二月，余住西湖。大雪三日，湖中人鳥聲俱絕。是日，更定矣，余拏一小舟，擁毳衣爐火，獨往湖心亭看雪。霧凇沆碭，天與雲、與山、與水，上下一白。湖上影子，惟長堤一痕、湖心亭一點，與余舟一芥、舟中人兩三粒而已。到亭上，有兩人鋪氈對坐，一童子燒酒，爐正沸。見余，大喜曰：「湖中焉得更有此人！」拉余同飲。余強飲三大白而別。問其姓氏，是金陵人，客此。及下船，舟子喃喃曰：「莫說相公痴，更有痴似相公者。」

在張岱的文集中凡記昔年遊蹤之作，大多書明朝紀年，可知他在國破後不忘故國。這條記他在崇禎五年（一六三二）獨往西湖的湖心亭去看雪。全文不足二百字，但充滿意趣。他用「一痕」、「一點」、「一芥」、「兩三粒」這些數量詞很見功夫。最後，選擇在這個大雪三日後，「湖中人鳥聲俱絕」的時候來此賞雪的三人，知道彼此都是性情中人，一起圍爐共酌，真是「相逢何必曾相識」呢！這條「湖心亭看雪」和北宋蘇軾的《記承天寺夜遊》（收於《東坡志林》卷一）有「異文同工」之妙。

卷四〈二十四橋風月〉：

廣陵二十四橋風月，邗溝尚存其意。渡鈔關，橫亘半里許，為巷者九條。巷故九，凡周旋折旋於巷之左右前後者什百之。巷口狹而腸曲，寸寸節節，有精房密戶，名妓、歪妓雜處之。名妓匿不見人，非嚮導莫得入。歪妓多可五六百人，每日傍晚，膏沐熏燒，出巷口，倚徙盤礴於茶館酒肆之前，謂之「站關」。茶館酒肆岸上紗燈百盞，諸妓揜映閃滅於其間，㓟鰲者簾，雄趾者閾。燈前月下，人無正色，所謂「一白能遮百醜」者，粉之力也。游子過客，往來如梭，摩睛相覷，有當意者，逼前牽之去，而是妓忽出身分，肅客先行，自緩步尾之。至巷口，有偵伺者向巷門呼曰：「某姐有客了！」內應聲如雷，火燎即出，一一俱去，剩者不過二三十人。沉沉二漏，燈燭將燼，茶館黑魆無人聲。茶博士不好請出，惟作呵欠，而諸妓醵錢向茶博士買燭寸許，以待遲客。或發嬌聲唱《劈破玉》等小詞，或自相謔浪嘻笑，故作熱鬧，以亂時候；然笑言啞啞聲中，漸帶凄楚。夜分不得不去，悄然暗摸

如鬼。見老鴇，受餓、受笞，俱不可知矣。余族弟卓如，美鬚髯，有情癡，善笑，到鈔關必狎妓，向余噱曰：「弟今日之樂，不減王公。」余曰：「何謂也？」曰：「王公大人侍妾數百，到晚眈眈望幸，當御者不過一人。弟過鈔關，美人數百人，目挑心招，視我如潘安，弟頤指氣使，任意揀擇，亦必得一當意者呼而侍我。王公大人，豈遂過我哉！」復大噱，余亦大噱。

大約在唐文宗大和九年（八三五），晚唐詩人杜牧（八〇三至八五二）寫下《寄揚州韓綽判官》送給他的朋友韓綽：「青山隱隱水迢迢，秋盡江南草未凋。二十四橋明月夜，玉人何處教吹簫。」自從此詩面世後，揚州城內的「二十四橋」便聲名遠播，令人神往，後世很多詩人都有作品提及這個地方。例如北宋歐陽修（一〇〇七至一〇七二）寫下了《西湖戲作示同游者》：「菡萏香清畫舸浮，使君寧復憶揚州。都將二十四橋月，換得西湖十頃秋。」蘇軾（一〇三七至一一〇一）寫下了《軾在潁州，與趙德麟同治西湖，未成，改揚州，三月十六日，湖成，德麟有詩見懷，次其韻》：「我在錢塘拓湖淥，大隄士女爭昌丰。六橋橫絕天漢上，北山始與南屏通。忽驚二十五萬丈，老葑席卷蒼雲空。朅來潁尾弄秋色，一水縈帶昭靈宮。坐思吳越不可到，借君月斧修曈曨。二十四橋亦何有，換此十頃玻璃風。雷塘水乾禾黍滿，寶釵耕出餘鸞龍。明年詩客來弔古，伴我霜夜號秋蟲。」南宋姜夔（一一五五至一二〇九）寫下了《揚州慢．淮左名都》：「淮左名都，竹西佳處，解鞍少駐初程。過春風十里，盡薺麥青青。自胡馬窺江去後，廢池喬木，猶厭言兵。漸黃昏，清角吹寒。都在空城。杜郎俊賞，算而今、重到須驚。縱豆蔻詞工，青樓夢好，難賦深情。二十四橋仍在，波心蕩、冷月無聲。念橋邊紅藥，年年知為誰生。」

「二十四橋」，又稱為「廿四橋」，位於江蘇省揚州市。現今揚州市經過規劃，在瘦西湖西修長橋，築亭台，重修了二十四橋景點。「二十四橋」的橋名引動了千多年的筆墨官司。《揚州鼓吹詞》說：「是橋因古之二十四美人吹簫於此，故名」。據說二十四橋原為吳家磚橋，周圍風光明媚，是文人歡聚唱吟之地。唐朝時有二十四個美貌歌女，曾於月夜在此吹簫，巧遇杜牧，其中一名歌女折花獻上，請杜牧賦詩。也有野史說此橋名字以隋煬帝歌女數命名。據清代李斗（一七四九至一八一七）《揚州畫舫錄》錄十五：「二十四橋即吳家磚橋，一名紅藥橋，在熙春台後。」武俠小說名家梁羽生（一九二四至二〇〇九）採用此說，在《鳴鏑風雲錄》中所寫揚州竹西巷谷嘯風家就在此橋附近。另一說謂這裏真的有二十四座橋。據北宋沈括《夢溪筆談．補筆談》說，唐時揚州城內水道縱橫，有茶園橋、大明橋、九曲橋、下馬橋、作坊橋、洗馬橋、南橋、阿師橋、周家橋、小市橋、廣濟橋、新橋、開明橋、顧家橋、通泗橋、太平橋、利園橋、萬歲橋、青園橋、參佐橋、山光橋等二十四座橋，後水道逐漸淤沒。張岱筆下的二十四橋已成「名妓、歪妓雜處」之地。歪妓「多可五六百人」。張岱說諸妓「故作熱鬧以亂時候，然笑言啞啞聲中，漸帶淒楚。」嫖客「頤指氣使，任意揀擇」，復「大噱」，張岱「亦大噱」。同是「噱」，一是嫖妓者的淫笑，一是同情妓女身世，自己亦感懷時世的苦笑。在這條中，我們可見到張岱在「時移世易」下的感慨。

卷四〈祁止祥癖〉：

人無癖不可與交，以其無深情也；人無疵不可與交，以其無真氣也。余友祁止祥有書畫癖，有蹴鞠癖，有鼓鈸癖，有鬼戲癖，有梨園癖。壬午，至南都，止祥出阿寶示余，余謂：「此西方迦陵鳥，何處得來？」阿寶妖冶如蕊女，而嬌癡無賴，故作澀勒，不肯著人。如食橄欖，咽澀無味而韻在回甘；如吃烟酒，鯁無奈而軟同沾醉。初如可厭，而過即思之。止祥精音律，咬釘嚼鐵，一字百磨，口

口親授，阿寶輩皆能曲通主意。乙酉，南都失守，止祥奔歸，遇土賊，刀劍加頸，性命可傾，至寶是寶。丙戌，以監軍駐台州，亂民卤掠，止祥囊篋都盡，阿寶沿途唱曲，以膳主人。及歸剛半月，又挾之遠去。止祥去妻子如脫躧耳，獨以孌童崽子為性命，其癖如此。

清朝文學家張潮（一六五〇至一七〇七）在《幽夢影》中寫道：「花不可以無蝶，山不可以無泉，石不可以無苔，水不可以無藻，喬木不可以無藤蘿，人不可以無癖。」癖，指癖好、嗜好，則是對某種事物的特殊愛好。看來，張岱和張潮的見解頗接近。他的朋友祁豸佳（一五九四至一六七〇），字止祥，號雪瓢，山陰（今浙江紹興）人，擅長書法、繪畫和曲辭。作者稱其為「曲學知己」。祁止祥有很多癖好，其中之一是「以孌童崽子為性命」。他的孌童名叫「阿寶」，張岱形容這個阿寶為「西方迦陵鳥」。迦陵鳥，即迦陵頻伽鳥，是印度音譯名，意譯為好聲鳥，產於印度。在佛教典籍中常用來比喻佛祖的妙音。「孌」，指容貌美好。「孌童」指為男性提供性服務的年輕貌美男子。

古今中外都有蓄養孌童的風氣。清初小說家蒲松齡（一六四〇至一七一五）的《聊齋誌異》及乾隆年間學者、政治人物紀曉嵐（一七二四至一八〇五）的《閱微草堂筆記》等均有這些記載。南朝梁簡文帝有《孌童》詩：「孌童嬌麗質，踐董復超瑕。羽帳晨香滿，珠簾夕漏賒。翠被含鴛色，雕牀鏤象牙。妙年同小史，姝貌比朝霞。」《北史・齊本紀・廢帝紀》裏，國子助教許散愁自稱：「散愁自少以來，不登孌童之床，不入季女之室，服膺簡策，不知老之將至。」明朝淫狎孌童的風氣轉盛。郎中顧謐、黃暐在張通家飲酒，與男扮女裝的優伶相狎而被罷官。臧晉叔亦因與紅衣孌童相狎而被罷官。張岱在〈西湖七月半〉中描寫當時的社會風氣「亦船亦樓，名娃閨秀，攜及童孌，笑啼雜之，環坐露台，左右盼望，身在月下而實不看月者。」明末清初文學家、戲曲家李漁（一六一一至一六八〇）《肉蒲團》內記家童書笥、劍鞘，「兩個人物都一樣妖姣，姿色都與標緻婦人一般。」明朝文學家沈德符（一五七八至一六四二）認為晚明的男色風氣是「盛於江南而漸染至中原」，所以明人多稱男風為「南風」。很多著名的文人都有蓄養孌童，例如明末清初詞壇第一人、「陽羨派」領袖陳維崧（一六二六至一六八二），清朝學者、書畫家鄭板橋（一六九三至一七六六），清朝詩人、文學家袁枚（一七一六至一七九七）等。陳維崧雖娶妻生子，但一生多與優伶雲郎（徐紫雲）（一六四四至一六七五）共度，並為雲郎創作大量詩詞，《賀新郎·雲郎合巹為賦此詞》作於雲郎大婚之日：「六年孤館相偎傍。最難忘，紅蕤枕畔，涙花輕颺。了爾一生花燭事，宛轉婦隨夫唱。只我羅衾寒似鐵，擁桃笙難得紗窗亮。休為我，再惆悵。」是同性戀文學上甚有文采的一闋詞。不僅如此，陳維崧還為徐紫雲請人畫了一幅《紫雲出浴圖》。

卷五〈柳敬亭說書〉：

南京柳麻子，黧黑，滿面疤癗，悠悠忽忽，土木形骸，善說書。一日說書一回，定價一兩。十日前先送書帕下定，常不得空。南京一時有兩行情人：王月生、柳麻子是也。余聽其說「景陽岡武松打虎」白文，與本傳大異。其描寫刻畫，微入毫髮，然又找截乾淨，並不嘮叨。夬聲如巨鐘，說至筋節處，叱咤叫喊，洶洶崩屋。武松到店沽酒，店內無人，謈地一吼，店中空缸空甓皆瓮瓮有聲。閒中著色，細微至此。主人必屏息靜坐，傾耳聽之，彼方掉舌。稍見下人呫嗶耳語，聽者欠伸有倦色，輒不言，故不得強。每至丙夜，拭桌剪燈，素瓷靜遞，款款言之，其疾徐輕重，吞吐抑揚，入情入理，入筋入骨，摘世上說書之耳而使之諦聽，不怕其不齰舌死也。柳麻子貌奇醜，然其口角波俏，眼目流利，衣服恬靜，直與王月生同其婉孌，故其行情正等。

說書，又稱評書，是中國一種口頭講說的表演形式，在宋代開始流行。各地的說書人以自己的母語對人說不同的故事，因此也是方言文化的一部份。傳說說書起源於東周時期。北宋孟元老的《東京夢華錄·京瓦技藝》謂：「霍四究，《說三分》，尹常賣，《五代史》。」所謂「說三分」，即講三國故事。說書人經常用的故事底本有《三國演義》、《說唐》、《封神演義》、《包公案》、《水滸傳》、《三俠五義》等。晚唐詩人李商隱《驕兒》詩寫到：「或謔張飛鬍，或笑鄧艾吃。」說明當時喜歡說書這門藝術的百姓很是多。說書人有時也未必會「依書直說」。他們有時會將原著改動或加多些吸引聽書者的原素。幾乎任何小說，只要略為加工，就可以成為說書人的底本。

柳敬亭（約一五八七至約一六七〇），原姓曹，名永昌，字葵宇，號逢春，南直隸揚州府通州餘西場（今江蘇省南通市通州區餘西古鎮）人。自小無賴，十五歲犯法，誤傷人命，得泰州府尹李三才之助，得以亡命盱眙（今屬江蘇），改姓柳，人稱「柳麻子」。約在十八歲向莫後光學說書，進步神速。莫後光說：「子得之矣！目之所視，手之所倚，足之所跂，言未發而哀樂具乎其前，此說之全矣！於是聽者儻然若有見焉！其竟也，恤然若有亡焉。」後常往返揚州、杭州、南京、常熟、紹興之間。明末將領左良玉（一五九九至一六四五）在武昌時，喜聽柳敬亭說隋唐遺事。順治二年（一六四五），左良玉病逝安徽，馬士英、阮大鋮謀捕柳敬亭。柳敬亭出逃。康熙年間，八十餘歲的他仍往來江湖說書。

「明末四公子」之一的冒襄（一六一一至一六九三）《贈柳敬亭》稱：「遊俠髯麻柳敬亭，詼諧笑罵不曾停。重逢快說隋家事，又費河亭一日聽。」「江左三大家」之一的吳偉業（一六〇九至一六七二）

及「明末清初三大思想家」之一的黃宗羲（一六一〇至一六九五）均有《柳敬亭傳》之作。黃宗羲《柳敬亭傳》寫道：「敬亭既在軍中久，其豪滑大俠、殺人亡命、流離遇合、破家失國之事，無不身親見之。且五方土音，鄉俗好尚，習見習聞。每發一聲，使人聞之，或如刀劍鐵騎，颯然浮空；或如風號雨泣，鳥悲獸駭。亡國之恨頓生，檀板之聲無色，有非莫生之言可盡者矣。」明末清初文學家余懷（一六一六至一六九五）在《板橋雜記》記他：「年已八十餘矣，間遇余僑寓睡軒中，猶說秦叔寶見姑娘也。」清初戲曲作家孔尚任（一六四八至一七一八），在他的傳奇劇本《桃花扇》中，十分生動地描繪了柳敬亭豪爽俠義的行為，愛國的熱情及詼諧的性格。

卷五〈金山競渡〉：

看西湖競渡十二三次，己巳競渡於秦淮，辛未競渡於無錫，壬午競渡於瓜州，於金山寺。西湖競渡，以看競渡之人勝，無錫亦如之。秦淮有燈船無龍船，龍船無瓜州比，而看龍船亦無金山寺比。瓜州龍船一二十隻，刻畫龍頭尾，取其怒；傍坐二十人持大楫，取其悍；中用綵篷，前後旌幢繡傘，取其絢；撞鉦撾鼓，取其節；艄後列軍器一架，取其鍔；龍頭上一人足倒豎，敁敪其上，取其危；龍尾掛一小兒，取其險。自五月初一至十五日，日晝地而出。五日出金山，鎮江亦出。驚湍跳沫，羣龍格鬥，偶墮洄渦，則百捷捽，蟠委出之。金山上人團簇，隔江望之，螘附蜂屯，蠢蠢欲動。晚則萬艓齊開，兩岸沓沓然而沸。

金山位於江蘇省鎮江市西北，海拔四三．七米，佔地面積四一．六公頃。金山風景秀麗，為我國遊覽勝地之一。古代金山原是屹立於長江中流的一個島嶼，有「江心一朵美芙蓉」之譽。唐代詩人張祜（約七八五至八五四）描述為「樹影中流見，鐘聲兩岸聞」。北宋沈括（一〇三一至一〇九五）讚謂：「樓台兩岸水相連，江北江南鏡裏天」。至清光緒末年，左右與陸地連成一片。金山名勝古蹟甚多。慈壽塔立於金山西北山巔之上，高三〇米。這個磚木結構的塔，上下通行，每一層八面都有走廊和欄杆，面面有景，層層風光不同。宋代王安石（一〇二一至一〇八六）有詩云：「數重樓枕層層石，四壁窗開面面風。忽見鳥飛平地上，始驚身在半空中。」此外，還有楞枷台、妙高台、觀音閣、法海洞、古仙人洞、古白龍洞等古蹟。

張岱此文寫龍舟競渡的文字不多，但很着描寫龍舟的外形裝點以及舟上設施特點：「怒，悍，絢，節，鍔，危，險」，共有七狀。文章對龍舟的描述細膩，對競渡場景的刻畫栩栩如生，是研究當時民俗的寶貴資料。張岱用「驚湍跳沫，群龍格鬥」來形容競渡過程。在形容在金山上觀看競渡的人，他謂「隔江望之，螘附蜂屯，蠢蠢欲動。」這些文字均用得精簡洗鍊。張岱很喜歡在各地，例如西湖、秦淮、無錫、瓜州等看龍舟競渡。在這條中，他記述在壬午（一六四二）年在金山寺上看瓜州的龍舟競渡。明末清初四公子之一的冒襄（一六一一至一六九三），在《影梅庵憶語》卷一中憶述他和董小宛（一六二三至一六五一）也是在這一年在金山上看龍船競渡的：「壬午清和晦日，姬送余至北固山下，堅欲從渡江歸裏。余辭之，益哀切，不肯行。舟泊江邊，時西先生畢今梁寄余夏西洋布一端，薄如蟬紗，潔比雪豔。以退紅為裏，為姬制輕衫，不減張麗華桂宮霓裳也。偕登金山，時四五龍舟沖波激蕩而上，山中游人數千，尾余二人，指為神仙。繞山而行，凡我兩人所止則龍舟爭赴，回環數匝不去。呼詢之，則駕舟者皆余去浙回官舫長年也。勞以鵝酒，竟日返舟，舟中人宣瓷大白盂，盛櫻珠數廳，共啖之，不辨其為櫻為唇也。江山物之盛，照映一時。至談者侈美。」

卷六〈烟雨樓〉：

嘉興人開口烟雨樓，天下笑之，然烟雨樓故自佳。樓襟對鴛澤湖，涳涳濛濛，時帶雨意，長蘆高柳，能與湖為淺深。湖多精舫，美人航之，載書畫茶酒，與客期於烟雨樓。客至，則載之去，艤舟於烟波縹緲。態度幽閑，茗爐相對，意之所安，經旬不返。舟中有所需，則逸出宣公橋、甪里街，果蓏蔬鮮，法膳瓊蘇，咄嗟立辦，旋即歸航。柳灣桃塢，癡迷佇想，若遇仙緣，灑然言別，不落姓氏。間有倩女離魂，文君新寡，亦效顰為之。淫靡之事，出以風韻，習俗之惡，愈出愈奇。

嘉興的烟雨樓廣為人識，和張岱此文不無關係。烟雨樓位於中國浙江省嘉興市南湖區南湖街道南湖湖心島上，其歷史可追溯至五代後晉（九三六至九四七）時期，最初為吳越國錢元璙所築登臨眺望之所，原在南湖湖濱。明嘉靖二十七年（一五四八），嘉興知府趙瀛組織疏浚府城護城河，用挖出的淤泥在南湖湖心堆成小島，次年建樓並沿用舊名。隆慶五年（一五七一）嘉湖兵備道沈奎重修並於樓後增築石台。萬曆十年（一五八二）知府龔勉繼續加築石台，名釣鰲磯，其後陸續在樓周圍增築亭榭。在清朝，烟雨樓曾多度修建。乾隆帝六次南巡，多次登臨烟雨樓，先後賦詩二十餘首。其中四十五年（一七八〇）南巡時親繪烟雨樓圖貯藏樓中，並下令仿造此樓於熱河承德避暑山莊如意洲之北的青蓮島上，亦名烟雨樓。

咸豐十年（一八六〇），烟雨樓毀於太平天國戰火。同治間知府許瑤光曾擬重建，但因原樓閣高大，且戰後物力艱難，未能完成。其在任期間及離任後不久，即同治四年至光緒元年（一八六五至一八七五）

陸續在遺址四周修建了一些附屬建築，其中烟雨樓前後分別築八詠亭、寶梅亭和亦方壺，東路築清暉堂及南北耳房菰雲簃和菱香水榭，同時重建大士閣，西路築鑒亭和來許亭。這些建築大部分保存至今，奠定了今日烟雨樓的總體格局。據《至元嘉禾志》載，烟雨樓三字始見於南宋吳潛《水調歌頭・題烟雨樓》詞。

卷七〈閏中秋〉：

崇禎七年閏中秋，仿虎邱故事，會各友於蕺山亭。每友攜斗酒、五簋、十蔬果、紅氈一牀，席地鱗次坐。緣山七十餘牀，衰童塌妓，無席無之。在席七百餘人，能歌者百餘人，同聲唱「澄湖萬頃」，聲如潮湧，山為雷動。諸酒徒轟飲，酒行如泉。夜深客饑，借戒珠寺齋僧大鍋煮飯飯客，長年以大桶擔飯不繼。命小傒竹、楚烟，於山亭演劇十餘齣，妙入情理，擁觀者千人，無蚊虻聲，四鼓方散。月光潑地如水，人在月中，濯濯如新出浴。夜半，白雲冉冉起腳下，前山俱失，香爐、鵝鼻、天柱諸峰，僅露髻尖而已，米家山雪景仿佛見之。

此篇張岱憶述崇禎七年（一六三四）的閏中秋，於蕺山亭的一次盛會。他寫出了節日的趣聞韻事，寫出了往日繁華的光景。故國明月，陳年往事，在他這個遺老思憶中，是多麼的美好！蕺山，別名王家山，是紹興市內幾座小山之一，海拔四十一米，佔地約五公頃，在紹興城區東北部。山下戒珠寺原為王羲之宅，現有遺蹟墨池。山上今蕺山中心小學所在地，原為蕺山書院舊址。南宋孝宗乾道年間，理學大師韓度曾在此結廬講學，名「蕺山書院」。明末哲學家、文學家劉宗周（一五七八至一六四六）罷官歸里，曾在此講學，被稱為「蕺山先生」。黃宗羲、祁彪佳、陳確、張履祥等，都是劉宗周的得意門生。蕺山這個山名來自山上所產的蕺草，而蕺草也稱岑草。《吳越春秋．勾踐入臣外傳》云：「越王從嘗糞惡後，遂病口臭，范蠡乃令左右皆食岑草，以亂其氣。」

歷史上的蕺山景色十分秀美，明末紹興學者王思任（一五七四至一六四六）在《淇園圖序》中曾將蕺山景色與全國各地名山作了一個比較，最後的結論是「故吾越謂之佳山水，居郡中者有八，而蕺最寵絕。」他將「蕺山晴眺」列為越州八景之首。張岱影容當年的場面，謂在席七百餘人，能歌者百餘人，同聲唱「澄湖萬頃」，聲如潮湧，山為雷動。在《夢憶》卷五「虎邱中秋夜」中，他也提到群眾同唱「錦帆開澄湖萬頃」。「錦帆開，澄湖萬頃」，出自明朝戲曲大師梁辰魚（一五一九至一五九一）改編自明代傳奇《吳越春秋》的《浣紗記》。第十四出《打圍》中的《普天樂》曲有「錦帆開，牙牆動。」第三十出《採蓮》的《念奴嬌序》曲中有「澄湖萬頃、見花攢錦繡，平鋪十里紅妝。」這應是在明朝當年很流行的崑曲。

卷八〈瑯嬛福地〉：

陶庵夢有宿因，常夢至一石厂，窅巖，前有急湍迴溪，水落如雪，松石奇古，雜以名花。夢坐其中，童子進茗果，積書滿架，開卷視之，多蝌蚪、鳥迹、霹靂篆文，夢中讀之，似能通其棘澀。閒居無事，夜輒夢之，醒後佇思，欲得一勝地仿佛為之。郊外有一小山，石骨棱礪，上多筠篁，偃伏園內。余欲造廠，堂東西向，前後軒之，後磥一石坪，植黃山松數棵，奇石峽之。堂前樹娑羅二，資其清樾。左附虛室，坐對山麓，磴磴齒齒，劃裂如試劍，扁曰「一邱」。右踞廠閣三間，前臨大沼，秋水明瑟，深柳讀書，扁曰「一壑」。緣山以北，精舍小房，絀屈蜿蜒，有古木，有層崖，有小澗，有幽篁，節節有緻。山盡有佳穴，造生壙，俟陶庵蛻焉，碑曰「有明陶庵張長公之壙」。壙左有空地畝許，架一草庵，供佛，供陶庵像，迎僧住之奉香火。大沼闊十畝許，沼外小河三四摺，可納舟入沼。河兩崖皆高阜，可植果木，以橘、以梅、以梨、以棗，枸菊圍之。山頂可亭。山之西鄙，有腴田二十畝，可秫、可粳。門臨大河，小樓翼之，可看爐峯、敬亭諸山。樓下門之，扁曰「瑯嬛福地」。緣河北走，有石橋極古樸，上有灌木，可坐、可風、可月。

本文收錄在《陶庵夢憶》卷八，是全書的最後一篇。張岱可能刻意如此。「瑯嬛」傳說是天帝藏書的地方。「瑯嬛福地」如同陶淵明的「桃花源」，是一個理想的地方。

關於「瑯嬛福地」之名，由來已久，最早出現於元朝伊世珍所撰的《瑯嬛記》。張岱在自己所撰的《瑯嬛文集中》，更有一篇題為〈瑯嬛福地記〉的文章，記載了一個在西晉太康年間名叫張華的學者，在洞山遊賞風景，偶然遇見一位在開卷的老人。老人引張華進石壁下的洞府參觀。洞府中有很多密室，每間都列滿書籍，而在最後一間的密室，上有匾額，題為「瑯嬛福地」，其中藏書更豐，令張華大開眼界。張華於此停留了兩日夜才依依不捨的離去。他原想他日再來造訪，可是當他步出石室之時，洞府瞬間化為荒煙蔓草。張華在原地佇立良久才再拜而去。《琅嬛文集》，六卷，附錄一卷，刻於清末光緒年，是張岱一本出色的散文集，也收錄了少量的樂府和詞。此書題材廣泛，行文簡潔清新。作者很喜歡「琅嬛福地」的境界，連書名亦命名為《琅嬛文集》。依據《浙江通志》記載，張岱在他六十九歲的那年，於浙江項王里的鷄頭山，營做了一個在現實世界中的「瑯嬛福地」。而這篇小品文，便是他找尋及設計「瑯嬛福地」的始末。

但是真正的「瑯嬛福地」，並不可能存在於人間。張岱只不過在雞頭山上營做一個較為接近理想的替代品。張岱喜歡以名詞當動詞用，用本文中，他寫前後「軒」之、可「棜」、可「杭」、可「風」、可「月」等，令人讀來覺得耳目一新，使文章更為有趣。

廣東新語

《廣東新語》，明末清初屈大均（一六三〇至一六九六）撰。

屈大均，字介子，號翁山、萊圃。廣東番禺（今廣州市番禺區）人，祖籍荊湖北路秭歸（今屬湖北）。明末清初學者、詩人，和梁佩蘭（一六二九至一七〇五）、陳恭尹（一六三一至一七〇〇）合稱「嶺南三大家」。有「廣東徐霞客」的美稱。生於南海西場（今廣州市荔灣區），父屈宜遇入贅邵家。初名邵龍，又名邵隆，字騷余，號非池。十歲時隨父親回歸番禺，恢復屈姓，更名大均。早年受業於陳恭尹父親陳邦彥（一六〇三至一六四七）門下，補南海生員。順治三年（一六四六），清軍攻陷廣州。四年（一六四七），屈大均參加陳邦彥、陳子壯、張家玉等起兵抵抗，失敗後，陳邦彥被執，磔以死。後受父命，至肇慶，向永曆帝呈《中興六大典書》，授以中秘書。順治七年（一六五〇）清兵再圍廣州。屈大均在番禺圓崗鄉金甌山（又名雷峰山）海雲寺出家，法名今種，字一靈，庵號「死庵」，以示誓死不臣服清朝之意。順治九年（一六五二）以後，屈大均開始雲遊四海，又上北京，登景山尋得崇禎帝死所哭拜。與顧炎武（一六一三至一六八二）、李因篤（一六三二至一六九二）、朱彝尊（一六二九至一七〇九）等交往。他在遼東憑弔袁崇煥（一五八四至一六三〇）督師故壘，寫下《出塞》及《塞上曲》等曲。返回關內後，積極遊走於齊魯與吳越之間，在會稽與魏耕、祁班孫等秘密聯絡鄭成功（一六二四至一六六二），後張煌言與鄭成功合兵率軍沿長江而上，攻剋蕪湖、徽州府、寧國府，攻下三十餘州縣。

屈大均的前半生致力於反清運動。康熙二十二年（一六八三），鄭成功之孫鄭克塽（一六七〇至一七〇七）降清，屈大均很失望，即由南京攜家眷歸番禺，再不復出，著述講學，潛心於對廣東文獻和掌故的收集和編纂。屈大均為言志，放棄傳統的「嶺南」稱謂而不用，採用「廣東」作書名，著有《廣東文集》、《廣東文選》、《廣東新語》等作品。其中，《廣東新語》一書為屈大均的傳世之作。

屈大均的著作被清廷列為禁書，多毀於雍正、乾隆兩朝（乾隆上諭謂屈氏著作「篇篇皆詆毀聖朝語」，為「違礙」「悖逆」文字，嚴旨索求查禁，屈氏子孫遂抱版自首），後人輯有《翁山詩外》、《翁山文外》、《翁山易外》、《廣東新語》及《皇明四朝成仁錄》，合稱「屈沱五書」，其餘著作可知尚有三十餘種。屈大均文學才能超卓，其中以詩的成就最高。「反清復明」是屈氏詩文的主旋律，但他的詩充滿着關注社會民生的情懷。屈大均以愛國詩人屈原為楷模，又效法注重民生的詩聖杜甫，開闢出自成一家的「翁山詩派」，在「嶺南三大家」中，首屈一指。茲錄他兩首七律給大家欣賞。《紫荊關道中送客》：「紫荊雄據飛狐口，河繞長城去渺茫。萬里悲風隨出塞，三年明月照思鄉。平生亦抱昭君怨，白首猶尋結客場。愁絕春寒紛雨雪，送行難得酒盈觴。」《壬戌清明作》：「朝作輕寒暮作陰，愁中不覺已春深。落花有淚因風雨，啼鳥無情自古今。故國江山徒夢寐，中華人物又銷沉。龍蛇四海歸無所，寒食年年愴客心。」屈大均的《廣州竹枝詞》其中一首為：「洋船爭出是官商，十字門開向二洋。五絲八絲廣緞好，銀錢堆滿十三行。」此詩不但地方色彩濃厚，又是關於廣州十三行的最早文字記錄，至今仍是治史工作者研究十三行起源變革的主要史實依據，屈大均在這方面給後人留下了寶貴的歷史文化資料。

屈大均的史學造詣也極高，貢獻很大。他的《皇明四朝成仁錄》記載了崇禎、弘光、隆武、永曆四朝死節之士的事蹟，成為研究南明史所必備的珍貴資料。屈大均撫育成人的子女，共有八個，均以「明」字命名，如明洪、明治等，都表達了他的愛國情懷。

《廣東新語》全書二十八卷，每卷述一類事物，分別為天、地、山、水、石、神、人、女、事、學、文、詩、藝、食、貨、器、宮、舟、墳、禽、獸、鱗、介、蟲、木、香、草、怪。全書共有八百六十九條。屈大均在《自序》說：「吾於《廣東通志》，略其舊而新是詳，舊十三而新十七，故曰《新語》。《國語》為《春秋外傳》，《世說》為《晉書》外史，是書則廣東之外志也。不出乎廣東之內，而有以見夫廣東之外。雖廣東之外志，而廣大精微，可以範圍天下而不過。知言之君子，必不徒以為可補《交廣春秋》與《南裔異物志》之闕也。書成，自《天語》至於《怪語》，凡為二十八卷，中間未盡雅馴，則嗜奇尚異之失，予之過也。番禺屈大均翁山撰。」可見本書之作，在於補《廣東通志》之不足。此書在論述之中，着重於經濟與民生關係，又記載當時的社會、物產、民俗等材料。此書成於作者晚年。屈大均時以反清復明為念，所以書中不乏借古諷今的話。讀此書，可以增加我們對廣東各方面的知識。

現轉錄十餘條給大家賞讀。

卷二〈地語・珠璣巷〉：

> **吾廣故家望族，其先多從南雄珠璣巷而來。蓋祥符有珠璣巷，宋南渡時諸朝臣從駕入嶺，至止南雄，不忘枌榆所自，亦號其地為珠璣巷。如漢之新豐，以志故鄉之思也。**

珠璣巷，原稱敬宗巷，位於廣東省韶關市南雄縣城北部約九公里，地處梅嶺與南雄縣城之間。唐玄宗開元四年（七一六），由嶺南書生進身為宰相的張九齡（六七八至七四〇）奉詔開鑿大庾嶺路，梅關驛道成為古代中原和江南通往嶺南驛道上的一個重鎮。珠璣巷是中華民族拓展南疆的中轉地，從珠璣巷遷播出去的姓氏至今已達一百八十多個，其後裔達八千多萬人，遍佈海內外。珠璣巷被稱為廣府人的祖居之地，是中國三大尋根地之一，被譽為「中華文化驛站，天下廣府根源」。珠璣巷全長一五〇〇多米，巷道寬四米多，用鵝卵石鋪砌而成。巷內有很多古建築遺址。珠璣古巷是國家四A級景區，一九八二年，珠璣巷被列為南雄縣文物保護單位。據《直隸南雄州志》、《廣東新語》卷二〈珠璣巷名〉條和中山黃慈博《珠璣巷民族南遷記》的記載，珠璣巷得名，始於唐張昌。張昌家族七世同居，家庭和睦，唐敬宗寶曆元年（八二五），朝廷為表彰其孝義，賜珠璣條環以旌之。為避敬宗廟謚，敬宗巷便改稱「珠璣巷」。珠璣巷得名有近千年歷史，因此人們稱之「珠璣古巷」。

也有人認為南雄珠璣巷由北宋都城開封府的一條巷名移植而來的。高宗建炎三年（一一二九），隆祐太后（哲宗第一任皇后孟氏）（一〇七三至一一三一）率部分官吏士民進入江西，曾在嶺北的虔州停留一年。隆祐太后返回臨安時，跟隨她逃亡的官員既不能同去臨安，又不能回到已被金兵佔領的中原地，只好越過大庾嶺尋找安身之地。嶺南是金兵未曾到過的地區，但他們又不敢貿然深入「南蠻」之地，故而從梅關下來之後，就在南雄境內古驛道旁的沙水村暫住下來。這些人不忘中原故土，有人把開封府祥符縣珠璣巷的名稱用來稱呼新居留地，於是便有了南雄珠璣巷。今珠璣巷有三街四巷，即珠璣街、棋盤街、馬仔街和洙泗巷、黃茅巷、鐵爐巷、臘巷。現在的珠璣巷，大部分姓氏都建有規模龐大，建築壯觀的宗祠。這地方成了宗祠文化景區了。

卷二〈地語・遷海〉：

粵東瀕海，其民多居水鄉，十里許，輒有萬家之村，千家之砦。自唐、宋以來，田廬丘墓，子孫世守之勿替，魚鹽蜃蛤之利，藉為生命。歲壬寅二月，忽有遷民之令，滿洲科爾坤、介山二大人者，親行邊徼，令濱海民悉徙內地五十里，以絕接濟台灣之患。於是麾兵折界，期三日盡夷其地，空其人民，棄貲攜累，倉卒奔逃，野處露棲。死亡載道者，以數十萬計。明年癸卯，華大人來巡邊界，再遷其民。其八月，伊、呂二大人復來巡界。明年甲辰三月，特大人又來巡界，遑遑然以海邊為事，民未盡空為慮，皆以台灣未平故也。先是，人民被遷者以為不久即歸，尚不忍舍離骨肉。至是飄零日久，養生無計，於是父子夫妻相棄，痛哭分攜，斗粟一兒，百錢一女，豪民大賈，致有不損錙銖，不煩粒米，而得人全室以歸者。其丁壯者去為兵，老弱者展轉溝壑，或合家飲毒，或盡帑投河。有司視如螻蟻，無安插之恩，親戚視如泥沙，無周全之誼。於是八郡之民，死者又以數十萬計。民既盡遷，於是毀屋廬以作長城，掘墳塋而為深塹，五里一墩，十里一台，東起大虎門，西迄防城，地方三千餘里，以為大界。民有闌出咫尺者，執而誅戮，而民之以誤出牆外死者，又不知幾何萬矣。自有粵東以來，生靈之禍，莫慘於此。戊申三月，有當事某某者，始上展界之議。有曰：東粵背山而海，疆土褊小。今概於海瀕之鄉，一遷再遷，流離數十萬之民，歲棄三千餘之賦。且地遷矣，又在在設重兵以守，築墩樓，樹樁柵，歲必修葺，所費不貲，錢糧工力，悉出閭閻，其遷者已苦仳離，未遷者又愁科派。民之所存，尚能有十之三四乎？請即弛禁，招民復業，一以補國用，一以蘇民生，誠為兩便。於是孑遺者稍稍來歸，相慶再造，邊海封疆，又為一大開闢焉。

遷界令，又名遷海令，是清朝政府為打壓明朝遺臣鄭成功（一六二四至一六六二）在台灣的反清復明力量，斷絕中國大陸沿海居民對其接濟的命令。該命令要求山東至廣東沿海居民內遷三十里至五十里，並以修築工事、派駐兵員等手段監督之。政令首次頒佈於順治十八年（一六六一），重申於康熙元年（一六六二），再頒於康熙三年（一六六四）。康熙八年（一六六九）允許部分展界，而康熙十七年（一六七八）再次要求遷界。至康熙二十二年（一六八三）清軍平定台灣後則頒佈命令要求百姓遷回，期間二十餘年使東南沿海地區百姓多次遷移，雖一定程度上阻礙了清帝國沿海人民和台灣的明鄭政權接觸，但也造成東南沿海地區田園荒蕪、人民流離失所。據史書記載，當時有些地方為了快速打造沿海無人區，在《遷海令》下達的當日便開始大肆焚燒百姓房屋。沿海百姓死傷慘重，流離失所。遷海令造成「沿海幅員上下數千里，盡委而棄之，使田盧丘墟，墳墓無主，寡婦孤兒，望哭天末。」。

卷三〈山語・白雲山〉：

白雲者，南越主山，在廣州北十五里，自大庾逶迤而來，既至三城，從之者有三十餘峰，皆知名。每當秋霽，有白雲蓊鬱而起，半壁皆素，故名曰白雲。其巔為摩星嶺，嶺半有寺，亦曰白雲。左一溪曰歸龍，其上飛流百仞，盤舞噴薄，陳宗伯豬以為湖，湖東北為樓館十數所，環植荔支梅竹之屬，名雲淙別業。下有古寺二，右景泰，左月溪，林徑水石皆絕異，黎太僕譬之仙女見人，散發垂腰，而姿態自遠，絕不染煙火之氣，亦一說也。月溪下有九龍泉，流為大小水簾，《志》所稱「重重掛玉簾處」。其北為鶴舒台，安期昔上升，有白鶴舒翅以迎，故曰鶴舒。又北一里有峰曰賓象，上有動石，遊人叱之輒動，前有泉，因虎跑而得，甚甘。其西南王裹有太霞洞，秦泉之水出焉，故有李忠簡玉虹飲澗亭、小隱軒，及孫典籍白雲山房，今皆廢。又一里有洞曰玉虹，其南曰聚龍岡，折而西，有宋高宗御書閣。又七里為蒲澗水，安期舊居此，始皇遣人訪之。太白詩所云「秦帝如我求，蒼蒼向煙霧」是也。《記》稱：「安期將李少君南之羅浮，至此澗，采菖蒲一寸十二節者服之，以七月二十五日仙去。」今郡人多以是日采菖蒲，沐浴靈泉，以祈霞舉，而宋時郡守，嘗醵士大夫往遊，謂之鼇頭會云。澗旁有寺曰蒲澗，前為丹井，水甘溫，微有金石氣。其陽有滴水巖，水濺微不斷，無風則滴，有風則不滴。上有一石狀懸鍾，人至輒鏗然有聲，其下又有水簾，濺灑如霧，時大時小，下注為流杯池。沿澗而南為文溪，為上、下二塘，至粵秀山麓則分流為二，左曰菊湖，右曰越溪。又會東溪之水至此山下，為甘溪，冰馳雪驟，喧豗震山，是曰韸韸水。吳刺史陸胤、唐節度使盧均，常疏浚以通舟。胤傳云：州治臨海，海流秋鹹。胤畜水，民得甘食。是也。均又築堤百餘丈，瀦水給田，建亭榭其上，列植木棉、刺桐諸木，花敷殷豔，十里相望如火。偽南漢引以流觴，與宮人荒宴，稱甘泉苑。是山之勝尤在水，其大水凡二，其源於月溪者為溪一，曰雙溪，溪本一而名曰雙，以其上為月溪，而下復為此溪也。溪上瀑布交流，陳宗伯嘗築邀瀑亭焉。其源於泰泉者為澗一，曰蒲澗，澗流為溪者一而湖一。

屈大均在此條中詳細描畫了白雲山的景物，有峰、泉、台、石、亭、洞、溪、澗、塘、湖、寺、山房等。白雲山號稱「羊城第一秀」，位於廣州市區北部。屈大均說：「每當秋霽，有白雲蓊鬱而起，半壁皆素，故名曰白雲。」白雲山是廣州著名的風景區，與穿過廣州市的珠江並稱「雲山珠水」。白雲山由三十多座山峰組成，呈長方形，南北長九．七公里，東西寬四．五公里，總面積約二十八平方公里，為東北向西南走向。白雲山的主峰為摩星嶺，位於中部，海拔三七二．八米。清朝以前這峰被稱為最高頂、第一天或天南第一峰。康熙年間，此峰開始被稱為摩星嶺。山頂平坦，但山坡陡峭，岩性堅硬。白雲山風景秀麗，古蹟甚多。經歷年開發，現有八個遊覽區：明珠樓、摩星嶺、三台嶺、鳴春谷、飛鵝嶺、雲台花園、麓湖公園及天南第一峰，包含能仁寺、碑林、九龍泉、蒲谷、柯子嶺、廉泉等景點。在正門附近現建有白雲索道纜車站，遊客可以乘坐纜車上落山。白雲山有濃厚的文化背景，最早可追溯到山北黃婆洞的新石器時代史前文化的遺址。秦末高士鄭安期曾隱居在白雲山採藥，相傳在白雲山「成仙而去」。晉人葛洪曾在白雲山煉丹，著有《抱朴子》這部道家名作。南梁時景泰禪師來此建寺，是白雲山最早的寺廟，還留下「景泰僧歸」一景，是羊城舊八景之一。唐宋文人杜審言、韓愈、李羣玉、蘇軾等均曾登山吟詠。明清的羊城八景中，白雲山佔其三：「蒲澗濂泉、景泰僧歸、白雲晚望」。六十年代和八十年代，白雲山分別以「白雲松濤」和「雲山錦秀」勝景兩度被評為「羊城新八景」之一。

卷四〈水語・西江〉：

西有三江，其一為灕，一為左，一為右。右江至潯而彙左為一，而右江之名隱。左江至梧而彙灕為一，而左江之名亦隱。惟曰西江。西江在西粵為三，在東粵為一，一名鬱水。唐志稱，南海名山靈洲，大川鬱水，亦曰牂牁江。予以其源遠委長，經流四省，可為一大瀆，而岣嶁碑有「南瀆衍享」之語，因名之曰南瀆。蓋東粵江之大者無如牂牁，故南海一名牂牁海，亦曰牂牁大洋。南海固以江而重也，則祠牂牁於廣州以為南瀆也亦宜。牂牁者，江中兩山名。左思云，吐浪牂牁，西江之水。以牂牁之山為始，以匡門之口為終，牂牁其亦西江之岷山也。牂牁江即今巴盤江，黔之水惟此為大。由滇阿迷、羅雄，徑廣南泗城、田州乃至粵。自廣南以上，皆崎嶇不通舟楫，而唐蒙以為一奇，欲從夜郎浮船製南越，計亦疎矣。光武時，牂牁大姓龍、傅、尹、董氏，與郡功曹謝暹保境為漢，自番禺江奉貢，蓋陸至廣南乃由水道耳。用兵貴取奇道，然深入人國，其勢在分，武帝攻南越，兵分五路，其命馳義侯發夜郎兵下牂牁，特以為奇耳。正兵以下橫浦為先，下橫浦至番禺，水道平而徑，故樓船先至尋狹。西江發自夜郎，盡納滇、黔、交、桂諸水而東，長幾萬里。然趨海之道，苦為羊峽所束，咽喉隘小，廣不數武。霪雨時至，則狂波獸立，往往淹沒田廬人畜，民居城上，南門且築三版。故老言，伏波平定側、貳，築堤於其國，使交水不為粵患。自是交人恒虞泛濫，賄粵吏去石一版，遂以我為壑。考《水經注》，馬文淵積石為塘，達於象浦，蓋以防交水之患也。文淵此舉，與史祿皆有功於粵。粵之上游，如洭，如灕，如橫浦，如牂牁，皆湍急多石，其可舟行者，或皆史祿所鑿，不止靈渠。自史祿鑿靈渠，而兩伏波賴之以下樓船，唐蒙所以請從夜郎浮舟直至番禺西浦者，亦以祿嘗開闢此道云。

西江，古稱鬱水、浪水和牂牁江，是珠江流域的主流，發源於雲南省曲靖市沾益區境內的馬雄山。西江由發源地至出海，有無數大大小小的支流，各有其名稱。在這條中，屈大均對這些支流的描述似乎不夠詳盡。西江流經貴州、廣西，至廣東省佛山市三水區思賢滘與北江相通並進入珠江三角洲網河區，在珠海市的磨刀門水道注入南海。西江從上游往下游分為南盤江、紅水河、黔江、潯江及西江等段，主要支流有北盤江、柳江、鬱江、桂江及賀江等，廣東省境內匯入的主要支流有賀江、羅定江和新興江。西江幹流全長二二一四公里，多年平均水資源總量二三〇二億立方米，流域面積約三五．三一萬平方公里，流經五個省（自治區）。

西江幹流各段在歷史上有過不同的名稱。源頭至貴州省望謨縣蔗香村稱南盤江，以下至廣西來賓市象州縣石龍鎮稱紅水河，石龍鎮至桂平市區稱黔江，桂平市區至梧州市稱潯江，梧州市至廣東省佛山市三水區思賢滘始稱西江。南盤江、紅水河兩段共為西江上游，黔江、潯江兩段共為中游，西江段為下游，以下至磨刀門為河口段。西江與東江、北江及珠江三角洲諸河合稱珠江。西江是珠江水系中最長的河流，華南地區最長的河流，為中國第三大河流，長度僅次於長江、黃河。航運量居中國第二位，僅次於長江。西江水利、水力資源豐富，為沿岸地區的農業灌溉、河運、發電等做出了巨大貢獻。

卷八〈女語·劉三妹〉：

新興女子有劉三妹者，相傳為始造歌之人，生唐中宗年間，年十二，淹通經史，善為歌。千里內聞歌名而來者，或一日，或二三日，卒不能詶和而去。三妹解音律，遊戲得道，嘗往來兩粵溪峒間，諸蠻種類最繁，所過之處，咸解其言語。遇某種人，即依某種聲音作歌，與之倡和，某種人奉之為式。嘗與白鶴鄉一少年登山而歌，粵民及傜、僮諸種人圍而觀之，男女數十百層，咸以為仙，七日夜歌聲不絕，俱化為石，土人因祀之於陽春錦石岩。岩高三十丈許，林木叢蔚，老樟千章蔽其半，岩口有石磴，苔花繡蝕若鳥跡書。一石狀如曲几，可容臥一人，黑潤有光，三妹之遺跡也。月夕輒聞笙鶴之音，歲豐熟，則彷佛有人登岩頂而歌。三妹今稱歌仙，凡作歌者，毋論齊民與狼、傜、僮人、山子等類，歌成，必先供一本祝者藏之，求歌者就而錄焉，不得攜出，漸積遂至數篋，兵後，今蕩然矣。

劉三姐，又稱「劉三妹」，中國民間傳說中壯族的歌仙，在中國廣東、廣西乃至湖南、雲南、貴州等地均有同類故事流傳。所以劉三姐傳說對研究中國南方社會風俗史和民間文藝學頗具參考價值。屈大均謂她生於唐中宗年間。她的歌曲不但在漢族地區流傳，且影響了周邊的少數民族，故少數民族中流傳的劉三姐故事，來自漢族。在上世紀中，劉三姐的故事曾被排演成歌舞劇、電影等形式。一九六〇年，中國導演蘇里將廣西彩調劇《劉三姐》改編成同名電影，在廣西桂林陽朔實地拍攝，飾演劉三姐的是年齡才十七歲的廣西演員黃婉秋。這電影很成功，在華語地區廣受歡迎。在香港、澳門及東南亞放映時，被譽為「山歌之王」。在馬來西亞甚至被評為世界十部最佳影片之一。在一九六三年舉辦的第二屆《大眾電影》「百花獎」評選中，獲最佳攝影獎、最佳音樂獎、最佳美工獎和最佳男配角四項大獎。

卷九〈事語．白沙逸事〉：

白沙先生嘗戴玉台巾，扶青玉杖，插花帽簷，往來山水之間。有詩云：「惟有白頭溪裏影，至今猶戴玉台巾。」又云：「拄地撐天吾亦有，一莖青玉過眉長。」又云：「兩鬢馨香齊插了，賽蘭花間木犀花。」又嘗披藤蓑垂釣，有詩云：「何處思君獨舉杯，江門薄暮釣船回。風吹不盡寒蓑月，影過鬆梢十丈來。」其風流瀟灑，油然自得。身在萬物之中，而心出萬物之外，斯乃造化之徒，可以神遇而不可以形跡窺者，所謂古之狂者非耶。王青蘿云：「白沙之學，從孔顏之樂而得。」然樂有虛實，顏子之樂實，曾點之樂虛，白沙其得顏子之實者耶。白沙初應聘至廣，車由城南至藩台，觀者數千萬人，圖其貌者以百數十計，市井婦孺，皆稱為陳道統，其感人若是。為人身長八尺，面方而玉潤，左臉有七黑子，如北斗狀。耳長貼垂，兩目炯然如星，望而知為非常人。甘泉面上亦有黑子，具日月南北斗之異。龐振卿有瞻甘泉遺像詩云：「精華日月在顱首，兩耳之旁南北斗。」洪覺山云：「先生生相甚異，顙中雙顱隆然若輔弼，兩耳旁各有黑子，左七類北斗，右六類南斗。噫，天之生有道君子，固皆有以異於人乎哉。」白沙先生受官，而康齋不受。一以處士，一以監生也。先生每題碑碣，必書翰林院簡討官銜，蓋不敢忘君之賜。其不出而就職，非為高也，以終養故也。當憲廟之升遐也，哀詔至，先生如喪考妣。有詩云：「三旬白布裹烏紗，六載君恩許臥家。」臨終朝服北拜曰：「吾辭吾君也」，則忠愛之終也。鄧製府之於白沙，常令本縣月給白米一石，歲致人夫二名。白沙辭之曰：「執事所稱逋、野，誠隱逸士。如今日之賜，使逋、野受之宜也。其不受，未見其讓之過也。章何敢自列於古之名流哉。章無寸善可以及人，有田二頃，耕之足以自養，而又受賜於當道焉。以自列於古之名流，其怠於自修亦甚矣。」李副使又欲為買園池，亦辭之，其介如此。

陳獻章（一四二八至一五〇〇），字公甫，號石齋，一作實齋，廣州府新會縣白沙里（今江門市新會區會城街道）人，世稱白沙先生，明朝書法家、詩人、教育家、思想家、古琴家，為嶺南學派創始人，是嶺南唯一詔准從祀孔廟的學者。年輕時，他是程朱學派信奉者。明英宗正統十二年（一四四七），參加禮部會試，中副榜，入國子監讀書。後兩赴禮部不第，來到江西。明景帝景泰二年（一四五一），師從著名學者吳與弼（一三九一至一四六九），半年後歸里，居白沙里，築「陽春台」苦讀。為了減少受外界干擾，家人在牆壁鑿小洞，飲食衣物，均由此洞遞進。期間，他不見賓客，「窮盡天下古今典籍，旁及釋老稗官小説」。後進京，深得國子監祭酒邢讓賞識，「颺言於朝以為真儒復出，由是名震京師。」憲宗成化元年（一四六五）春天，陳獻章決定在春陽台設館教學。他的教學理論：「一、先靜坐，後讀書；二、多自學，少灌輸；三、勤思考，取精義；四、重疑問，求真知；五、詩引教，哲入詩。」他編就《戒色歌》、《戒戲歌》、《戒懶文》等幾首詩作為座右銘。成化二年（一四六六），陳獻章經順德縣知縣錢溥規勸，趁憲宗試禮施教，整頓朝綱，考取功名，為社稷效力。他決定再上京師，再遊太學。成化五年（一四六九），參加戊辰科考，考得副榜，後在吏部衙門當低級小吏。此後他幾次參加會試，皆因奸臣弄權而失敗。陳獻章的父親早逝，陳獻章是遺腹子，由母親林氏撫養成人。特殊的家庭環境，使陳獻章對母親特別孝順。他的詩文裏，也充滿了報答親恩之心。成化十九年（一四八三），在應詔上京期間，陳獻章收到了母親病重念兒的家書，遂向憲宗皇帝上《乞終養疏》，請求歸家奉養母親。疏中說：「天下母子之愛雖一，未有如臣母憂臣之至、念臣之深也。」文章甚為感人。憲宗批准他回歸養母，贈「翰林院檢討」。陳返回故里，精研哲理，重振教壇，「四方來學者不啻數千人」。後來身兼禮、吏、兵三部尚書職務的重臣湛若水（一四六六至一五六〇），以及官拜文華閣大學士卒贈太師的名臣梁儲（一四五一至一五二七），都是他的入室弟子。其他弟子有林光、張詡、賀欽、鄒智、陳茂烈、何維柏、葉夢熊、陳吾德、李承箕、林緝熙、張廷實、容一之、羅服周、潘漢、葉宏、謝佑、林廷瓛等。陳獻章的哲學思想「心學」源自南宋的陸九淵（一一三九至一一九三）。明代心學發展的基本歷程，可以歸結為：陳獻章開啟，湛若水（甘泉先生）完善，王陽明（一四七二至一五二九）集大成。白沙心學、甘泉心學和陽明心學，構成有明一代的心學。因湛若水與陳獻章有師承關係，二人學說總體上有一致性，可合稱為「陳湛心學」，是「陽明心學」的直接源頭。陽明心學和與陳獻章的學說頗一致。現代史學家朱維錚說：「陳獻章，是王陽明學說的真正教父。」又說：「廣東，是王學的策源地。」

陳獻章精於詩，著作甚多，今人收集的共一千九百七十多首。白沙的詩學觀點，奠定明代性靈詩派的詩學理論，對詩歌發展的影響很大。他喜愛用詩的形式闡發他的理念，質樸而蘊含哲理。陳獻章是一位傑出的書法家，書法的特點和風格是「挺拔沉雄，生峭澀辣」，形成「白沙書派」，開嶺南書法之先河。晚年他喜用茅筆作書，時呼為「茅筆字」。陳白沙有詩曰：「茅君頗用事，入手稱神工」。又曰：「茅龍飛出右軍窩」。據陳白沙弟子張詡的《行狀》記載「天下人得其片紙隻字，藏以為家寶」。

陳獻章不僅是一位鴻儒，同時還是一位古琴家。陳獻章將元代刊刻的《古岡遺譜》手抄本傳給他的門徒，並構建自己的「白沙琴學」，該琴學成為清代乾隆年間誕生的嶺南琴派立派的重要思想來源。陳獻章雅好古琴，在江門講學數十年，時常與友人門生攜琴出遊，有不少琴事收錄在詩文中。孝宗弘治十三年（一五〇〇），陳獻章病逝於故里，終年七十二歲。神宗萬曆二年（一五七四），朝廷下詔建家祠於白沙鄉，並賜額聯及祭文肖像。額曰「崇正堂」，聯曰：「道傳孔孟三千載，學紹程朱第一支。」萬曆十二年（一五八四），詔准從祀孔廟，謚號文恭。他的著述有《陳獻章集》、《白沙詩教解》、《白沙集》等。明末清初大儒黃宗羲（一六一〇至一六九五）評陳獻章謂：「有明之學，至白沙始入精微。其吃緊工夫，全在涵養。喜怒未發而非空，萬感交集而不動，至陽明而後大，兩先生之學，最為相近。」（《明儒學案・白沙學案上》）《明史》謂：「獻章之學，以靜為主。其教學者，但令端坐澄心，於靜中養出端倪。或勸之著述，不答。嘗自言曰：『吾年二十七，始從吳聘君學，於古聖賢之書無所不講，然未知入處。比歸白沙，專求用力之方，亦卒未有得。於是舍繁求約，靜坐久之，然後見吾心之體隱然呈露，日用應酬隨吾所欲，如馬之御勒也。』其學灑然獨得，論者謂有鳶飛魚躍之樂，而蘭溪姜麟至以為『活孟子』云。」清末民初學者章太炎（一八六九至一九三六）謂：「明代學者和宋儒厘然獨立，自成體系，則自陳白沙始。」

卷九〈事語・狀元〉：

吾廣於輿圖為極南，值離位丙午之間。離者，文明之氣也。自禹八年入午會，上下二三千年，天地山川之運適合。故自漢晉以來，扶輿清淑之化始毓而生人才，其卓然首魁天下者，在唐有莫公宣卿，在宋有張公鎮孫，在明有倫公文敘、林公大欽，然莫公記傳無聞。張公遭國危亡，不幸遇變。林公以早喪，弗克建立。獨倫公名重士林，德高朝野。初傳臚時，當寧見其儀表，深喜狀元得人，故寵公嵩詩云：「南方間氣旋貞會，北闕英標動聖顏。」

屈大均只記了四位廣東的狀元。其實，在他寫此書時，廣東應有六位狀元。之後，在清朝，廣東再出了三位狀元。所以，自有科舉以來，廣東共出了九位狀元。這九位獨佔鰲頭的才子分別為唐朝宣宗大中五年（八五一）辛未科狀元莫宣卿（八三四至八六八）、五代十國南漢乾亨二年（九一八）戊寅科狀元簡文會（九〇七至九五八）、南宋度宗咸淳七年（一二七一）辛未科狀元張鎮孫（一二三五至一二七八）、明朝孝宗弘治十二年（一四九九）己未科狀元倫文敘（一四六七至一五一三）、明朝世宗嘉靖十一年（一五三二）壬辰科狀元林大欽、明朝神宗萬曆三十五年（一六〇七）丁未科狀元黃士俊（一五七〇至一六六一）、清朝高宗乾隆四年（一七三九）己未科狀元莊有恭（一七一三至一七六七）、清朝宣宗道光三年（一八二三）癸未科狀元林召棠（一七八六至一八七三）及清朝穆宗同治十年（一八七一）辛未科狀元梁耀樞（一八三二至一八八八）。在古代，嶺南被北方人稱為蠻夷之地，文化遠遠落後於中原地區。自隋朝隋煬帝於大業元年（六〇五）開創科舉制度，到唐朝唐宣宗的將近二百五十年，嶺南一直沒有出過狀元，直到唐宣宗大中五年（八五一），年僅十七歲的莫宣卿赴京城參加廷試獲中狀元，從而成為嶺南歷史上科舉考試的第一個狀元，也是科舉制度時代最年輕的狀元。莫宣卿，字仲節，號片玉。謚孝肅。出生在封川縣文德鄉（今廣東省封開縣漁澇鎮河兒口鎮）。生於唐朝文宗大和八年（八三四）。父早逝，其母梁氏改嫁莫及芝。繼父家境富有，宣卿因此能入私塾讀書。宣卿年少時即喜讀書，過目不忘，有神童之譽，七歲即有詩：「我本南山鳳，豈同凡鳥群。」明朝香山（今中山）人黃瑜的《雙槐歲鈔》記載：「吾廣大魁天下，實自宣卿始。」著有《莫宣卿詩集》。據說莫宣卿現今約有三十萬名後人，遍佈全球各地。其中東莞約有三萬多。

卷十一〈文語·三字經〉：

歸善楊肖齋傳芳，有《性理五經》、《子史摘要》，著為四字七字經行世，今不存。其童蒙所誦《三字經》，乃宋末區適子所撰。適子順德登洲人，字正叔，入元抗節不仕，或問之曰：「吾南人操南音，安能與達魯花赤俯仰耶。」

《三字經》是中國的傳統兒童啟蒙教材。其內容取材廣泛，包括中國傳統文化的文學、歷史、哲學、天文、地理、人倫、義理等。背誦《三字經》，就能認識很多國學、歷史、常識及做人處事的道理。其編排採三字一句，二句一韻，便於兒童背誦，和《百家姓》、《千字文》、《千家詩》同為中國古代私塾的入門課本，合稱「三百千千」。作者一說是南宋末元初學者王應麟（一二二三至一二九六）。明、清兩代學人（如清初康熙年間王相與清末學者章太炎等）多認為作者是王應麟。從文風看，王應麟的其他著作也多三字句。另外，王應麟是一個關心兒童教育的學者，除了《三字經》，他還著有多本兒童啟蒙讀物：《詞學指南》、《小學紺珠》、《姓氏急就篇》、《小學諷詠》、《蒙訓》等。一說是宋代人區適子（生卒年不詳）。區適子，字正叔。宋末縣境鮀洲（今廣東順德陳村鎮潭村白雲橋）人。後因區適子號「登洲先生」而易其地名為登洲。以博學多才聞名鄉里。入元不仕。康熙年間出版的《順德縣誌》、明代學者黃佐（一四九〇至一五六六）《廣州人物傳》，清代學者惲敬（一七五七至一八一七）《大雲山房記》，都認為《三字經》作者應是宋末區適子。一說是明代人黎貞。清代學者邵晉涵（一七四三至一七九六）詩：「讀得貞黎三字訓」，自註：「《三字經》，南海黎貞撰。」寧波大學文學院教授張如安在《北京大學學報》二〇〇九年第二期上發表了《歷史上最早記載〈三字經〉的文獻——〈三字經〉成書於南宋中期新說》一文，判斷《三字經》應成書於南宋光宗紹熙至寧宗嘉定年間，其時代要早於王應麟和區適子。而寧波是目前已知的《三字經》最早流傳的地區。《三字經》內容經章太炎等人多次增改，所以內容在「敘史」部份，也包含元、明、清及民初時期。

卷十六〈器語・屐〉：

莊子云：以跂蹻為服。跂者，屐也。蹻者，屩也。木曰屐，麻曰屩，古人皆著屐。《異苑》云：晉文公哀介子推，拊木視其屐曰：悲乎足下。《孔叢子》云：孔穿振方屐見平原君。晉延嘉中，京師長者皆著木屐。婦女始嫁，作漆畫屐，五色采為係。《汝南先賢傳》云：戴良嫁女，布裳木屐。吳時粵有趙嫗，常著金蹋踶，或著金箱齒屐，居象頭鬥戰。今粵中婢媵，多著紅皮木屐。士大夫亦皆尚屐，沐浴乘涼時，散足著之，名之曰散屐。散屐以潮州所製拖皮為雅。或以抱木為之，抱木附水松根而生，香而柔韌，可作履，曰抱香履。潮人刳之為屧，輕薄而耎，是曰潮屐。或以黃桑、苦楝，亦良。香山土地卑濕，尤宜屐。其良賤至異其製以別之。新會尚朱漆屐，東莞尚花繡屐，以輕為貴。史稱邯鄲女子，跕屣躡利屣。利者，輕也。廣州男子輕薄者，多長裙散屐，人賤之，呼為裙屐少年。

「屐」是用木頭做鞋底的鞋。雨雪時，可當套鞋使用，以防打濕鞋襪。歷史上很早已有提及屐。據說，「足下」之稱，始於春秋時晉文公稱介子推。劉敬叔《異苑》卷十〈足下之稱〉條：「介子推逃祿隱跡，抱樹燒死。文公拊木哀嗟，伐而製屐。每懷割股之功，俯視其屐曰：悲乎足下！」《莊子・天下》說：「後世之墨者，多以裘褐為衣，以跂蹻為服，日夜不休，以自苦為極。」《孔叢子・儒服第十二》記載孔子的六世孫孔穿（字子高）：「衣長裾，振褒袖，方屐粗翣，見平原君。」東漢末經學家劉熙《釋名·釋衣服》云：「屐，搘也。為兩足搘，以踐泥也。」《晉書·宣帝紀》：「懿使軍士三千人，著軟材平底木屐前行，然後馬步俱進。」初唐經學家顏師古《急就章注》：「屐者，以木為之而施兩齒，所以踐泥。」唐詩人李白《夢遊天姥吟留別》：「脚着謝公屐，身登青雲梯。」南宋學者張端義《貴耳集》：「東坡在儋耳，無書可讀，黎子家有柳文數冊，盡日玩誦，一日遇雨，借笠屐而歸。」元末明初政治家、文學家劉基《苦齋記》（收於《誠意伯劉文成公文集》）有「躡屐登崖」之語。「屐」也可用來作為鞋的通稱。如：「草屐」、「錦屐」等。南宋詩人陸游《長歌行》：「消磨日月幾緉屐，陶鑄唐虞一杯酒。」

卷十九〈墳語·永福陵〉：

宋端宗崩於磞洲時，曾淵子充山陵使，奉帝還殯於沙衝馬南寶家，佯為梓宮出葬，其實永福陵在厓山也。今新會壽星塘山中，有陵跡五處，以遺民隱諱，故得免於會稽之禍。予嘗訪其跡，吊之曰：「一路鬆林接海天，荒陵不見見寒煙。年年寒食無尋處，空向春山拜杜鵑。」又曰：「萬古遺民此恨長，中華無地作邊牆。可憐一代君臣骨，不在黃沙即白洋。」又曰：「北狩南巡總寂寥，空留抔土是前朝。憑君莫種冬青樹，恐有人來此射鵰。」

永福陵，是南宋皇帝宋端宗的陵墓，其位置有不同說法。有說是位於香港大嶼山東涌黃龍坑。野史說「葬於海濱亂山之中」。然而，宋末行朝駐崖山是時間最久的一站，端宗四月中逝世，直到九月初一才下葬，建造永福陵有較寬鬆的時間，不像後來建楊太后陵那樣倉猝、「莫辨其地」，還以觀文殿大學士曾淵子任山陵使，可見準備工作是認真的。屈大均明確指出「永福陵在厓山也，今新會壽星塘中，有陵迹五處。」屈大均「嘗訪其迹吊之」。覽觀宋史，北宋（九六〇至一一二七）共有九帝，統治一六七年。南宋（一一二七至一二七九）也是有九帝，統治一五二年。兩宋合共統治三一九年。南宋到了最後一位成年皇帝度宗趙禥（一二四〇至一二七四），國力已衰微，加上權臣賈似道（一二一三至一二七五）弄權，國家逐漸走上滅亡之路。元軍於度宗咸淳九年（一二七三）攻破圍攻了五年的襄陽，度宗大驚失色。他於次年憂憤而崩，只有三十四歲，死恩和酒色過過度也不無關係。

度宗三個年幼的兒子先後繼位。首先是他的六子恭帝趙㬎（一二七一至一三二三）以三歲之齡登基，由祖母謝太皇太后謝道清（一二一〇至一二八三）（宋理宗的皇后）及母親全太后（一二四一至一三〇九）垂簾聽政。賈似道被流放，於途中被會稽縣尉鄭虎臣殺於廁內。一二七六年一月一八日伯顏率領的元軍攻入臨安。南宋朝廷遣陸秀夫求和稱侄不成，只好向元軍投降。正月十八日（一二七六年二月四日），謝太皇太后抱著五歲的恭帝出城，派遣監察御史楊應奎向元軍獻上傳國璽。臨安的南宋朝廷投降後，南宋殘餘勢力在福建、廣東抗元，三年後才正式滅亡。宋亡後，恭帝曾徙居元大都、上都、烏斯藏、甘州等地，是中國歷史上遊歷最遠的一位漢人皇帝。

趙昰（一二六九至一二七八）（度宗五子）和母親楊淑妃（一二四四至一二七九）及弟弟趙昺（一二七二至一二七九）（度宗七子）由國舅楊亮節等護衛，出逃福建，定行都於福州，改年號景炎，是為端宗。文臣武將有文天祥、陸秀夫、陳宜中、張世傑等。之後，揚州淪陷，真州、通州相繼失守，宋朝失去了長江天險的屏障。在元軍壓迫下，流亡的宋朝政府一步步南逃。景炎元年十月始，部隊從福州先後轉移至泉州、漳州、詔安、潮州等地。由於害怕城池失守，宋朝君臣大部分時間都在海上度過。

景炎二年（一二七七）四月，端宗由張世傑護衛登船再次入海，由潮州逃到南澳島上，後又逃到香港的九龍城一帶。現存的宋王臺和侯王廟都是為紀念端宗朝廷而建的。景炎二年十一月，元軍與宋軍在香山井澳十字門大戰，宋軍損失過半。端宗北逃秀山（今虎門虎頭山），元將劉深又率兵來攻，張世傑迎戰不敵，逃到七星洋，此役宋軍又損失船隻兩百多艘。端宗在廣州對開海面聽說廣州再次失守，慌亂之中龍船傾覆，端宗遇溺被救起，但受寒染病，退回馬南寶等設駐沙涌行營（今在中山）。景炎三年（一二七八）三月，元將李恆大軍南下壓境，海上又有元軍張弘範、劉深等追兵逼近，端宗又浮海逃往碙洲（今廣東省江門新會），在驚病交加下，於碙洲梅菉島去世。後端宗還殯於香山沙涌行營馬南寶家中，是年九月初一日壬午，葬於新會崖山壽星塘永福陵。今歿其址。端宗崩後，軍心渙散。陸秀夫在碙州梅蔚（今江門新會梅江一帶），改碙州為祥龍縣，擁立趙昺，改元祥興，仍奉端宗母楊淑妃為太后（趙昺母俞修容下落無考），逃往新會崖山避難。元朝命大將張弘範大舉進攻崖山。當時的宋軍還未到岸，一行人還在海上。宋軍水師在張世傑的指揮下進行頑抗，在崖門海域裏與元朝軍隊交戰，史稱「崖山戰役」，宋軍全軍覆沒。一二七九年三月一九日，丞相陸秀夫背著七歲的趙昺跳海殉國，楊太后亦投海殉國，宋朝滅亡。

卷二十三〈介語·殺鱷魚〉：

昔韓愈守潮州，鱷魚為暴，為文以祭弗能去，後刺史至，以毒法殺之，其害乃絕。按《周禮·秋官》：「壺涿氏之職，曰掌除水蟲。以炮土之鼓以驅之，以焚石投之」。永樂中，吳淞陂塘壞，壅水橫流，漂沒廬舍，田屢不登，官賦屢缺。朝遣使者治之，治輒壞。居民告曰：「水有怪焉，穴於塘澳，塞土填石，不勝其一奮，必殺怪而後塘可成也。」於是使者相繼謀殺怪，卒無計策。朝廷憂之，遣夏原吉往。原吉至，命具舟數百，載以焚石，布塘之上。下令曰：「聞鼓聲，齊下焚石。」於是兩岸擊鼓，竟投焚石，急散舟以避之。須臾波濤狂沸，水石搏擊，震撼天地，輾轉馳驟，赤水泉湧，有物仰浮水面，焦灼腐爛，縱橫數十丈，若黿若鼉，莫可名狀。怪絕而塘成。假使昌黎讀《周禮》，得此殺怪之方，則盡鱷魚之種類以誅，何暇與之論文哉！鱷魚而祭，祭且用文，彼爰居之，祀又何譏焉。此何礌之說也。

韓愈（七六八至八二四），字退之，河南河陽（今河南孟州）人，自稱郡望昌黎，世稱韓昌黎。晚年任吏部侍郎，又稱韓吏部。謚文，世稱韓文公。他是中唐時代文學家，唐宋古文八大家之首。在唐朝，他與柳宗元（七七三至八一九）是當時古文運動的推行者，合稱「韓柳」。蘇軾稱讚他「文起八代之衰，道濟天下之溺，忠犯人主之怒，勇奪三軍之帥。」（八代：東漢、魏、晉、宋、齊、梁、陳、隋）。他也是一位大詩人。著作收錄在《昌黎先生集》。在憲宗元和十四年（八一九），因反對唐憲宗迎接釋迦牟尼佛骨而被貶為潮州刺史（今廣東潮州）。

在潮州，韓愈用心治民興學、又藉以工抵債釋放奴婢，與潮州大顛和尚成為好友。後來在潮州又寫《祭鱷魚文》，往河裏扔了一豬一羊，然後組織百姓獵殺鱷魚，往河中倒入生石灰、硫磺等，據聞鱷魚就此絕跡。事實上，後來宰相李德裕、宋朝陳堯佐在潮州時，看見鱷魚仍在。《舊唐書．韓愈傳》載：「初，愈至潮陽，既視事，詢吏民疾苦，皆曰：郡西湫水有鱷魚，卵而化，長數丈，食民畜產將盡，于是民貧。居數日，愈往視之，令判官秦濟炮一豚一羊，投之湫水，咒之。……咒之夕，有暴風雷起于湫中。數日，湫水盡涸，徙于舊湫西六十里。自是無鱷患。」這記述，加上韓愈的《鱷魚文》，就在「韓愈驅鱷」

這件事上，千百年來引發了學人幾無數的爭議，歷來褒貶不一。蘇東坡在韓碑上贊揚韓愈：「約束鮫鱷如驅羊」，「能馴鱷魚之暴」。明宣德年間潮州知府王源《增修韓祠之記》中稱頌韓愈「存恤孤煢，逐遠惡物」。「驅鱷行動」成為宋代以後潮州人尊韓的一項重要內容。清乾隆間人李調元在《題韓祠詩》中寫道：「官吏尚鐫鸚鵡字，兒童能誦鱷魚文。」王安石在《送潮州呂使君》詩中告誡當時的潮州太守呂說：「不必移鱷魚，詭怪以疑民。」後世很多學者批評謂「將鱷魚遠徙六十里」是韓愈自編的神語，是弄虛作假、欺世盜名的事。屈大均認為韓愈未能成功驅鱷，批評他未有讀《周禮》。屈大均表揚夏原吉的治鱷方法。夏原吉（一三六六至一四三〇），字維喆。明初湖廣長沙府湘陰（今湖南省湘陰縣）人。他是明朝初年的重臣。夏原吉於明太祖洪武二十三年（一三九〇）中舉人，以鄉薦入太學，選入禁中書省制誥，甚為太祖所重。建文帝時任戶部右侍郎，後充採訪使。任內政治清明。明成祖即位後，夏原吉升任戶部尚書，主持浙西、蘇、松治水事務，被委以重任，與吏部尚書蹇義並稱為「蹇夏」，輔佐明成祖開創「永樂盛世」，之後又輔助明仁宗、宣宗，成「仁宣之治」。宣宗宣德五年（一四三〇）逝世，享年六十五歲。獲贈太師，謚號「忠靖」。夏原吉寬厚仁慈，政績卓著，以理財、治水為專長，是明初傑出的政治家及經濟改革的倡導者。

卷二十五〈木語・龍眼〉：

荔支與龍眼皆成於火，而荔支先熟，龍眼繼之，故廣人名曰荔奴。予謂荔支火之牡也，龍眼火之牝也，牡大而牝小，故荔支大於龍眼。而龍眼以初秋熟，又得金氣，金以黃為純，故龍眼色黃，火以赤為正，故荔支色赤。荔支肉白而核赤，火在金中也，龍眼肉白而核黑，水在金中也。火在金中，故荔支性熱，水在金中，故龍眼性寒。而皆為乾之木果，乾為金，金得火而熱，荔支之所以為陽也。金得水而寒，龍眼之所以為陰也。龍眼花時，以天昧爽取其露以點飲食，絕甘美，勝於荔支花露，此又金水之精也。閩中龍眼熟時，兒童食之而肥，謂之龍眼長。廣中不然，兒童多食輒患瘕，以焙乾者為貴。其黃皮者子大，皮黃而薄滑無點，青而有點者，子在大小之間，皆甚甜。最大者孤圓，次金字、山字、南字，小者蜜糖埕，遲者秋風子。每一年多，則一年少，閩中謂之歇枝，廣中謂之養樹，歲歲豐盛，則樹易衰。養之而後，經久不壞，子且繁大。蓋樹自養，非人養，或龍眼荔支皆養，或各養。順德之錦鯉海，諸邑龍眼若於此貿易，謂之龍眼市，增城之沙貝，則荔支市也。予詩：「端陽是處子離離，火齊如山入市時。一樹增城名掛綠，冰融雪沃少人知。」又云：「六月增城百品佳，居人隻販尚書懷。玉欄金井殊無價，換盡蠻娘翡翠釵。」蓋市中所販，大抵狀元紅、小華山諸種，皆火山之屬，所謂尚書懷者也。若掛綠、玉欄、金井，則夜光無價，非可以金錢而得之。舟自南海之平浪三山而東，一帶多龍眼樹，又東為番禺之李村、大石，一帶多荔枝樹。龍眼葉綠，荔枝葉黑，蔽虧百里，無一雜樹參其中，地土所宜，爭以為業，稱曰龍荔之民。龍眼多食益智，予詩：「采摘日盈筐，香生比目房。食多能益智，本草有仙方。」又詩：「益智為龍眼，蠲愁是荔支。」龍眼產廉州者尤美。東坡云：「廉州龍眼，色味殊絕，可敵荔支。」

屈大均在《廣東新語》卷二十五（木語）中，有「荔枝」條及「龍眼」條。在「荔枝」條中，他說「龍眼必經博接乃子，花頭十汰七八，子乃甜大而多。……荔枝十花一子，龍眼一花十子。」在「龍眼」條中，他用五行之學分析荔枝與龍眼之特質及異同，頗合情理。又提到「養樹」的道理，皆甚有學問。龍眼樹為常綠大喬木，高六至十米。長橢圓形葉，開黃白小花，有雄性與雌性花，成實於初秋。其實纍纍而墜，外形圓滾，小於荔枝，果肉味甜可食。去皮則晶瑩剔透，隱約可見內里黑色果核，極似眼珠，故以「龍眼」名之。龍眼與荔枝、香蕉、鳳梨同為華南四大珍果。越南、印尼、臺灣亦有生產。其木堅固耐久。根幹經燒製成木炭，熱值高，是碳烤使用者的首選。其花蜜稱為「龍眼蜜」，是蜂蜜中品質極好者。果實除生吃外，也可以含殼烘烤成果乾稱為龍眼乾，去殼去子核後可以保存更久，利於長年食用或藥用。對於風乾的果實肉，人們多以「桂圓」稱之。荔枝性濕熱，但龍眼溫和，可入藥。其肉甘溫，滋補強壯；其核澀平，收斂止血；其葉淡平，解表。有益氣、補血、安神等功效。

在古書中，有不少有關龍眼的記載。約成書於秦漢時期的《神農本草經》謂龍眼「久服強魂聰明、強身不老，通神明。一名益智。」北魏官員賈思勰《齊民要術》云：「龍眼一名益智，一名比目。」南朝梁陳間人編的《三輔黃圖》記載漢武帝曾在上林苑移植龍眼，但不成功。從漢代的時候人們就經常將龍眼、荔枝兩種水果並稱。其中緣由包括這兩種水果的產區非常一致。早在北宋的時候，著名學者蘇頌（一〇二〇至一一〇一）所編的《本草圖經》（或稱《圖經本草》）謂龍眼「出荔枝處，皆有之」。另外，這兩種果樹的樹形和樹葉都非常相似。一般而言，荔枝成熟比龍眼早，而且果實比龍眼大，因此，龍眼有亞荔枝、荔枝奴的別名。屈大均亦同意「龍眼多食益智」。

卷二十五〈木語．朱槿〉：

朱槿，一名日及，亦曰舜英。葉如桑，光潤而厚，樹高止四五尺，而枝葉婆娑。自仲春花至仲冬，一叢之上，日開數百朵，朝開暮落，色深紅五出，大如蜀葵，瓣卷起，勢若飛颺，層出如樓子。有蕊一條，比瓣稍長，上綴金屑，日光所爍，疑有火焰。江總木槿賦：「朝霞映日殊未妍，珊瑚照水

定非鮮。千葉芙蓉詎相似，百枝燈花復羞燃。」是也。粵女多種之，插枝即生，以其花蒸醋食之，能美顏潤血。蘇子瞻詩：「焰焰燒空紅佛桑」，謂朱槿也。佛桑又有殷紅、水紅、黃、紫各色，花比朱槿差小，稱小牡丹。四時有花，繞籬種之，爛熳若錦屏。白者以為蔬菜，甜美可口，女子食之尤宜。予詩：「花當園蔬有佛桑」。徐文長謂佛桑即扶桑，有句云：「鬘花長憶爛扶桑。」

朱槿是一種屬於錦葵科木槿屬的常綠灌木或小喬木，又稱赤槿、日及、佛桑、扶桑等。原產於中國南部，歐洲各語系依循其拉丁學名皆稱朱槿為中國玫瑰。由於很多品種的花色為紅色，又稱大紅花。此花在熱帶及亞熱帶地區多有廣泛種植，一般高一至三米，最高可達六米。古時廣植於華南地區的朱槿花顏色以紅者居多，現在頗多顏色不同的新品種，是十九世紀以後，由中國輸出再與印度洋及太平洋一些島嶼不同顏色的原生種朱槿雜交改良出來的，其花色與花型皆有很大的改變。在歷經大規模的雜交後，初期的花色大致可歸類為紅、橙、黃、白、淡紫及棕等顏色。朱槿終年開花，夏秋最盛。傳統的單朵花通常開一天後就凋謝，現在有許多改良的品種可開兩天，甚至達三、四天以上的也有。朱槿是現代稱此類植物的名字，而在中國古代，只有開紅色花者才叫朱槿。

中國對朱槿的栽培觀賞歷史悠久，將其視為神樹。《山海經．海外東經》云：「湯谷上有扶桑，十日所浴，在黑齒北。」《楚辭．九歌．東君》云：「暾將出兮東方，照吾檻兮扶桑。」漢代《海內十洲記．帶洲》云：「多生林木，葉如桑。又有椹，樹長者二千丈，大二千餘圍。樹兩兩同根偶生，更相依倚，是以名為扶桑也。」魏晉時期嵇康的侄孫嵇含（二六三至三〇六）是一位文學家，也是一位植物學家。他所著的《南方草木狀》中，有朱槿的記載，內容如下：「朱槿花，莖葉皆如桑，葉光而厚，樹高止四五尺，而枝葉婆娑。自二月開花，至中冬即歇。其花深紅色，五出，大如蜀葵，有蕊一條，長於花葉，上綴金屑，日光所爍，疑若焰生。一叢之上，日開數百朵，朝開暮落。插枝即活。出高涼郡。一名赤槿，一名日及。」晉代陶潛《閒情賦》云：「悲扶桑之舒光，奄滅景而藏明。」唐代李白《代壽山答孟少府移文書》詩云：「將欲倚劍天外，掛弓扶桑。」唐代詩人李紳的《朱槿花》詩曰：「瘴煙長暖無霜雪，槿豔繁花滿樹紅。繁嘆芳菲四時厭，不知開落有春風。」唐代女詩人薛濤的《朱槿花》詩曰：「紅開露臉誤文君，司蒡芙蓉草綠雲。造化大都排比巧，衣裳色澤總薰薰。」唐代博物學家段成式著作《酉陽雜俎．續集卷九．支植上》中有文「重台朱槿，似桑，南中呼為桑槿。」「佛桑」這個名字出現在唐代廣州司馬劉恂所著，記錄嶺南風物的《嶺表錄異》。宋代《太平御覽》卷九五五引郭璞《玄中記》云：「天下之高者，扶桑無枝木焉，上至天，盤蜿而下屈，通三泉。」明代醫學家、博物學家李時珍（一五一八至一五九三）《本草綱目．木三．扶桑》載：「扶桑產南方，乃木槿別種。其枝柯柔弱，葉深綠，微澀如桑。其花有紅黃白三色，紅者尤貴，呼為朱槿。」《本草綱目》中李時珍認為「東海日出處有朱槿樹，此花光豔照日，其葉似桑，因以比之，後人訛為佛桑，乃木槿別種，故日及諸名，亦與之同。」認為佛桑是朱槿之誤。清初吳震方《嶺南雜記》載：「扶桑花，粵中處處有之，葉似桑而略小，有大紅、淺紅、黃三色，大者開泛如芍藥，朝開暮落，落已復開，自三月至十月不絕。」清代學者李調元（一七三四至一八〇三）所著的《南越筆記》也有記錄此花。文字是「佛桑一名花上花。花上復花，重台也。即扶桑。」文中認為佛桑是指一種花上有花的朱槿品種。朱槿是世界名花，也是馬來西亞的國花。朱槿花色鮮豔，花大形美，品種繁多，四季開花不絕，全世界有三千多個品種。

池北偶談

《池北偶談》廿六卷，清朝王士禛（一六三四至一七一一）作。王士禛，字子真，因慕唐朝司空圖隱居於禛貽溪的事迹，又字貽上，號阮亭，山東新城（今山東桓台縣）人。在他身後，因避雍正帝（胤禛）諱，被改作士正。乾隆時又賜名士禎。因他工於詩，補諡文簡。

王士禛出身官僚世家，自幼便博覽群書。順治十五年（一六五八）中進士。此後，曾任揚州推官。在揚州，時與文士酬唱。因嚮往蘇州太湖漁洋山的景致，所以又自號漁洋山人。順治十八年（一六六一），拜訪明末清初的文壇領袖錢謙益（一五八二至一六六四）。錢謙益很欣賞他，為他的《漁洋山人集》作序。

康熙二年（一六六三）十月，遷禮部主客司主事。北上前在如臯冒襄（一六一一至一六九三）的水繪園與陳維崧（一六二六至一六八二）等人舉辦了禊事並賦詩。康熙七年（一六六八），遷儀制司員外郎。十年（一六七一），遷戶部福建司郎中。十一年（一六七二）六月，擔任四川鄉試的負責人，前往四川。王士禛將期間經歷寫成《蜀道驛程記》。十五年（一六七六），補戶部四川司郎中。十七年（一六七八），受到康熙帝召見，轉侍讀，入值南書房。升禮部主事。十八年（一六七九），參與明史修纂工作，為明史纂修官之一。

康熙二十三年（一六八五），遷詹事府少詹事，兼翰林院侍講學士。當年十一月，奉命前往廣東祭祀南海，旅途中所成篇什為《南海集》。南下途中因大雪而滯留東平，因喜愛當地小洞庭鼇尾山而藉以為自己的齋號。翌年二月十日，王士禛抵達廣州。祭祀完畢後途經贛州北返，順道遊歷了廬山。回到京師不久又因父親去世而奔喪歸里。康熙二十八（一六八九）年三月，在北京撰寫了《池北偶談》。康熙三十八年（一六九九），官至刑部尚書。康熙四十三年（一七〇四），因受王五案牽連，被以「瞻循」罪革職回鄉。至此，王士禛前後宦海生涯共計四十五年。翌年，在家奉旨續修《群芳譜》，至四十六年完成《佩文齋廣群芳譜》一百卷。居家築有藏書樓「池北書庫」，位於山東新城縣。唐朝的白居易也有「池北書庫」，王士禛欽慕白居易，所以用同樣的名字命名自己的藏書庫。

康熙四十九年（一七一〇），康熙帝眷念舊臣，特詔官復原職。康熙五十年（一七一一），王士禛病逝。

王士禛一生著述甚豐，刊行於世的有三十六種之多。主要有《漁洋山人精華錄》、《蠶尾集》、《池北偶談》、《香祖筆記》、《居易錄》、《古夫于亭雜錄》、《分甘餘話》、《漁洋文略》、《漁洋詩集》、《帶經堂集》、《感舊集》等。

《池北偶談》全書分為四目，共廿六卷，一千二百九十二條：「談故」四卷，二百零五條，記載清朝典章、制度等；「談獻」六卷，二百五十條，記載明、清二朝人物掌故；「談藝」九卷，四百三十八條，評論詩文；「談異」七卷，三百九十九條，記述神鬼怪異。在四目中，以前三目最有參考價值，保存了大量史料，從中也能見到作者的個人主張。「談異」七卷，所記雖屬怪誕，但也能反映出當代社會的情況，有勸世的寓意。有些條目的情節和《聊齋志異》所載頗類似。王士禛與《聊齋志異》的作者蒲松齡（一六四〇至一七一五）是好朋友，他曾為《聊齋》題詩互勉，詩云：「姑妄言之姑聽之，豆棚瓜架雨如絲。料應厭作人間語，愛聽秋墳鬼唱詩。」

現在從全書轉錄十七條供大家欣賞。

卷二〈明熹宗〉：

有老宮監言：「明熹宗在宮中，好手制小樓閣，斧斤不去手，雕鏤精絕。魏忠賢每伺帝制作酣時，輒以諸部院章奏進，帝輒麾之曰：『汝好生看，勿欺我。』故閹權日重，而帝卒不之悟。」

天啟帝明熹宗朱由校（一六〇五至一六二七）是明朝的第十六任皇帝。這一位短命的木匠皇帝，無心政事，難怪被權宦魏忠賢（一五六八至一六二七）操控。但魏忠賢也沒有好的下場，被繼任的崇禎帝明思宗朱由檢（一六一一至一六四四）整肅、流放，最後畏罪自殺。

卷二〈五十相〉：

《石林燕語》云：「本朝宰相，自建隆元年至嘉祐四年，一百四十年，凡五十人。」明崇禎十七年間，命相亦五十人。可以觀治亂矣。

此條王士禛有誤。太祖建隆元年（九六〇）至仁宗嘉祐四年（一〇五九）只有一百年。在《石林燕語》卷二中的文字是「本朝宰相，自建隆元年，至元祐四年，一百三十年，凡五十人。」哲宗元祐四年是公元一〇八九年。

卷三〈御製詩〉：

御製登城詩云：「城高千仞衛山川，虎踞龍盤王氣全。車馬往來雲霧裏，民生休戚在當前。」真帝王詩也。

此條記錄了清聖祖康熙帝玄燁（一六五四至一七二二）的一首登城詩，的確甚有氣勢。

康熙帝是清朝入關以後第二位皇帝。康熙帝在位六十一年零十個月，是中國歷史上在位時間最長的皇帝，葬於清東陵中的景陵。

康熙帝八歲繼位，朝政交付給輔政大臣。康熙八年（一六六九），少年的康熙帝在智擒功高蓋主的權臣鰲拜（一六〇〇至一六六九）後，開始親政。其在位期間，採取輕徭薄賦與民生息的農業政策，重視農耕，發展經濟，同時還對三藩、明鄭、噶爾丹等各地反清勢力大規模用兵，對沙俄簽訂尼布楚條約確保黑龍江流域和廣大東北地區的控制。

康熙帝努力調節滿族與其他民族的關係，尊崇儒學，開博學鴻儒科，實行「多倫會盟」安撫蒙古各部，下令編修《理藩院則例》，確定鞏固邊疆的統治方針。又冊封五世班禪為「班禪額爾德尼」，派兵入藏驅逐入侵西藏的準噶爾汗國。還開海設關，發展內外貿易，重用海外傳教士，學習西方科學，使中國社會出現「天下初安，四海承平」相對穩定的局面，為開啟百餘年的康雍乾盛世奠定了基礎。

卷六〈米元章二婿〉：

段拂、吳激，皆米元章之婿。拂字去塵，元章有潔癖，見其名字，喜曰：既拂矣，又去塵，真吾婿也。以子妻之。拂南渡後，仕至參知政事。激字彥高，入金為翰林學士，以詩樂府知名，與蔡松年齊名，號「吳蔡體」。

此條記載北宋書法大家米芾（一〇五一至一一〇七）的兩位女婿段拂（？至一一五六）及吳激（？至一一四二）。文字詼諧。

段拂，字去塵，宋朝建康府金陵縣（今江蘇省南京市）人，宋高宗時參知政事。高宗紹興十八年（一一四八），罷為資政殿學士、提舉江州太平興國宮。秦檜再讓黨羽彈劾他，三月再貶為資政殿學士、興國軍居住。

吳激，字彥高，號東山，甌寧（今福建建甌）人。父吳栻，北宋進士，曾知蘇州。《金史》謂吳激「字畫俊逸，得芾筆意」，詞與蔡松年（一一〇五至一一五九）齊名，時號「吳蔡體」，元好問推為「國朝第一作手」。北宋末年出使金，被金人留下，後仕金為翰林待制。金熙宗皇統二年（一一四二）出知深州（今河北深縣），到官三日卒。有《東山集》十卷，已佚。

卷八〈蘇章事〉：

宋人小說載坡公與章惇題名石壁事，頃見《耆舊續聞》又一事極相類。子厚為商州推官，子瞻為鳳翔幕簽，因差試官開院同途，小飲山寺，聞報有虎，二人酒狂，同勒馬往觀，去虎數十步，馬驚不前。子瞻乃轉去，子厚獨鞭馬向前，取銅鑼於石上戛響，虎遂驚竄。謂子瞻曰：「子定不如我。」舊聞，乃檇李項氏抄白本也。

此條記述蘇軾（一〇三七至一一〇一）和章惇（一〇三五至一一〇五）同途遇虎的軼事。從此條我們可以略見蘇章二人性格。《宋史》謂章惇「盡復熙豐舊法，黜逐元祐朝臣；肆開邊隙，詆誣宣仁后。」將他列入《奸臣傳》。

卷九〈仁宗徽宗〉：

元臣庫庫曰：「宋徽宗諸事皆能，獨不能為君耳。」《炙輠録》記周正夫曰：「仁宗皇帝百事不會，只會做官家。」此語在庫庫之前，可謂絕對。

宋仁宗（一〇一〇至一〇六三）是北宋初期的明君，宋徽宗（一〇八二至一一三五）是北宋亡國之君。不知是否因徽宗玩物喪志，使國事頹唐。他的際遇，和南唐後主李煜（九三七至九七八）頗相似。

卷九〈三帝陵詩〉：

「一路荒山秋草裏，行人惟拜漢文陵。」唐人詩也。「四十二年如夢覺，春風吹淚過昭陵。」宋人詩也。「祠官如可乞，長奉泰陵園。」「先帝侍臣空灑淚，泰陵春望已模糊。」明人詩也。文帝、仁宗、孝宗三君，德澤感人之深如此。

此條提及的第一首詩是唐朝詩人許渾（約七九一至約八五八）的《途經秦始皇墓》：「龍盤虎踞樹層層，勢入浮雲亦是崩。一種青山秋草裏，路人唯拜漢文陵。」漢文陵即霸陵，是漢文帝劉恆（前二〇三至前一五七）的陵墓，在今陝西西安東郊的霸陵原上，距秦始皇陵不遠。漢文帝生時以節儉出名，死後薄葬，霸陵極其樸素，受到後人稱讚。

許渾，字用晦（一作仲晦），潤州丹陽（今江蘇丹陽）人，是晚唐最具影響力的詩人之一。他不作古詩，專攻律體，題材以懷古、田園詩為多。詩中多描寫水、雨之景，有「許渾千首濕」之稱。後人也有「許渾千首詩，杜甫一生愁」之評價。成年後移家京口（今江蘇鎮江）丁卯澗，以《丁卯集》名其詩集，後人因稱「許丁卯」。他的詩現存五百餘首。有人指出他的詩的警句多數在第二聯中出現，例如名句「山雨欲來風滿樓」出自《咸陽城東樓》：「一上高城萬里愁，蒹葭楊柳似汀洲。溪雲初起日沉閣，山雨欲來風滿樓。鳥下綠蕪秦苑夕，蟬鳴黃葉漢宮秋。行人莫問當年事，故國東來渭水流。」

此條提及的第二首詩作者不詳。此詩是懷念宋仁宋趙禎（一〇一〇至一〇六三）的。宋仁宗是北宋第四代皇帝，宋真宗的第六子，生母李宸妃。他十三歲登基，由嫡母劉太后攝政。一〇三三年，劉太后歸政。在位四十一年零三八天，為宋朝在位時間最長的皇帝。葬於永昭陵。趙禎廟號「仁宗」，這是中國歷史上第一個廟號為「仁宗」的君主，所以宋朝名臣王珪撰寫仁宗輓詞，特別說「廟號獨稱仁」。朱熹的老師劉子翬認為：「仁宗之仁也，三代而下，一人而已。笑言承恩，咳唾為澤，薰酣沉浸四十餘年，所以維民者盡矣。」元人修《宋史．仁宗本紀》，給出一段評贊：「《傳》曰：『為人君，止於仁。』帝誠無愧焉。」

不知何時，也不知是哪一位宋人，經過永昭陵，觸景生情，題下一首深切懷念仁宗時代的絕句，此詩有數個版本，或云：「農桑安業歲豐登，將帥無功吏不能。四十二年歸夢想，春風和淚過昭陵。」或云：「農桑不擾歲常登，邊將無功吏不能。四十二年如夢覺，東風吹淚過昭陵。」或云：「農桑不擾歲常登，邊將無功吏不能。四十二年如夢過，春風吹淚灑昭陵。」表達的意思都是宋人懷念仁宗統治的年代。

此條提及的第三首詩是明朝詩人邊貢（一四七六至一五三二）懷念明孝宗朱祐樘（一四七〇至一五〇

五）的《望陵二首》（之二）：「憶在先朝日，曾沾侍從恩。鑾輿歸寂寞，鳳質儼生存。夕日昏阡樹，春風長澗蘩。祠官如可乞，長奉泰陵園。」

明孝宗，或稱弘治帝，是明朝第十任皇帝，在位十八年。孝宗「恭儉有制，勤政愛民」，又能信用賢臣、廣開言路，在位期間「朝序清寧，民物康阜」，明朝出現中興局面，史稱「弘治中興」。但在位後期對朝政有所懈怠，又縱容外戚，沉迷方術，使宦官李廣、蔣琮等人乘機弄權，故不能謂之全美。葬於明泰陵。

清修《明史》高度評價明孝宗：「明有天下，傳世十六，太祖、成祖而外，可稱者仁宗、宣宗、孝宗而已。仁、宣之際，國勢初張，綱紀修立，淳樸未漓。至成化以來，號為太平無事，而晏安則易耽怠玩，富盛則漸啟驕奢。孝宗獨能恭儉有制，勤政愛民，兢兢於保泰持盈之道，用使朝序清寧，民物康阜。《易》曰：『無平不陂，無往不復，艱貞無咎。』知此道者，其惟孝宗乎！」明朝末年的內閣首輔朱國禎稱：「三代以下，稱賢主者，漢文帝、宋仁宗與我明之孝宗皇帝。」

邊貢，字廷實，號華泉，山東歷城（今濟南市）人。明朝官員、詩人、文學家。孝宗弘治九年（一四九六）進士，累官南京戶部尚書。邊貢文學成就卓著，與李夢陽、何景明、徐禎卿並稱「弘治四傑」。後來又加上康海、王九思、王廷相，合稱為明代文學「前七子」。有《華泉集》。

至於此條提及的第四首詩，作者不詳。亦有人說其實此詩是寫葬於永泰陵的宋哲宗趙煦（一〇七七至一一〇〇）。

卷十一〈施宋〉：

康熙己未，詩人無出南施北宋之右，宣城施閏章愚山，萊陽宋琬荔裳也。昔人論古詩十九首以為驚心動魄，一字千金。施五言云：「秋風一夕起，庭樹葉皆飛。孤臣百憂集，故人千里歸。嶽雲寒不散，江雁去還稀。遲暮兼離別，愁君雪滿衣。」此雖近體，豈愧十九首耶？己未在京師，登堂再拜，求予定其全集。宋浙江後詩，頗擬放翁，五古歌行，時闖杜、韓之奧。康熙壬子春在京師，求予定其詩筆，為三十卷。其秋，與予先後入蜀。予歸之明年，宋以臬使入覲。蜀亂，妻孥皆寄成都，宋鬱鬱歿於京邸。此集不知流落何地矣？

施閏章（一六一八至一六八三），字尚白，一字屺雲，號愚山，又號蠖齋，晚號矩齋，江南宣城縣（今屬安徽）人，是明末清初官員、詩人。早年遊學於復社名士沈壽民及周鎬門下。順治六年（一六四九）進士，授刑部主事，官山東學政、江西布政司參議、分守湖西道。康熙六年（一六六七）歸里。康熙十八年（一六七九），召博學宏詞，列二等第四名，任《明史》纂修官。康熙二十二年（一六八三），任翰林院侍讀。同年卒。

施閏章與宋琬（一六一四至一六七四）齊名，號「南施北宋」，又與嚴沆、丁澎等合稱為「燕台七子」。其詩風溫柔敦厚。著有《學餘堂文集》二十八卷、《學餘堂詩集》五十卷、《學餘堂外集》二卷等。

宋琬，字玉叔，號荔裳，山東萊陽人。明末清初詩人、政治人物。為清八大詩家之一，亦為南施北宋、燕臺七子、清朝六大家之一。宋琬之父宋應亨為明天啟五年（一六二五）進士，官清豐知縣。崇禎十六年（一六四三），宋應亨於清兵陷萊陽時遇害。宋琬自幼聰慧過人，曾隨仲兄宋璜遊學京師。與王崇簡、王熙父子相識。順治四年（一六四七）中進士，授戶部主事，累遷吏部郎中。一度因「文字餘孽」為逆僕所陷，下獄。順治十八年（一六六一），官至浙江按察使。康熙元年（一六六二）曾受誣下獄，三年後釋放，流寓江南八年，與宋葷、朱彝尊、王士祿等人詩酒唱和。康熙十一年（一六七二）年春任四川按察使，次年進京述職，遭逢三藩之亂，得知家人皆陷於兵火，憂苦成疾，卒於京城。

宋琬的詩，古體擬漢魏，近體學盛唐，詩多愁苦之音。現存詩有一三三三首、詞一六五首、文二二三篇，賦二篇、雜劇《祭皋陶》一卷，均收在《安雅堂集》裏。另有《安雅堂詩》八卷、《二鄉亭詞》、《永平府志》、《北寺草》等。康熙十一年春，王士禛曾審定其詩稿三十卷。宋琬入蜀後又結集《入蜀集》一部。另據《登州府志》記載宋琬還寫有《秦州紀異》、《治蜀條例》和《治蜀讞案》各一卷，「皆事理詳盡，文亦簡淨不俗」。

施閏章及宋琬皆為王士禛的前輩詩人，王士禛謂施閏章「求予定其全集」、宋琬「求予定其詩筆」，出語有些不敬。

卷十一〈梅村病中詩〉：

太倉吳梅村（偉業）祭酒，辛亥元旦，夢上帝召為泰山府君。是歲病革，有絕命詞云：「忍死偷生廿載餘，而今罪孽怎消除？受恩欠債須填補，縱比鴻毛也不如。」餘三章不具錄。先是，先生嘗病中賦賀新郎詞云：「萬事催華髮。論龔生天年竟夭，高名難沒。吾病難將醫藥治，耿耿胸中熱血。待灑向西風殘月。剖卻心肝今置地，問華佗解我腸千結。追往恨，倍淒咽。故人慷慨多奇節。為當年沉吟不斷，草間偷活。艾灸眉頭瓜噴鼻，今日須難決絕。早患苦重來千疊。脫屣妻孥非易事，竟一錢不值何須說。人世事，幾完缺。」時浙西僧水月，年百餘歲，能前知。先生病亟，孥舟迎之，至則曰：「公元旦夢告之矣，何必更問老僧？」遂卒。

吳偉業（一六〇九至一六七二），字駿公，號梅村，祖籍直隸蘇州府崑山縣（今江蘇省崑山市），祖父始遷居太倉州（今江蘇省蘇州市太倉市），明末清初詩人、政治人物，長於七言歌行，初學「長慶體」，後自成新吟，後人稱之為「梅村體」。

吳偉業生於江南太倉的一書香家庭。幼時受學於同鄉的著名文學家及復社的領導人張溥（一六〇二至一六四一），文名卓著，積極參加復社，與錢謙益（一五八二至一六六四）、龔鼎孳（一六一六至一六七三）合稱為「江左三大家」。他和當時的陳維崧、吳兆騫、嚴繩孫等有交往。與著名歌妓，「秦淮八艷」之一的卞玉京有過一段未有開花結果的感情。卞玉京後出家為道士。

崇禎四年（一六三一）聯捷辛未科會試第一名，溫體仁黨人誣陷周延儒，偉業被控與延儒勾結作弊。崇禎帝調閱試卷，御覽之後，在吳的試卷上批「正大博雅，足式詭靡」，殿試高中一甲第二名進士榜眼，授翰林院編修，「賜馳節還里門」，娶先室程氏。崇禎十七年（一六四四）甲申之變，明朝滅亡，清兵入關後，吳曾短暫出仕弘光帝朝廷，不久請假歸鄉。清順治二年（一六四五），清軍南下，吳偉業攜家眷逃難，隱居不出。順治九年（一六五二），兩江總督馬國柱向朝廷舉薦任官，吳偉業得知後致信馬國柱，以身體有疾為由拒絕了。但弘文院大學士陳名夏、親家禮部尚書陳之遴仍極力勸說出仕。順治十年（一六五三），吏部左侍郎孫承澤再次向順治帝舉薦。十一年（一六五四）年初，吳偉業接受了清朝內翰林秘書院侍講官職。九月，吳偉業抱病前往北京，充任《大清太祖高皇帝聖訓》、《大清太宗文皇帝聖訓》纂修官。順治十三年（一六五六），官國子監祭酒，次年，繼母喪，丁憂歸鄉。吳偉業內心對自己的屈節仕清極為愧疚，常借詩詞寄哀。以丁母憂南還後，從此不復出仕。

康熙十年（一六七一）夏，江南酷熱，吳偉業「舊疾大作，痰聲如鋸，胸動若杵」（《致冒辟疆書》）。他預感自己不久於人世，便留下遺言：「吾一生遭際萬事憂危，無一刻不歷艱險，無一境不嘗艱辛，實為天下大苦人。吾死後，斂以僧裝，葬吾於鄧尉靈巖相近，墓前立一圓石，曰：『詩人吳偉業之墓』。」這一年的十二月二十四日（一六七二年一月二十三日），吳偉業病逝，葬於蘇州玄墓山之北。

吳偉業著有《梅村家藏稿》、《梅村詩餘》，傳奇《秣陵春》，雜劇《通天台》、《臨春閣》，史料《綏寇紀略》等。亦有人認為其為《紅樓夢》的作者。

吳偉業擅長長篇七言，作品蔚然可觀，如《洛陽行》詠福王朱由崧，《松山哀》詠洪承疇，《蕭史青門曲》詠寧德公主，《圓圓曲》詠吳三桂，《雁門尚書行》詠孫傳庭，《臨江參軍》詠楊廷麟、盧象昇，《永和宮詞》詠田貴妃，《鴛湖曲》詠吳昌時，《楚兩生行》詠柳敬亭、蘇昆生，《詠拙政園山茶花》詠陳之遴，《聽女道士卞玉京彈琴歌》詠卞玉京事，《贈寇白門六首》詠寇白門事等。今存千多首，《四庫全書總目》評論說：「其少作大抵才華艷發，吐納風流，有藻思綺合、清麗芊眠之致。及乎遭逢喪亂，閱歷興亡，激楚蒼涼，風骨彌為遒上。」其《圓圓曲》，諷刺吳三桂為陳圓圓而降清，傳誦一時。

吳偉業在清朝被稱為「本朝詞家之領袖」。陳廷焯評論說：「吳梅村詞，雖非專長，然其高處，有令人不可捉摸者，此亦身世之感使然。」又說：「梅村高者，有與老坡神似處。」（《白雨齋詞話》）康熙帝親制御詩《題〈吳偉業集〉》：「梅村一卷足風流，往復搜尋未肯休。秋水精神香雪句，西崑幽思杜陵愁。裁成蜀錦應慚麗，細比春蠶好更抽。寒夜短檠相對處，幾多詩興為君收。」吳偉業得康熙的好評，更顯出他在詩壇的地位。

《四庫全書總目》評論他說：「其少作大抵才華豔發，吐納風流，有藻思綺合、清麗芊綿之致。及乎遭逢喪亂，閱歷興亡，激楚蒼涼，風骨彌為遒上。」

卷十三〈坡詩〉：

坡公送蘇伯固五言詩云：「三度別君來，此別真遲暮。白盡老髭鬚，明日淮南去。酒罷月隨人，淚濕花如霧。後夜逐君還，夢繞江南路。」公自註：「效韋蘇州。」予云此生查子詞耳。

這是蘇軾的《生查子・訴別》。原本詞題作〈送蘇伯固〉。

蘇堅，字伯固，號後湖居士，泉州（今屬福建）人。官至建昌軍通判。哲宗元祐間以臨濮縣主簿監杭州在城商稅。哲宗紹聖間任永豐尉。後知鉛山。徽宗崇寧元年（一一〇二），監韶州岑水銀銅場。官終建昌軍通判。與蘇軾唱和甚多，有文集，今佚。事見《蘇軾詩集》卷三二《次韻蘇伯固主簿重九》詩題下施注及清乾隆《鉛山縣誌》卷五。他的長子蘇庠為南宋初詞人，次子蘇序為宋佛壇名詩僧。

此詞作於宋哲宗元祐七年（一〇九二）八月。蘇軾當時在汴京任兵部尚書。這是他第三次送別友人蘇伯固後寫下的送別詞。《蘇軾詩集》卷三五亦載此詞，題作《古別離送蘇伯固》。

《生查子》，詞牌名。本為唐代教坊曲。雙調四十字，上下闋各四句、兩仄韻。因朱希真詞有「遙望楚雲深」句，故又名《楚雲深》。因韓淲詞有「山意入春晴，都是梅和柳」句，故又名《梅和柳》。又因同一詞中有「晴色入青山」句，故又名《晴色入青山》。當然，將《山查子》詞視作一首五言八句的仄韻古詩也是可以的。

卷十三〈柏梁詩句法〉：

柏梁詩大官令云「枇杷橘栗桃李梅」，語本可笑，而後人多效之。如韓文公陸渾山火云「鴉鴟雕鷹雉鵠鵾」，蘇文忠公《韓幹牧馬圖》云「騅駓駰駱驪騮騵」，李忠定公題李伯時畫馬云「騂騏騮駱駰驪黃」，陳後山上蘇公云「桂椒柟櫨楓柞樟」，林艾山資中行云「鐘鎛鼎鬲匜盤盂」，韓子蒼詩「蕁藕諸芋蘘荷薑」，然皆施於歌行耳。若鄧林「鴻鵠鵾鵬雕鶚鶻，鱒魴鰷鯉鰋鱨魦」，用之律，則非矣。蓋皆本史游《急就篇》，如「鯉鮒蟹鱓鮐鮑鰕」、「竽瑟箜篌琴筑箏」、「騂騩騅駮驪騮驢」、「羘羖羯羠羝羭」之類。又仰山答溈山云「瓶盤釵釧劵盂盆」，禪語偶亦相似。

相傳漢武帝築柏梁台，與群臣聯句，每句七言，押平聲韻，全篇不換韻，開七言詩的先河。此條記錄的七言句用字取同一部首，也頗有趣。

卷十四〈歐陽詞〉：

今世所傳女郎朱淑真「去年元夜時，花市燈如晝」《生查子》詞，見《歐陽文忠集》一百三十一卷，不知何以訛為朱氏之作？世遂因此詞疑淑真失婦德，紀載不可不慎也。

朱淑真（約一一三五至約一一八〇）乃南宋著名女詞人。有《斷腸詞》集。那首《生查子．元夕》「去年元夜時，花市燈如晝。月上柳梢頭，人約黃昏後。今年元夜時，月與燈依舊。不見去年人，淚濕春衫袖。」究是歐陽修還是朱淑真所作，歷來都有爭論。王士禛認為此詞是歐陽修作的。此詞見於《歐陽文忠集》第一百三十一卷。按道理，歐集之編訂早於朱集，朱淑真的詞不可能混入歐集中。

卷十六〈表語本樂天詩〉：

宋任忠厚（惇）坐上書入籍，久不得調，投時相啟云：「籠中翦羽，仰看百鳥之翔；岸側沉舟，坐閱千帆之過。」蓋用白樂天詩「沉舟側畔千帆過，病樹前頭萬木春」語。

王士禛此條錯將「沉舟側畔千帆過，病樹前頭萬木春」說是白居易作的。這原是劉禹錫作的。中晚唐詩人劉禹錫（七七二至八四二）與白居易（七七二至八四六）惺惺相惜。劉禹錫於敬宗寶曆二年（八二六）冬，罷和州刺史後，回歸洛陽，途經揚州，與罷蘇州刺史後也回歸洛陽的白居易相會。白居易在筵席上寫了一首詩《醉贈劉二十八使君》相贈。在詩中，白居易對劉禹錫被貶謫的遭遇，表示了同情和不平。詩曰：「為我引杯添酒飲，與君把箸擊盤歌。詩稱國手徒為爾，命壓人頭不奈何。舉眼風光長寂寞，滿朝官職獨蹉跎。亦知合被才名折，二十三年折太多。」

劉禹錫寫了這首《酬樂天揚州初逢席上見贈》回贈白居易。詩曰：「巴山楚水淒涼地，二十三年棄置身。懷舊空吟聞笛賦，到鄉翻似爛柯人。沉舟側畔千帆過，病樹前頭萬木春。今日聽君歌一曲，暫憑杯酒長精神。」此詩顯示自己對世事變遷和仕宦升沉的豁達襟懷，表現了詩人的樂觀精神，同時又暗含哲理，謂舊事物必將被新事物取代。

卷十九〈黃夫人詩〉：

楊升庵夫人黃寄外詩：「曰歸曰歸愁歲暮，其雨其雨怨朝陽。」乃黃魯直答初和甫詩句也，見《豫章外集》，詩云：「君吟春風花草香，我愛春夜璧月涼。美人美人隔湘水，其雨其雨怨朝陽。蘭荃盈懷報瓊玖，冠纓自潔非滄浪。道人四十心如水，那復夢為蝴蝶狂？」

楊慎（一四八八至一五五九），號升庵，乃明代正德朝的狀元，著作等身。因「大禮議事件」，被嘉靖皇帝明世宗貶往雲南，終世未赦。其夫人黃峨（一四九八至一五六九）乃才女，工詩詞及散曲。此條可見黃峨寄給她丈夫的詩，有化用北宋詩人黃庭堅（一〇四五至一一〇五）的詩句。黃夫人全詩是「雁飛曾不到衡陽，錦字何由寄永昌。三春花柳妾薄命，六詔風煙君斷腸。曰歸曰歸愁歲暮，其雨其雨怨朝陽。相憐空有刀環約，何日金雞下夜郎？」此首對仗工整，寫情寄意兼優。

卷二十〈楊李〉：

隋末酸棗邑所進玉李，一夕忽長，清陰數畝。是夕，院中人聞空中語云：「李木當茂。」帝欲伐之，左右曰：「木德來助之應也，不可伐。」又楊梅、玉李同時結實，帝問二果孰勝？院中人曰：「楊梅雖好，不若玉李之甘。」帝嘆曰：「惡楊好李，豈人情哉！」又民間歌云：「河南楊花落，河北李花榮，楊花飛去落何處，李花結果自然成。」南唐將受吳禪，江西楊化為李，信州李生連理，其事前後略同。又《釣磯立談》載，武義中童謠云：「江北楊花作雪飛，江南李樹玉團枝。李花結子可憐在，不似楊花無了期。」與隋謠亦相類。

歷代興亡期間此類的所謂民謠，想多是後人湊合而成，未必真有其事。這些異聞，倒可當茶餘飯後作為笑談。

卷二十二〈蘇文〉：

宋時諺云：「蘇文熟，啖羊肉。」殿帥姚某性饕餮，每得坡公手帖，輒換得羊肉數斤，故坡有「傳語本官今日斷屠」之謔。杜祁公為相清儉，非會客不食羊肉。按宋時京官日支羊肉錢，故云。

「蘇文熟，吃羊肉。蘇文生，吃菜羹。」意思是蘇軾的文章讀熟了，就能考中做官吃羊肉；蘇軾的文章背得生疏，只能落選喝菜湯。這是指蘇軾的文章傑出，影響巨大。

南宋陸游的《老學庵筆記》卷八的記載謂：「國初尚《文選》，當時文人專意此書，故草必稱『王孫』，梅必稱『驛使』，月必稱『望舒』，山水必稱『清暉』。至慶曆後，惡其陳腐，諸作者始一洗之。方其盛時，士子至為之語曰：『《文選》爛，秀才半。』建炎以來，尚蘇氏文章，學者翕然從之，而蜀士尤盛。亦有語曰：『蘇文熟，吃羊肉。蘇文生，吃菜羹。』」

元人王惲的《玉堂嘉話》卷四有類似記載：「予嬰年見神川劉先生，三蘇文讀不去手。因問於先大夫曰：『古人有言：『蘇文熟，啖羊肉。蘇文生，啜菜羹。』豈此之謂也？』」

蘇軾在翰林院時，因書法聞名，殿帥姚麟是其書法愛好者。蘇軾好友韓宗儒愛吃肉，每次得到蘇軾書法，便去姚麟家換幾斤羊肉來吃，黃魯直因而調侃蘇軾謂以前王羲之的書法被稱作「換鵝書」，你的可作「換羊書」了。

蘇軾被貶惠州後，經濟拮据，吃不起羊肉。實在想吃了，便買些羊脊骨來熬湯或燒烤解饞。他在給弟弟蘇轍的信中，曾風趣地說吃羊骨頭「如食蟹螯」，很能補身，還說他這樣說話恐怕惹來「眾狗不悅矣」，意思是搶了狗的口糧，幽默中帶有心酸。

卷廿四〈黃巢〉：

黃巢自長安遁歸，奔於太山狼虎谷，為其甥林言斬首送徐州，其死明甚。乃小說杜撰，稱其遁去為僧，依張全義於洛陽。曾繪己像，題詩云：「記得當年草上飛，鐵衣著盡著僧衣。天津橋上無人識，獨倚闌干看落暉。」按此詩，乃元微之贈智度師絕句，特改首句「三陷思明三突圍」為云云耳。此宋陶穀、劉定之說。《癸辛雜誌》又云，即雪竇禪師《賓退錄》亦已辨之，為此言者，真亂臣賊子之尤也。

黃巢（八三五至八八四）遁世為僧之說，應是杜撰的。謂其所題之七絕卻原來是元稹（七七九至八三一）贈智度師的兩首詩改寫的。元微之原作是「四十年前馬上飛，功名藏盡擁禪衣。石榴園下擒生處，獨自閑行獨自歸。」及「三陷思明三突圍，鐵衣拋盡衲禪衣。天津橋上無人識，閑凭闌干望落暉。」

古夫于亭雜錄

《古夫于亭雜錄》六卷，共三百四十六條，清朝王士禛（一六三四至一七一一）撰。關於作者生平，可參看本書評介《池北偶談》篇。作者在自序中說：

余居京師四十年，前後撰錄有《池北偶談》二十六卷、《居易錄》三十四卷，既刻之閩，刻之東粵矣。辛巳請急，五月還都，歷壬午、癸未，逮甲申之秋，復有《香祖筆記》八卷。是歲冬，罷歸田裏，迄明年乙酉，續成四卷，通十二卷，又刻之吳門。余老矣，目昏眵不能視書，跬步需杖。白日坐未久，即欠伸思臥，詎復勞神於泓穎之間，以干老氏之戒。然遣悶送日，非書不可，偶然有獲，往往從枕上躍起書之，積成六卷，無凡例，無次第，故曰「雜錄」。所居魚子山下有魚子水，酈氏所謂「瀧水又西北至梁鄒東南，與魚子溝水合，水南出長白山東抑泉口，即陳仲子之所隱者也」。山上有古夫于亭，因以名之。漁洋老人自序。

《古夫于亭雜錄》的寫作從康熙四十四年（一七〇五）至四十七年（一七〇八）左右，歷時約四年。此書和作者另外四部筆記《居易錄》、《池北偶談》、《香祖筆記》及《分甘餘話》屬同類性質。《雜錄》內容廣泛，有文藝賞評、字義辨析、典章制度、文人軼事、奇談異聞、醫術藥方等。作者是繼錢謙益（一五八二至一六六四）後的文壇領袖，他的詩學主張在這部筆記中時有論及。

現從此書選錄十五條給大家賞讀。

卷一〈馬戴行誼〉：

余常謂唐末詩人，馬戴為冠，其行誼亦不可及。《摭言》記戴佐大同軍幕，許棠往謁之，流連數月，但詩酒而已。忽一旦大會賓友，出棠家書授之，啟緘，乃知潛遣一介卹其家矣。此事亦古人所少。

馬戴（七九九至八六九），字虞臣，定州曲陽（今河北省曲陽縣）人。晚唐著名詩人、官員。早年屢試不第，武宗會昌四年（八四四）始中進士。宣宗大中元年（八四七），太原李司空辟掌書記，後以正言被斥為龍陽（今湖南省漢壽縣）尉。終太學博士。曾隱居華山。懿宗咸通年間，應辟佐大同軍幕府，與賈島、許棠相唱和。咸通七年（八六七），擢拔為國子、太常博士。

馬戴工詩，尤以五律見長。他善於抒寫羈旅之思和失意之感慨。宋嚴羽《滄浪詩話》、明楊慎《升庵詩話》、清王士禛《帶經堂詩話》等認為馬戴成就在晚唐諸人之上。清朝長壽詩人葉矯然（一六二八至一七一一）稱「晚唐之馬戴，盛唐之摩詰也」（《龍性堂詩話》續集）。紀昀認為「晚唐詩人，馬戴骨格最高」。他的事蹟散見《唐摭言》卷四、《唐詩紀事》卷四九、《唐才子傳》卷七等。《新唐書·藝文志四》著錄《馬戴集》一卷，宋以後以《會昌進士集》之名行於世，有《唐百家詩》、《唐音統籤》、《唐詩百名家全集》等本。

現錄兩首馬戴作的五律給大家欣賞。《灞上秋居》：「灞原風雨定，晚見雁行頻。落葉他鄉樹，寒燈獨夜人。空園白露滴，孤壁野僧鄰。寄臥郊扉久，何年致此身。」《邊將》：「玉榼酒頻傾，論功笑李陵。紅纓跑駿馬，金鏃掣秋鷹。塞迥連天雪，河深徹底冰。誰言提一劍，勤苦事中興。」

卷一〈宋祁詩〉：

余觀宋景文詩，雖所傳篇什不多，殆無一字無來歷。明諸大家，用功之深如此者絕少，宋人詩何可輕議邪！

宋祁（九九八至一〇六一），字子京，謚號景文。少時家道中落，宋仁宗天聖二年（一〇二四）與其兄宋郊同舉進士，宋祁原為殿試第一。當時輔政的章獻太后覺得弟弟比哥哥名次高不合禮法，所以改判宋郊為第一，宋祁第十。他歷官國子監直講、太常博士、龍圖閣學士、史館修撰、知制誥、工部尚書、翰林學士承旨等，曾與歐陽修（一〇〇七至一〇七二）同修《新唐書》。魏泰的《東軒筆錄》說他「博學能文，天資蘊籍。」此條謂宋祁的詩「無一字無來歷」，當然有些誇張，但從中我們感受到王士禛是很佩服宋祁的。

卷二〈馬嵬乃人名〉：

馬嵬乃人名，於此築城以避兵，因名。見景安《征途記》，《學圃萱蘇》載之。

唐玄宗天寶年間發生「安史之亂」（七五五至七六三）。安祿山於天寶十四年（七五五）十一月起兵叛變。至天寶十五年中，長安失守。玄宗於六月逃離長安，路經馬嵬坡，六軍不發，龍武大將軍陳玄禮率兵請求殺楊國忠父子和楊貴妃。楊國忠先被士兵亂刀砍死。在親信宦官高力士苦勸之下，玄宗忍痛下詔縊死楊貴妃（七一九至七五六）。馬嵬坡在陝西興平西北，相傳晉將馬嵬曾在此築城，故名。馬嵬其人之事迹已不可考，景安的《征途記》相信已佚。明朝嘉靖、隆慶年間，博學多聞、著作等身的陳耀文的筆記小說《學圃萱蘇》有記載此事。

卷二〈黃巢墓〉：

世以徐敬業、駱賓王皆為僧，且老壽，即不知果然與否，亦稍為忠臣義士吐氣。若一雪竇禪師，而一以為寵勳，一以為黃巢，必傅會之以叛賊，何也？此真名教之罪人矣。又《雪竇寺誌》辯黃巢墓云：「按巢傳，唐僖宗乾符中，巢寇浙東，高駢擊破之，後未嘗至浙東也。及中和四年，始為尚讓所敗，巢甥林言斬首以降，安得有墓在雪竇山中邪？」而《揮塵錄》言雪竇山有黃巢墓，邑官歲時遺祭之。然則巢墓亦載在祀典邪？如此不經之語，固亂臣賊子所樂聞耳。

王士禛所撰幾部筆記，有些內容重複。此條與《池北偶談》卷二十四〈黃巢〉一條內容相近，但也有不同之處，兩條可相互同看。唐朝徐敬業（六三六至六八四）起事討武則天，初唐四傑之一的駱賓王（生卒年不詳）為徐敬業起草了《討武氏檄》。徐敬業兵敗後，有傳說謂徐及駱二人出家為僧。至於傳說黃巢（八三五至八八四）出家之事，王士禛在《池北偶談》中已肯定其不確，在此條中亦謂此類傳聞為「不經之語」。

卷二〈獨孤后之妬〉：

隋獨孤后性妒忌，後宮莫敢進御，此猶婦人之常也。以太子勇多內寵，則譏而廢之。高熲，賢相

也，其妾生子，后聞而惡之，屢譖於帝，竟殺熲。乃至諸王、群臣有妾孕者，必勸帝斥之。一婦人之妒，而其禍家國至此，異哉！

獨孤伽羅（五四四至六〇二）是隋文帝楊堅（五四一至六〇四）的皇后。她十四歲嫁給楊堅，後來為楊堅生了五子五女。據歷史記載，她仁愛律己，不縱容外戚。但，她也是著名的妒婦。在嫁給楊堅時，她要楊堅保證不納妾。此條可見她因妒忌而做成的禍害。

卷三〈邊貢四絕句〉：

邊華泉尚書集有《送于利》四絕句。利，吾縣人，弘治己酉舉人，官揚州府同知，苑馬寺卿壁之子也。邊詩云：「送君城南橋，笑折城南柳。歸來掩關坐，皎月當窗牖。」「露下夜已久，清軒調玉琴。淒涼《湘水曲》，窈窕《白頭吟》。」「一別春城雨，兩回秋月圓。樽前不盡醉，書答但空傳。」「離腸似連環，宛轉不可絕。相送淮水秋，相思燕地雪。」

邊貢（一四七六至一五三二），字廷實，號華泉，山東歷城（今濟南）人。關於邊貢的生平，可參看本書評介《池北偶談》篇。邊貢以詩著稱於弘治、正德年間，與李夢陽、何景明、徐禎卿並駕於詩壇。邊詩富有文采，為時人稱許。邊貢詩集中，佳作甚多，「風人遺韻，故自不乏」（《明詩別裁集》），但題材偏窄，調多病苦。王士禛整理翻刻其詩集，不唯敬其桑梓，亦因詩心有相合之處。其詩文後人編為《邊華泉全集》。王士禛編選有《華泉集選》四卷。

卷三〈點金成鐵〉：

右丞詩：「萬壑樹參天，千山響杜鵑。山中一夜雨，樹杪百重泉。」興來、神來，天然入妙，不可湊泊。而《詩林振秀》改為「山中一丈雨」。《潼川誌》作「春聲響杜鵑」，《方輿勝覽》作「鄉音響杜鵑」。此何異點金成鐵。故古人詩一字不可妄改，如謝茂秦改宣城「澄江淨如練」作「秋江」，亦其類也。近餘姚譚宗撰《唐律秋陽》，諸名家詩無不妄加點竄，古人何不幸，橫遭黥劓如此！

王維（六九二至七六一），唐朝著名山水詩人兼畫家，官至尚書右丞。他的五律《送梓州李使君》原文是「萬壑樹參天，千山響杜鵑。山中一夜雨，樹杪百重泉。漢女輸橦布，巴人訟芋田。文翁翻教授，不敢倚先賢。」謝朓（四六四至四九九）是南朝詩人，曾任宣城太守。他的《晚登三山還望京邑》全詩是「灞涘望長安，河陽視京縣。白日麗飛甍，參差皆可見。餘霞散成綺，澄江靜如練。喧鳥覆春洲，雜英滿芳甸。去矣方滯淫，懷哉罷歡宴。佳期悵何許，淚下如流霰。有情知望鄉，誰能鬒不變。」後人妄改前人佳作，改得又不好，真是罪過。

卷三〈高宗憐才〉：

勾濤，字景山，成都人。官史館修撰，重修哲宗、徽宗實録。高宗一日謂相檜曰：「勾濤久閑，性喜泉石，可進職，除一山水近郡。」檜對：「永嘉有天臺、雁蕩之勝。」上曰：「永嘉地遠，可以湖州命之。」高宗此事，可謂憐才矣。

勾濤（一〇八三至一一四一），字景山，成都新繁人。他是北宋末南宋初的名臣。徽宗崇寧二年（一一〇三）登進士第，調嘉州法掾、川陝鑄錢司屬官。高宗建炎初，通判黔州。翰林侍讀學士范沖薦，召見，論五事，除兵部郎中。後遷右司郎官兼校正、起居舍人、中書舍人等。時沿邊久宿兵，江、浙罷於饋餉，荊、襄、淮、楚多曠土，濤因進羊祜屯田故事，事下諸大將，於是邊方議行屯田。淮西都統制劉光世乞罷，丞相張浚欲以呂祉代之，濤謂：「祉疏庸淺謀，必敗事，莫若就擇將士素所推服者用之，否則劉錡可。」浚不納，祉至，果以輕易失士心，未幾，酈瓊叛，祉死於亂。浚聞之，夜半召濤愧謝。

高宗紹興八年（一一三八），除史館修撰，重修《哲宗實錄》，帝諭之曰：「昭慈聖獻皇后病革，朕流涕問所欲言，後愴然謂朕曰：『吾逮事宣仁聖烈皇后，見其任賢使能，約己便民，憂勤宗社，疏遠外家，古今母后無與為比。不幸姦邪罔上，史官蔡卞等同惡相濟，造謗史以損聖德，誰不切齒！在天之靈亦或介介。其以筆屬正臣，亟從刪削，以信來世。』朕痛念遺訓，未嘗一日輒忘，今以命卿。」濤奏：「數十年來，宰相不學無術，邪正貿亂，所以姦臣子孫得逞其私智，幾亂裕陵成書。非賴陛下聖明，則任申必先有過嶺之謫，臣亦恐復蹈媒蘖之禍。」帝慰勉之。六月，《實錄》成，進一秩，就館賜宴。復修《徽宗實錄》，以中書舍人呂本中為薦，丞相趙鼎諭旨宜婉辭紀載。濤曰：「崇寧、大觀大臣誤國，以稔今禍，藉有隱諱，如天下野史何？」濤曾上書論時事之害政者，帝歎其忠直，賜以縑彩及茶藥。

本條所述之事亦見於《宋史》。《宋史·勾濤傳》謂紹興十一年（一一四一），「帝謂秦檜曰：『勾濤久閑，性喜泉石，可進職與一山水近郡。』檜對：『永嘉有天臺、雁蕩之勝。』帝曰：『永嘉太遠，其以湖州命之。』俄以疾卒，年五十九。遺表聞，帝震悼，顧近臣曰：『勾濤死矣，惜哉！』贈左太中大夫。」

《宋史》謂「濤身長七尺，風貌偉然，頗以忠亮自許。國有大議，帝必委心延訪，往復酬詰，率漏下數刻始罷。」有文集十卷，《西掖制書》十卷，奏議十卷。

卷三〈平生知己〉：

予初以詩贄於虞山錢先生，時年二十有八，其詩皆丙申後少作也。先生一見，欣然為序之，又贈長句，有「騏驥奮蹴踏，萬馬喑不驕。勿以獨角麟，儷彼萬牛毛」之句，蓋用宋文憲公贈方正學語也。又采其詩入所撰《吾炙集》。方孟山自海虞歸，為余言之，所以題拂而揚詡之者，無所不至。予常有詩云：「不薄今人愛古人，龍門登處最嶙峋。山中柯爛蓬萊淺，又見先生制作新。」「白首文章老鉅公，未遺許友入閩風。如何百代論《騷》《雅》，也許憐才到阿蒙。」今將五十年，回思往事，真平生第一知己也。

錢謙益（一五八二至一六六四），字受之，號牧齋，晚號絳雲樓主人、蒙叟、東澗老人，因其職位而稱宗伯。他是直隸常熟縣（今江蘇省蘇州市常熟市）人，居於常熟的一座山丘虞山，所以經常被學者稱為虞山先生。他是明神宗萬曆三十八年（一六一〇）探花，是明末清初時期文學領域的集大成者，引領文壇長達五十年之久。在明朝萬曆、泰昌、天啟和崇禎四朝，錢謙益三次為官，官至禮部尚書，前後累計約四年。後在南京降清，任禮部侍郎五個月，被人嘲為「兩朝領袖」。辭官後投入反清復明運動。他比王士禛年長五十二年。王士禛在順治十八年（一六六一）前往京口、蘇州等地遊覽，在太湖因嘆賞美景而取號「漁洋山人」，漁洋本是太湖中一小山丘，當時正對着王士禛住宿的聖恩寺。是年三月，他拜訪了年事已高的錢謙益。錢謙益對他的才華頗為欣賞，為他的《漁洋山人集》作序。約五十年後，王士禛回想這些往事，認為虞山先生是他平生第一知己。

卷四〈竹坡詩話〉：

《竹坡詩話》云：「李白、柳公權俱與唐文宗論詩。」夫太白與文宗安得相及？少隱訛謬，不應至此。豈傳錄之誤耶？

《竹坡詩話》是北宋末南宋初文學家、官員周紫芝（一〇八二至一一五五）的作品，只一卷，共八十則。周紫芝，字少隱，號竹坡居士，宣城（今安徽宣城市）人，宋高宗紹興十二年（一一四二）中進士。十五年，為禮、兵部架閣文字。十七年，為右迪功郎敕令所刪定官，歷任樞密院編修官、右司員外郎。二十一年，出知興國軍（治今湖北陽新），後退隱廬山。交遊人物主要有李之儀、呂好問、呂本中、葛立方、秦檜等，曾向秦檜父子獻諛詩。著有《太倉稊米集》、《竹坡詩話》、《竹坡詞》等。

在此條中，王士禛謂《竹坡詩話》云：「李白、柳公權與唐文宗論詩。」其實《竹坡詩話》的文字是：「李石、柳公權俱與唐文宗論詩。李石云：『人生不滿百，常懷千歲憂，畏不逢也。晝短苦夜長，暗時多也。何不秉燭遊，勸之照也。古人作詩之意未必爾，然人臣進言，要當如此。』及文宗有『人皆苦炎熱，我愛夏日長』之句，公權但云『薰風自南來，殿閣生微涼』而已，殊不寓規諫之意何也？蓋責文宗享殿閣之涼，而不知人間之苦，所以譏之深矣，曉人豈不當如是耶？」王士禛誤記李石為李白，寫出「太白與文宗安得相及」的話，也太大意了。

李石（七八六至八四七），字中玉，爵封隴西郡伯，是唐文宗年間的宰相。他是李唐宗室，在唐文宗試圖屠戮當權宦官的「甘露之變」一事敗後，他有穩定政局之功。他和文宗談論的詩是《古詩十九首・生年不滿百》：「生年不滿百，常懷千歲憂。晝短苦夜長，何不秉燭遊。為樂當及時，何能待來茲。愚者愛惜費，但為後世嗤。仙人王子喬，難可與等期。」

卷四〈山水之作〉：

古人山水之作，莫如康樂、宣城、盛唐王、孟、李、杜及王昌齡、劉眘虛、常建、盧象、陶翰、韋應物諸公，搜抉靈奧，可謂至矣，然總不如曹操「水何澹澹，山島竦峙」二語。此老殆不易及。

在這條中，王士禛一口氣列出了謝靈運、謝朓、王維、孟浩然等十二位詩人，認為是古人「山水之作」的高手，但不及曹操（一五五至二二〇）的「水何澹澹，山島竦峙」二語。這是出自曹操在獻帝建安十二年（二〇七）北伐烏桓得勝回師途中所作的《步出夏門行・觀滄海》：「東臨碣石，以觀滄海。水何澹澹，山島竦峙。樹木叢生，百草豐茂。秋風蕭瑟，洪波涌起。日月之行，若出其中。星漢燦爛，若出其裏。幸甚至哉，歌以詠志。」

曹操傳世的詩歌全是樂府詩，共有二十六首。用樂府舊題寫時事，是曹操的首創。樂府舊題中有《步出夏門行》，屬於《相和歌・瑟調曲》，源出漢代民謠，一人唱，三人和。曹操則用它來寫自己的政治抱負。此組詩包括一序曲「艷」，之後共分四章（稱四解），分別為《觀滄海》、《冬十月》、《土不同》和《龜雖壽》。

對於文學作品的批評，往往帶有主觀性。王士禛認為曹操的作品超過他有提及的十二位詩人。但南朝文人鍾嶸（約四六八至約五一八）的文學批評名著《詩品》（成書於梁武帝天監十二年（五一三），對曹操的作品評價謂「曹公古直，甚有悲涼之句」，將他置於下品。這頗引起一些爭議，後世學者多認為曹操的作品應置於上品。一般認為這是由於鍾嶸喜歡五言詩，而曹操的作品以四言詩見長。

筆者在《步出夏門行》的四章中，認為《龜雖壽》富於哲理，最值得細意品味。此章云：「神龜雖壽，猶有竟時。騰蛇乘霧，終為土灰。老驥伏櫪，志在千里。烈士暮年，壯心不已。盈縮之期，不但在天。養怡之福，可得永年。幸甚至哉，歌以詠志。」

卷五〈吉道人秋香事〉：

小說有唐解元詭娶華學士家婢秋香事，乃江陰吉道人，非伯虎也。吉父為御史，以建言譴戍。道人於洞庭遇異人，得道術，能役鬼神。嘗遊虎丘，時有兄之喪，上襲麻衣，而內著紫綾褌。適上海一大家攜室亦遊虎丘，其小婢秋香者，見吉衣紫，顧而一笑，吉以為悅己也，詭裝變姓名，投身為僕。久之，竟得秋香為室。一日遁去，大家跡之，知為吉，厚贈奩具，遂為翁婿。華則吉之本姓云。

唐寅（一四七〇至一五二四），字伯虎，號六如居士，是明朝著名的畫家及文學家，是「吳中四子」（祝允明、唐寅、文徵明、徐禎卿）之一。元末文學家馮夢龍（一五七四至一六四六）的《警世通言》中有《唐解元一笑姻緣》篇，是虛構的故事。此條指出男主角實乃江陰的吉道人。

卷五〈須臾〉：

《僧秖律》云：「二十念名一瞬，二十瞬名一彈指，二十彈指名一羅預，二十羅預名一須臾。一日一夜有三十須臾。」

「須臾」，指一段很短的時間。這詞見於頗多古籍上。《荀子　勸學篇第一》：「吾嘗終日而思，不如須臾之所學也。」《中庸》：「道也者，不可須臾離也，可離非道也。」宋朝蘇軾《舟中夜起》詩：「此生忽忽憂患裏，清境過眼能須臾。」明朝梁辰魚《浣紗記・允降》：「我勞心數年，提兵十萬，深入敵境，克在須臾。」漢字翻譯佛教經典時把時間單位Muhūrta譯作須臾。據佛教《摩訶僧祇律》（簡稱《僧祇律》）記載：「剎那者為一念，二十念為一瞬，二十瞬為一彈指，二十彈指為一羅預，二十羅預為一須臾，一日一夜為三十須臾。」所以一須臾等於〇・八小時，換算為四十八分鐘或二八八〇秒。

卷六〈陳其年〉：

昔人云：「一人知己，可以不憾。」乃亦有偃蹇於生前而振耀於身後者。故友陽羨陳其年（維崧），諸生時老於場屋，厥後小試，亦多不利。己未博學宏辭之舉，以詩賦入翰林為檢討，不數年，病卒京師。及歿，而其鄉人蔣京少（景祁）刻其遺集，無隻字軼失，皖人程叔才（師恭）又註釋其四六文字以行於世。此世人不能得之於子孫者，而一以桑梓後進，一以平生未嘗覿面之人，而收拾護惜其文章如此，亦奇矣哉。

陳維崧（一六二六至一六八二），字其年，號迦陵，是明末清初詞壇第一人，「陽羨詞派」的領袖。他去世後，有幸得同鄉人蔣景祁（?至一六九五）刻其遺集，皖人程師恭註釋他的駢文行世。此條指出陳維崧還算是幸運的。

卷六〈元稹〉：

唐張祜，長慶、寶曆間詩人之翹楚。或薦於上，時元稹為相，力沮之，不得召見，罷歸。祜見知於樂天而沮於微之，此理之不可解者，而元之相度、人品，亦可想見。

張祜（?至八五四），字承吉，小名冬瓜。邢臺清河（今屬河北）人，一說南陽（今河南鄧縣）人，中唐詩人，以宮詞得名。他家世顯赫，為清河張氏望族，人稱「張公子」。張祜平生傲誕，白居易嘲弄他的「鴛鴦鈿帶拋何處，孔雀羅衫付阿誰」為「款頭詩」時，張祜回答：「『上窮碧落下黃泉，兩處茫茫皆不見』非目連變何邪？」穆宗長慶三年（八二三），他曾在杭州謁刺史白居易。文宗大和三年（八二九），天平軍節度使令狐楚（七六六至八三七）表薦張祜，但在長安為元稹（七七九至八三一）排擠，曰：「祜雕蟲小巧，壯夫不為。」晚年定居丹陽。宣宗大中八年（八五四），卒於丹陽隱舍。

張祜工於詩。晚唐詩人陸龜蒙（?至八八一）讚嘆其詩：「善題目佳境，言不可刊置別處，此為才子之最也。」杜牧《登池州九峰樓寄張祜》詩云：「誰人得似張公子，千首詩輕萬戶侯。」《全唐詩》收錄其詩三四九首。唐代韋莊《又玄集》、北宋王安石《唐百家詩選》、清人沈德潛《唐詩別裁》等皆有選張祜作品。

現錄數首張祜的詩給大家欣賞。

《集靈臺二首》：「日光斜照集靈臺，紅樹花迎曉露開。昨夜上皇新授籙，太真含笑入簾來。」「虢國夫人承主恩，平明騎馬入宮門。卻嫌脂粉污顏色，淡掃蛾眉朝至尊。」這兩首詩以明揚暗抑的手法諷刺玄宗寵愛楊貴妃姐妹。第一首詩諷刺楊貴妃的輕薄，寫她得寵有如紅花迎霞盛開，授籙為女道士後又被納為貴妃。第二首詩通過對虢國夫人覲見玄宗時的情景，諷刺了二人間曖昧的關係及楊氏的囂張氣焰。

《宮詞二首》：「故國三千里，深宮二十年。一聲何滿子，雙淚落君前。」「自倚能歌日，先皇掌上憐。新聲何處唱，腸斷李延年。」這兩首詩寫出民間女子一生幽居於深宮的哀怨，揭露了宮女制度的殘酷性。

《題金陵渡》：「金陵津渡小山樓，一宿行人自可愁。潮落夜江斜月裏，兩三星火是瓜州。」詩人漫遊江南，夜宿鎮江渡口時，面對長江夜景，寫了此首詩來抒發在旅途中的愁思。詩中的「金陵渡」應在今天江蘇省鎮江市附近而非在南京。

分甘餘話

《分甘餘話》四卷，共二百七十八條，清朝王士禛（一六三四至一七一一）撰。關於作者生平，可參看本書評介《池北偶談》篇。

作者在自序中說：

昔王右軍在東中，與吏部郎謝萬書云：「頃東遊還，修植桑果，今盛敷榮，率諸子，抱弱孫，遊觀其間，有一味之甘，割而分之，以娛目前。雖植德無殊邈，猶欲教養子孫以敦厚退讓。庶令舉策數馬，彷彿萬石之風」云云。僕少時讀之，已有味乎其言。七十歸田，讀書之暇，輒提抱弱孫以為樂，其稍長者，年甫十歲，已能通《易》、《書》、《詩》三經。紙窗竹屋，常臥聽其　唔之聲，不覺欣然而喜。夫人幼而志學，意在逢世，下而黃散，上而令僕，以為至足矣。僕生逢聖世，仕宦五十載，叨冒尚書，年踰七秩。邇來作息田間，又六載矣。雖耳聾目眊，猶不廢書，有所聞見，輒復掌錄，題曰《分甘餘話》，庶使子孫輩知老人晚年所樂在此爾，不敢謂如袁伯業老而好學也。己丑臘月雪中書。漁洋老人王士禛。

此書之自序寫於康熙己丑，即康熙四十八年（一七〇九），是王士禛罷官後家居時所撰。作者一生勤於著作，僅以他所撰之筆記而言，先後有《池北偶談》、《居易錄》、《香祖筆記》、《古夫于亭雜錄》等。《分甘餘話》是較晚的一部筆記。此書內容豐富，記載先世著述、典章文物、詩作品評、地名攷辨、文人軼事、社會風俗、治病藥方等。作者是清初文壇領袖，他所主張的「神韻」說，在當時的詩界有廣泛的感染力。這部筆記是記見聞及談學品的重要書籍。然而，《四庫全書總目》評謂：「大抵隨筆記錄，瑣事為多。蓋年逾七十，借以消閑遣日，無復攷證之功，故不能如《池北偶談》、《居易錄》之詳核。」作者雖淵博，但引書可能多凭記憶，故偶有失誤。

現選錄十條給大家賞讀。

卷一〈韓翃詩多傳禁中〉：

唐韓翃以「春城無處不飛花」一詩見知九重，召知制誥，傳為佳話，世盡知之。《杜陽雜編》又載一事：德宗西幸有二馬，一號神智驄，一號如意騮。貞元三年，蜀中進瑞鞭，有麟鳳龜龍之形，色類琥珀。一日將幸諸苑，内廄進瑞鞭，上顧近臣曰：「昔朕西幸有二駿，稱二絕，今獲此鞭，可稱三絕矣。」因吟曰：「鴛鴦赭白齒新齊，曉日花間散碧蹄。玉勒乍迴初噴沫，金鞭欲下不成嘶。」亦翃作也。知翃詩流聞禁中者多，不獨「寒食東風」之句而已。

韓翃，生卒年不詳，字君平，唐朝南陽人，大曆十才子之一。玄宗天寶十三年（七五四）進士。肅宗寶應元年（七六二）淄青節度使侯希逸聘為其幕中從事。後又佐李希烈、李勉等節度使幕。建中初年（七八〇），德宗親自點名為中書舍人，並因當時有兩個韓翃，特為批示指明是詠「春城無處不飛花」的韓翃。「春城無處不飛花」出自韓翃的《寒食》，全詩如下：「春城無處不飛花，寒食東風御柳斜。日暮漢宮傳蠟燭，輕煙散入五侯家。」在大曆十才子中，韓翃的創作成就最大。

卷一〈張旭書法〉：

唐張旭以草聖名世。《畫墁錄》云：「長安府錄廳有唐吏部郎官題名碑，張長史書序，楷法整若

軍陣。」云云。世言長史書法傳顏魯公，觀此信然。

張旭（約六七五至約七五〇），字伯高，吳郡吳縣（今江蘇省蘇州市）人，唐朝中期書法家，唐朝開元年間官至常熟尉，後又為金吾長史，世稱「張長史」。工於書法，有「草聖」之稱。顏真卿（七〇九至七八五），字清臣，雍州萬年縣（今陝西省西安市），籍貫琅邪郡臨沂縣（今山東省臨沂市），唐朝政治家、書法家。其楷書與歐陽詢、柳公權、趙孟頫並稱「楷書四大家」。此條記載顏真卿的書法是師承張旭的。

卷一〈柳詩蛇足〉：

余嘗謂柳子厚「漁翁夜傍西巖宿」一首，末二句蛇足，刪作絕句乃佳。東坡論此詩亦云：「末二句可不必。」

柳宗元（七七三至八一九），字子厚，唐代中期士大夫、文學家與思想家，河東人，亦稱柳河東、柳柳州。年輕時仕途得意，平步青雲，曾參與王叔文的永貞革新，以失敗告終，貶往永州。十年後改授柳州刺史，卒於官。柳宗元以文學、思想、經學、宗教等領域的成就著稱。文學方面，柳宗元在古文的成就與韓愈齊名，為唐代古文運動領袖。作品《永州八記》為山水遊記典範之作。柳宗元詩歌傳世有一百四十多首，約三成是山水詩。其山水詩頗受南朝謝靈運（三八五至四三三）影響。此條談及的《漁翁》，全詩是：「漁翁夜傍西巖宿，曉汲清湘燃楚竹。煙銷日出不見人，欸乃一聲山水綠。回看天際下中流，巖上無心雲相逐。」關於此詩末二句是否「不必」，歷代詩人意見不一。王士禛認為此二句是蛇足，並說蘇軾也認為「末二句可不必。」但據北宋惠洪（一〇七一至一一二八）的《冷齋夜話》說蘇軾的評語是「此詩有奇趣。其尾兩句，雖不必亦可。」明代布衣詩人邢昉（一五九〇至一六五三）甚至說：「高正在結。欲刪二語者，難與言詩矣。」

卷二〈沈詩任筆〉：

六朝人謂文為筆。齊梁間江左有「沈詩任筆」之語，謂沈約之詩，任昉之文也。然余觀彥昇之詩，實勝休文遠甚；當時惟玄暉足相匹敵耳，休文不足道也。

沈約（四四一至五一三），字休文，吳興郡武康縣（今浙江省湖州市德清縣）人，南朝史學家、文學家。從二十餘歲時開始，歷時二十餘年，撰成《晉書》一百二十卷。四八七年，奉詔修《宋書》，一年完成。另著有《齊紀》二十卷、《梁武紀》十四卷、《邇言》十卷、《諡例》、《宋文章志》三十卷、《四聲譜》等，皆佚，僅《宋書》流傳至今。

任昉（四六〇至五〇八），字彥昇，小字阿堆，樂安博昌（今山東壽光）人，南朝文學家。任昉寫文章時擅長表、奏、書、啟等文體，文格壯麗，「起草即成，不加點竄」，著有《述異記》二卷、《雜傳》二百四十七卷、《地理書鈔》九卷，《地記》二百五十二卷、《文集》廿三卷、《文章緣起》一卷等。其實沈、任二位皆著作得身，我相信他們彼此的詩、文均是很卓越的。

卷二〈呂蒙正得宰相體〉：

有獻古鏡於呂文穆者，云可照二百里。公曰：「吾面不過楪子大，安用照二百里？」歐陽公以為得宰相之體。吾鄉一先達家居，子姓偶言及曹縣五色牡丹之奇，請移植之。答曰：「牡丹佳矣，然不知能結饅頭否？」此與呂事相類，但其人非耳。

呂蒙正（九四六至一〇一一），字聖功，河南洛陽人。北宋初年宰相。太宗太平興國二年（九七七）中狀元，授將作丞，出任升州通判。後三次登上相位，封為許國公，授太子太師。為人寬厚正直，對上遇禮而敢言，對下寬容有雅度。真宗大中祥符四年（一〇一一）去世，追贈中書令，謚號文穆。此條記述呂蒙正務實，不好花巧事物。

卷三〈樂府俚語〉：

樂府：「江陵去揚州，三千三百里。已行一千三，所有二千在。」愈俚愈妙，然讀之未有不失笑者。余因憶再使西蜀時，北歸次新都夜宿，聞諸僕偶語曰：「今日歸家，所餘道路無幾矣。當酌酒相賀也。」一人問所餘幾何？答曰：「已行四十里，所餘不過五千九百六十里耳。」余不覺失笑，而復悵然有越鄉之悲。此語雖謔，乃得樂府之意。己丑十一月十八日，對雪讀古樂府偶書。

此條所錄的樂府詩是南北朝年代南朝人的作品，作者已不可考。此詩名為《懊儂歌》。「懊儂」是「懊惱」的意思。但此首表達的情緒不是懊惱。此詩因為俚俗，所以很易理解。全詩交代了江陵與揚州兩地之間的距離，又交代旅客行程的多少。雖然沒有描寫兩地之間三千餘里的山水，也沒有寫旅途的見聞，但接着的兩句「已行一千三，所有二千在。」我們好像聽見這旅客在喃喃自語地說：「現在船已航行了一千三百里，還剩兩千里的路程便可回到家鄉了。」一切的感受，盡在不言中呢。此詩樸實無華，但充滿了機趣。

卷三〈評柳宗元韋應物詩〉：

東坡謂柳柳州詩在陶彭澤下，韋蘇州上。此言誤矣。余更其語曰：韋詩在陶彭澤下，柳柳州上。余昔在揚州作《論詩絕句》有云：「風懷澄澹推韋柳，佳處多從五字求。解識無聲絃指妙，柳州那得并蘇州。」又常謂陶如佛語，韋如菩薩語，王右丞如祖師語也。

陶潛（三六五至四二七）、王維（六九二至七六一）、韋應物（七三七至七九一）及柳宗元（七七三至八一九）四位詩人，生於不同年代。他們寫的詩的內容均有涉及田園、山水和風物。其實很難說誰比誰更高。

卷三〈一詩解紛〉：

余昔為禮部郎時，同官吳興沈郎中雲中（令式）、內江岳員外石齋（貞）以事鬨於堂，諸君解之不可得，余後至，笑曰：「僕魯仲連先生鄉人也，欲吟一詩，為二兄解紛可乎？」因吟曰：「長槍大劍日紛紛，誰識毛錐亦策勳。今日東陽逢瘦沈，公然來撼岳家軍。」諸君皆一笑而罷。

此條頗有趣，料不到王士禛竟能以一首詩便擺平了沈郎中和岳員外的紛爭。想兩人爭論的應該不是甚麼大問題。

卷四〈唐詩統籤〉：

海鹽胡震亨孝轅輯《唐詩統籤》，自甲迄癸，凡千餘卷，卷帙浩瀚，久未版行，余僅見其《癸籤》一部耳。康熙四十四年，上命購其全書，令織造府兼理鹽課通政使曹寅鳩工刻於廣陵，胡氏遺書，幸不湮沒。然版藏內府，人間亦無從而見之也。

此條提及的《唐音統籤》是明代胡震亨（一五六九至一六四六）所輯的詩歌總集，是中國古代私人纂輯的一部最大的唐五代詩歌總集，胡本人也為此付出畢生精力。《明史．藝文志》著錄此書為一〇二四卷，《千頃堂書目》著錄為一〇三二卷，《四庫全書總目》著錄為一〇二七卷，惟故宮博物院所藏范希仁抄補本一〇三三卷最為完全。全書以十干為紀，《甲籤》至《壬籤》輯錄各類詩體，《甲籤》輯錄帝王詩集，乙、丙、丁、戊四籤輯錄唐代初盛中晚四期詩歌，《戊籤》後附、餘錄則輯錄五代詩歌，《己籤》輯錄閨媛詩歌，《庚籤》輯錄僧、道詩歌，《辛籤》輯錄樂府、諧謔、歌謠讖諺，《壬籤》輯錄神仙鬼怪之詩，《癸籤》為詩話評論。《唐音統籤》是詩學研究不可或缺的資料。胡震亨去世後，子孫後人力謀刊佈《唐音統籤》全書，但因卷帙繁重，終清之世未能如願，只有《唐音癸籤》三十三卷因最早刻成，且內容精闢，故得以單行於刊行於世。清康熙年間刊印的《全唐詩》，即以內府所藏本書與季振宜《全唐詩稿》為藍本編輯。近年上海古籍出版社出版的《唐音統籤》是以今存最完備的北京故宮博物院藏抄補本為底本影印的，共十六開本九冊。為方便檢索，同時編制有《唐音統籤篇目目錄》和《作者索引》。

卷四〈錢謙益之藏書〉：

錢先生藏書甲江左，絳雲樓一炬之後，以所餘宋槧本盡付其族孫曾，字遵王。《有學集》中跋述古堂宋版書，即其人也。先生逝後，曾盡鬻之泰興季氏，於是藏書無復存者。聞今又歸崑山徐氏矣。

錢謙益（一五八二至一六六四），字受之，號牧齋，晚號絳雲樓主人、蒙叟、東澗老人，又因其住址而稱虞山、因其職位而稱宗伯，直隸常熟縣（今江蘇省蘇州市常熟市）人，明神宗萬曆三十八年（一六一〇）探花。他是明末清初時期文壇的領袖。在明朝時四次出仕，官至禮部尚書。後在南京降清，任禮部侍郎五個月。辭官後投入反清復明運動。他在紅豆山莊，構築「絳雲樓」，將所藏書籍治分類，集中在絳雲樓上，總卷數達十萬餘以上。絳雲樓高約百尺，有儲藏室及居住臥室，並有賓客廂房。樓中藏書豐厚，曾經盡收劉鳳厞載閣、錢氏懸罄室、楊怡七檜山房、趙氏脈望館四家藏書。錢氏自稱：「我晚而貧，書則可云富矣。」順治七年（一六五〇）初冬之夜，錢氏幼女同乳母嬉戲於樓上，不慎打翻燭火，釀成大火，將絳雲樓藏書焚毀幾盡。順治十八年（一六六一），錢謙益將絳雲樓燼餘之書轉交給族曾孫錢曾。隨着歲月的流逝，這些書到今天看來已在人間湮沒了。

歸田瑣記

《歸田瑣記》，清朝梁章鉅（一七七五至一八四九）撰。

梁章鉅字閎中，又字茝林，號茝鄰，晚號退庵，祖籍福建長樂縣，清初徙福州。乾隆五十九年（一七九四）中舉人，嘉慶七年（一八〇二）二甲第九名進士。曾任禮部主事等官。道光年間，歷官江蘇、山東、江西按察使，江蘇、甘肅布政使，廣西巡撫，前後五任江蘇巡撫，又曾兼署兩江總督。後以疾告歸。

梁章鉅一生為官，但在案牘之餘，勤於著述。本書卷六〈已刻未刻書目〉記錄了他的著作四十一種。其中較重要的有《樞垣紀略》十六卷、《浪迹叢談續談三談》二十五卷、《制義叢話》二十四卷、《楹聯叢話》十二卷、《楹聯續話》四卷、《退庵詩存》二十四卷、《退庵詩續存》八卷等。其子梁恭辰說他一生的著作共七十餘種。作者說：「京秩清暇，非書籍無以自娛。……案牘餘閒，別無聲色之好，亦惟甄微闡幽，抱殘守缺是務。歲月既積，卷帙遂多。」《歸田瑣記》是他晚年之作，寫成於道光二十三年至二十四年（一八四三至四四）間。

古人著述，以「歸田」名書的，最有名的是北宋歐陽修的《歸田錄》。梁章鉅的書所涉及的內容比《歸田錄》更廣泛。本書共分八卷。第一卷記述揚州園林、坊巷、草木蟲魚及醫學內外科的驗方。第二卷內容包括書札、家傳、壽序、錢法及生活瑣事。第三卷談歷史人物、碑帖、書板、典章制度。第四卷記述古今人物、科第。第五卷記述清代前期人物。第六卷記師友，兼及讀書論學、詩歌楹聯等。第七卷記小說、酒食、謎語等。第八卷收錄作者晚年的《北東園日記詩》。

作者撰作本書，並非出於一時消遣。內容都是為了「濟時警俗」而發的。書的內容對於治史者及了解清代掌故及民俗有一定的參考價值。作者在卷一〈歸田〉條說：「大抵古人著述，各有所本，雖小說家亦然，要足資考據、備勸懲、砭俗情、助談劇，故雖歷千百年而莫之或廢也。」

現選錄十餘條給大家賞讀。

卷一〈兜兜巷〉：

在揚州日，間與錢梅溪談邗江故事，梅溪曰：「余近寓居之西，俗呼兜兜巷，此名頗雅，不知始於何年？可入詩否？」余記得《柳南隨筆》中有此事，一時不能口述，歸而檢書，始得之。王漁洋為揚州司李時，見酒肆招牌大書「者者館」三字，遣役喚主肆者，詢其命名之意。主肆者曰：「義取近者悅，遠者來之意。」漁洋笑而遣之。又揚州有兜兜巷，巷甚隘，而路徑甚多。居此巷者，婦人多以做肚兜為業，而門面又相似，故行人多歧誤焉。有作《寄江南》詞者二十首，中一首云：「揚州好，年少記春游。醉客幽居名者者，誤人小巷入兜兜，曾是十年留。」次日以此語儀徵師，師為之解頤曰：「我數十年老揚州，今日始聞所未聞也。」

此條所記揚州的「兜兜巷」今存於揚州市廣儲門大街。清朝文學家王應奎（一六八四至約一七五九）於《柳南隨筆》曾有說及此巷。清朝文學家費軒曾有一百多首調寄《望江南》的詞詠讚揚州。現錄其中四首給大家欣賞。《夢香詞．調寄望江南》（選四首）：「揚州好，第一是虹橋。楊柳綠齊三尺雨，櫻桃紅破一聲簫。處處系蘭橈。」「揚州好，秋九在江乾。接得黃花高出屋，抬來紫蟹大於盤。香膩共君餐。」

「揚州好，年少記春遊。醉客幽居名者者，誤人小巷入兜兜。曾是十年留。」「揚州好，評話晚開場。略說從前增感慨，未知去後費思量。野史記興亡。」費軒詞中稱「兜兜巷」為「誤人小巷」的原因是當年清代揚州古兜兜兜巷狹窄曲折，路徑甚多，巷內店鋪門面外觀又及為相似，故行人常有走錯路。

卷一〈治疝古方〉：

僑寓邗江，居停主人有患疝疾者，甚苦。憶余在清江浦時亦犯此證，有客教以荔支核煎湯服之，遂愈。因以此方授之，殊未見效。一日偶翻舊書中夾有一紙條云：「辛稼軒初自北方還朝，忽得瘕疝之疾，重墜大如杯。有道人教以服葉珠，即薏苡仁也。法用東方壁土炒黃色，然後入水煮爛，放沙盆內，研成膏，每日用無灰酒調服二錢即消。沙隨先生亦患此證，辛以此方授之，亦一服而愈。」按此一段，忘卻在何書鈔來，因即以此原紙授居停主人，如法製服，五日而霍愈。古方之有用如此，因急筆記之。

《說文解字．卷七》謂：「疝，腹痛也。」醫學上的疝氣指的是器官，例如腸子，經由腔室的孔道離開原先的位置。這條記載醫治疝氣的古方。本書收有很多不同疾病的醫方，例如「洗眼神方」、「屠蘇酒方」、「折骨傷方」、「被毆傷風方」、「小兒呑鐵物方」、「治喉鶩方」、「治痰迷譫語方」、「治積受潮溼四肢不仁方」、「止血補傷方」等。

卷二〈家居〉：

古人家居，每相戒不入州府，當官枉顧者，必閉門不納。此高人退士所尚，若曾任顯職者，則不盡然。居是邦而事賢友仁，就高年而采風問俗，於禮原不禁往來也。惟余前後兩次皆以引疾假歸，疾雖少間，亦未便輕出酬應。諸大吏有辱駕問訊者，無不款接，而從不敢登門謝步，但走伻以一刺相報而已。戚好中尋常慶賀，亦一概不行。惟偶有以酒食相召者，則無不往應。人多嗤之，以為既省往來，而復赴飲召，何以為守禮。余笑答之曰：「禮時為大，稱次之。余本以疾歸，酬應則有勞形之苦，飲燕則收頤養之功，於養痾最宜，亦最稱，如之何其禁之。語所謂暗合道妙者，而反以此相詆譏，抑何其不諒乎！」

作者以幽默的文字解說自己退休後，「未便輕出酬應」，但假如「偶有以酒食相召者，則無不往應。」他的道理是「酬應有勞形之苦，飲醼收頤養之功，於養痾最宜。」

卷二〈鯤鮞〉：

許畫山《青陽堂文集》中有《延師說》一首，概吾鄉近事也。說云閩有富室，欲延師教子，訪之三年矣，始得一老宿，歲供百金。其子業《南華》者也，初授以《逍遙遊》，請曰：「鯤何魚也？」師曰：「小魚也。」富翁竊聽而笑之。越三月，業及《庚桑楚》，又請曰：「鯢何魚也？」師曰：「大魚也。」富翁大笑曰：「魚之大小且不能辨也，是可與卒業乎？」辭之去。世之知其一而不知其二者，如此富翁矣。雖老師宿儒，曾不能以享百金之食也，可慨也夫。按畫山之責富翁誠是矣，抑其師亦不能無咎焉。《爾雅・釋魚》：「鯤，魚子也。」《國語・魯語》：「魚禁鯤鮞。」此鯤為小魚之說所本也。《左傳・宣十二年》：「取其鯨鯢而封之。」注：「鯨鯢，大魚名。」此鯢為大魚之說所本也。然《逍遙遊》之鯤明為大魚，《庚桑楚》之鯢明為小魚，彼老宿者，獨不顧文而思義乎？則所謂知其一不知其二者，實惟其師當之，於富翁何責焉。

在此條中，富翁與老宿者都是「知其一不知其二者」。作為相信學問較為高明些的老宿者應該將「鯤」「鯢」二字的意思向問他的學生詳細解說。「鯤」在中國古代文獻中，記載最早的當屬《列子・湯問》。文中說：「終北之北有溟海者，天池也，有魚焉，其廣數千里，其長稱焉，其名為鯤。」稍後的《莊子》也引用了這個傳說。內篇《逍遙遊》中說：「北冥有魚，其名為鯤。鯤之大，不知其幾千里也。」但，亦有謂「鯤」為小魚。《爾雅・釋魚》謂：「鯤，魚子。」在《莊子》的雜篇《庚桑楚》中說：「夫尋常之溝，巨魚無所還其體，而鯢鰌為之制。步仞之丘陵，巨獸無所隱其軀，而孽狐為之祥。」所以《庚桑楚》篇中的「鯢」是小魚。《左傳・宣公十二年》：「古者明王伐不敬，取其鯨鯢而封之，以為大戮。」《左傳》中的「鯢」是大魚。（鯨為雄魚，鯢為雌魚。）

卷三〈颶風〉：

《太平御覽》九引《南越志》曰：「熙安間多颶風。颶者，具四方之風也。一曰懼風，言怖懼也。常以六七月興，未至前三日，雞犬為之不鳴。大者或至七日，小者一二日，外國以為黑風。」按此即南方之颱，吾閩濱海各郡，每年春秋之交必有之。至每月間有者，俗謂之暴。或因以颶為颶，謂即暴之轉聲，則鑿矣。

此條講解「颶」、「颶」二字。唐朝詩人韓愈《赴江陵詩》：「颶起最可畏，訇哮簸陵丘。」唐朝詩人顧雲《天威行》：「颶風忽起雲顛狂，波濤擺掣魚龍僵。」《太平廣記》：「俄颶風欻起。」《海國圖志．卷一》：「又何以屢被挫於閩粵，被颶碎於浙江乎？」《宋史》：「州城瀕海，每蕃舶至岸，常苦颶風，嘩鑿內濠通舟，颶不能害。」《廣東新語．卷一天語》：「俯瞰牂牁之洋，大小虎門之浸，驚濤怒颶，倏忽陰晴，洲島縈迴，遠山滅沒，萬里無際，極于尾閭，誠炎溟之巨觀也。」《閩川閨秀詩話．卷二》：「射工迎落日，颶母類奔雲。」《清史稿．列傳十一》：「至崇明，颶作，舟覆，煌言被執。」《明史．列傳第一百十一》：「江海間颶風鼓浪，舟艦戰卒，悉入波流，防可慮四也。」《嶺南逸史》：「其夜二更，颶風大作，吹得飛砂走石。」《諸蕃志．諸蕃志卷下》：「瀕海少山，秋霖春旱，夏不極熱、冬不甚寒；多颶風，常以五、六月發。」《嶺表錄異》云：「嶺嶠夏秋雄風曰颶」。按韻箋引楊慎說：「颶作颶，音貝，佛經云，風虹如貝。」柳宗元詩：「颶母偏驚估客船，補入七隊逸字中。」又《六書故》：「颶，補妹切，海之災風也，俗書誤作颶。」又《藝林伐山》云：「颶風之作，多在初秋。」從以上舉的例子，即使「颶」較正確，但用「颶」的人較多。

卷三〈承天寺〉：

泉州承天寺異跡甚多，寺中有九十九井，相傳一僧畜異志，欲掘百井以為兆，後功虧其一而止。井上築石塔數處，凡蒼蠅飛集塔上，無論多少，頭皆向下，無有小異者。山門口有梅花石，石光而平，中隱梅影一枝。每年梅樹開花時，影上亦有花；生葉時，影上有葉；遇結子時，影上有子；若花葉與子俱落之時，則影上惟存枯枝而已。寺中又有魁星石，近視無物，遠望如一幅淡墨魁星圖。至天將雨時，石上綻出水珠，亦儼然結一魁星形也。此繆蓮仙《塗說》所載，惜屢晤蘇鼇石，皆忘卻一問之。

承天寺，位於福建省泉州市中心承天巷對面南俊巷東側，又名月台寺，南唐中主保大十五年（九五七）至中興元年（九五八）建寺。歷代屢經重修，與開元寺、崇福寺並稱泉州三大叢林，有「一塵不染」、「梅石生香」等奇景，原為五代十國時期晉江王、清源軍節度使留從效（九〇六至九六二）的南花園。初名「南禪寺」。北宋真宗景德四年（一〇〇七）賜名承天寺，其規模僅次於開元寺。承天寺在明末毀於兵火。清康熙三十年（一六九一）重建。一九八三年，旅居新加坡的宏船長老返回泉州，重修承天寺。一九八五年開始重修大雄寶殿並新建法堂和彌勒殿等建築，至一九九〇年十月全部竣工，中國佛教協會會長趙樸初（一九〇七至二〇〇〇）出席開光大典。承天寺佔地七十餘畝，全寺佈局坐北朝南，沿中軸線依次為天王殿、彌勒殿、放生池、大雄寶殿、法堂、文殊殿，兩側有鐘鼓樓和廊廡等建築。西側臨街設山門，有東西方向通道通往天王殿。此條所述之承天寺不是北宋蘇軾名篇《記承天寺夜遊》所說的承天寺。蘇東坡和張懷民一起夜遊的承天寺在今湖北黃岡縣城南。

卷六〈劉文清師〉：

劉文清公亦由精靈轉世，其歸道山之歲，值十二月封篆之期，公坐內閣堂上，座後有一白貓，體態甚偉。當公未至時，固無貓也，此物自何來，人亦不知。堂上中書供事等羣見之而未敢言。及公退，貓亦遂不見。二十四日，公卒。或貓即狐也，公將卒而神出見，然則此狐為公前身矣。

《歸田瑣記》很少談及異事。此條卻例外地說劉文清公（劉墉）是由精靈轉世的。我相信作者和時人都很佩服文清公。劉墉（一七一九至一八〇五），字崇如，號石庵，山東諸城注溝鎮逄戈莊村（今屬高密）人，祖籍江南省碭山。清朝乾隆、嘉慶年間官員、書法家。劉墉為大學士劉統勳（一七〇〇至一七七三）之子。於乾隆十六年（一七五一）辛未科二甲中第二名進士，歷任太原府知府、江寧府知府、內閣學士、體仁閣大學士等職。他為官清正，聞名於世。嘉慶四年（一七九九），加封太子少保，奉旨辦理文華殿大學士和珅（一七五〇至一七九九）植黨營私、擅權納賄案。劉墉查明和珅及其黨羽罪行二〇條，奏報朝廷。嘉慶隨即處死和珅。

嘉慶七年（一八〇二），皇帝駕幸熱河，命劉墉留京主持朝政。此時劉墉已八十三歲，卻依些健朗，雙眸炯然。嘉慶九年十二月二十五日（一八〇五年一月二五日），劉墉在北京病逝，當天還到南書房當值，晚上宴會客人，「至晚端坐而逝」。享壽八十六歲。朝廷追贈太子太保，謚號文清。相傳劉墉有駝背，所以他在民間有個外號叫作「劉羅鍋」，但並不符合史實。嘉慶帝曾稱劉墉為「劉駝子」，但劉墉在嘉慶朝已是八十多歲的老人。

劉墉的書法造詣深厚，尤長小楷。其書用墨厚重，被世人稱為「濃墨宰相」，為清一代書法家。其書法最初從趙孟頫入手，也兼及顏真卿及蘇軾。至中年方自成一家，以魏晉為師，筆意古厚。他和鐵保、翁方綱、成親王永瑆並稱為清代四大書法家。

《千字文》有三本，齊蕭子範之作不傳，梁周興嗣所次，據梁書、南史，皆以為王羲之書，乃《尚書故實》云：「武帝命殷鐵石於鍾、王書中拓千字，召興嗣韻之，一日綴成。」《玉溪清話》亦云：「梁武得鍾繇破碑，愛其書，命興嗣次韻成文。」所說不同。《宋史李至傳》亦言是鍾繇破碑，而盛百二《柚堂筆談》云：「右軍所書即鍾千文也。」金壇王氏《鬱岡齋帖題》曰：「魏太尉鍾繇《千字文》，右軍將軍王羲之奉敕書，起四句云：『二儀日月，雲露嚴霜，夫貞婦潔，君聖臣良。』」結二句與周氏同，是周興嗣所次亦有二本不同也。余偶為人書《千字文》，「律呂調陽」作「律召調陽」，觀者或以「召」字為誤，請削易之。余曰：「『召』字不誤，『呂』字乃誤也。宋吳坰《五總志》云：『隋智永禪師居長安西明寺，自七十至八十歲寫真草千文八百本，人爭取之。但作「律召調陽」者，皆是。按閏餘與律召，正是偶對，不知何時誤作「呂」字。』」余齋藏董香光手書冊亦作呂矣。

《千字文》原名為《次韻王羲之書千字》，是南朝梁周興嗣（四六九至五三七）所作的一首長韻文。它是一篇由一千個不重複的漢字組成的文章。三國時期曹魏的書法家鍾繇（一五一至二三〇）曾寫過一篇《千字文》，但毀於西晉的動亂時期。王羲之又重新編過一篇，但文理及音韻皆不理想。唐朝僖宗廣明年間學者李綽撰的《尚書故實》記載梁武帝蕭衍（四六四至五四九）為教育子侄，命大臣殷鐵石模次王羲之書碣碑石的字跡，又要求拓出互不重複的一千個字，以賜八王。殷鐵石拓出後，此千餘字互不聯屬，梁武帝又命博學的朝臣周興嗣將這一千字編成有意義的文章，謂：「卿有才思，為我韻之。」周興嗣一夜編成此二百五十句的四言韻文，「鬢髮皆白」。

《千字文》全篇語言優美，幾乎是句句引經用典。所引的典包括《易經》、《詩經》、《尚書》、《禮記》、《春秋》、《論語》、《孝經》、《孟子》、《史記》、《淮南子》、《神農本草經》、《管子》、《韓非子》、《莊子》、《漢書》等。《千字文》以儒家思想為主體，讚美以「仁義禮智信」此「五常」為準則的德行，提倡「女慕貞潔，男效才良」的品格，又包括自然、歷史及常識，可以說是一首寓意深長的四言長詩。後來，《千字文》成為啟蒙讀物，和《三字經》、《百家姓》、《千家詩》合稱「三百千千」。

《千字文》比起其他啟蒙讀物優秀，所以歷代書法家都競相書寫，如智永、懷素、歐陽詢、趙孟頫、文徵明等都有留傳至今的帖本。宋朝侍其瑋（字良器）曾作《續千字文》。明朝徐渭（號青藤老人）曾作《集千字文》。清朝吳省蘭題有《恭慶皇上七旬萬壽千字文》。太平天國亦有《御製千字詔》等，其《千字文》內容不同，但都以《千字文》為名。

卷七〈三國演義〉：

《關西故事》載蒲州解梁關公本不姓關，少時力最猛，不可檢束，父母怒而閉之後園空室。一夕，啟窗越出，聞墻東有女子啼哭甚悲，有老人相向而哭，怪而排牆詢之。老者訴云：「我女已受聘，而本縣舅爺聞女有色，欲娶為妾。我訴之尹，反受叱吒，以此相泣。」公聞大怒，仗劍徑往縣署，殺尹並其舅而逃。至潼關，聞關門圖形，捕之甚急。伏於水旁，掬水洗面，自照其形，顏已變蒼赤，不復認識。挺身至關，關主詰問，隨口指關為姓，後遂不易。東行至涿州，張翼德在州賣肉，其賣止於午，午後即將所存肉下懸井中，舉五百斤大石掩其上，曰：「能舉此石者，與之肉。」公適至，舉石輕如彈丸，攜肉而行。張追及，與之角力相敵，莫能解。而劉玄德賣草履亦至，從而禦止，三人共談，意氣相投，遂結桃園之盟云云。語多荒誕不經，殆演義所由出歟？按今時以五月十三日為關帝生日，見《明會典》，今會典亦循舊致祭。但子平家推算八字為四戊午，則非也。公死於建安二十四年己亥，元胡琦考之，當在六十上下，果戊午，僅四十有二耳。戊午乃光和元年，考《通鑑目錄》，是年四月庚午朔，五月己卯朔，無戊午日。且古人始生，只記年月日，不及時，故唐李虛中推命猶不以時，見《韓昌黎集》。按今演義所載周倉事，隱據《魯肅傳》，貂蟬事，隱據《呂布傳》，雖其名不見正史，而其事未必全虛。余近作《三國志旁證》，皆附著之。

《三國演義》，全名為《三國志通俗演義》，又稱作《三國志演義》，是中國第一部長篇歷史章回小說。作者一般認為是元末明初的羅貫中（約一三三〇至約一四〇〇）根據《三國志》、《三國志平話》等素材加以改寫之小說，是中國「四大名著」之一及「四大奇書」之一。三國故事在中國民間流行久遠。隋朝《大業拾遺記》記載隋煬帝觀看曹操譙溪擊蛟的雜戲。唐初劉知幾《史通》有「死諸葛能走生仲達」的故事。宋元時盛行於都市遊樂場之說書是取材於三國時代歷史之「說三分」。孟元老的《東京夢華錄》記載北宋汴京人霍四究「說三分」之事。金、元演出的三國劇目達三十多種。元英宗至治年間出現新安虞氏所刊的《全相三國志平話》。元末明初，羅貫中綜合民間傳說和戲曲、話本，結合陳壽《三國志》和裴松之注的史料，創作了《三國演義》。現存最早刊本是明朝嘉靖年刊刻的，俗稱「嘉靖本」，全書二十四卷。亦有弘治刻本的《三國志通俗演義》，文字素樸，內容較平易。至清朝康熙年間，毛綸、毛宗崗（一六三二至一七〇九）父子辨正史事、修正文字，作了頗多「尊劉抑曹」的政治加工，加上批註，修成今日通行的一百二十回本《三國演義》，俗稱「毛本」。

毛宗崗在《讀三國志法》中提及過他對三國時代三位歷史人物的個人看法：「吾以為三國有三奇，可稱三絕：諸葛亮一絕也，關雲長一絕也，曹操亦一絕也。歷稽載籍，賢相林立，而名高萬古者莫如孔明。……歷稽載籍，名將如雲，而絕倫超群者莫如雲長。……歷稽載籍，奸雄接踵，而智足以攬人才而欺天下者莫如曹操。」魯迅在《中國小說的歷史的變遷》稱：「因為三國的事情，不像五代那樣紛亂；又不像楚漢那樣簡單；恰是不簡不繁，適於作小說。而且三國時的英雄，智術武勇，非常動人，所以人都喜歡取來作小說的材料。」

清朝學者褚人獲《堅瓠集》的《秘集》卷三有「指關為姓」一條。文章謂《關西故事》載蒲州解梁縣關公，本不姓關。少時力最猛，不可檢束。父母怒而閉之後園空室。一夕月甚明，啟窗越出，閒步園中，聞牆東有女子啼哭甚悲，兼有老人相向哭聲，怪而排牆詢之。老者訴云：「我女已受聘矣，而本縣舅爺，聞女有色，欲娶為妾。我訴之尹，反受叱罵，以此相泣。」公聞大怒，仗劍徑往縣署，殺尹并其舅而逃。至潼關，聞關門圖形捕之甚急，伏於水旁，掬水洗面，自照其形，自水洗後，顏已變倉赤，不復識認，挺身至關。關主詰問，隨口指關為姓，後遂不易。東行至涿州。張翼德在州賣肉，其買賣止於上午，至日午。即將所存，下懸肆旁井中，舉五百斤大石掩其上，任有勢力者不能動，且示人曰：「誰能舉此石者，與之肉。」公至時，適已薄暮，往買肉而翼德不在。肆人指井謂之曰：「肉有全肩，懸此井中，汝能舉石，乃可得也。」公舉石，輕如彈丸，人共駭歎。公肉而行，人莫敢禦。張歸，聞而異之。追及，與之角力，力相敵，莫能解。而劉玄德賣草鞋適至，見二人鬭，從而禦止。三人共談，意氣相投，遂結桃園之盟，云云。《三國演義》第一回〈宴桃園豪傑三結義、斬黃巾英雄首立功〉的情節可能是參考了《關西故事》而作的。

卷七〈稟賦不同〉：

昔人以夜臥不覆首為致壽之原，取其夜氣之不鬱蒸。又有百病從腳起之說，蓋湧泉穴與心相通，風最易入，故養生家皆慎之。然人之稟賦不同，有不可以一律論者。相傳曹文恪公秀先臥被僅四尺餘，只覆胸腹而已，赤兩足置於被外，雖嚴寒亦然。劉文清相國墉臥被甚長，睡時將被折為筒，迭其下半，挨入之，家人俟其入於被中，並將上半反迭，如包裹狀，雖酷暑亦然。是皆罕聞之事，然兩公畢生泰然，並無傷寒傷熱之證，且各登上壽考終，則理之不可解也。憶余官袁浦時，於霜降安瀾後，同兩部公觴河上三大憲，孫寄圃節相居中，左為顏惺甫漕帥檢，右為張蓮舫河帥文浩，自巳初入席，坐至亥正，漕帥微露倦容，兩目稍閉，節相睨之而笑曰：「三兄睡著了。」漕帥矍然曰：「我正聽曲，何曾睡耶？」節相曰：「三兄平日在署，以何時睡？」漕帥曰：「必到亥初。」節相大笑，復左右視曰：「世上人有亥初即睡者乎？」語畢，復大笑不止，且對漕帥曰：「君言亥初必睡，今已亥正，又何以不睡乎？」漕帥正色曰：「我言署中常日如此，今夜有戲可觀，有酒可酌，又胡為必睡耶！」滿堂為之歡噱。少頃，漕帥問節相曰：「且請教中堂在署以何時睡？」節相曰：「我照常辦事時，必到子正始睡，否則丑初或丑正，俱不可知，至寅初乃無有不睡者矣。」漕帥哂曰：「然則中堂不必言何時睡，但當言今日辦事，明日睡而已。」合座又為大笑。二公言此時，皆年已逾七十。常聞人言，亥子之間，必須熟寐一二時，否則大傷陰氣。二公起居，遠不相謀如此，而厥後並享大年。然則大貴人固不可以常情測度乎？

此條談及清代名臣曹秀先（諡文恪）（一七〇八至一七八四）及劉墉（諡文清）（一七一九至一八〇五）臥被長短有所不同。又談及孫玉庭（號寄圃）（一七五二至一八三四）及顏檢（字惺甫）（一七五七至一八三二）的入睡時間各有不同。我想，除了用「稟賦不同」去解釋外，亦可以用「習慣不同」去解釋。我們生活，特別是做學問，要養成良好的習慣。我家祖宗，清朝湘軍將領劉蓉（一八一六至一八七三）的《習慣說》云：「君子之學貴慎始。」

卷七〈少食少睡〉：

今人以飽食安眠為有生樂事，不知多食則氣滯，多睡則神昏，養生家所忌也。昔應璩詩言中叟得壽之由曰量腹節所受。《博物志》言所食愈少，心逾開，年愈益；所食愈多，心愈塞，年愈損。孫思邈《方書》云：「口中言少，心中事少，腹裏食少，自然睡少，依此三少，神仙訣了。」馬總《意林》引《道書》云：「欲得長生腹中清，欲得不死腹無屎。」此皆古人相傳養生之訣，而余於今人亦得其證。記在京日，侍戴可亭師，請示卻病延年之術，師曰：「我督學四川時，得疾似怯證，或薦峩眉山道士治之。道士謂與余有緣，能治斯疾。因與對坐五日，教以吐納之方，疾頓愈，至今數十年，乃強健勝昔也。」時師年已八十餘，風采步履，只如六十許人。自言每日早起，但食精粥一大碗，晡時食人乳一茶杯。或傳師家畜一乳娘，每隔帳吸乳咽之，乳盡輒易人，蓋已廿餘年，師諱而不言也。余偶問曰：「即此已飽乎？」師大聲曰：「人須吃飽乎！」又聞黃左田師談：「我直南齋、直樞廷已四十年，每夜早起，不以為苦，惟亥子二時得睡即足耳。在樞廷日，每於黎明視奏折小字，不用燈光，其目力遠勝少年人。」後師引年歸，甫得高臥，至日高時始起，而兩眼驟昏矣。

《備急千金方》，簡稱《千金要方》或《方書》，共三十卷，分二三二門，集藥方五千三百條，是唐朝著名醫師、道士、人稱「藥王」的孫思邈（？至六八二）的名著。孫思邈曾任唐太宗的御醫。此條引述此書的話云：「口中言少，心中事少，腹裏食少，自然睡少，依此三少，神仙訣了。」（《歸田瑣記》記錄有誤，明明是「四少」，不知為何誤作「三少」？）

今人崇尚物質，樣樣以「多」為貴。我相信張華《博物志》及孫思邈《方書》的主張。《意林》，是晚唐人馬總（？至八二三）摘錄諸子要語而輯成的書。此條錄《意林》引《道書》云：「欲得長生腹中清，欲得不死腹無屎。」晉朝葛洪《抱朴子》亦云：「欲得長生，腸中當清；欲得不死，腹中無滓。」大底，修道的人在飲食方面意見都頗一致。其實，人人稟賦不同，養生之道可能也各有不同。此條述及清代名臣戴均元（號可亭）（一七四六至一八四〇）的養生之道是「食精粥、飲人乳」。名臣黃鉞（字左田）不用多睡，「惟亥子二時（即晚上九時至凌晨一時）得睡即足耳」。現代名畫家黃永玉說他的養生之道是「沒有養生之道」。

卷八〈北東園日記詩〉：

早年向學，中歲服官，日必有記，用資稽考。自歸田後，無所事事，遂輟筆焉。而山中歲月，閒里居諸，亦不忍竟付飄風，漫無省紀，間以韻語代之，三年以來，忽忽積成數十首。兒輩喜其語質易

曉，而多逸事可傳，並乞加注語，以暢其旨，則猶之乎日記云爾。因自題為《北東園日記詩》，附入《歸田瑣記》之餘，以待繼此隨事增加，仍不以詩論也。

「北東園」是作者在浦城的園名。此卷收作者的「日記詩」五十多首，全部都是無題的七絕。這些詩以記事為主，也有言志的。茲錄其中數首給大家欣賞。「歸田何事不真歸，但說無田抑又非。直是有家歸不得，三山雙塔隔斜暉。」「小巷深深蘇厝同，隨方寄廡是家風。運期自愧無高節，那得人皆皐伯通。」「滄海横流到處難，老臣何敢即求安。三時屏息蓬門裏，信是屯邅骨相寒。」「兼旬朋酒太匆匆，歸里翻成踏雪鴻。祇有東園閒草木，頻年應戀主人翁。」「紛綸四部足旁搜，有味青燈不外求。豈為聲名勞七尺，漫言志業在千秋。」「人生由命豈由他，人海風雲宦海波。七十懸車聊自慰，且憑兒輩補笙歌。」

水窗春囈

《水窗春囈》分上、下兩卷。上卷是湖南湘潭人歐陽兆熊所撰，下卷是浙江嘉善人金安清所撰。全書共一百條。上卷佔三十一條，下卷佔六十九條。內容以記述清代中葉道光、咸豐、同治三朝之政治、經濟、社會、人物言行等為主。

歐陽兆熊，字曉岑，自號匏道人。上卷內容關於湖南者為多。其單獨出版時，曾用書名為《榾柮談屑》。作者生卒年不詳。據上卷第五條《左相少年事》，作者謂「左恪靖小予五歲」。左恪靖即晚清四大名臣之一的左宗棠（一八一二至一八八五）。那麼，作者約生於一八〇七年。道光十七年（一八三七）中舉人。家庭富有，性情豪爽，頗能賙濟貧儒。工詩聯古文，與曾國藩（一八一一至一八七二）、左宗棠、江忠源、羅汝懷等友善，與吳熙之父吳棠交誼頗深。道光年間，歐陽兆熊名重全縣，然論事持議常較偏頗，不為時局所用。他與曾國藩岳父歐陽凝祉為本家，與曾氏妻弟歐陽牧雲、歐陽凌雲往來密切，曾數次為曾國藩治病，故與曾國藩頗深交，時有詩詞唱和及書信往來。但他在本書中對曾國藩很少有阿諛之詞。在若干條中，倒有委宛的批評。後來，他在湘潭城內開設醫藥局，專為百姓治病。曾自費出版黃元御所著《四聖心源》，對晚清時傷寒論的推廣多有貢獻。

金安清（一八一七至約一八八〇），字眉生，號儻齋，晚號六幸翁。下卷內容所述範圍較上卷廣，以談論江淮河工、鹽務者為要。作者自幼隨父金銓寄寓福建，為國子監太學生。早年與林則徐、許乃普、季芝昌等人遊，掌書記。由太州州同，擢海安通判，調宿南，歷升至湖北督糧道、鹽運使、按察使，諳熟鹽、漕、河、洋諸務及東南政壇內幕。因公事得罪袁甲三、吳棠兩任漕運總督。亦為曾國藩、李鴻章所惡。俞樾《春在堂隨筆》載：「金眉生都轉安清，負才望，喜談天下事，亦振奇人也。自西事之興，士大夫持正者，多喜言戰，眉生獨主和議。」安清善屬文，諳掌故，甚為林則徐（一七八五至一八五〇）等所重。

現從上下卷各錄五條給大家賞讀。

上卷〈曾文正公事〉：

辛酉，祁門軍中，賊氛日逼，勢危甚。時李肅毅已回江西寓所，幕府僅一程尚齋，奄奄無氣，時對予曰：「死在一堆如何？」衆委員亦將行李置舟中，為逃避計。文正一日忽傳令曰：「賊勢如此，有欲暫歸者，支給三月薪水，事平仍來營，吾不介意。」衆聞之，感且愧，人心遂固。後在東流，欲保一蘇撫而難其人，予謂李廣才氣無雙，堪勝此任。文正歎曰：「此君難與共患難耳！」蓋猶不免芥蒂於其中也。卒之幕中人無出肅毅右者，用其朝氣，竟克蘇城。迨至撚匪肅清，淮勇之名，遂與湘勇相埒。而文正處功名之際，志存退讓，自以年力就衰，諸事推與肅毅，其用意殆欲作退步計耳。乃自收復金陵以後，竟不休官林下，亦不陳請補制，以文正之塵視軒冕，詎猶有所繼戀者，豈其身受殊恩，有不敢言退、不忍言退者乎？然亦非其本心矣。

曾國藩（一八一一至一八七二），原名子城，字伯涵，號滌生，湖南湘鄉人，曾子七十世孫，晚清時期的重臣、名臣和功臣，湘軍創始人和領袖，也是中國近代重要政治家、軍事家、書法家、思想家和文學家，與名臣胡林翼（一八一二至一八六一）並稱「曾胡」。

曾國藩生於湖南省長沙府湘鄉縣。祖父曾玉屏（一七七四至一八四九）閱歷豐富，父親曾麟書（一七九〇至一八五七）是長子，母親江氏，育有五子三女，其中四子先後參軍，留一子在家事農，但參軍四兄弟中有二人殉職。曾國藩排行第二，上面有一個姐姐。曾麟書是塾師，屢試不第，年近五十才中秀才。曾麟書自忖功名僅能及此，從此在家鄉一心一意栽培長子曾國藩科考。曾國藩曾在中國四大書院之一，成立於北宋太祖開寶年間的的嶽麓書院學習。

曾國藩在道光十八年（一八三八）戊戌科獲三甲第四十二名。曾任四川鄉試正考官、翰林院侍講學士、內閣學士等，擢禮部右侍郎、歷署兵、吏部侍郎。一八五二年奉旨組辦湘軍，以平定太平天國之亂，曾國藩亦因此地位大幅上升，成為漢臣之首，其門生朋友遍天下。一八六〇年八月，他出任兩江總督、欽差大臣，督辦江南軍務，後又加太子太保，封一等侯爵。曾國藩支持恭忠親王，即道光皇帝第六子奕訢（一八三三至一八九八）主持的洋務運動，從而成為慈禧太后（一八三五至一九〇八）的重臣。一八七一年奉旨處理「天津教案」，但因對洋人屈服而遭到國人唾罵，被諷為「曾國賊」，因此積勞成疾，結果於翌年三月病死南京，享年六一歲，諡文正。曾國藩與徒弟李鴻章、左宗棠、張之洞並稱「晚清四大名臣」。有《曾文正公全集》。

一八六四年七月，曾國藩和弟弟曾國荃（一八二四至一八九〇）率湘軍攻破當時的太平天國首都天京（今南京市）後開始南京屠城，死傷無數。南京百姓以「曾剃頭」、「曾屠戶」等詞稱呼曾國藩、曾國荃兄弟。又有一說，「曾剃頭」此一外號來自曾國藩治軍極嚴，小過即斬，號稱「以霹靂手段，顯菩薩心腸」。

此條講及曾國藩三件事。第一件是祁門被圍，形勢危急，曾國藩在大營里指揮若定。《清史稿．曾國藩傳》中記載在咸豐十年（一八六〇）冬天「大為賊困，一出祁門東陷婺源；一出祁門西陷景德；一入羊棧嶺攻大營。軍報絕不通，將吏惵然有憂色，固請移營江干就水師。國藩曰：『無故退軍，兵家所忌。』卒不從，使人間行檄鮑超、張運蘭亟引兵會。身在軍中，意氣自如，時與賓佐酌酒論文。」其實祁門的戰局曾國藩早有安排，他在八月二十五日在給曾國荃信中說，安排鮑超由休寧援救徽州，張運蘭駐紮漁亭保全鮑軍後路。十月初五去信曾國荃，不允許他從安慶挑精兵來祁門救援，擔心精兵調走，安慶難以抵擋大敵。十一月十四日對曾國荃說，聽說浮梁失守，但左宗棠已在景德鎮、馬鞍山，準備迎戰。調鮑超全軍回攻浮梁、景德鎮。所以，祁門局勢其實都在他的掌控之中。大營中存在的亂象，「將吏惵然有憂色」，幕府中不少委員「亦將行李置舟中，為逃避計。」曾國藩的棋友程尚齋對歐陽兆熊說出「死在一堆如何」的悲觀說話。曾國藩意識到他們的不安，乾脆說如果想暫時離開的，每人發三個月薪水，等局勢穩定後，願回來的都可以。這樣做果然穩定了軍心。隨後鮑超帶著援軍及時趕到，並聯合張運蘭在祁門、羊棧嶺、盧村這些地方擊退了太平軍的前鋒部隊，祁門轉危為安。

第二在用人上，曾國藩注重能與自己共患難的人。江蘇巡撫位置十分重要，也在他管轄之下，如果不能同心協力，不但對最後擊敗太平軍奪取天京有影響，還可能動搖自己的位置。歐陽兆熊推薦的李廣，可能是湘軍中堅名將，湖南湘鄉人李續賓（一八一八至一八五八）。《清史稿》中說李續賓臂力過人，善騎射，如同西漢名將李廣。但咸豐八年（一八五八年）十一月，李續賓已在三河之戰中戰死，時間上不吻合。最有可能指的是李續賓的弟弟李續宜（一八二二至一八六三），他也是湘軍著名將領。咸豐十一年（一八六一），李續宜擢升安徽巡撫，而曾國藩論其為人「嫉惡稍嚴」。可能是這種個性曾國藩不喜歡，最後還是讓自己的得意門生，爵位為一等肅毅伯的李鴻章（一八二三至一九〇一）出任。

第三，曾國藩功成後的進退問題。擊敗太平軍，收復金陵後，曾國藩聲名如日中天，卻沒有接受湘軍中一些高級將領要他問鼎天下的建議。其實此時朝廷對他已有猜忌，他又遭到滿族大臣嫉妒，例如官文（一七九八至一八七一）在平定太平天國中戰功僅次於曾國藩，雙方都有明爭暗鬥。曾國藩知道功高震主對自己不利，在攻破天京一個多月後（一八六四年八月），就自削兵權，主動裁去直接控制的湘軍嫡系部隊一半人數（二萬五千人），並打算逐步退出政治舞台。但，一直到他去世，他還處在權力的中心，可能是因為「身受殊恩」，所以「不敢言退、不忍言退」。

上卷〈左相公少年事〉：

左恪靖小予五歲，其中鄉榜卻先予四科。戊戌計偕北上，遇於漢口，即結伴同行，自誦其題洞庭君祠聯云：「迢遙旅路三千，我原過客；管領重湖八百，君亦書生。」意態雄傑，即此可見。是日，各寄家信，見其與筠心夫人書云：「舟中遇盜，談笑卻之。」因問其僕：「何處遇盜？」曰：「非盜也，夢囈耳。前夜有誤牽其被者，即大呼捉賊，鄰舟皆為驚起，故至今猶齧嘶也。」予嗤之曰：「爾閨閣中亦欲大言欺人耶？」恪靖正色曰：「爾何知鉅鹿、昆陽之戰，亦只班、馬敘次得栩栩欲活耳。天下事何不可作如是觀！」相與大笑而罷。

左宗棠（一八一二至一八八五），字季高，號湘上農人，署名今亮，諡文襄，湖南湘陰人，晚清重臣、著名湘軍將領、政治家、文學家、軍事家。一生親歷了討伐太平天國、洋務運動、陝甘回變、新疆之役等重要中國歷史事件。

左宗棠少時屢試不第，功名止於舉人，在醴陵淥江書院主講二年，轉而遍讀群書，留意水利、農業，鑽研輿地、兵法。官至東閣大學士、軍機大臣，封二等恪靖侯。與曾國藩、李鴻章、張之洞，並稱「晚清四大名臣」。

左宗棠於光緒十年（一八八四）入京任軍機大臣，後以欽差大臣督辦閩海軍務。次年病故於福州，謚文襄。後歸葬於長沙石門鄉相竹村。有《左文襄公全集》行世。

本條講述左宗棠於戊戌年（一九三八）二十六歲時和歐陽兆熊遇於漢口，結伴同行的軼事。歐陽兆熊以左宗棠題的祠聯說起，再寫他夢中大呼捉賊及之後他的議論。左宗棠夢中呼捉賊，但在寄家信給其夫人周詒端（字筠心）時卻當真有其事，云「舟中遇盜，談笑却之」。當歐陽兆熊說他「大言欺人」時，他卻說昔者鉅鹿、昆陽之戰，可能亦是司馬遷（前一四五至？）及班固（三二至九二）寫得「栩栩欲活」而已。

鉅鹿之戰（前二〇七）是秦末民變中，項羽（前二三二至前二〇二）率領五萬楚軍（後期各諸侯軍也參戰），與秦將章邯、王離所率四十萬秦軍主力在鉅鹿郡（今河北省邢臺市鉅鹿縣）之一場重大決戰。在各諸侯軍畏縮不進時，項羽破釜沉舟，率先猛攻秦軍糧道，帶動諸侯軍一起最終全殲王離軍。項羽九戰九勝，楚軍無不以一當十，大破秦軍四十萬。當時帶領援兵的諸侯僅作觀戰（即成語「作壁上觀」），待章邯引兵退卻時，諸侯軍乃敢進攻王離。項羽轅門召見時，諸侯全部膝行而前，莫敢仰視。項羽成為「諸侯上將軍」，為各路諸侯軍隊的統帥。前二〇七年六月，秦將章邯率所部向項羽投降。

昆陽之戰，是在王莽新朝地皇四年（更始元年）（二三）時發生的一場內戰戰役，以綠林軍為主體的劉秀軍，在昆陽縣（今河南省葉縣）大破新朝主力部隊。昆陽之戰的結果不僅直接導致新莽王朝的覆滅，更為中國古代戰爭史上以少勝多的著名戰事之一。

上卷〈挽妓長聯〉：

楹聯至百餘字，即多累墜，極難出色，其佳者，以滇人大觀樓為最，久已膾炙人口。吾友湘陰徐海宗茂才，名竝庾，駢文即學徐、庾，詩多作香奩體，兼工度曲。道光初年，與予讀書嶽麓書院，時偕過江作狹斜之遊，眷一妓號雲香者，益陽人，僑寓省城。回家數月，遲之不至。後聞其死，作聯挽之，多至二百五十字。云：

試問十九年磨折，卻苦誰來？如蠟自煎，如蠶自縛，沒奈何，羅網頻加。曾語予云，君固憐薄命者，忍不一援手耶？嗚呼，可以悲矣！憶昔芙蓉露下，楊柳風前，舌妙吳歈，腰輕楚舞。每值酡顏之醉，常勞玉腕之扶。廣寒無此遊，會真無此遇，天台無此緣。縱教善病工愁，憐渠憔悴，尚恁地談心深夜，數盡雞籌，況平時嫋嫋婷婷，齊齊整整。

不圖二三月歡娛，竟拋儂去！問魚嘗渺，問雁嘗空，料不定，琵琶別抱？然為卿計，爾豈昧夙根者，而肯再失身也？若是，殆其死乎！至今豆蔻香銷，蘼蕪路斷，門猶崔認，樓已秦封。難招紅粉之魂，枉墜青衫之淚。少君弗能禱，精衛弗能填，女媧弗能補。但願降神示夢，與我周旋，更大家稽首慈雲，乞還鴛牒，或有個夫夫婦婦，世世生生。

長達百餘字的楹聯，最著名的是在中國四大名樓之一的滇池大觀樓上的一副。此聯長達一百八十字，是乾隆年間名士孫髯翁的作品。這副長聯的上聯寫滇池及周圍風光景物，歌頌昆明大好河山及農民的辛勤耕耘。下聯寫雲南歷史。孫髯翁的長聯大約寫於公元一七六五年，當時官場腐敗，詩人在寫景的同時觸景生情，抨擊了封建王朝的統治。

對於孫髯翁的長聯，後人積極模仿，但罕有能超越者。但此條所述的湘陰才子徐海宗挽妓的長聯的確十分出色。徐海宗是歐陽兆熊在嶽麓書院讀書時的同窗。他在駢文方面能與南北朝文學大家庾肩吾（四八七至五五一）、庾信（五一三至五八一）父子相比擬，才華超卓，詩文俱佳。

一般來說，長對聯非常難寫，而徐海宗的長聯情景交融，對仗工整，真為名聯。上聯說雲香命運的悲慘，稱讚了雲香的美貌，也寫出了昔日兩人相處的歡樂。下聯表達了對雲香的祝福。「豆蔻香銷」，化用了杜牧的名句「娉娉嫋嫋十三餘，豆蔻梢頭二月初。」「蘼蕪路斷」，化用了漢朝樂府詩「上山采蘼蕪，下山逢故夫。」「門猶崔認」，化用了崔郊的「侯門一入深如海，從此蕭郎是路人。」「樓已秦封」，化用了秦觀《滿庭芳》「謾贏得、青樓薄倖名存。」可以說，此聯的文字及用典均甚精妙。

從歐陽兆熊此條中，我們可知當時的長沙是有青樓的，而曾國藩那個時代的讀書人頗喜歡逛窯子，學子們亦喜歡結伴逛窯子。

上卷〈羅忠節軼事〉：

理學亦何可厚非，惟真偽不可不辨。以予所見，真之一字，惟羅忠節足以當之。其夫人目已瞽，伉儷甚篤，不置側室。在長沙購得所謂一字牌者，予疑其無此癖。曰：「家君好為葉子戲耳。」又見其箴規友人高雲亭，苦言至於垂涕而道，真意流露，表裏如一。所著不僅言理之作，凡天文、輿地、律曆、兵法，及鹽、河、漕諸務，無不探其原委，真可以坐言起行，為有用之學者。而至性亦復過人，可謂篤行君子矣。

羅澤南（一八〇七至一八五六），字仲岳，號羅山，湖南湘鄉石牛灣洲人，晚清著名程朱派經學家、理學家，官至浙江甯紹台道布政使，加布政使銜。道光六年（一八二六），他十九歲的時候應童子試不第，回到家中教授講學，開始了長達二十八年的設館教書生涯。其教授內容與方法別具一格，不僅應舉業，而且授之以「六藝」（禮、樂、射、御、書、數）和經世致用之學，既習文，又習武，因此學子雲集。他先後培養了王鑫、李續賓、李續宜、李杏春、蔣益澧、劉騰鴻、楊昌濬、康景暉、朱鐵橋、羅信南、謝邦翰、曾國荃、曾國葆等高足。後來這些學生大多成為湘軍名將，在中國歷史上出現書生領兵的現象。

太平軍進犯湖南後，羅澤南從咸豐二年（一八五二）開始以在籍生員的身份率生徒倡辦團練，次年協助曾國藩編練湘軍。自此率湘軍轉戰江西、湖北、湖南三省，戰功卓著。他是儒生統兵的代表人物，與塔齊布（一八一六至一八五五）並稱「塔羅」。咸豐六年（一八五六）在進攻武昌之戰中，羅澤南中彈傷重而死。咸豐帝下詔以巡撫例優恤，謚號「忠節」，加巴圖魯榮號，建專祠奉祀。

羅澤南是湖南理學經世派的主要人物，一面反覆研讀「性理」，一面究心水利、邊防、河患等書。對天文、輿地、律歷、兵法及鹽、河、漕諸務，無不探其原委。羅澤南的詩是湖湘詩派的重要代表，其文宗桐城派。稱他為文學家，他也是當之無愧的。著有《讀孟子劄記》、《人極衍義》、《西銘講義》、《小學韻語》、《姚江學辨》以及《詩文集》等。

《清史稿·列傳一百九十四》：「湖南募勇出境剿賊，自江忠源始。曾國藩立湘軍，則羅澤南實左右之。樸誠勇敢之風，皆二人所提倡也。忠源受知於文宗，已大用而遽殞。澤南定力爭上游之策，功未竟而身殲，天下惜之。忠源言兵事一疏，澤南籌援鄂一書，為大局成敗所關，並列之以存龜鑑。此大將風規，不第為楚材之弁冕已。」

上卷〈江浙醫生〉：

同治五年，予由揚州回家，集貲設立醫藥局，聘醫生十人，自辰至申，每人診三十人為度，給以藥餌。一月之後，考其功過：十全為上，修貲外另予褒賞；否則議罰；藥不對症，即辭之出局。又設醫館，刊刻黃坤載《傷寒懸解》、《金匱懸解》、《長沙藥解》、《傷寒說意》、《四聖心源》、《四聖懸樞》、《素靈微蘊》、《玉楸藥解》八種，及購《素問》、《靈樞》、《難經》諸書置局中，有來學者，給予紙筆酒食，令其誦習，不熟此書者不准行醫。又令人學習祝由科及針灸之法，一時醫風為之丕變。予自來江南，攜黃氏八種贈人，無有過而問者。後見時醫費伯熊所立醫案，然後知浙江另有一種醫派，所用皆平淡之品，分兩亦輕，病家見之以為穩適。顧亭林曰：「古之名醫能生人，古之庸醫能殺人。今之庸醫，不能生人不能殺人。」其江浙醫生之謂乎？然一時雖不至殺人，小病病氣漸衰，或尚無礙，大病遷延失治，鮮不死矣。

此條詳盡講述歐陽兆熊在家鄉行醫濟世的經過及刊刻的各種醫書。他又指出當時浙江某一種醫派的不是。這一派的醫師用藥平淡，分兩亦輕。歐陽兆熊說他們雖不至殺人，但使大病遷延失治，「鮮不死矣」。

此條又云及作者刊刻黃坤載的八部醫書。黃元御（一七〇五至一七五八），名玉璐，字元御，一字坤載，號研農，別號玉楸子。他是清代著名醫學家，乾隆皇帝的御醫。他繼承和發展了博大精深的祖國醫術，對後世醫學影響深遠，被譽為「黃藥師」、「一代宗師」。

黃元御是明代名臣黃福（一三六二至一四四〇）十一世孫。他少負奇才，早年研習儒學，十五歲中秀才。在雍正十二年（一七三四），可能因用功過度，患上眼疾，又為庸醫所誤，造成左目失明。在清代，五官不正不可為官。他遂發憤學醫，精研《內經》、《難經》、《傷寒論》等名著。他成就超卓，醫術精湛，與諸城名醫臧枚吉並稱「南臧北黃」。乾隆十五年（一七五〇），因醫術高超，乾隆帝親題「妙悟岐黃」匾額，以示褒賞。乾隆十六年（一七五一）二月，乾隆帝南巡，黃元御伴駕至杭州。他著作等身，作品有《素靈微蘊》、《傷寒懸解》、《金匱懸解》、《四聖心源》、《長沙藥解》、《四聖懸樞》、《傷寒說意》、《玉楸藥解》、《素問懸解》、《靈樞懸解》、《難經懸解》、《道德懸解》、《周易懸象》等。《四聖心源》、《四聖懸樞》是黃元御的精心之作，旨在弘揚四聖（黃帝、岐伯、越人、仲景）之偉業，發四聖典籍之精華。書中黃氏自擬醫方頗多，用藥簡潔，切合臨床。這兩書結構嚴謹、條理分明，是理論和實踐相結合的醫書。

下卷〈琵琶亭聯〉：

九江琵琶亭，余亦有聯曰：「燈影幢幢，淒斷暗風吹雨夜；荻花瑟瑟，魂銷明月繞船時。」皆組織元、白本事也。

琵琶亭，位於江西省九江市（九江長江大橋南岸東側處），面臨長江，背倚琵琶湖。琵琶亭建於唐代，已有一千二百年歷史，原在九江城西長江之濱，是中唐詩人白居易（七七二至八四六）送客之處，但歷代屢經改建及移址。

唐憲宗元和十年（八一五），白居易由長安貶任江州（今江西九江）司馬。翌年秋天，他在一個晚上於潯陽江（今江西省九江市北長江一段）頭送客，聽隣舟有彈琵琶女子，邀其過船彈奏，聽其訴說身世，觸景生情，作《琵琶行》。亭名由此而來，現為江西省九江市著名景點。

琵琶亭在清代乾隆年間重建，由著名制瓷大師，歷任淮安關、九江關、海關監督，兼督陶使瀋陽唐英（一六八二至一七五六）主持。清代官員、學者陸以湉（一八〇二至一八六五）的《冷廬雜識》載：「乾隆癸亥（一七四三）觀察瀋陽唐公英重修，增建高樓，題額曰『江天遺韻』。壁刊白傅遺像，是南薰殿本。登樓四望：前臨大江，後對廬山。左則古寺千重，右則人煙萬井。樓下回廊旋繞，境極幽曠。遊人題詠甚多，觀察有句云：『今古商船多少婦，更誰重此聽琵琶？』殊寓感慨。」琵琶亭在咸豐年間再遭兵毀。現在的琵琶亭是在一九九八年重建的，佔地約三千餘平方米。亭院中軸線上，矗立着白居易塑像。琵琶亭座落七米高的花崗岩石台基上，台階正面鑲一幅《潯陽宴別》瓷磚畫。亭為雙層重檐結構，上懸書畫家劉海粟（一八九六至一九九四）手書的「琵琶亭」金字匾額。登琵琶亭二層，可遠眺九江長江大橋。

歷代文人有關琵琶亭的吟詠甚多，現轉錄其中一些給大家欣賞。中唐元稹《琵琶亭》：「夜泊潯陽宿酒樓，琵琶亭畔荻花秋。雲沉星沒事已往，月白風清江自流。」北宋祖無擇《琵琶亭》：「晚泊湓江半客舟，琵琶亭下動閒愁。霓裳綠腰杳何許，楓葉荻花空自秋。賈傅有才悲鵩鳥，楚騷終古怨靈脩。莫言司馬青衫濕，今日行人亦涕流。」北宋劉敞《琵琶亭》：「江頭明月琵琶亭，一曲悲歌萬古情。欲識當時脅斷處，只應江水是遺聲。」北宋王安國《題琵琶亭》：「夜泊潯陽宿酒樓，琵琶亭畔荻花秋。雲沉鳥沒事已往，月白風清江自流。」南宋張孝祥《減字木蘭花．琵琶亭林守王倅送別》：「江頭送客。楓葉荻花秋索索。絃索休彈。清淚無多怕濕衫。故人相遇。不醉如何歸得去。我醉忘歸。煙滿空江月滿堤。」清代文人董雲巖集唐人詩句，為琵琶亭寫一楹聯：「一彈流水一彈月，半入江風半入雲。」上聯出自盧仝《風中琴》，下聯出自杜甫《贈花卿》。清末民初萬象周撰的楹聯：「聚散總前緣，最相宜明月一船，清風兩岸；古今幾名士，共合唱大江東去，秋雁南來。」清末民初江峯青撰的楹聯：「松菊荒矣，遊子不歸，片帆過彭澤故居，只如畫雲山，猿鳥崗頭呼負負；楓荻蕭然，美人何在，落日訪江亭遺蹟，聽清秋絃索，蝦蟆陵下喚卿卿。」民初汪龍光撰的楹聯：「忽憶故鄉，為問買茶人去否；只餘風月，依然司馬客歸時。」中國古典文獻家、書法家啟功撰的楹聯：「紅袖夜船孤，蝦蟆陵邊，往事悲歡商婦淚；青衫秋浦外，琵琶筵上，一時悵觸謫臣心。」

下卷〈滄浪亭聯〉：

蘇州新修滄浪亭成，應敏齋廉訪囑擬一聯曰：「小子聽之，濯足濯纓皆自取；先生醉矣，一丘一壑自陶然。」

滄浪亭位於蘇州城南三元坊，是現存歷史最為悠久的江南園林，與獅子林、拙政園、留園並稱為蘇州宋、元、明、清四大園林，代表着宋朝的藝術風格。

滄浪亭原為五代吳越廣陵王錢元璙（八八七至九四二）的花園。北宋仁宗慶曆四年（一〇四四），文學家、官員蘇舜欽（一〇〇九至一〇四九）被貶，在吳中以四萬錢購得原五代孫承佑之廢園，在水旁建亭，取《楚辭・漁父》中「滄浪之水清兮，可以濯我纓；滄浪之水濁兮，可以濯我足」之意，名曰「滄浪亭」，自號滄浪翁，並作《滄浪亭記》。後來歐陽修應邀寫長詩《滄浪亭》。自此，滄浪亭名留千古。其實《滄浪之水》最早出自《孟子・離婁》中的記載，謂孔子聽到小孩子唱了一支歌：「滄浪之水清兮，可以濯我纓；滄浪之水濁兮，可以濯我足。」孔子聽後說：「小子聽之！清斯濯纓，濁斯濯足矣，自取之也。」

現今滄浪亭有一副楹聯：「清風明月本無價，遠水近山皆有情。」上聯取自歐陽修的《滄浪亭》，下聯取自蘇舜欽的《過蘇州》。

下卷〈秦淮粉黛〉：

秦淮河面不寬，南北皆有水榭。寇亂前，珠簾畫舫，比戶皆青樓中人。紅板橋低，紫金山遠，時時見雙槳掠波而來，必有名姝絕豔徙倚其右。端節競渡時，遊人尤盛。貢院即在其地，鄉試各官，皆賃居焉。而樓以上，固皆衣香鬢影也，雖道府大員，亦皆藉以流連忘返者，殆近於銷金窩矣。曲中酬酢，風味與蘇杭絕不同，落落有大方家數，鮮脂粉俗態。昔人云：金陵城中，即賣菜傭亦有六朝煙水氣。信然。

此條描述當日南京「十里秦淮」的繁華景象和氣派，使人神往。秦淮河是長江下游右岸的一條支流，位於江蘇省西南部，全長一一〇公里，流域面積二六三〇平方公里。秦淮河大部分在南京市境內，是南京最大的地區性河流，被視為南京的「母親河」。

秦淮河古稱龍藏浦。唐代詩人杜牧遊秦淮，在船上聽見歌女唱《玉樹後庭花》，歌聲綺豔哀傷，是亡國之音。當年陳後主長期沉迷於這種萎靡的生活，終於丟了江山。陳朝亡後，這種靡靡的音樂卻留傳下來，還在秦淮歌女中傳唱，這使杜牧非常感慨，所以作了《泊秦淮》：「煙籠寒水月籠沙，夜泊秦淮近酒家。商女不知亡國恨，隔江猶唱後庭花。」此詩廣為後世傳誦，龍藏浦之後才被廣泛稱為「秦淮河」。

秦淮河有南北兩源，北源句容河發源於句容市寶華山南麓，南源溧水河發源於南京市溧水區東廬山，兩河在南京市江寧區方山埭西北村匯合成秦淮河幹流。秦淮河在南京城東南通濟門外九龍橋處分為內、外兩支：內秦淮為正流，過九龍橋直向西，由東水關進入南京城，向西流至淮清橋與青溪會合，再向西南在利涉橋匯小運河，再經文德橋、武定橋、鎮淮橋轉折向西北，過新橋至上浮橋、陡門橋，與運瀆會合，再過下浮橋，向西經過南京夫子廟，從西水關出城；外秦淮在南京城南外繞行，是五代十國時開鑿的護城河，過九龍橋向南轉折向西，經長干橋後匯合落馬澗，向西至賽虹橋、覓渡橋在西水關外與內秦淮複合，內外秦淮合流後向北經草場門、定淮門、石頭城，在三汊河匯入長江。

歷代文人遊經此地，寫下了大量的詩詞文章。

詩仙李白有《登金陵鳳凰臺》：「鳳凰台上鳳凰遊，鳳去台空江自流。吳宮花草埋幽徑，晉代衣冠成古丘。三山半落青天外，二水中分白鷺洲。總為浮雲能蔽日，長安不見使人愁。」《登金陵鳳凰台》是李白為數不多的七言律詩其中一首。本詩首聯以鳳凰台曾有鳳凰來悠遊的神話故事，繼而寫吳代宮殿已成為荒蕪古城，晉代才子沒入歷史洪流。頷聯再描述眼前故國大好河山的美景，最後以白雲蔽日來比喻小人蒙蔽君主，抒發情懷。鳳凰臺在舊金陵城之西南。據《江南通志》載：「鳳凰臺在江寧府城內之西南隅，猶有陂陀，尚可登覽。宋元嘉十六年，有三鳥翔集山間，文彩五色，狀如孔雀，音聲諧和，眾鳥羣附，時人謂之鳳凰。起臺於山，謂之鳳凰山。」第六句中的「二水」，指秦淮河流經南京後，西入長江，被橫截其間的白鷺洲分為二支。李白還寫了樂府詩《長干行二首》，其一云：「妾髮初覆額，折花門前劇。郎騎竹馬來，遶床弄青梅。同居長干里，兩小無嫌猜。十四為君婦，羞顏未嘗開。低頭向暗壁，千喚不一回。十五始展眉，願同塵與灰。常存抱柱信，豈上望夫臺？十六君遠行，瞿塘灩澦堆。五月不可觸，猿聲天上哀。門前遲行跡，一一生綠苔。苔深不能掃，落葉秋風早。八月蝴蝶黃，雙飛西園草。感此傷妾心，坐愁紅顏老。早晚下三巴，預將書報家。相迎不道遠，直至長風沙。」李白寫過許多反映婦女生活的作品，《長干行兩首》就是其中傑出的詩篇。詩中的「長干里」在外秦淮河以南、雨花台以北，在古代，人口稠密、交通便利，自秦漢至六朝一直是南京最繁華的所在。

唐敬宗寶曆二年（八二六），詩人劉禹錫由和州（今安徽省和縣）刺史任上返回洛陽，途徑金陵，寫了一組詠懷古蹟的詩篇，總名《金陵五題》，其中第二首是《烏衣巷》：「朱雀橋邊野草花，烏衣巷口夕陽斜。舊時王謝堂前燕，飛入尋常百姓家。」朱雀橋是六朝時期秦淮河上的浮橋，與朱雀門相對，又名南津橋、南津大航橋、朱雀航、南航、大航。陳亡後漸廢，今已無存。烏衣巷在橋邊，是三國東吳時的禁軍駐地。由於當時禁軍身着黑色軍服，所以此地俗語稱烏衣巷。在東晉時以王導、謝安兩大家族，都居住在烏衣巷。入唐後，烏衣巷淪為廢墟。現為民間工藝品的彙集之地。

這裏還有「桃葉渡」，是「十里秦淮」上的古渡口，位於內秦淮河與古青溪交匯處附近，相傳東晉書法家王獻之經常在這個渡口迎接其愛妾桃葉渡河。當時水闊流急，桃葉每次擺渡心裏害怕，王獻之作了一首《桃葉歌》云：「桃葉復桃葉，渡江不用楫，但渡無所苦，我自迎接汝。」桃葉在船上和道：「桃葉映紅花，無風自婀娜。春花映何限，感郎獨采我。」後人為紀念王獻之，把他當年迎接桃葉的渡口命名為桃葉渡。

現再錄數首吟詠金陵秦淮的名作給大家欣賞。北宋王安石《桂枝香．金陵懷古》：「登臨送目，正故國晚秋，天氣初肅。千里澄江似練，翠峯如簇。歸帆去棹殘陽裏，背西風，酒旗斜矗。彩舟雲淡，星河鷺起，畫圖難足。念往昔，繁華競逐，嘆門外樓頭，悲恨相續。千古憑高，對此謾嗟榮辱。六朝舊事隨流水，但寒煙芳草凝綠。至今商女，時時猶唱，後庭遺曲。」北宋蘇軾《臨江仙》：「昨夜渡江何處宿，望中疑是秦淮。月明誰起笛中哀。多情王謝女，相逐過江來。雲雨未成還又散，思量好事難諧。憑陵急槳兩相催。相伊歸去後，應似我情懷。」北宋賀鑄《秦淮夜泊．辛未正月賦》：「官柳動春條，秦淮生暮潮。樓臺見新月，燈火上雙橋。隔岸開朱箔，臨風弄紫簫．誰憐遠游子，心旆正搖搖。」南宋姜夔《杏花天影．綠絲低拂鴛鴦浦》：「綠絲低拂鴛鴦浦。想桃葉、當時喚渡。又將愁眼與春風，待去。倚蘭橈、更少駐。金陵路、鶯吟燕舞。算潮水、知人最苦。滿汀芳草不成歸，日暮，更移舟、向甚處？」

元朝無名氏《醉花陰．秋懷》：「他他他把六朝金粉收拾去，單單單留下寫恨幾行書。」這是「六朝金粉」這成語的出處。六朝是指三國時的孫吳、東晉、宋、齊、梁、陳這六個朝代。孫吳的首都建業及其餘五朝的首都建康，即是今日的南京。金粉是舊時婦女化妝所用的鉛粉。這成語形容六朝的靡麗繁華景象。

稱為「十里秦淮」的內秦淮河段全長九．六華里（四．八公里）。十里秦淮兩岸，六朝時為都城內繁華的居民區和商業區，隋滅陳後開始衰落，到了明清時期復興。內秦淮兩岸人煙稠密，金粉樓台，十分繁華。明清時代此地設有江南貢院，還有明太祖朱元璋設立的官營藝妓院「富樂院」，與江南貢院隔河相望。明崇禎末年散文家張岱在《陶庵夢憶》卷四〈秦淮河房〉條中描寫秦淮河的盛況：「秦淮河河房，便寓、便交際、便淫治，房值甚貴，而寓之者無虛日。畫船簫鼓，去去來來，周折其間。河房之外，家有露臺，朱欄綺疏，竹簾紗幔。夏月浴罷，露臺雜坐。兩岸水樓中，茉莉風起動兒女香甚。女客團扇輕紈，緩鬢傾髻，軟媚著人。年年端午，京城士女填溢，競看燈船。好事者集小篷船百什艇，篷上挂羊角燈如聯珠，船首尾相銜，有連至十餘艇者。船如燭龍火蜃，屈曲連蜷，蟠委旋折，水火激射。舟中𨱎鈸星鐃，讌歌弦管，騰騰如沸。士女凭欄轟笑，聲光淩亂，耳目不能自主。午夜，曲倦燈殘，星星自散。鍾伯敬有《秦淮河燈船賦》，備極形致。」

明末清初文人余懷在《板橋雜記》上卷〈秦淮燈船〉中也描述秦淮燈船之盛況：「秦淮燈船之盛，天下所無。兩岸河房，雕欄畫檻，綺窗絲障，十里珠簾。主稱既醉，客曰未晞。遊揖往來，指目曰：某名姬在某河房，以得魁首者為勝。薄暮須臾，燈船畢集，火龍蜿蜒，光耀天地，揚槌擊鼓，踴頓波心。自聚寶門水關至通濟門水關，喧闐達旦。桃葉渡口，爭渡者喧聲不絕。」

現代文學家朱自清和朋友俞平伯同遊秦淮河，作了篇散文《槳聲燈影裏的秦淮河》。該文一九二四年一月二五日發表於《東方雜誌》。文章記敘他們夏夜泛舟秦淮河的見聞感受。作者將自己的感情與思緒，融合在風景描寫技巧中。這篇文章標誌着「五四」時期散文創作的藝術成就。

下卷〈方靴漸廢〉：

京朝官皆用方靴，外官道府以上亦然，即州縣及司道首領官皆如之，蓋雍容袍笏之象。自甲午以後，一概用尖靴，雖朝端大老及詞林中皆是，且多薄底不及數分者，取其行走便捷。合京城惟卓相一

人方靴而已。識者皆憂其兵象。自來戲劇皆用崑腔，其時亦全改「二黃」及「西皮」者，亢厲激烈，如聞變徵，時局乃亦與之轉移，可畏也！

本條謂京官廢方靴，改用尖靴，「識者皆憂其兵象」，此說甚玄。至於謂戲劇由崑腔改為「皮黃」，「亢厲激烈，如聞變徵，時局乃亦與之轉移」，其實亦沒有甚麼理據。

「變徵」是古代七聲音階（宮、商、角、變徵、徵、羽、變宮）其中的一個音，比徵低半音。以此為主調的歌曲，凄愴悲涼。「變徵之音」指高亢、悲涼的聲音。《戰國策．燕策》記載：「高漸離擊筑，荊軻和而歌，為變徵之聲。」《史記．荊軻傳》：「高漸離擊筑，荊軻和而歌，為變徵之聲，士皆垂淚涕泣。」清代小說家吳敬梓（一七〇一至一八五四）的《儒林外史》第五十五回：「荊元慢慢的和了弦，彈起來，鏗鏗鏘鏘，聲振林木，那些鳥雀聞之，都棲息枝間竊聽。彈了一會，忽作變徵之音，淒清宛轉。于老者聽到深微之處，不覺悽然淚下。」晚清小說家宣鼎（一八三二至一八八〇）的《夜雨秋燈錄三集．卷四．虎皐名姝與榕城生逸事》：「若濤不答，從容對鏡理鬢訖，即以爐焚香，向壁間抱琴下，斂容撫之，極目送手揮之妙。彈未半，忽為變徵之音，凄凄切切，如泣如訴。生聽之，不覺凄然欲淚，所彈蓋胡笳十八拍也。」

崑曲是中國戲曲的劇種之一，發源於元末明初的蘇州府崑山縣（今江蘇省蘇州市崑山市），起初流行於江南一帶，而後風靡全國。到了清朝盛世時，上至宮廷貴族、下至販夫走卒皆熱愛崑曲。崑曲以曲唱為中心，唱念使用之語音為「中州韻」，主要以笛、鼓、板等樂器伴奏，聲腔婉轉細膩，有「水磨腔」之稱。其舞臺演出形式亦稱「崑劇」，有高度的藝術性，影響所有後出之各地劇種，故有「百戲之母」之美譽。崑曲源自南戲的崑山腔。元末崑山人顧堅被譽為崑曲之創始人。曲聖魏良輔（一五二二至一五八六）《南詞引正》謂：「腔有數樣，紛紜不類，各方風氣所限，有崑山、海鹽、餘姚、杭州、弋陽……惟崑山為正聲，乃唐玄宗時黃番綽所傳。元朝有顧堅者，雖離崑山三十里，居千墩，精於南辭，善作古賦。擴廓帖木兒聞其善歌，屢招不屈。與楊鐵笛、顧阿瑛、倪元鎮為友，自號風月散人。其著有《陶真野集》十卷、《風月散人樂府》八卷，行於世，善發南曲之奧，故國初有『崑山腔』之稱。」

京劇（又稱京戲）是中國戲曲劇種之一。分佈地以北京為中心，遍佈全國。京劇在十九世紀中期融合了徽劇和漢劇，並吸收了秦腔、崑曲、梆子、弋陽腔等藝術的優點而形成，在清朝宮廷深受重視。京劇的唱腔以二黃腔和西皮腔為主。二黃有正二黃與反二黃之分，板式有導板、迴龍、慢板、慢三眼、中三眼、快三眼、原板、散板、搖板、滾板等。西皮腔板式有導板、原板、慢三眼、快三眼、二六、流水、快板、散板、搖板等。京劇主要用胡琴和鑼鼓等伴奏，被視為中國國粹。

清朝乾隆五十五年（一七九〇），來自南方的四個徽劇戲班三慶班、四喜班、和春班、春台班（稱為四大徽班）陸續來到北京，史稱「徽班進京」。第一個進京的徽班是以唱「二黃」聲腔為主的「三慶」，由於其聲腔及劇目都很豐富，逐漸壓倒了當時盛行於北京的秦腔。許多秦腔班演員轉入徽班，形成徽秦兩腔的融合。隨後，另外三個徽班：「四喜班」、「春台班」和「和春班」也來到北京，崑劇逐漸衰落，很多崑劇演員轉入徽班。京劇這一稱呼首次出現於一八七六年二月七日申報刊登的《圖繪伶倫》一文。國民黨北伐後，將北京改名北平，所以「京劇」又被稱為「平劇」。又由於京劇迅速發展，其藝術水平不斷提高，在中國戲曲中名列前茅，所以漸在全中國流行。近代劇作家、戲劇理論家、歷史學者齊如山（一八七七至一九六二）認為京劇是中國傳統戲劇的精華，將之稱為「國劇」。

下卷〈孫春陽茶腿〉：

火腿以金華為最，而孫春陽茶腿尤勝之。所謂茶腿者，以其不待烹調，以之佐茗，亦香美適口也。此外各蜜餞無不佳，即瓜子一項，無一粒不平正者，皆精選而秘製，故所物皆馳名。惟其價無二，故其店夥不能作他項生理耳。

超級市場的誕生被稱作零售業的革命，其分類擺貨、統一收銀的模式不僅降低了管理成本，也方便了人們選購各種不同的用品或食物。人們通常認為世界上最早的自選超市產生於一九三〇年代的紐約，其實早在十七世紀初期，明代商人已採用類似的經營方式了。位於蘇州的「孫春陽南貨鋪」是一家創辦於明朝萬曆年間的日用百貨自選商店，這家商店歷經二百四十年風雨一直保持著極好的口碑，堪稱古代商業奇蹟。

明清時代，寧波商人十分活躍。萬曆年間，寧波有個書生，名叫孫春陽，本想走仕途之路，但連秀才都沒考上，於是棄文從商，於蘇州開了一間百貨的商店，名曰「孫春陽南貨鋪」。雖然他讀書不多，卻頗曉做起生意。

在經營店鋪的過程中，為方便管理，他將不同種類的貨物分六房陳列：「南貨房，北貨房，海貨房，醃臘房，蜜餞房，蠟燭房」，運作基本上和現在的超市一樣。顧客在各房看貨，看中後記來下，到櫃檯統一交款，由收款員發給一張小票（提貨單），憑票便可以到各房提貨。

孫春陽的南貨鋪經營獨特，貨品優秀，尤其是在食品方面嚴格把關，在沒有製冷設備的年代，孫春陽的店自備地窖，一年四季供應各式新鮮水果，「每有異品」。冬日有西瓜，酷暑賣蜜橘，成為蘇州最有特色的店鋪。他的店鋪極度重視信用，聽說即使是明朝的提貨單，到了清朝依舊可以使用。在管理上，店鋪有專業經營團隊，各盡其職，辦事效率極高。孫春陽南貨鋪前後跨越明清兩個朝代，歷經二百四十餘年，留下了很好的口碑，但不幸在太平天國後期毀於戰火。

金華火腿是鹽醃過後，再風乾、發酵的豬腿，原產於浙江金華，宋朝被列為貢品，和雲南宣威火腿、江蘇如皋火腿並稱「中國三大火腿」。原料是金華出產的「兩頭烏」，後腿經過上鹽、整形、翻腿、洗曬、風乾等程序，數月乃成。金華火腿香味濃烈，便於貯存和攜帶，暢銷國內外。

清人梁章鉅的《浪跡三談》卷五「火腿」條云：「浦江淡腿，小於鹽腿，味頗淡，可以點茶，名茶腿。」在《中國烹飪辭典》中記載，茶腿是浙江金華附近所產火腿，因味淡而鮮，香潔堅實，因可以佐茶食用而得名。